AF388233

Die Personen und Handlungen der
nachfolgenden Erzählung sind frei erfunden.
Sollten sich Ähnlichkeiten mit realen Personen oder
Handlungen ergeben haben, so sind diese
Ähnlichkeiten reiner Zufall und nicht beabsichtigt.

**Bibliografische Information
der Deutschen Nationalbibliothek:**
Die Deutsche Nationalbibliothek verzeichnet diese
Publikation in der Deutschen Nationalbibliografie;
detaillierte bibliografische Daten sind im Internet
über dnb.dnb.de abrufbar.

© 2017 Lydia Lenz

Herstellung und Verlag:
BoD – Books on Demand, Norderstedt

ISBN: 9 783743 116443

*

ONLINE

Guided by the senses
With a license to provide
„Bits“ of Low-Life to the senseless
You can be Jakyll or you can be Hyde

Enjoy the „secret service“
And the messages you‘ll get
Hope you can tell by the intention
Who‘s the spider in the „Net“?

Well, you‘ve got to meet me online
Disconnected for a long time
Well you got to meet me online
Download you for a lifetime

Today they won‘t use nails
Jesus would not be crucified
He would be choked by mails

„ ...I still love to touch you offline“ *

*

* Songtext ONLINE von DE | PHAZZ
Auf dem grandiosen Album DEATH BY CHOCOLATE

*

Noch zweihundert Kilometer Autobahn. Die Sonne war längst vom Himmel verschwunden, trotzdem kochte ich, nach einem hochsommerlichen Maitag, in meinem nichtklimatisierten 92er Corolla vor mich hin. Die schwarze, ärmellose Bluse, die ich mir gestern noch zusammen mit dem dunkelroten Slip gekauft hatte, klebte unangenehm an meinem Rücken. Außerdem spürte ich, muss eine Art weiblicher Instinkt sein, dass die Saugkraft meines Tampons ihr Limit erreicht hatte und eine blutige Katastrophe zu befürchten war, wenn ich nicht bald eine Toilette aufsuchen würde. Ist ja nicht so schlimm, wenn man eh auf dem Heimweg ist: Es gibt Waschmaschinen und Duschen lässt ein solches ‚Malheur' schnell vergessen. Aber ich befand mich nicht auf dem Weg nachhause. Ich befand mich auf dem Weg von Köln, wo ich lebte, nach München, wo er lebte. Er, das war Adriano Saragozza.

Warum ich zu ihm fuhr? Eine lange Geschichte. Ich meine, wir kannten uns ja eigentlich nicht, oder zumindest sind wir uns noch nie begegnet. Ich kannte ihn nur aus dem Internet. Dennoch fuhr ich an diesem Mittwochabend exakt 576 km, laut Routenplaner, um ihn zu treffen. Dieter_2 war sein Nickname, langweilig, wie ich fand, der Nick. Ganz und gar nicht langweilig der Mann, der hinter diesem Nick stand. Der Mann, der knapp 600 Kilometer von Köln entfernt an seinem Rechner saß und mir täglich rotzfrech an den Kopf warf, ich sei ein Trotzkopf und er mir deshalb 33 Schläge mit seiner Peitsche auf meinen Po geben wollte, wenn wir uns begegneten. 33 Schläge, für jeden meiner Geburtstage einen.

Bis vor ein paar Tagen wäre ich mit 32 davongekommen, aber ich hatte inzwischen Geburtstag gehabt. Ich sage bewusst gehabt und nicht gefeiert. Es gibt da ein Foto von mir, ich wurde vielleicht elf oder zwölf, ein Kuchen steht auf dem Tisch und eine Menge Kinder sitzen an dem Tisch. Wenn dieses Dokument meiner Lebensgeschichte nicht vorhanden wäre, ich würde schwören, diesen Tag noch nie gefeiert zu haben. Man kann seinen Geburtstag nämlich sehr gut ignorieren. Ich hatte es inzwischen so weit gebracht, dass lediglich zwei Menschen mir gratulierten: meine Mutter und mein Lebensgefährte Jan. Dieses Jahr war es nur noch meine Mutter.

Ich vergaß: und die lieben Kollegen. Kennt man ja, die Sammelaktion, wenigstens einmal im Monat. Es gibt ein Geschenk und eine Karte mit den Unterschriften aller Kollegen. Selbst der Stillste organisiert für diesen Tag Leckereien und auf jeden Fall Sekt, um für eine halbe Stunde im Sozialraum – meist die ungemütliche Küche einer Firma – rumzustehen und sich damit für das meist öde Geschenk zu bedanken, zumindest in der Agentur, wo ich arbeitete, war das schon fast ein Muss. Ich hatte das noch nie getan, in den vier Jahren, die ich jetzt bei dieser Firma meinen Lebensunterhalt verdiente. Mir schleierhaft, warum meine Ignoranz diesem Tag gegenüber immer noch nicht respektiert wurde. Ich bekam eine Karte und ein Buch geschenkt. Design Annual 2001. Ein Fachbuch, denn ich bin Designerin. Die Karte enthielt eine Zeichnung von meinem Kollegen Christian. Er machte das für jedes Geburtstagskind und bemühte sich, immer einen für die Person charakteristischen Spruch beizufügen. Katja, aus der Programmierung, hatte er vor einer Woche in einem Kajak sitzend gezeichnet. Bei Eiseskälte und mit einem verbissenen Ausdruck im Gesicht. Das bezog sich auf ihre Irrsinnstat, aus meiner Sicht, über Silvester einen Zelturlaub mit Kajak zu machen.

Auf meiner Karte befand sich dieses Jahr eine Comiczeichnung von einer völlig aufgelösten Frau am Rechner sitzend. In der Sprechblase darüber stand, ganz puristisch in Großbuchstaben: OHJEE!!!, mit vielen Ausrufezeichen. Christian klärte mich auf, sie hätten lange überlegt, was für mich typisch sei. Ihm fiel nur mein entsetztes Ohjee, im Angesicht von kurzfristigen Projekten ein. Es gab mir zu denken. Konnte man mich einzig auf meinen Job reduzieren? Hatte ich denn abgesehen von Arbeiten keine Hobbys, über die man sich lustig machen konnte? Was wohl auf der Karte stehen würde, wenn er von meinem neu erwachten Privatleben wüsste? – Darüber wollte ich gar nicht erst nachdenken.

Doch ob ich nun 32 oder 33 Schläge von Adrianos Peitsche bekommen sollte, ist ohnehin egal. Vor allem, da ich eh nicht an seine Peitsche glaubte. Ich hielt ihn nur für halb so abgebrüht, wie er mir vormachte. Schließlich sagte er auch Po und nicht Arsch, wenn er mir erklärte, wie fest er zuschlagen und wie laut ich schreien würde, ihn anflehen würde aufzuhören. Doch er würde nicht aufhören und kein

Mitleid haben, weil ich ein Trotzkopf sei und es genau so verdient hätte.

Ich ging davon aus, dass es vermutlich nicht mal annähernd zur Ausführung seiner sexuellen Phantasien, die er mir reichlich und sehr farbenfroh geschildert hatte, kommen würde. Ist schließlich nicht ganz dasselbe, von Mensch zu Mensch, statt anonym in den eigenen vier Wänden zu sitzen und von »Ich würde, wenn du jetzt bei mir wärst...«, zu reden.

Viel wahrscheinlicher erschien mir ein Szenario, in dem wir uns mehr oder weniger schweigend gegenübersitzen, heimlich auf die Uhr schauen und auf ein Wunder hoffen, welches dieses peinliche Etwas beenden würde. Er plante, mir die Klamotten vom Leib zu reißen und mich zu ficken, bis ich schreie. Haha. Ich glaubte ja inzwischen, Männer hören sich viel lieber über Sex reden – reicht denen schon, um richtig glücklich zu sein –, als ganz mutig zuzugreifen. Im allerhöchsten Fall würden wir uns nett miteinander unterhalten, vermutlich über mich.

Ein interessantes Thema für ihn, wie ich in den letzten Wochen feststellen konnte. Wir würden uns gepflegt verabschieden, ich suche mir ein Hotel, oder, wie ich mich kannte, fahre, noch bevor der Morgen graut, wieder nach Köln zurück. Möglicherweise übernachte ich ja in seinem Gästezimmer, aber in keinem Fall würde ich morgen früh neben ihm aufwachen, nackt, umhüllt vom Geruch nach Sex und Schweiß – nee. Doch was, wenn ich mich irrte?

Vierundzwanzig Uhr zeigte das Display meines Radios, als ich endlich das erlösende blaue Schild vor mir sah: Raststätte.

Nachdem ich getankt hatte, dabei schon merkte, wie mein Schritt vom Blut bedenklich warm wurde, parkte ich meinen Wagen nahe dem Restauranteingang.

Mitternacht: ein dunkler Parkplatz und jede Menge LKWs. »Du ziehst ein Kleid an, keinen Slip.« *Spinner! Bin ich bescheuert? Ich fahre garantiert nicht nachts, halbnackt durch die Gegend, um dann auf einer Polizeiwache die lustigen Erlebnisse meiner Vergewaltigung wiederzugeben. Noch dazu, wo ich so überhaupt kein Kleidertyp bin.*

Mein letztes Kleid war sonnengelb, gehäkelt, sehr kurz und das I-Tüpfelchen stellte die gelbe gehäkelte Unterhose, mit kunstvollen Rüschen am Popo, dar. Dank gilt in jedem Fall der häkelnden Tante und meiner Mutter, die mich mit dieser Schocktherapie möglicherweise für mein Leben geprägt hatten.

Dass ich diese Wahnsinnsfahrt nach München unternahm, war eine Sache, hatte lange genug gedauert, bis ich den Mut dazu aufbrachte, bedeutete in der Folge aber nicht, dass ich fatalistisches Heldentum zu meinem neuen Lebensmotto machen wollte. Meine Mutter hatte es mir von klein auf eingeimpft: »Geh niemals nachts alleine auf die Straße. Jeder Mann ist ein potentieller Serienkiller, mindestens aber ein Vergewaltiger.« Alleine der Weg zur Mülltonne gestaltete sich für mich damals schon zu einem nervenaufreibenden Thriller, bei dem ich regelmäßig mit dem Schlimmsten rechnete. Gehe ich heute, mit 33 Jahren, nachts auf einer einsamen Straße und höre Schritte hinter mir, schlägt mein Herz schon in Infarktnähe und ich kann nur noch daran denken, was ich im Falle eines Falles als Waffe einsetzen könnte. Meist fällt mir dann meine EC-Karte oder mein Schlüsselbund ein, mit dem ich dem Angreifer spektakuläre Wunden ins Gesicht ritzen könnte. Aber vielleicht habe ich einfach auch zu viele Krimis, zu viel Stephen King, in meinem Leben gelesen. Möglicherweise ist die Welt ja nur halb so gefährlich, wie ich sie mir in den letzten 33 Jahren zurechtgelegt hatte. Ich würde es herausfinden. Deshalb fuhr ich nach München. Mutprobe, über den eigenen Schatten springen, Grenzerfahrungen sammeln, um dann als neuer Mensch die Welt mit anderen Augen zu sehen und das Leben genießen zu können, statt mich selbst zu bedauern und darüber zu grübeln, was wohl die schmerzloseste Selbstmordmethode sein könnte.

Alle Sinne geschärft, darauf bedacht, einen selbstbewussten Blick nach vorne zu schicken, betrat ich den Flur der Raststätte. Links der Geruch nach altem Frittenfett, rechts Chemiekeule und Urin, die Feuchträume.

Eine Megakatastrophe. Mein Slip hatte sich vollgesogen und ein erster Fleck machte sich schon auf der dunkelblauen Levi's-Jeans breit. Was jetzt? Umziehen? Wieder nachhause fahren? Vielleicht doch das schwarze, wadenlange Sommerkleid? – ich hatte es mir vorsichtshalber letzten Samstag gekauft. Nur so, falls ich es mir anders überlege, mit dem Kleid. Na ja, Frauen tragen halt Kleider und Männer mögen das offenbar. Nein, ich wollte ihm nicht gefallen und seine Bekleidungswünsche interessierten mich auch nicht – oder doch? Ach, ich weiß nicht. Es gehört einfach dazu, während der Suche nach dem eigenen Ich, auch mal ein Kleid anzuziehen. Vielleicht gefällt das Kleid ja dem neu gefundenen Ich – irgendwann.

Im Angesicht meines Malheurs tat sich vor meinem inneren Auge auf jeden Fall ein Horrorszenario auf: Er zieht mich aus und mir würde die Schamesröte ins Gesicht steigen. Klar, die Wahrscheinlichkeit des Nahkampfes hielt ich nach wie vor für gering – aber wie schon erwähnt: Was, wenn ich mich irrte? *Dämmrige Beleuchtung, er wird's nicht mitbekommen.* Aber egal, selbst bei einer gepflegten Unterhaltung im Stockdunkeln, meine Gedanken würden ständig um meine blutige Hose kreisen. Rot anlaufen war garantiert und entspanntes Sitzen unmöglich. Die Lösung, mich jetzt und hier auf diesem versifften Klo umzuziehen, war nicht wirklich eine Lösung. Boah, hallo? Ich sollte es ja wohl schaffen, mich für fünf Minuten auf sein Klo zurückzuziehen, um mich frisch zu machen. Jetzt mal nicht so zimperlich. Was war schon eine blutige Hose gegen die wüsten Dinge, die er plante mit mir zu machen? Genau. Nix.

Ich war und bin ein sehr pragmatischer Typ. Aus diesem Grund befindet sich in meiner Handtasche so ziemlich alles, was irgendwann vielleicht einmal lebensrettend sein könnte: Eine Maglight, mein Leatherman Allzweckwerkzeug und, ja richtig, da sind sie, die feuchten Kleenex für unterwegs. Meinen Slip zog ich aus. Immerhin, zwar kein Kleid, aber doch sliplos. Noch ein bisschen Puder, der dunkelrote Lippenstift unverzichtbar und ich fühlte mich fast begehrenswert beim Blick in den schummrig beleuchteten Spiegel.

Ich bin jetzt nicht direkt eine Schlampe oder so, aber wenn ich dann mal eine längere Autofahrt mache, dann schaffe ich es sehr schnell, den Autoinnenraum kriegsähnlich zu verwüsten. Doch wer fängt schon an aufzuräumen, bei 140 km/h auf der Autobahn? Höchstens ein Lebensmüder.

Bonbonpapierchen, CDs und ein überquellender Aschenbecher lachten mich nicht direkt an, als ich die Tür von meinem Corolla öffnete, und während ich die Unordnung zu beseitigen versuchte, fiel mein Blick auf das Display meines Motorola. Eine SMS von Adriano: »WO BIST DU? WAS MACHST DU? KUSS AN DEINE MUSCHI!«

Großbuchstaben und wie immer mit einem kurzen A. für Adriano unterschrieben. Eine Adriano-typische SMS, wie ich sie in den letzten Wochen täglich mehrmals zu lesen bekam. Was bewegte diesen Mann dazu, sich solche Mühe zu machen, stündlich eine SMS-Nachricht zu verschicken? Kontrolle? Eroberungszwang? Keine Ahnung, aber es gefiel mir, es streichelte mein Ego wie nichts in meinem Leben zuvor.

Vor etwa sechs Wochen hatte ich ihn kennengelernt. Oder besser, ist mir sein virtuelles Ich über den Bildschirm gelaufen. Portal der Einsamen für die einen, Portal der Bekloppten für andere, aber auf jeden Fall ein Bio-top für Neurosen und Psychosen. Tummelplatz für Menschen, die nach sich selbst oder ganz simpel nach Sex suchen. Das Internet. Ein Eldorado für jeden Psychoanalytiker und seit einigen Monaten mein Hobby.

Es waren die langweiligen Osterfeiertage, an denen ich Adriano das erste Mal im Netz begegnete, und es waren die letzten Tage mit Jan in unserer gemeinsamen Wohnung.

Jan, das ist inzwischen mein Ex. Noch ungewohnt die Bezeichnung Ex, aber in diesem Leben ist man ja kein Mensch, wenn man nicht wenigstens einen oder eine Ex vorzuweisen hat.

Nach 14 Jahren kuscheliger Beziehung hatte ich mich zu dem Schritt durchgerungen, der meinem Leben eine neue Perspektive geben sollte: Trennung.

Im Internet findet man ja bekanntlich, spätestens seit Wikipedia, auf alles eine Antwort. Ich hatte die Antwort darauf gefunden, warum ich mich eigentlich trennen wollte. Hört sich selten blöde an, aber schließlich ist jeder Mensch anders und ich brauchte einen Grund, warum ich die Bequemlichkeit der eingespielten Beziehung aufgeben wollte. Dummerweise lebte ich nämlich mit Jan den Traum einer Beziehung. Ich wurde bekocht, bekam regelmäßig rote Rosen geschenkt, hatte mit Jan jederzeit einen Freund an meiner Seite – in guten und in schlechten Zeiten. Weit und breit kein einleuchtender Trennungsgrund. Bis auf die Kleinigkeit, dass ich täglich wenigstens einmal über mein Dasein nachdachte, während ich der Stimme von Madonnas »Don't cry for me Argentina« lauschte und mit ganzer Inbrunst mitsang: »... my mad existence ...«

Vermutlich würde ich in zehn Jahren noch Madonna in der Repeat-Schleife hören, wenn ich mich nicht vor knapp drei Monaten, aus rein beruflichen Gründen natürlich, in dieser virtuellen Community eingeloggt hätte.

Ende Februar war es. Ich hatte den Auftrag, ein Design für eine Partnerbörse zu entwickeln. Da musste ich schließlich mal schauen, was es so gibt, was die Konkurrenz zu bieten hatte.

Diverse Adressen surfte ich an. Neu.de, Parship.de, Bildkontakte.de, friendscout.de und wie sie alle heißen. Hängen blieb ich bei einer sehr unscheinbaren Seite. Cybermoon.de. Jetzt nicht weil die Seite besonders innovativ gewesen wäre, sondern, weil mein Chef mich darauf aufmerksam machte, dass die Seite schon seit Jahren online sei und vor Jahren zu den kultigsten Seiten gehörte. Hörte ich da so was wie Erfahrung mit Partnerbörsen raus? Egal. Ich startete den Loginvorgang.

Was die alles wissen wollten, bevor ich endlich Einblick in diese noch fremde Welt bekam. Meine Lieblingsfarbe, mein Lieblingsfilm, meine Hobbys, wie groß ich bin, Haarfarbe, welche Bücher ich lese usw. Es nervte mich an, aber ich beantwortete brav jede Frage. War mir, analytisch wie ich bin, darüber im Klaren, dass diese Fragen zu einem ausgefeilten System gehörten. Die Antworten würden mit Sicherheit analysiert und für teures Geld als Trendbarometer verkauft.

Als ich dann endlich das »Wohnzimmer« der Community betreten durfte, klickte ich mich mehr oder weniger lustlos durch die an sich langweilige Seite. Schließlich war das Arbeit und nicht Vergnügen, bis zu dem Zeitpunkt, als die erste Nachricht in meinem Fenster auftauchte: *lächel*. Also ich kannte mich überhaupt nicht aus. Chatten gehörte bis zu diesem Tag nicht zu meinen Kommunikationsmitteln. Virtuelle Jungfrau, könnte man sagen. Ich wusste nicht, dass die Sternchen Ausdruck für die Mimik des Schreibers waren. Noch viel weniger wusste ich, warum da jemanden danach war, mir solch ein Wort zu schicken. Dennoch, dieses »Lächel« berührte etwas in mir. Dieses eine Wort war vermutlich der Auslöser für all das, was mir in den nächsten Wochen und Monaten noch blühen sollte. Aber auf jeden Fall beinhaltete dieses »Lächel« das Ende meiner Suche nach meinem lang gesuchten Trennungsgrund.

Ich lächelte zurück. Nicht schriftlich, sondern mein Gesicht lächelte. Völlig bescheuert, es war ja nur ein Wort, aber ich lächelte. Es war ein Lächeln, wie man es vermutlich noch nie auf meinem Gesicht gesehen hatte. Ich wusste ja gar nicht, dass ich überhaupt so lächeln konnte. Mit einem warmen Gefühl in der Bauchgegend, ein liebevolles Lächeln halt. Okay, ich reite jetzt nicht länger auf dem Wort rum. Ich klickte den Lächler, Merlin war sein Nick, auf jeden Fall an und schrieb, ohne groß darüber nachzudenken, zurück:

Xela: Worüber lächelst du?
Merlin: Ich lächle, weil du mir begegnet bist *schmunzel*

Ich muss doch noch mal drauf rumreiten. Ehrlich, es würde mir eher entsprechen zu fragen: Was in aller Welt es denn in diesem Leben zu lächeln gibt? Oder auch denkbar, ganz schnöde: Lach nicht so blöd. Nein, stattdessen fragte ich, warum er lächelt und das auch noch mit einem vermutlich selten dämlichen Gesichtsausdruck, den aber Gott sei Dank keiner zu sehen bekam.

Ich meine, wann hat mich ein Mann jemals so angelächelt? Nur ein Wort, aber mir fuhr es in den Magen, weckte eine Sehnsucht in mir, die mir fremd war, und ließ mein Leben von einem Moment zum anderen erstrahlen. Gut, wo Strahlen sind, da ist auch Schatten, aber das konnte ich als emotionsarmer Workaholic noch nicht einmal ahnen.

Dann schrieb er, was er gerade am Kochen war: Spinatlasagne. Lecker. Mit Lachs. Für einen eingefleischten Vegetarier wie mich natürlich nichts, aber über diese leichten Unstimmigkeiten meiner »Das muss Schicksal sein« - Gedanken«, sah ich gerne hinweg.

Viele Zeilen gingen in den nächsten Wochen hin und her. Banales, Alltägliches und Sex stellten die Themen. Seine erotischen Phantasien, farbenfroh und detailverliebt, ließen meine Finger jedes Mal in einer Spontanlähmung über der Tastatur schweben. Was sollte ich auch antworten auf Sätze wie: »Würde dich jetzt lecken, bis du wahnsinnig wirst, wenn du bei mir wärst.«

Verbale Pornografie mit mir als Hauptdarstellerin. Meine Libido schlug Purzelbäume und mein Selbstwertgefühl schwelgte in Galaxien, die ich zuvor nicht kannte. Ich tänzelte auf einmal mit einem Dauergrinsen durch den Tag, bekam eine Ahnung davon, was das Leben lebenswert machen könnte. Endlich hatte ich meinen Trennungsgrund gefunden: Liebe. Ich liebte Jan nicht mehr. Keine Schmetterlinge mehr, kein Kribbeln im Bauch.

Kühle Distanz und nicht selten sogar Aggressionen prägten meine Gefühlswelt gegenüber Jan. Aber ganz nebenbei gab er mir auch keinen Grund zu glauben, dass er mehr als »Ich hab' dich lieb« für mich empfand. Leidenschaft und Begehren war im Laufe der Jahre auf Füßekraulen und anregende Diskussionen über den alltäglichen Ärger im Job reduziert.

Mit 17 lernten Jan und ich uns kennen und sind dann sehr bald mit jugendlichem Eifer zusammengezogen. Wir rauften uns auf 36 qm zusammen. Ich fand mich damit ab, dass Jungs halt eine andere Vorstellung von Ordnung haben. Überzeugte ihn, dass es durchaus, unter hygienischen Gesichtspunkten, von Vorteil ist, sich auf dem Klo zu setzen.

Irgendwann verstummten auch die gut gemeinten Fragen, wann wir denn heiraten, oder wie es in der Eifel heißt: wann es denn einen guten Tag gibt. Auch die Erwartung an die Zeugung von Enkeln und Nichten legte die liebe Verwandtschaft im Laufe der Jahre ad acta. Wir halfen uns gegenseitig durch miese Zeiten. Glaubten den anderen sehr gut zu kennen, verloren zwischen Studium und Geldverdienen unsere Träume und Bedürfnisse aus den Augen. Für Emotionalitäten, Romantik und Spontaneität blieb kein Platz. Aus Verliebtheit wurde nicht Liebe, es blieb bei: »Ich hab' dich lieb.« Wir waren Freunde, gute Freunde geworden und viele Jahre redete ich mir ein, 3-5-mal im Jahr Sex zu haben ist nach so langer Zeit völlig normal. Beziehung ist halt so und nicht anders. Liebe? Für mich ein Mythos, ein abstrakter Begriff und eine, zugegebenermaßen, schöne Idee von Poeten, die Menschheit auf Besseres hoffen zu lassen.

Traurig, aber wahr: Ich, Alex, lebte ein emotionsloses Leben. Reduziert auf Job und Karriere, auf Erfolg und Misserfolg meiner Leistungen als Designer. Die Erfolgsbilanz? Sichtbar auf meinen Kontoauszügen und im Gesicht meines Chefs. Privatleben? Geht nicht, passt nicht, ein andermal – vielleicht. Ideal für jeden Arbeitgeber, solche Menschen, doch wehe, sie entdecken die andere Welt da draußen.

Madonnas Hymne musste den Liedern von Rosenstolz weichen. Liedern, die von Lust und Leiden(schaft) erzählen. Merlin, der Zauberer, im wahrsten Sinne des Wortes hatte er mich verzaubert. Ich entwickelte Sehnsucht nach einem Mann, den ich lediglich von Bildern kannte.

Stapelweise mailte er sie mir zu: Merlin auf seiner Terrasse, Merlin beim Wandern, Merlin in Tokio, Merlin im Anzug, Merlin in Jeans, Merlins Schwanz, Merlins Miniatureisenbahn. Eine wirklich umfangreiche Sammlung lagerte inzwischen auf meinem Laptop. Und der Mann sah richtig gut aus. Eine Mischung aus Bruce Willis und Hugh Grant, würde ich sagen. Das freche Grinsen seiner blauen Augen ließen meine Gesichtszüge regelmäßig entgleiten und erzeugten ein warmes Gefühl in meiner Magengegend und ein kribbeliges ganz woanders.

Was da in meinem Kopf, mit meinem Körper geschah, machte es unmöglich, weiterhin mit Jan Beziehung zu simulieren. Selbst im Hinblick darauf, dass ich überhaupt nicht plante, den Anfragen des Zauberers, uns doch mal auf einen Kaffee zu treffen, nachzugeben. Im Leben nicht. Mir reichte die virtuelle Form der Leidenschaft völlig. Ist halt so: Zaubern ist Illusion, und wenn der Trick auffliegt, weicht die Illusion den Fakten. Diese Fakten hießen in meinem Fall: Ich bin nicht liebenswert, von begehrenswert weit entfernt. Nicht falsch verstehen. Ich hielt mich nicht für hässlich. Im Gegenteil. Ich hätte wenig an meiner Optik ändern wollen, außer vielleicht die Form meiner Beine. Auch bin ich der Überzeugung, dass ich einen guten Geschmack habe, weiß, was mir steht.

Als Kind wünschte ich mir oft blond zu sein. Weil die blonden Mädels in der Klasse sehr beliebt waren und ich mich mit meinem südländischen Aussehen oft als Außenseiter, als anders und damit sowieso nicht beliebt fühlte. Vorstellungen bestimmen unser Verhalten. So verkroch ich mich als Kind sehr gerne in meinen vier Wänden, statt meiner sozialen Entwicklung eine Chance zu geben. Mit dem Älterwerden kam dann wenigstens die stille Einsicht, dass meine Optik gar nicht so verkehrt ist, doch die Angst vor dem Urteil anderer blieb. Ich verkroch mich weiter, konzentrierte mich auf meinen Beruf und soziale Kontakte blieben ein notwendiges Muss. In der Folge war ich mit 33 Jahren ein Fall für soziale Reintegration.

Die Vorstellung, dass ein Mann wie Merlin mich noch attraktiv finden würde, wenn er mir gegenübersteht, war völlig abwegig. Nein, ein Treffen mit ihm wollte ich ganz sicher nicht. Aber ich wollte wenigstens die virtuelle Form der Leidenschaft ausleben und das konnte ich nur, wenn ich nicht ständig aufpassen musste, mit diesem dümmlichen Grinsen vor meinem Laptop erwischt zu werden.

Vorbei die Überlegungen, ob und aus welchem Grund ich mich trennen wollte, einzig den richtigen Zeitpunkt zu finden, stellte ein Problem dar.

Echt, ich habe mir wochenlang die Lippen blutig genagt bei der Überlegung, wann und wie ich es Jan sagen sollte. Statt das große Gespräch zu suchen, machte ich es dann knapp, kurz und schmerzhaft. Es war Ende März, zwei Wochen noch bis Ostern, als ich ihn nachts um zwei Uhr weckte. »Du, Jan, ich möchte getrennte Wohnungen. Ich will alleine leben.« Feige, wie ich war, wählte ich die softe Fassung, um das Wort Trennung nicht erwähnen zu müssen.

Jan schaute mich an und seine Augen drückten Fassungslosigkeit, Schmerz und Leiden aus. Ich schaute weg. »Ich kann ohne dich nicht leben«, der einzige Satz, den er auf meine Entscheidung erwiderte, in dieser Nacht. Um etwas zu sagen, seinen Schmerz vielleicht zu lindern, antwortete ich: »Natürlich kannst du das, ich bin ja nicht aus der Welt. Wenn wir wirklich zusammengehören, dann werden getrennte Wohnungen daran nichts ändern.« Gemein, aber so ist das Leben. Neben mir im Bett mein zukünftiger Ex, dessen Leben gerade den atomaren Erstschlag erlitten hatte, und ich schlief, glücklich wie lange nicht mehr, ein.

Ich schaute auch in den nächsten Tagen weg, wenn mich der leidende Blick von Jan erwischte. Las auch die lange Mail, die er mir am nächsten Tag schickte, nicht wirklich intensiv. Ich wollte nicht weinen und ich wollte meinen Entschluss auch nicht gefährden. Die Mail ging im Laufe der nächsten Monate verloren. Irgendeine Rechner-Neuinstallation. Nur noch an einen Satz kann ich mich erinnern: »Ich möchte nicht der Grund dafür sein, dass du unglücklich bist.«

Entgegen den Gewohnheiten der trendbewussten Kölner hatten wir keinen Kurztrip, nach Mallorca oder wenigstens Holland, über Ostern geplant. Klar, seit einer Woche lebten wir in Trennung, kein günstiger Zeitpunkt für gemeinsame Urlaubstage. Aber so und nicht anders sah unser Beziehungsalltag all die Jahre aus. Auf keinen Fall etwas Verrücktes oder Unerwartetes tun.

Es war Karfreitag, der Tag, an dem ich Adriano kennenlernte. Statt Holland oder Malle tripte ich mit meinem Laptop in die wunderbare »Alles kann, nichts muss« - Welt. Buffet für Singles, Bühne von Eitelkeiten und Sammelsurium an verkorksten Selbstzweiflern, verletzten Liebenden und allerlei Befindlichkeiten.

Ich richtete mich nachmittags auf dem Wohnzimmerboden gemütlich ein und ging online. Darauf hoffend, meinen Zauberer online zu finden. Ich scrollte die Liste der Nicknamen von A wie »AbindieKiste« bis Z wie »zärtlicher_Verführer« nach unten. Suchte nach seinem Nick, Merlin. »Liste aktualisieren« – nichts, die Buchstaben tauchten nicht auf. Er war nicht online. Mein Magen schmerzte vor Sehnsucht. Mein Herz verlangte nach seinen Worten, nach seinen verbalen Streicheleinheiten.

Im wahren Leben hieß Merlin Jan und hatte auch noch am gleichen Tag wie mein Jan Geburtstag. Gut, ein paar Jahre älter war er, aber ich fing an, mir Gedanken über Schicksal zu machen. Ich bin nicht esoterisch veranlagt, ein bisschen vielleicht, aber das sind zu viele Zufälligkeiten, um zufällig zu sein. Das musste Bestimmung sein. Alternativ könnte ich aber auch in einem Paralleluniversum, in dem Rosamunde Pilcher die Regeln diktiert, gelandet sein. Ein Blick auf meinen Monitor riss mich aus der Welt meiner romantischen Erwartungen.

Dieter_2: Bin bei dir um die Ecke, kommst du runter oder soll ich klingeln?

Die Worte standen schwarz auf weiß in meinem Nachrichtenfenster. Blitzschnell durchforstete ich mein virtuelles Leben. Nein, ich hatte keinem meiner Chatbekanntschaften bisher meine Adresse mitgeteilt. Ein Arbeitskollege von mir hieß Dieter. Sicher, Dieter wusste von meinen Chataktivitäten – ich sollte wachsam bleiben. In der Profilkarte von Dieter_2 entdeckte ich allerdings keinen Hinweis darauf, dass es sich um diesen Dieter handeln könnte. Er kam aus München und hatte 38 Jahre auf dem Buckel, laut seinen Einträgen. Viel mehr Details gab das Profil aber auch nicht preis. Und überhaupt, Dieter_2 zählte nicht zu den Nicknamen, die mein Interesse weckten. Viel zu gewöhnlich, viel zu unromantisch.

Xela: Ach – wo wohne ich denn?,

schrieb ich herausfordernd zurück.

Dieter_2: Ich sitze am Kölner Bahnhof, in einem Bistro mit Internetanschluss. Bin gerade angekommen und will mich mit dir auf einen Kaffee treffen. Bis jetzt habe ich deine Adresse noch nicht, aber ich werde sie herausfinden.
Xela: Wie willst du die denn herausfinden, ohne meinen Namen zu kennen?
Dieter_2: Das ist leicht. Ein Freund von mir kennt sich mit Computern aus. Der sitzt schon dran, dich zu suchen.

Geht das wirklich, überlegte ich. Ist es möglich, vielleicht über die IP-Nummer, meine Adresse herauszufinden? Ach Mist. Ich bin Designer, weit weg von solch technischen Details. Dennoch, grundsätzlich hielt ich es für unmöglich.

Xela: Spinner. Geht doch gar nicht.
Dieter_2: Er sitzt mit Hochdruck dran. Gleich werde ich den Anruf bekommen.

Er gab nicht auf mit der Story.

Xela: Das ist mir jetzt zu blöd. Ich werde nicht mehr mit dir reden.

Das mulmige Gefühl im meiner Magengegend wurde immer mulmiger. Ich kam mir vor wie auf dem dunklen Weg zur Mülltonne.

Nur vor dem Laptop sitzend machte es wenig Sinn, die Faust zu ballen. Als Waffe konnte ich hier nur Worte oder den Logout-Button einsetzen. Möglicherweise kennt er ja doch meine Adresse und steht gleich vor der Wohnung? Die Geschichten von Internetfreaks und Psychopathen kannte ja inzwischen jeder.

Dieter_2: Komm an den Bahnhof, dann treffen wir uns hier im Café.
Xela: Was für ein Café denn?
Dieter_2: Gleich neben der Dresdner Bank, ich warte auf dich.
Xela: Ich wüsste nicht, wo da ein Café sein soll und überhaupt, ich gehe jetzt offline.
Dieter_2: Warte, geh noch nicht!

Der Typ gab nicht auf. Da Jan am Kochen war und vermutlich gleich mit dem Essen ins Wohnzimmer kommen würde, schaute ich nochmal schnell nach, ob Merlin online war, doch weit und breit keine Spur von ihm. Ich schaltete den Laptop aus, als Jan um die Ecke kam. Unnötig, ihn darüber ins Bild zu setzen, was ich trieb. »Keine neuen Wohnungsanzeigen gefunden«, nuschelte ich kaum hörbar, als ich mich auf die Couch setzte.

Jan hatte in der letzten Woche einen Ehrgeiz beim Durchforsten von Wohnungsanzeigen an den Tag gelegt, der sich nur mit Flucht erklären ließ. Nur mäßig interessiert nahm ich daran teil, schließlich hatte ich in den nächsten Wochen besseres zu tun, als Möbel zu rücken und Wände zu streichen. Sollte er doch ausziehen.

Schweigend aßen wir. Nudeln mit Rucolasalat und einer grandiosen Walnusssoße. Mein Leibgericht. Im Fernsehen lief Shrek. Unter anderen Umständen hätte ich das Märchen begeistert verfolgt, doch ich schwebte in Hemisphären, in denen ich weder liebevoll gekochtes Essen wahrnahm, noch die Konzentration für den Pro7 Blockbuster aufbringen konnte.

Mein Bauch schmerzte vor Sehnsucht, und ich musste mich in den letzten Wochen schon fast zwingen, irgendwas zu essen und wenn es nur ein Bissen in einen Apfel war. Auf schlanke 58 kg hatte ich es inzwischen geschafft. Nicht nur ideal, bei einer Größe von 174

Zentimetern, aber Frau kann ja eh nie zu viel Gewichtsverlust notieren.

Als wir gemeinsam die Teller in die Küche räumten, war mein Teller noch mehr als halb voll, und Jan fragte mich besorgt, ob mir nicht gut wäre. Ich antwortete wahrheitsgemäß, dass ich Bauchschmerzen hätte.

Rückblickend denke ich, Jan musste gemerkt haben, dass da mehr vor sich ging als nur Trennung. Mein verklärtes Grinsen, meine Handyaffinität.

Wir hatten uns beide die Handys nur angeschafft um Alltagskram und Termine zu koordinieren. Niemals wäre ich davon ausgegangen, das Vibrieren meines Handys könnte mich derart in Aufregung versetzen, wie es inzwischen der Fall war. Dass meine SMS-Nachrichten ganz anderer Natur sein würden als: »Kannst du mal eben noch in den Aldi springen, bei mir wird's später.« Auch jetzt steckte es in meiner Hosentasche und signalisierte eine eingegangene SMS, und es gab nur zwei Quellen für diese SMS: entweder eine hochinteressante Information meines Netzanbieters, oder er.

Meine Handynummer hatte ich ihm Anfang der Woche geschickt. Nicht wirklich mit Absicht. Als ich Montagmorgen zur Arbeit kam und mich in der Community einloggte, begrüßte mich mein Monitor mit der Information, dass der Server wegen Wartungsarbeiten runtergefahren wäre. »Bitte haben Sie etwas Geduld. In Kürze werden wir wieder online gehen. Ihr Cybermoon-Team.« Das ist nicht wahr. Das konnten die mir doch nicht antun. Seite aktualisieren. Der Server blieb unten, Merlin war nicht erreichbar. Das ganze Wochenende freute ich mich darauf, wieder arbeiten gehen zu können, nur um ungestört seine »Nähe« zu genießen.

Keine zwei Stunden hielt ich es aus, bis ich ihm eine SMS schrieb. Er hatte mir seine Telefonnummer schon kurz nach dem ersten »Lächel« mitgeteilt. Falls ich mal Lust hätte, mit ihm zu reden. Damals hatte ich mir die Nummer nur mäßig interessiert auf einem Haftnotizzettel notiert, und ich verzweifelte fast, als ich meinen gesamten Schreibtisch durchsuchte und der kleine gelbe Zettel nicht zu finden war. Erst als ich meine Handtasche schon komplett leergeräumt hatte und darüber nachdachte, ihn vielleicht über Google ausfindig machen zu können fand ich den Zettel. Er klebte im

Kleingeldfach meines Portemonnaies. Klar, wo sollte er auch sonst sein. Da klebe ich ja immer Zettelchen hin.

»Ich vermisse dich. Alex.« Brauchte es mehr an Worten? Nein. Sekunden später vibrierte seine Antwort-SMS: »Ich vermisse dich auch, mein Schmetterling. Versuche die ganze Zeit, mich einzuloggen, klappt aber nicht ... *traurigbin*« Es ging ihm wie mir. Er vermisste mich. Ich seufzte glücklich vor mich hin.

Ich verzog mich aufs Klo, hatte ja schließlich Bauchschmerzen und las die Nachricht.

»Ich vermisse dich, mein Schmetterling. i.h.d.l. Merlin«

Diese Worte brauchte ich. Auch wenn sie meine Bauchschmerzen verschlimmerten und die Befürchtung aufkommen ließen, mein Abendessen könnte wieder hochkommen.

Wenn ich bisher über die SMS-Tipperei anderer gelästert hatte, so konnte man mich inzwischen einen Profi unter den Tippern nennen. Bestimmt zehn Minuten überlegte ich, welche Worte meinen Gefühlszustand, meine Sehnsucht nach ihm, am besten beschreiben würden:

»Würde dich jetzt gerne streicheln ...
über deinen Rücken, deine Brust, dein
Gesicht ... Kuss auf deinen Bauchnabel ...
i.h.d.l. deine Alex.«

Senden. Dümmlich verliebt grinsend verzog mich ins Schlafzimmer, kroch unter das 2x2 Meter Plumeau, wo ich träumend nach meiner leidenschaftlichen Zukunft suchte.

Jan schnarchte tief und laut, wie immer, als mich mein Handy gegen ein Uhr aus dem Schlaf vibrierte. Unter der Bettdecke, im Schein des beleuchteten Displays, las ich die Nachricht: »Ich bin online. Merlin.«

Wenn mir jemand, eine Freundin vielleicht, erzählen würde, dass sie neben ihrem Ex in spe heimlich SMS-Nachrichten von ihrem Lover unter der Bettdecke liest, würde ich ganz klar sagen: Du bist bescheuert. Aber gut, eine beste Freundin, die mich beraten könnte, hatte ich nicht, wollte ich auch gar nicht. Die wollen gepflegt werden, melden sich ständig mit ihrem persönlichen Leid und gemeinsam shoppen ist sowieso nicht mein Ding. Außerdem, Verliebte sind resistent gegen jeden Hauch von Rationalität. Ich bildete da mit Sicherheit nicht die Ausnahme. Ich sehe es fast bildlich vor mir, wie sich meine beste Freundin, die ich ja nicht hatte, an den Kopf packt, wenn ich ihr erzählte, wie ich aufgrund der Nachricht aus dem warmen Bett kroch und ganz gehorsam im Wohnzimmer meinen Laptop hochfuhr.

Merlin: Hallo mein Schmetterling. Wie geht es dir?
Xela: Ich bin kein Schmetterling. Höchstens ein Nachtfalter.
Merlin: *lächel* Ich vermisse dich.
Merlin: Würde dich jetzt gerne lecken. Was hast du an?
Xela: Einen Bademantel.
Merlin: Und drunter?
Xela: String. Schwarz.
Merlin: Ich möchte, dass du dich streichelst. Berühr mit deinen Fingern deinen Kitzler. Streichle sanft über ihn.

Ich stöhnte leise, während ich seine Sätze las und meine Hand über meinen Bauchnabel, runter zu meinem Slip führte. Ich fühlte meine Schamhaare, spürte die samtene Haut meines Kitzlers.

Merlin: Jetzt schiebe deinen Finger in deine Muschi. Bist du feucht?
Xela: Ja.
Merlin: Hast du deinen Saft schon mal von deinen Fingern geleckt?
Xela: Nein.
Merlin: Warum noch nicht? Tu es. Es wird dich geil machen.

Aufregend und fremd fühlte es sich an, auf dem Wohnzimmerboden liegend, seinen Anweisungen zu folgen. Aber ich tat es. Nicht weil ich ihm megamäßig vertraute oder so. Ich wollte dieses neue prickelnde Leben, und solche Dinge gehörten wohl dazu.

Außerdem sollte er nicht denken, ich sei prüde, schlimmer noch, frigide und so gar nicht die leidenschaftliche Genießerin, wie er mich immer umschrieb.

Ich fummelte also weiter, seinen Vorstellungen folgend, an mir rum. Leckte den Saft von meinen Fingern und fand den Geschmack gar nicht abstoßend. Es wäre mir bisher nie in den Sinn gekommen, meinen Saft schmecken zu wollen zwecks Steigerung meiner Erregung. Ich meine, sanfte Massage und ein bisschen Phantasie führen zu dem gleichen Ergebnis.

Ich stellte mir vor, wie er jetzt mit einem harten Schwanz vor seinem Rechner saß, sich selbst streichelte. Mein Finger glitt tiefer in mich hinein.

Ich hatte damals zwei Kater. Ein schwarzer und ein grauer, und der Graue war es, der in diesem Augenblick aus dem Schlafzimmer angeschlichen kam und schnurrend um meinen Kopf strich. Ich kannte den Kater sehr gut, schließlich lebten wir schon seit 14 Jahren zusammen, und ich wusste, es handelte sich nur um die Einleitung, mich davon zu überzeugen, er sei am Verhungern und bräuchte gerade jetzt dringend frisches Futter. Einleitung heißt, er würde gleich mit seinem wolfsähnlich heulenden Miauen seine Forderung unterstreichen. Mit anderen Worten, er würde garantiert Jan wecken.

Merlin: Ich würde meine Zunge jetzt tief in deine Muschi schieben, deinen Saft aufsaugen, wenn ich bei dir wäre. Alex! Ich möchte, dass du dich jetzt selbst befriedigst. Streichle deinen Kitzler ganz langsam bis zum Höhepunkt.

Es half nichts. Ich stand auf, ging mit dem verhungernden Kater auf dem Arm in die Küche und füllte seine Futterschale. Als ich am Schlafzimmer vorbeikam, lauschte ich kurz, ob die regelmäßigen Atemzüge von Jan noch zu hören waren. Ich hörte nichts. Und leise heißt, entweder er ist wach, nicht gut, oder es ist einer der ganz seltenen Momente, wo er einfach leise schläft. Ich ging zurück ins Wohnzimmer, setzte mich wieder vor den Laptop und hoffte auf leisen Schlaf.

Merlin: Du Genießerin, du antwortest mir gar nicht *schmunzel*
... Stelle mir gerade vor, wie du kommst, mich dabei anschaust
und ich dir ein letztes Mal meinen Schwanz in deine nasse Muschi
stoße. Hallo, mein Schmetterling, bist du noch da? ....
Xela: Bin noch da, hatte nur gerade keine Hand frei zum
Schreiben ...

War ja nicht nur gelogen. Meine Lust auf weitere Fummeleien an
meinem Körper war mir irgendwie vergangen, aber ich wollte auch
nicht, dass er offline ging. Ich wollte mit ihm reden. Mehr von ihm
erfahren als seine feuchten Phantasien.

Xela: Passiert dir das eigentlich zum ersten Mal?
Merlin: Was?
Xela: Dass dir im Internet jemand begegnet, der mehr sein
könnte. Jemand, der dir nicht aus dem Kopf geht. Diese
Sehnsucht nach einem eigentlich fremden Menschen.
Merlin: Nein. Hast du deinen Slip noch an?
Xela: Und – was ist draus geworden? Ich kann es einfach nicht
glauben, was hier passiert. Und ich habe Angst vor dem Moment,
wenn ich feststelle, ich bin nur eine Spielerei von vielen für dich.

Es musste einfach raus. Seit fast sechs Wochen schrieben wir uns
jetzt, und meine Sehnsucht wuchs von Tag zu Tag. Ja, ich dachte
inzwischen schon darüber nach, ihn treffen zu wollen. Ein nicht
geringer Teil von mir, vermutlich die Reste der pragmatischen Alex,
zweifelte an der Echtheit seiner Gefühle. Und dieser sachlich
pragmatische Teil flüsterte mir auch die Frage ein, wie viele dieser
Internetflirts er wohl verfolgte. Schließlich ist er ein Mann, und was
er mir schrieb, wie er schrieb, deutete nicht auf wenig Übung hin.

Xela: Ich möchte nicht irgendwann aufwachen aus diesem
wunderbaren Traum und feststellen, dass es besser ist, sich nicht
fallen zu lassen, zu vertrauen – verstehst du, was ich meine?
Merlin: Wehr dich nicht dagegen und genieße es. Du bist keine
Spielerei. Was hier passiert, ist kein Traum *schmunzel*

Xela: :) Soviel Vertrautheit überfordert halt meine eingefrorene Seele.
Merlin: Hast du dich selbst befriedigt?
Xela: Nein.
Merlin: Tu es! Sag mir, wie du es gerne hättest. Welche Phantasien hast du, wenn du an uns denkst?

Aus irgendeinem Grund machten mich seine Worte traurig und wütend zugleich. Mir schossen die Tränen in die Augen, und ich hätte in diesem Augenblick die Welt anheulen können. »Machs gut, mein Herzens-schöner, nun lasse ich dich ziehn. Vergiss was ich gewollt hab...«, eine Liedzeile von Rosenstolz schlich sich in meinen Kopf. Wiederholte sich wieder und wieder. Warum? Er hatte mich doch lieb. Ich sollte glücklich sein und mich auf die Zukunft freuen.

Xela: Ich gehe jetzt offline. Ciao, schlaf gut.

Zum ersten Mal brach ich den Chat ab und nicht er. Ohne mich langatmig und sehnsuchtsvoll zu verabschieden, loggte ich mich aus und fuhr den Laptop runter. Im Dunkeln sitzend, weinte ich leise vor mich hin. Mein Handy meldete sich keine zwei Minuten später.

»Was ist los? Ich mache mir Sorgen.
Warum bist du offline gegangen?
i. h. d. l. Merlin.

Was sollte ich darauf antworten? Ich wusste nicht, warum mir auf einmal so elend war.

»Aus einem Nachtfalter machst du so
ohne Weiteres keinen Schmetterling.«
... Alex.«

Während ich den tiefen Atemzügen von Jan lauschte, ging mir meine verdrehte Gefühlswelt durch den Kopf. Ich kreiste um die Frage, was sein wird, wenn wir uns in die Augen schauen. Die peinlichste Situation meines Lebens baute sich vor meinem inneren

Auge auf. Er, der inzwischen die intimsten Details von mir kannte, von meinem Muttermal direkt über meinem Kitzler, bis hin zu der Tatsache, dass ich bis zu diesem Abend noch nie meinen Saft geschmeckt hatte. Ich sah ihn vor mir, belanglose Konversation fernab unserer bisherigen Intimität betreiben. Sah mich, unfähig, ihn anzuschauen und ein vernünftiges Wort zu formulieren. Mein emotionales Todesurteil. Lieber auf ewig alleine leben, als mich dieser Demütigung auszusetzen.

Man fragt sich jetzt sicher, warum ich denn nun in meinem alten Corolla saß, auf dem Weg nach München, zu dem nichtssagenden Dieter_2, wo ich doch offensichtlich in Merlin verliebt bin und ein echtes Problem damit habe, von der Virtualität in die Realität überzugehen. Weibliche Hormone? Austitschen nach der Trennung? Die erste Nachricht, die Merlin mir am Dienstagmorgen nach Ostern ins Büro schickte lautete:

Merlin: Ich bin nächste Woche Dienstag in Köln. Ich will dich sehen, mein Schmetterling.

Mein Herzschlag hämmerte durch meinen Körper. Vielleicht Adrenalin oder eine unerkannte Herzinsuffizienz? Mein Gesicht musste gestrahlt haben wie ein Kernkraftwerk kurz nach dem Supergau. Ich saß vor meinem Mac, die Hände über der Tastatur, und wusste nicht, was ich antworten sollte. Vom orgiastischen Jaaaa bis hin zu Scheiße passte alles.

Ja, ich will ihn treffen, und nein, in meinen Träumen kann ich nicht enttäuscht und verletzt werden. Und sollte es doch mal der Fall sein, kann meine Phantasie mit Schlagfertigkeit und Stärke kontern. Ein klares Jein also, zu diesem Date.

Für solche Fälle gibt es ja genug schlaue Sprüche: »Wer nicht wagt, der nicht gewinnt«, oder auch anwendbar: »Wer A sagt, muss auch B sagen«. Da musste ich wohl oder übel durch, wenn ich mein Leben in Zukunft leben und nicht nur davon träumen wollte. Die neue Wege beschreitende Alex setzte sich durch. Ist letztlich wie ein Vorstellungsgespräch: Wenn du den Job haben willst, musst du auch hin. Und außerdem ist es doch schmeichelhaft, wenn die Bewerbung genug Eindruck geschunden hat, um den Fuß in die Tür zu bekommen.

Xela: ANGST!!!,

schrieb ich. Das einzige Wort, was hundertprozentig auf meine Symptome passte.

Merlin: *schmunzel*

Ist klar, schmunzel ist wohl im Internet auf alles die passende Antwort. Aber gut, besser als *grins*. Verstand er meine Ängste? Vielleicht ja gerade deshalb das Interesse .

Merlin: Ich werde dich von der Arbeit abholen und dir zärtlich in deine wunderbaren Augen schauen. Du wirst sehen, der Abend wird alles noch schöner machen.

Was, wie, von der Arbeit abholen? NEIN! Eine laute Stimme in mir kreischte gerade schriller als 100 Girlis beim Anblick von Tokio Hotel. Womöglich würde ich mit Kollegen die Firma verlassen und er stünde da, vor seinem Audi. Ich bekäme weiche Knie, stolperte und machte mich nicht nur vor ihm zum Volltrottel, sondern auch noch vor meinen Kollegen. Aber ich hatte ja noch eine Woche Zeit, das Wie, Wann und Wo zu überdenken.

Merlin: Ich muss jetzt los. Melde mich bei dir. *drück dich ganz lieb*

Typisch. Kam, sprach, haute ab. Ich brauchte eine Zigarette und ging in die Küche. Garantiert gelang es mir auf dem Weg quer durch die Agentur nur suboptimal, meine Gesichtszüge auf »alles wie immer« zu stellen. Unübersehbar für jeden im Büro, ich stand kurz vor einer Überlastung meiner Nervenbahnen.

Ich arbeitete als Designerin in einer Kölner Internet Agentur. Eine dieser hippen Bürohallen im geschichtsschweren, denkmalgeschützten Industriegebäude aus der Jahrhundertwende.

Die ganze Mannschaft sitzt in einem Raum und ist lediglich durch Regale und Stellwände vom Telefon-gebimmel und Gequassel der Kollegen abgeschirmt. Aus diesem Grund fand ich das Großraumbüro nur mäßig hip.

Obwohl ich erwiesenermaßen eine Frostbeule bin, öffnete ich an diesem Tag freiwillig das Fenster. Egal, ich brauchte Luft, und da Raucher ja bekanntermaßen gesellige Menschen sind, saß ich sehr bald qualmend mit Anja, der jüngsten unseres elfköpfigen Designteams, in der feudal eingerichteten Küche auf den unbequemen Designerstühlen.

Vermutlich signalisierte mein Zustand so was wie: Mir ist schlecht, ich muss kotzen, habe meine Tage und werde gleich sterben auf einmal. »Hey, geht's dir nicht gut? Du bist blass.« Die fürsorgliche Anja legte bei dieser Frage ihre Hand auf meine Schulter. »Nein, geht schon. Ich rauch ja noch, da kann's nicht allzu schlimm sein«, frotzelte ich ironisch und hoffte, sie würde sich damit zufrieden geben. Grinsend setzte die kleine Blonde fragend einen drauf: »Vielleicht ja schwanger?« *Haha, von wem denn?* »Nein, eher nicht«, antwortete ich kurz angebunden und hoffte, sie würde schnell ihre Zigarette zu Ende rauchen. »Also, so wie ich den Jan kennengelernt habe, würde der sich als Vater gut machen.« *Wenn die weiter so dämliche Vermutungen in den Raum stellt, dann schreie ich.* »Weißt du es denn sicher? Ich meine, dass du nicht schwanger bist.« »Ja, Anja. Mit fast 33 hat man so was im Griff«, versuchte ich lachend einen auf »Mir geht's klasse!« zu machen.«

Ich hatte bis zu diesem Zeitpunkt nur mit Dieter, einem Kollegen aus der Abteilung, über mein privates Chaos geredet. Er wusste von meiner Trennung und auch von Merlin. Er hörte sich regelmäßig meine Flennerei, meine Selbstzweifel an und bestätigte mich mit Sätzen wie: »Man sieht dir an, dass du irgendwie glücklicher bist.« Ich, im Gegenzug, nahm Anteil an seiner Trennung. Seine Frau hatte ihn verlassen, und auch ihn hatte es inzwischen in die Welt der virtuellen Romantik getrieben.

Als Anja endlich den Raum verlassen hatte, starrte ich das Telefon auf dem Tisch an. Zu gerne hätte ich Dieter jetzt von der neuerlichen Entwicklung erzählt. Sollte ich ihn anrufen, damit er in die Küche käme und ich mich ausheulen könnte? Ich ließ es bleiben. Zündete mir stattdessen eine zweite Zigarette an und verlief mich gedanklich in meinem Leben.

Wenn mir in den letzten Jahren das Thema Trennung durch den Kopf ging, war für mich jedes Mal klar: Nach Jan wird nichts mehr kommen. Jetzt nicht, weil ich an die eine große Liebe glaubte, sondern weil ich nicht wusste, wie ich es anstellen sollte, dass irgendwer sich für mich interessierte. Möglicherweise hatte ich in meiner frühen Jugend zu viele Fehlschläge beim ersten Antesten meiner sexuellen Ausstrahlung. Ich erinnere mich da an diesen Schwimmmeistergehilfen. Ich war 15. Er: groß, braun gebrannt, muskulös, voll männlich und zwei Jahre älter. Er fuhr eine MTX, das coolste Moped damals, aus meiner Sicht. Ich wollte ihn und marschierte, immer mein Ziel im Kopf, mit ihm »gehen« zu wollen, in den Ferien jeden Morgen neben einer Reihe Rentnern Richtung Schwimmbad. Ich versuchte möglichst attraktiv auszusehen, wenn ich im schwarzen Adidas-Einteiler an ihm vorbeimarschierte und lässig Hallo sagte. Versuchte total sportlich zu wirken und zog meine Bahnen durch das große, immer arschkalte Becken.

Das Ganze nahm jedoch eines Abends ein schnelles Ende. Dieser Schwimmmeistergehilfe war ein Kumpel von meinen Brüdern.

Natürlich bemühte ich mich, mit dabei zu sein, wenn die Kumpels zusammensaßen. Ein fataler Fehler. Knallrot lief ich an, als dieser Schwarm meiner schlaflosen Nächte während eines lustigen Kumpelabends meine Schwimmkünste mit der einer Planschkuh verglich. Die Runde hatte einen Riesenlacher und der Wahnsinnstyp setzte selbstverständlich begeistert noch ein paar Witzchen drauf. Schwimmen gehen fand ich von diesem Tag an eher nicht mehr so toll, und Olympia hat ganz sicher eine Größe verloren. Na ja, so hatte die Almsick eine Chance.

Auf dem Weg zu meinem Arbeitsplatz lief mir Dieter über den Weg. Er schaute mich lächelnd an: »Merlin?« Mein Zustand schien Bände zu sprechen. »Mmmm«, bestätigte ich nickend und vermutlich mit flehendem Blick seine Frage. »Ich weiß ja, dass du nichts von Mittagmachen hältst, aber wennste magst?« Er schaute auf die Uhr. »In einer halben Stunde?«

Als wir dann im Café, direkt um die Ecke, saßen, sprudelte es aus mir heraus: »Ich kann das nicht. Schlipsträger sind nicht meine Welt. Mach mir doch schon Pipi in den Schlüpfer, wenn er nur anruft.« »Alex, hallo? Du präsentierst deine Designs vor zig Schlipsträgern, das wirst du schon hinbekommen.« »Das ist was anderes«, erwiderte ich und überlegte, was an einem Treffen mit Merlin anders ist als an einer Präsentation. Sehr viel. Schließlich habe ich mit Kunden im Vorfeld einer Präsentation nicht wochenlang über sexuelle Details geplaudert. Die wollen nur ein gutes Design und nicht durch meine Muschi lecken.

»Alex, der ist auch nur ein Mensch. Um es mal so auszudrücken: Der pinkelt und scheißt wie jeder andere Mensch. Seh es mal so: Vielleicht hat er ja auch Angst?« Ich musste lachen. »Nee, das glaube ich nicht. Das ist so ein Typ, der jede haben kann. Ein Geschäftsmann, 38 Jahre und ist schon das zweite Mal verheiratet. Ich weiß gar nicht, warum der so einen Narren an mir gefressen hat. Vermutlich sucht der nur nach einer Abwechslung in seinem öden Eheleben und da kommt ihm Klein-Alexa ganz recht.«

Obwohl ich diese Sätze sagte, hoffte und glaubte ich insgeheim, mich zu täuschen. Aus welchem Grund würde er sonst meine Zickigkeit so lange mitmachen? Weigerte ich mich doch bis heute, mit ihm am Telefon zu plaudern. Wenn ich dann doch mal, kamikazemäßig, meinen Mut zusammennahm und einen Anruf entgegennahm, statt auf eine Mailboxnachricht zu hoffen, dann schaffte ich es kaum, ein halbwegs erwachsenes Wort zu formulieren, von sinnhaften Sätzen ganz zu schweigen. So verliefen unsere Telefongespräche immer recht einseitig und waren rekordverdächtig schnell zu Ende. Ich würde ja gerne plaudern wie ein Wasserfall, vor allem selbstbewusst und auf der gleichen intimen Ebene, wie wir uns Mails, SMS und Nachrichten im Chat schrieben, aber ich wurde immer zittrig, klein und unbeholfen beim Klang seiner Stimme. In der Folge verursachte mir allein schon der Gedanke, mit ihm zu reden, Schweißausbrüche. So beschränkte ich mich darauf, seine Nachrichten auf meiner Mailbox abzuhören. Ich speicherte sie alle ab, und es konnte passieren, falls meine Sehnsucht zu groß war, dass ich eine Nachricht gleich drei - viermal abhörte. Was, nebenbei bemerkt

– nein, damals gab es noch keine Flatrates für Handys – , meine Handyrechnung immens in die Höhe trieb.

Aber selbst das Abhören seiner Mitteilungen trieb mich schon in eine Krise. Ich hörte seine Stimme gerne, keine Frage, aber ich entwickelte eine Art Expertentum, wenn es um die Suche nach schlechten Schwingungen, nach Worten ging, die meine Angst vor Ablehnung bestätigten. Nicht selten hat ja das Gemeinte wenig mit dem Gesagten zu tun.

»Alex, denk doch mal darüber nach, warum der Typ sich jetzt das zweite Mal scheiden lässt.« »Weil seine Frau ihm wohl ständig nachspioniert. Hat er zumindest gesagt. Das würde dir auch auf die Nerven gehen«, erinnerte ich mich laut an einen der wenigen Chats, in deren Verlauf er über seine Ehe geschrieben hatte. »Alex, du bist ein großes Mädchen. Treff dich mit ihm, lern ihn kennen, dann wirst du schon merken, ob er dir was vormacht.«

Zurück an meinem Rechner öffnete ich, noch stehend, mein Chat-Fenster. Vielleicht war Merlin ja wieder online. Oh nein! Nicht schon wieder diese Nervensäge. Es war Dieter_2.

Gelangweilt klickte ich auf seine Profilkarte. Hoppla. Da hatte er tatsächlich die Osterfeiertage genutzt, um seine Selbstbeschreibung auszuarbeiten. Er interessierte sich für Italien. Er las Finanzmagazine und, nein, er stand auf Julio Iglesias. Wesentlich interessanter machte ihn das wirklich nicht.

Xela: Nervensäge.
Dieter_2: Was machst du?
Xela: Ich arbeite.
Dieter_2: Mit wie vielen Männern chattest du?
Xela: Mit keinem.
Dieter_2: Gut. Wie heißt du?
Xela: Du willst meine Adresse rausbekommen und kennst nicht einmal meinen Namen?
Dieter_2: Gib mir einen Hinweis
Xela: Mein Nickname.
Dieter_2: Du heißt Xela?
Xela: Nein. Mein richtiger Name steckt in meinem Nicknamen.

Dieter_2: Alex?

Als ich mich in der Community angemeldet hatte, fiel mir zum Thema Nicknamen nichts wirklich Bombiges ein. Rose lag in der engeren Wahl, weil ich Rosen liebe. Rote Rosen. Dummerweise schien ich mit meiner Ansicht, Rose sei ein Knallernick, nicht alleine zu sein. Es gab ihn schon in zig Variationen. Da ich die vom System vorgeschlagenen Alternativen wie Rose_2 für einen schlechten Kompromiss hielt, meldete ich mich, ohne lange nachzudenken, mit meinem Vornamen, rückwärts geschrieben, an.

Xela: :))) ... und, wie ist dein richtiger Name?
Dieter_2: Adriano.
Dieter_2: Und jetzt deine Telefonnummer.
Xela: Nein!
Dieter_2: Ich will doch nur deine Stimme hören.
Xela: Ich will aber deine nicht hören.
Dieter_2: Dann schick mir ein Bild von dir.
Xela: Nein! Warum sollte ich?
Schick du mir eins von dir.
Dieter_2: Ich habe keins von mir.
Xela: Das glaube ich nicht.
Dieter_2: Ehrlich. Es gibt kein Bild von mir. ALEX!

Das ging eine Ewigkeit so weiter. Er wollte irgendwas von mir und ich wiederholte zeilenweise meine Neins. Die Sache mit dem Bild konnte er sich eh abschminken. Merlin hatte ich in der ersten Woche des Kennenlernens ein Urlaubsbild von mir geschickt. Lange Haare, braun gebrannt, Urlaubsstimmung pur. Nicht ganz dieselbe Alexa wie heute. Vielleicht ja auch ein nicht unerheblicher Grund, warum ich dem Treffen mit gemischten Gefühlen entgegensah, aber als er das Bild von mir bekam, hatte ich noch nicht im Geringsten darüber nachgedacht, dass die Möglichkeit besteht, von der Virtualität in die Realität überzuwechseln. Natürlich hatte ich ihm inzwischen erzählt, dass meine Haare inzwischen nicht mehr weich über meine Schultern fallen, ich Kreolen an den Ohren heute eher lästig finde und Röcke nur in Ausnahmesituationen, wie Urlaub, zum Tragen kommen.

Adriano würde dieses Bild von mir auf keinen Fall bekommen. Warum? Weil er in mir keine romantischen Gefühle weckte und letztlich, Adriano war ja nur irgendwer im großen Pool der Chatter.

Xela: Ich mache dir einen Vorschlag:
Du gibst mir deine Telefonnummer und ICH werde dich, vielleicht, wenn mir mal schrecklich langweilig ist, anrufen.

So langweilig konnte es mir gar nicht werden und solange ich noch mit Jan die 90 qm Wohnung teilte, würde ich eh mit niemandem telefonieren. Und schließlich, wenn ich ein Computerspiel spiele, will ich mit dem auch nicht telefonieren.

Dieter_2: 0140 45 69 69
Xela: Na wenn das mal ein Zufall ist, mit der 69. Soll mir das etwas Spezielles sagen?
Dieter_2: Magst du die Stellung?
Xela: Kann sein.
Dieter_2: Ruf mich an!
Xela: Nein!
Dieter_2: Ich muss jetzt los. Will dir noch was Wichtiges sagen.
Xela: Was denn? Schreib's doch.
Dieter_2: Das geht nicht. Muss es dir sagen.
Xela: Ich rufe dich nicht an. Schreibs mir.
Dieter_2: Nein. Ruf mich an, dann sag ich's dir.
Xela: Nervensäge.
Dieter_2: Trotzkopf. Lass die Finger von anderen Männern. Wir sehen uns.
Xela: Ciao.

Extra nervig der Typ, dennoch schmeichelhaft, seine Hartnäckigkeit. Ein nicht geringer Teil von mir genoss diese Form von Aufmerksamkeit in vollen Zügen. Vielleicht war ich ja doch was Besonderes. Immerhin, zwei Männer, die mich zur Zeit belagerten. Das war 200% mehr Aufmerksamkeit von der Männerwelt als in den letzten 14 Jahren.

Da es trotz der Projektflaute noch einiges für mich zu erledigen gab, loggte ich mich aus dem System aus. Es grenzte sowieso schon an ein Wunder, dass ich noch keinen Anpfiff von oben bekommen hatte. Offensichtlich vertraute man mir nach wie vor, als williges Arbeitstier, ohne Ambitionen ein Privatleben zu entwickeln. Nur dank meiner Routine schaffte ich es an diesem Tag, meine Arbeit zu erledigen.

Wie ich diese Woche rum bekam? Eine reine Geduldsprobe. Wenn ich nicht Merlins extravaganten Vorstellungen von unserem gemeinsamen Date las, diskutierte ich mit Adriano die Telefon- und Bildproblematik durch.

Alain F. tickerte mich an. Schrieb, er käme an so einem interessanten Profil nicht vorbei und müsste mich kennenlernen. Wow, Nummer drei. Mein Selbstwertgefühl schwappte fast über. Ich lehnte seine Anfrage ab. Schließlich ist die Gefahr, sich zu verheddern, während des Chattens nicht gering. Zumindest, wenn man ganz nebenbei auch noch seinem Job nachgehen muss. Die Vorstellung, dass Merlin mir gerade schrieb, wie doll er mich lecken will, und ich antwortete ihm mit einem Nein, oder wahlweise mit Nervensäge, ist nicht gerade prickelnd. Adriano würde vermutlich vom Glauben abfallen, wenn ich ihm Worte wie »Seufz« oder schlimmer noch »vermisse dich« zusenden würde. Alain F. ahnte offensichtlich, dass ich zur Zeit anderweitig beschäftigt war und schrieb: »Es wird der Zeitpunkt kommen, an dem du den Kopf frei für mich hast. Melde dich einfach.«

Das Wochenende vor dem Treffen mit Merlin wurde zu einer Nervenzerreißprobe. Als ob es nicht reichen würde, dass ich mir Gedanken um meine Bestimmung, das Zusammentreffen mit meinem Mister Perfect machte, lag auch noch ein Verwandtschaftsbesuch in der Eifel an. Mein Neffe feierte Kommunion, und natürlich waren Jan und ich eingeladen. Super. Wer konnte denn ahnen, als wir die Einladung bekommen hatten, dass wir zu dem Termin in Trennung leben würden?

Da wir beide bisher unserer Verwandtschaft von dieser einschneidenden Veränderung noch nichts erzählt hatten und auch keine Lust verspürten, uns die jeweiligen Kommentare anzuhören, einigten wir uns stillschweigend darauf, es fürs Erste nicht zu erzählen. Warum auch, es ging ja nur um getrennte Wohnungen. Eine Entscheidung, die garantiert keiner verstehen würde.

Während der Kommunionsmesse hatte ich seine erste SMS erhalten. »Ich werde dir zärtlich in deine Augen schauen, während ich meinen harten Schwanz in deine nasse Muschi stoße.«

SMS-Sex. Bestimmt 12 Kurznachrichten dieser Art hatten wir uns inzwischen hin und her geschickt. Ich war gerade auf dem Klo gewesen. Hatte die 13. oder 14. SMS an Merlin gesendet, als mich meine Mutter bei Kaffee und Kuchen fragte: »Was ist los, Alex?« Ich starrte gerade mal wieder Löcher in die Tischdecke, bei voller Konzentration auf meine Hosentasche und den Vibrationsalarm meines Handys. »Nichts, wieso?« »Du bist schmal und blass. Stimmt was nicht? Hast du Streit mit Uwe? Ich versuchte sie zu beruhigen: »Nein, nur viel Stress auf der Arbeit und selten Zeit, richtig zu essen.« Ich hoffte, der Satz würde das Thema beenden, weil meine Hosentasche vibrierte und in der Folge fehlte mir die Konzentration mich mit den Sorgen meiner Mutter auseinanderzusetzen. »Ich muss mal eben aufs Klo«, unterbrach ich das Gespräch und stand auf, während sie sagte: »Pass auf dich auf, Kind. Und hör mit dem Rauchen auf. Das ist so ungesund.« »Ja, ja«, antwortete ich geistesabwesend.

Auf dem Weg nachhause saß Jan am Steuer. Mir ging's nicht gut. Ich hatte Kreislaufstörungen, weil ich wieder den ganzen Tag kaum was gegessen hatte. Selbst die Käseplatte, die ich unter anderen Umständen komplett durchprobiert hätte, konnte mir keinen Appetit machen.

Für jeden normalen Menschen bedeutet Sonntagabend Bedauern, weil das Wochenende vorbei ist und man wieder anfängt, an Arbeitsstress zu denken. Auch wenn die neue Woche eine Reihe von ungewohnten Fragen und Problematiken für mich aufwarf, freute ich mich darauf, endlich wieder »ungestört« chatten zu können.

Sollte ich vorsichtshalber meine Beine rasieren? Könnte ja sein dass –. Montagnacht ging ich in Gedanken meine komplette Garderobe durch und überlegte, was ich anziehen könnte. Die Kardinalfrage, die ich mir stellte: Wie zieht sich eine Frau an, die, wie er mich immer beschrieb, eine leidenschaftliche Genießerin ist? Schließlich wollte ich das Bild, das er von mir hatte, nicht enttäuschen. Ich kam zu dem Schluss: Die Situation selbst stellte schon einen Bauchwehfaktor dar, da konnte ich darauf verzichten, mich mit einem unbequemen Outfit zu quälen. Die nächtliche Entscheidung fiel dann, nach langem Hin und Her, auf eine dunkelblaue Hüftjeans mit Schlag und ein enges, schwarzes Shirt. Schuhe? Ein Problem. Mein komplettes Schuharchiv bestand überwiegend aus bequemen Turnschuhen, und ich kam zu keinem überzeugenden Ergebnis. Ich konnte mir nicht vorstellen, dass Männer auf Frauen in bequemen Schuhen stehen.

Eine schlaflose Nacht und mein Kopf drohte zu platzen, denn nicht nur die Klamottenfrage bereitete mir Kopfzerbrechen. Wie würde das Date laufen: ein Fiasko, die Bestätigung all meiner Ängste oder –.

Einige der Möglichkeiten, die ich durchspielte, erregten mich so sehr, dass ich mich neben meinem zukünftigen Ex selbst befriedigte. Die Zigarette danach rauchte ich auf der Couch und hörte dabei meine Mailbox zum tausendsten Mal ab. Las all seine SMS-Nachrichten durch, einzig um einen Hinweis zu finden, der meine Angst bestätigte. Doch selbst wenn dieser Hinweis die Größe einer Plakatwand gehabt hätte, vermutlich wäre ich mit dem gleichen, dümmlich verklärten Grinsen in dieses Date gestolpert.

Vielleicht zwei Stunden Schlaf hatte ich hinter mir, als ich gegen sechs Uhr auf der Couch aufwachte. Zeit genug fürs Beautyprogramm. Mein Ex in spe schlief noch. Gut so, weil ich wollte ja vor allem eins nicht: dass er dahinter kam, wie sehr und aus welchem Grund ich seinem Auszug entgegenfieberte.

Ich startete meine Vorbereitungen mit einem langen, entspannenden Bad. In der Wanne liegend, mit dem Venus-Rasierer in der Hand, reckte ich nach vollbrachter Beinrasur mein Becken in die Höhe und betrachtete kritisch meine Schambehaarung. Sollte ich es tun – ? Mit meiner freien Hand strich ich über die Haare und empfand sie dabei als samtweich, aber entschieden zu lang. Ich befürchtete jedoch, eine Komplettrasur könnte zu einem ärgerlichen Juckreiz und Rötungen führen und ich wollte heute Ab-end, garantiert nicht meinem Traummann gegenübersitzen, mit dem ständigen Bedürfnis, mich zu kratzen. Einleuchtend, dass ich mich darauf beschränkte, meinen Venushügel nur zu trimmen. Ihn in Form zu frisieren. Quasi in Bikiniform oder nennt man das in dem Fall eher geile Form?

Um sicherzustellen, dass meine Beine stoppelfrei glatt waren, ging ich vorsichtshalber noch mal prüfend und korrigierend mit Hand und Rasierer drüber.

Vor dem Spiegel stehend, folgten Detailarbeiten in meinem Gesicht. Ich hatte selten darüber nachgedacht, aber heute empfand ich, zum ersten Mal in meinem Leben, meine Augenbrauen zu schwarz und zu füllig. Zupfen? Die Frage stand im Raum. Ich hatte es noch nie getan. Sicher benötigt man für die Prozedur eine eingeübte Technik. Ich versuchte mich mit der Pinzette an einem Haar. Autsch! Nein. Ich entschied: Merlin musste mich mit Augenbrauen nehmen, oder er musste es sein lassen. Meine kurzen, schwarzen Haare rubbelte ich mit einem Handtuch trocken. Stylen mit Gel erst, nachdem das Outfit steht.

Jan saß inzwischen mit Kaffee und Müsli vor dem Fernseher, schaute sich die Harald Schmidt-Folge vom Vorabend an, bevor er sich auf den Weg zur Arbeit machte. Für mich hieß das: Schlafzimmer frei, ich konnte die Bekleidungsproblematik angehen. Super, klasse. Echt, ich gefiel mir. Bis auf die Schuhe. Ich musste tatsächlich diese zwar teuren, aber bequemen und folglich langweiligen, schwarzen Treter anziehen. Sie waren unter all den bequemen die einzig mögliche Wahl. Hilft nix. Im Grunde wie mit den Augenbrauen: entweder mit oder gar nicht. Sollte der Mann auf Augenbrauen und Schuhe fixiert sein, würde das Ganze vermutlich ein rasant schnelles Ende nehmen.

Der Arbeitstag wurde zur Zerreißprobe. Wenig zu tun, ungeteilte Konzentration auf den Abend. Ich will es, weil es der Beginn eines neuen Lebens ist. Ein Leben mit Überraschungen und Spontaneität. Weil mein Ego nach Streicheleinheiten süchtig geworden ist. Weil ich ihn –, aber darüber wollte ich nicht nachdenken. Ich will es nicht, weil es die Bequemlichkeit meines überschaubaren Alltags durcheinanderbringt. Weil die Angst vor dem Zerplatzen einer Seifenblase groß ist. Die Angst vor dem Moment, in dem er überlegt, wie er aus der Nummer rauskommt. Wer will sich schon mit einer

Frau sehen lassen, die bequeme Schuhe trägt? Und schließlich war das Bild, das ich ihm geschickt hatte, auch schon ein paar Jahre alt. Damals hatte ich noch lange Haare, war braun gebrannt und in Urlaubsstimmung. Garantiert würde die kurzhaarige, unsichere Alex Fluchtinstinkte bei ihm wecken.

Um nicht durchzudrehen, legte ich mich auf den Fußboden, neben meinen Mac, und machte zur Ablenkung Situps und Liegestützen. Von denen mein untrainierter Körper nicht allzu viele hinbekam. Dieter, durch unsere Raucherpausen und meine neue Lust an der Mittagspause bestens informiert, trug ein Dauergrinsen im Gesicht und versuchte, mich mit Sprüchen wie »sei einfach du selbst« zu coachen. Guter Spruch, vorausgesetzt man weiß, wer man ist. Und überhaupt, wer A sagt, kann auch getrost B überspringen und mit C weitermachen oder wahlweise mit Z die Sache beenden. Aber gut, ich hatte mich für B entschieden und wollte die Nummer durchziehen.

Gegen Mittag klingelte mein Motorola. Auch wenn mein Herz rasenden Alarm schlug, meine Hände schweißnass waren und ich ein Versagen meiner verbalen Fähigkeiten befürchtete, ich nahm den Anruf entgegen. »Ich freue mich auf dich. Bin in einem Hotel am Barbarossaplatz. Wann soll ich dich von der Arbeit abholen?«

Das hatte ich vollends verdrängt. Die Frage des Wo und Wann. »Ich denke, wir sollten uns in einem Café treffen«, entgegnete ich mit zögerlicher Stimme. »Gut, schlag eins vor.«

Obwohl ich inzwischen seit mehr als vier Jahren in Köln wohnte, kannte ich mich abgesehen von der näheren Umgebung meiner bisherigen Arbeitsstellen und meiner Wohnung nicht viel besser aus als auf der anderen Seite des Planeten. Schließlich brauchte ich für mein Leben bisher nur den Weg zur Arbeit und in den nächsten Supermarkt.

Klar, da gab es das Lapi. Die Kneipe, in der ich mitunter mit meinen Kollegen ein paar Kölsch trank. Studentischer Schmuddelcharme, nicht ernsthaft der Ort, um sich romantisch in die Augen zu schauen. Ich schob die Frage hinaus. »Ich denke drüber nach und ruf dich zurück.«

Dieter half mir dann aus der Klemme. Nannte mir einige Cafés, Bistros und Kneipen. Rein pragmatisch entschied ich mich, nach einem kurzen Blick auf die Website, für das Café Am Bauturm:

witziges Interieur, intellektuell, mit Kronleuchtern – hip halt, aber viel wichtiger, es hatte eine gute Anbindung mit der Bahn. Ich wollte nicht das Risiko eingehen, lange suchen zu müssen.

Es gibt da die Geschichte, als ich nach Trier fahren musste, um die Abnahme unserer alten Wohnung über die Bühne zu bringen. Köln – Trier, eine Strecke von 170 km etwa. Den Hinweg schaffte ich problemlos. Aber auf dem Rückweg verfehlte ich Köln ganz knapp. Fand mich in der Innenstadt von Leverkusen wieder und verwarf weitere Versuche, den Weg weiblich intuitiv zu finden, an dieser Stelle. Die Jungs an der Tanke guckten nicht schlecht, als ich fragte, wie ich denn nach Köln komme.

Man versteht vielleicht, aus welchem Grund ich es für sicherer hielt, mit der Bahn zu fahren, und Jan meinen Corolla für den täglichen Wahnsinn in der City überließ.

Gerade wollte ich Merlin die Einzelheiten unseres Treffens mitteilen, da klingelte mein Handy. Ich zuckte zusammen und musste mir ins Gedächtnis rufen: Millionen Menschen telefonieren täglich und sterben höchstens im Falle eines Blitzschlags. Seine sanfte Stimme warf mir wieder sämtliche zurechtgelegten Sätze durcheinander und meine Stimme wurde zu einem Stimmchen. Dennoch schaffte ich es, ihm zu erklären, wo und um wie viel Uhr wir uns treffen: »Ist 18 Uhr für dich okay? Im Cafè Am Bauturm.« Schnell setzte ich noch nach: »Das ist am Rudolfplatz.« Den Rudolfplatz kennt jeder, den wird er finden, dachte ich. »Ich bin in einem Hotel am Barbarossaplatz. Wie komme ich denn von hier aus am schnellsten dahin?«, fragte er. Super. Was wusste denn ich, wie man vom Barbarossaplatz zum Rudolfplatz kommt? Der Kölner tät jetzt sagen: »Fährste de Ringe hoch, dann kommt der Sowieso-Platz, gefolgt vom Rudolfplatz.« Heute bin auch ich schlauer. «Du hast doch bestimmt ein Navi in deinem Auto, das wirst du schon finden«, antwortete ich und hoffte damit einer genaueren Wegbeschreibung entgangen zu sein. Der Mann ist schließlich erwachsen, fährt als Vertreter ständig durch die Gegend, der würde das bestimmt finden.

Während wir miteinander redeten, schaute ich rechts aus meinem Fenster und sah auf der gegenüberliegenden Straßenseite einen Kombi parken. Schwarz oder dunkelblau. Sofort erinnerte ich mich: » ...einen Audi Kombi...«, und erwähnte er nicht auch dunkelblau? Um das Auto herum schlenderte ein telefonierender Mann, in einem langen, dunklen Mantel. Die Statur könnte passen. Aber wer war die Blondine, die da gelangweilt rumsteht und raucht? *Ist das wirklich Merlin?* Meine Beine wurden weich, und ich bekam spontane Magenschmerzen. *Das ist er. Ganz bestimmt.* Nur ein Fenster, ein Parkplatz und die Breite der Straße trennten uns. »Wird schon klappen. Ich nehme mir ein Taxi. Taxifahrer kennen für gewöhnlich jede Kneipe.« Ich versuchte mich in Lippenlesen. Hatte der Mann gegenüber Taxifahrer gesagt? Selbst mit Augen zukneifen, er stand zu weit weg, um seine Lippenbewegung zu verfolgen, und außerdem lief der Typ hin und her. »Ich freue mich auf unseren Abend.« »Na ja, weiß noch nicht, ob ich nicht lieber was Langweiliges im Fernsehen gucken soll, statt mich mit dir zu treffen.« »Du wieder«, sagte er. »Wirst sehen, es wird wunderschön und es wird nichts kaputtmachen, nur besser. Ich gebe dir einen ganz lieben Kuss auf die Wange, schaue tief in deine Augen und wir erleben einen romantischen Abend. Ich muss jetzt aber los. Ciao.« »Ciao«, flüsterte ich zurück und drückte ihn weg. Dieter, wieder grinsend neben mir, und ich deutete aus dem Fenster, auf den Audi und die zwei Personen. »Das ist er«, flüsterte ich heiser. »Echt ? Der scheint nicht groß zu sein.« »1,84, hat er gesagt. Das reicht zumindest, dass ich nicht größer bin, wenn wir nebeneinander gehen.« Der Audi und die beiden Personen standen noch etwa fünf Minuten da. Der Mann telefonierte nach wie vor, oder schon wieder? *Vielleicht frage ich ihn ja heute Abend. Mal sehen.* Zeit für die nächsten Sit-ups.

Feierabend. Ein paar Minuten gönnte ich mir auf der Toilette. Leichtes Make-up, Puder und der dunkelrote Lippenstift. Psychologische Unterstützung fürs Selbstwertgefühl. Zwanzig vor sechs zeigte mein Handy. Wenn er sich nicht verspätete, würde ich nicht allzu lange warten müssen. Ich hatte das Timing so geplant, dass ich schon im Café sitzen würde, wenn er kommt. Die Vorstellung, auf ihn zuzustolpern, während er sich über meine Tollpatschigkeit amüsieren konnte, gefiel mir nicht.

In der Bahn sitzend, übte ich mich in Zwerchfellatmung. Tief in den Bauch rein, lange ausatmen. Soll sich ja positiv auf nervöse Attacken auswirken. Klappte in meinem Fall nur mit mäßigem Erfolg.

Ich konzentrierte mich auf die junge, dynamische Mutter gegenüber, statt an die nächsten Stunden zu denken. Mit wie viel diplomatischem Geschick sie ihren launischen Nachwuchs versuchte in den Griff zu bekommen. Ist ja nicht nur übel, ein Leben als Mutter, dachte ich. Zumindest weiß sie sicherlich, warum sie kämpft und lebt. Warum sie jeden Morgen aufsteht. Gut, der Preis ist hoch, wenn ich sie mir so anschaute. Ganz aufs Muttersein fixiert, optisch asexuell und einen Anflug von Hektik im Gesicht. Ha, vermutlich gehörte sie zu der Sorte, die von solch romantischen Dates, wie ich heute eins habe, nur träumen können. Nein, ich bin nicht scharf darauf, ein auch nur annähernd ähnliches Leben zu führen. Und spätestens als mir die kleine, zuckersüße Plage ihren Orangensaft über meine super bequemen Schuhe kippte, verwarf ich jeglichen gedanklichen Ansatz ans Familiegründen.

Die Mutter stieg, nachdem sie sich mit hochrotem Kopf entschuldigt hatte, aus und mir fehlte in der Folge jegliche Ablenkung. Panik. *Was mache ich eigentlich hier? Warum begebe ich mich freiwillig in eine Situation, die so unberechenbar ist wie die globale Wetterlage? Ich könnte jetzt ganz stressfrei nachhause fahren und ganz berechenbar den Abend vor dem Fernseher verbringen. Aber nein, stattdessen entscheide ich mich für den Adrenalinkick. Für eine Abenteuerreise mit ungewissem Ausgang. Eine blöde Kuh bin ich. Den einen Abend und danach ist für alle Zeit Schluss. Es ist ganz klar zuviel für mich, am Rande des emotionalen Supergaus zu leben.*

Mal ehrlich, ohne Gefühlsduselei lebt es sich erheblich ruhiger. Keine emotionale Bindung, keine Enttäuschung. Unbestritten, es gibt auch das andere Lebensmotto: No risk, no fun. Aber dieses Motto galt in meinem Leben nicht. Mein Motto lautete: wunschlos unglücklich. Wünsche sind ja klasse, aber eben nur Wünsche. Also, aus welchem Grund einer Sache hinterherlaufen, die so unsicher wie eine Hauptverkehrsstraße zur bombigsten Zeit im Irak ist. Gehst du auf der Straße der Wünsche, gibt es garantiert einen Heckenschützen, der dich samt deinen Wünschen und Träumen niederknallt und dabei noch frech grinst.

Selbstverständlich schaffte ich es, an der falschen Haltestelle auszusteigen. Gut, musste ich halt ein Stück gehen. Das Café lag in einer Seitenstraße des Rudolfplatzes. Ich hatte mich durchgefragt.

Super, Dieter. Hättest du mir auch sagen können. »Direkt am Rudolfplatz«, der ist groß, Herrgottnochmal.

Ich betrat den langen, schmalen Raum und sah ihn sofort an einem der hinteren Tische sitzen, als ich den Gang entlang blickte. Vielleicht hatte er ja den gleichen Plan wie ich, so von wegen stolpernde Schritte, sich zum Volltrottel machen, oder wollte er sich amüsieren, meinen Auftritt beobachten und sehen, wie lächerlich ich mich machte? Schlips. Anzug. Dunkelgrauer Wollmantel. Imposant. Ich musste an den telefonierenden Mann vor der Firma denken. Hoffentlich würde ich nicht zittern. Eine motorische Störung, die ich nicht unterdrücken konnte. Sie machte sich immer dann bemerkbar, wenn ich mich unsicher fühlte. Beobachtet und bewertet werde. Unübersehbar fürs Gegenüber und hochpeinlich für mich. Schlimmer, wenn ich versuche, etwas zu trinken. Kaffee. Die Tasse wackelt und schwappt über. Ich schaute auf den Mann am Ende des Ganges und es war völlig klar: Ich würde zittern.

Er sah mich, stand lächelnd – das ist also dein Lächeln, mein süßer Merlin, ging mir durch den Kopf – auf und rückte mir einen Stuhl zurecht. Bitte nicht übertreiben. Ich bin keine Schlipsträger gewohnt und schon gar nicht Typen, die mir Stühle zurechtrücken, mir aus oder in Jacken helfen. In dieser Beziehung bin ich eigenständig.

Es war ja nicht so, dass ich noch nie Gespräche über Sex geführt hatte. Ganz im Gegenteil. Rund um das Thema Vermischung von Geschlechtern diskutierte ich mit Begeisterung bei jeder sich bietenden Gelegenheit mit. »Beziehung zwischen Mann und Frau kann gar nicht funktionieren«, »Sex hat doch nix mit Liebe zu tun«, »Alles ist erlaubt, sofern jeder seinen Spaß hat und nicht gezwungen wird«, um nur einen kurzen Überblick über mein Theorien zu geben. Schließlich hatte ich jahrelang fast jedes Lifestylemagazin gelesen. Wiener, Tempo, Max. Ich war belesen, hatte schon mit 16 alle greifbaren Konsaliks und Harold Robbins-Bücher durch. Pornos waren mir auch nicht fremd. Aber so wirklich intime Details von mir selbst preisgegeben hatte ich bisher nur einmal: im Chat mit Merlin.

Er kannte mein Muttermal, oberhalb meines Kitzlers. Wusste, ich wurde noch niemals anal befriedigt, stimuliert oder gefickt, und sehr viele, sehr spezielle Details mehr. Von ihm wusste ich immerhin, dass er sich einen neuen Kaffeeautomaten zugelegt hatte, gerne kochte, seine Miniatureisenbahn pflegte und darauf steht, Muschis auszulecken – virtuell auf jeden Fall. Bloß jetzt nicht darüber nachdenken, was ich ihm so alles Peinliche erzählt hatte. Was war in so einem Moment die richtige Verhaltensweise? Hand geben, gefolgt von einem lässigen Hallo? Kurze Umarmung, Kuss auf die Wange? Er nahm mir die Überlegung ab. »Der versprochene Kuss«, schloss mich kurz und fest in seine Arme und drückte mir einen sanften Kuss auf meine Wange. Seine Hand lag in Höhe meines Steißbeines. Ich spürte Stärke und Kraft. Ein angenehmes Gefühl. Ein fremdes Gefühl. Ich fühlte seine Lippen, ein kurzes Kratzen seiner Bartstoppeln auf meiner Haut. Er trug einen Dreitagebart, dunkelblond, eine gesunde Bräune ließ ihn erholt und entspannt wirken. Sein Duft? Neutral. Meine Nase konnte kein Duftwässerchen ausmachen.

Was aber unübersehbar war: Niemals sind das 184 cm. Maximal 180 cm. Riesig kam ich mir neben ihm vor, mit meinen 174 cm. Jan ist 194 cm und mir stellte sich bisher nie die Frage, ob ich zu groß geraten bin. In diesem Augenblick konnte ich auf jeden Fall den flachen, bequemen Schuhen weitaus mehr als heute Morgen abgewinnen. Nicht auszudenken, wenn ich nach seiner Schwanzlänge gefragt hätte. Vier Zentimeter fallen da auf jeden Fall ins Gewicht.

Ein stämmiger Typ stand vor mir. Muskulös. Nicht dick, aber auf keinen Fall schmal. Gut so. Ich mag keine Heringe. Sofort fesselten mich seine Augen, die mich, ja, das musste Schmunzeln sein, anlächelten. Ich traute mich kaum hineinzuschauen. Schmunzelte er jetzt, weil er merkte, wie dämlich ich mich anstellte, wie verschüchtert ich war? Erinnert sich noch jemand an den schüchternen Blick von Lady Di? Den Kopf gesenkt, von unten nach oben blickend? Ich denke, mein Blick kam dem von Lady Di sehr nahe. Ich wünschte in diesem Augenblick, ich hätte meine Brille an. Die könnte ich ausziehen und als Blindfisch wäre es mir scheißegal, in das Stahlblau zu schauen. Leider hatte mich meine Eitelkeit heute Morgen zu Kontaktlinsen greifen lassen.

Merlin nahm sein Handy zur Hand, sah mich mit seinem Wahnsinnstyp-Lächeln an und sagte: «Das kann ich ja jetzt ausschalten.« Ein Kellner kam, fragte, was ich trinken wollte. Vor Merlin stand ein Kaffee und, obwohl mir nach Betäubung durch

Alkohol war, tat ich es ihm gleich. Bestellte einen Kaffee statt einer Kiste Bier.

Wie gern hätte ich jetzt eine Zigarette geraucht, aber mein Zittern würde auffallen. Stattdessen spielte ich lediglich mit der Zigarette in meinen Händen. Blieb abzuwarten, wie lange ich den Nikotinentzug aushalten würde.

Jetzt saß ich meiner Bestimmung gegenüber und mir fiel nichts Intelligenteres ein als die dämliche Feststellung: »Das ist also das Merlin-Lächeln.« »Hast du es dir so vorgestellt, oder bist du enttäuscht?«, fragte er schmunzelnd zurück. Sollte diese Frage rein rhetorisch sein? Er müsste blind sein, wenn er meine Begeisterung nicht bemerkte. »Nein, es gefällt mir, sehr gut sogar«, antwortete ich und versuchte dabei gelassen zu wirken. Schon nach dieser kurzen Zeit verspürte ich den Wunsch, ihn noch mal zu umarmen. Seine Haut zu spüren, ihn zu küssen.

Meine nervöse Verlegenheit wollte sich nicht legen und meine Nikotinsucht interessierte das wenig. Ich zündete mir die Zigarette an. Verflucht, wie hält man so ein Teil lässig zwischen den Fingern? Mein Kaffee kam und Merlin bestellte bei dieser Gelegenheit ein Kölsch. Bevor der Kellner sich abwendete, hob ich meine Hand: »Mir bitte auch ein Kölsch.« »Klein oder groß«, fragte er mich. »Klein.« »Du hast sehr dunkle, schöne Augen«, sagte er. Super, du meinst sicherlich, dass ich übertrieben schwarze und füllige Augenbrauen habe, fiel mir bei diesem Kompliment ein. »Kann ich bitte doch das ganz große Kölsch haben«, hätte ich jetzt gerne Richtung Theke gerufen.

Ich spürte die Hitze meines Blutes, wie es sich in meinem verklärt grinsendem Gesicht ausbreitete, und die Anspannung in meinen Wangen schmerzte regelrecht. Jetzt und hier kam ich mir ungeheuer plump mit meinen ungezupften Augenbrauen vor. Vielleicht sollte ich doch mal einen Beautysalon aufsuchen und mich aufpolieren lassen.

Meine linke Hand lag auf dem Tisch, direkt neben seiner Hand. *Hatte ich mir eigentlich die Fingernägel sauber gemacht? Wie sehen eigentlich meine Hände aus, habe ich Wurstfinger, sollte ich die vielleicht verstecken?*

Noch während ich überlegte, welches unverfängliche Thema ich anschneiden könnte, berührte er meine Hand. Er hielt sie nicht fest oder so, vielleicht nur ein Zufall, aber er berührte sie. Bescheuert, aber ich zog sie weg. Ich meine, was ist schon ein kalter Kaffee gegen eine Berührung von ihm? Stattdessen hob ich meine Tasse und stellte fest: Ich zitterte immer noch. »Du machst mich ganz nervös«, sagte ich verlegen und hoffte, damit jede blöde Bemerkung vorweggenommen zu haben.

Es half ja nichts. Er müsste blind sein, wenn er meinen Zustand nicht bemerkte. Wieder lächelte er dieses Merlin-Lächeln. Ein Lächeln, bei dem die Augen mitlächeln, ein Lächeln, das mir das Blut durch die Adern schießen ließ. »Du bist süß, wenn du so nervös bist.« *Echt? Ist nicht wahr. Finde ich überhaupt nicht. Ich bin tollpatschig, leide unter motorischen Störungen, wenn ich so nervös bin. Das ist nicht süß.* »Hast du das Café gut gefunden?« Er erzählte mir, dass er sein Auto in der Tiefgarage seines Hotels gelassen habe und der Taxifahrer das Café kannte. Das Kölsch kam, meinen inzwischen kalten Kaffee gab ich dem Kellner mit. Merlin prostete mir zu: »Auf einen wunderschönen Abend.« Hatte ich an meinem Kaffee nur sehr zurückhaltend genippt, so schaffte ich das Kölsch in Rekordzeit. Und da ich ja zurzeit eine ungewollte Emotions-Diät machte, wirkte der Alkohol sehr schnell. Ich wurde lockerer, traute mich doch tatsächlich ihn wegen des Audifahrers von heute Nachmittag zu fragen: »Kann es sein, dass du heute Nachmittag, als wir telefoniert haben, direkt neben meinem Büro, auf der anderen Straßenseite geparkt hast? »Nein, wüsste ich nicht. Ich hatte heute Nachmittag noch einen Termin auf der anderen Rheinseite.« Ich glaubte ihm das nicht und verstand nicht ganz, warum er es nicht zugab. Er war es gewesen, mit Sicherheit. Ich laufe zwar zurzeit etwas neben der Spur, aber blind bin ich deshalb noch nicht. Kurz überlegte ich, ihn nach der Blondine zu fragen. Verwarf den Gedanken aber sofort. Nicht dass er mich für eine eifersüchtige Zicke hielt.

Aus welchem Grund log er? Mir fiel dazu keine vernünftige Erklärung ein. Vielleicht wollte er ja im Vorfeld überprüfen, ob ich mit meinen Bildern nicht geschummelt hatte und doch eher fett und grottenhässlich bin? Merlin schnitt meine Überlegungen mit der Frage ab, ob wir zahlen und was essen gehen sollten. »Klar, gerne«, antwortete ich. Der Kellner kam und ehe ich mich versah, hatte Merlin für mich mitbezahlt. Mein zickiges Meckern wiegelte er ab, er habe mich zu diesem Abend eingeladen und dabei bleibe es auch. *Was für ein toller Mann*, hörte ich eine ironische Stimme in meinem Kopf sagen.

Wir verließen das Lokal und ich folgte seinem zielstrebigen Schritt Richtung Rudolfplatz. Irgendwas stimmte doch nicht. Ich kam nicht drauf, was. Außerdem kam ich mir, neben ihm hergehend, unsagbar blöde vor. Nicht nur dieser verflixt geringe Größenunterschied vermittelte mir das Gefühl, fast monströs zu sein. Nein, seine geschäftliche Aufmachung, perfekt von Mantel über Jackett, Weste, Hemd und Schlips, im Gegensatz zu meiner schlabbernden Jeans, brachte mein Selbstbewusstsein nicht gerade nach vorne. Alle, die uns sahen, mussten denken, was will der Mann denn mit so einer.

Direkt am Rudolfplatz, Ecke Hohenzollernring, betraten wir ein italienisches Restaurant. Jetzt fiel es mir ein: Wieso ist er so zielstrebig auf den Italiener zugegangen? Er kennt sich doch nicht aus in Köln.

Von außen eher unscheinbar, von innen strahlte da Lokal in indirekter, romantischer Beleuchtung und wirkte nicht billig.

Das Restaurant lag auf zwei Ebenen, und ich folgte ihm nach oben. Ein Kellner kam, rückte alles zurecht und legte uns die Speisekarten auf den Tisch. Zu trinken bestellte ich mein zweites Kölsch für diesen Abend. Merlin bestellte sich noch einen Kaffee. Der Kellner verschwand, und ich vertiefte mich in die Karte. »Hast du Lust auf gemischte Antipasti?« Ganz bestimmt wusste ich über Antipasti Bescheid aber mein Hirn blockierte den Zugriff auf die Detailinformationen. Italienische Kleinigkeiten, soweit bin ich im Bilde. Schnell blätterte ich die Karte nach vorne, wo die Vorspeisen aufgeführt wurden.

Ah ja. Getrocknetes oder mariniertes Allerlei. Tomaten, Oliven, Artischocken und diverse Fleischhäppchen. Ja, ich hatte schon mal Antipasti. Und ich hatte sie nicht gut in Erinnerung behalten. Die getrockneten Tomaten erinnerten mich damals an Schamlippen, und ich musste an »American Psycho« denken und die lustigen Erinnerungsstücke, die Patrick Bateman in seinem Spint, sammelte. Grund genug, sie eklig zu finden. Aber okay. Nachdem ich ja eh vorhatte, mein Leben komplett auf den Kopf zu stellen, konnte ich meine Einstellung zu getrockneten Tomaten gleich mit überdenken. «Ja, gerne. Du die Fleischhäppchen und ich das Grünzeug», antwortete ich.

Als Hauptspeise bestellten wir Pizza. Ich, wie immer, vegetarisch mit Spinat, Champignons und Feta-Käse. Merlin orderte irgendwas mit Thunfisch. »Stimmt ja, ich erinnere mich, du bist Vegetarier. Findest du denn auf der Karte was für dich?« Wie mich diese Fragen nervten. Gähn. »Ist schon okay. Ich nehme die vegetarische Pizza.« »So, wie ich dich Genießerin kenne, magst du doch sicher einen Rotwein?«, fragte er mich. Auch wenn es bis hierhin so aussieht: Ich bin kein überzeugter Biertrinker. Wenn die Möglichkeit besteht, ziehe ich in jedem Fall Rotwein vor. So sagte ich erfreut: »Ja, gerne.« »Die haben eine nette Auswahl auf der Karte, ich schau mal, ob ich was für uns finde.« Mir mehr als recht, denn auch wenn ich Wein trinke, so kannte ich mich mit Wein noch weniger aus als mit Stadtplänen. Romantische Weinabende gehörten halt, genauso wenig wie Städtereisen, bisher nicht zu meinem Leben. Mein Urteilsvermögen bezieht sich weitestgehend auf die Informationen meiner Geschmacksnerven, weniger auf Lagerung und geographische Herkunft.

»Halbtrocken?«, fragte mein Gegenüber. Ich erinnerte mich, dass auf den Weinflaschen, die Jan immer gekauft hatte, halbtrocken stand und so sagte ich: »Ja, ist okay.«

Die Karten wurden zur Seite gelegt, und wir unterhielten uns über vegetarisches Essen und wie lange ich schon kein Fleisch mehr esse. Auch wenn ich das Thema unter anderen Umständen abgebrochen hätte, weil es mich grenzenlos anödet, war ich jetzt und hier froh, Gesprächsstoff zu haben, bei dem ich mich auf sicherem Terrain bewegte. Unsere Getränke kamen, der Kellner legte Besteck und Serviette zurecht und verschwand wieder diskret.

Wir waren alleine. Jetzt wäre meiner Meinung nach der Moment für Leidenschaft. Für die Ausübung des ein, oder anderen Details seiner erotischen Phantasien. Also, wenigstens mal ein Bein, das sich unter dem Tisch dem meinen nähern könnte. Nein, stattdessen unterhielten wir uns seinen neuen Kaffeeautomaten und die Vorteile von zwei Heizsystemen. Kein Bein, das sich näherte. Als der

Kaffeeautomat eingehend durchgesprochen war, sprach er mich auf meine Trennung an.

»Du hast dich schon von deinem Freund getrennt, hast du erzählt. Ich war überrascht, wie schnell das bei dir geht.« Was sollte jetzt diese Feststellung? Darüber hatte ich ihm im Chat ja nun schon ausführlich berichtet. »Na ja, wenn du den Punkt erreicht hast, an dem es dir schwer fällt, mit deinem Partner noch ein Bett zu teilen, sollte man wohl einen Schlussstrich ziehen, bevor das Ganze in Aggression ausartet.« Mir kam der Gedanke, er könnte glauben, ich hätte mich wegen ihm von Jan getrennt. »Mach dir keine Sorgen. Ich habe mich sicher nicht wegen dir von Jan getrennt. Du warst der Auslöser für einen Schritt, der mir schon sehr lange durch den Kopf ging.« »Weiß dein Jan denn von mir?« »Nein, ich hoffe nicht.« Ich hatte null Bock, mich weiter über meine Trennung zu unterhalten. Ich wollte vor allem nicht daran denken, dass Jan jetzt zuhause alleine war, unglücklich alleine war. »Und du? Hast du deiner Frau schon gesagt, dass du dich trennen willst?« Er schaute auf irgendeinen Punkt hinter mir, während er sich eine Zigarette aus seiner Lucky-Strike Schachtel fischte. »Nein, das ist nicht so einfach, den richtigen Zeitpunkt zu finden. Elke ist eine sehr aufbrausende Frau. Sie würde mir sofort vorwerfen, ich sei fremdgegangen.« *Aha, würde sie das? Wie sie wohl drauf kommt?* »Und, gehst du fremd?«, fragte ich mutig und dachte an die Blondine von heute Nachmittag. Wieder dieses Lächeln, dieses Schmunzeln in seinem Gesicht. Er nahm meine Hand in seine: »Nein, nicht solange ich noch mit Elke zusammen bin.« *Äh, aha. Gut, dann weiß ich ja Bescheid. Ich hätte mir nicht die Beine rasieren müssen. Fängt Fremdgehen nicht im Kopf an? – dachte ich immer. Aber gut, ich bin ja auch unerfahren, was solche Dinge anbelangt.*

Die Hauptspeise kam, wir aßen und ich erfuhr noch einige Details über den Kauf seines Kaffeeautomaten und welche erheblichen Unterschiede es da in der Qualität gibt.

Das Bier und der Wein taten ihre Arbeit. Ich wurde relaxter, erreichte fast einen kompletten Entspannungszustand. Wie entspannt mein Zustand war, merkte ich erst, als ich nach dem Essen auf die Toilette ging und mich auf einen geraden, zielgerichteten Gang konzentrieren musste. Auweia, kürzer treten sollte ich. Über den Tisch kotzen beendet den Abend garantiert vor dem ersehnten Finale.

Im Spiegel blickte mir eine belämmert dreinschauende Frau entgegen. Ohne Zweifel, soviel wusste ich noch, das fremde Gesicht gehörte zu mir. Ein verklärtes Grinsen in den Backen, schon fast eingemeißelt, und ein Blick, der durch den Spiegel hindurchzuschauen versuchte. Sternhagelvoll würde meinen Zustand gut beschreiben. Ich verzichtete auf kosmetische Upgrades und nahm meinem Spiegelbild die Versicherung ab, die Finger vom Alkohol zu lassen.

Konzentriert bewegte ich mich an unseren Tisch zurück, als der Kellner gerade nach unten ging. Merlin hatte bezahlt und nachdem ich mein noch nicht angerührtes Wasserglas auf Ex geleert hatte, brachen wir auf.

Der Weg zu seinem Hotel wurde für meine Motorik zu einer Herausforderung. Weder meine Beine noch meine Sprache wollten mir gehorchen, und es war für mich alles andere als selbstverständlich, geradeaus zu gehen und gleichzeitig meine verbalen Fähigkeiten zu koordinieren. »Du bist groß, größer als ich gedacht hatte.« *Soll das jetzt etwa heißen, ich hätte geschummelt?* »174 cm, exakt und genau. Ausweise lügen nicht«, antwortete ich dümmlich und dachte dabei: *Und du bist klein. Kleiner als du gesagt hattest. Blödmann.* Aber dennoch, ich kam mir neben ihm alles andere als zart und zerbrechlich vor – auch wenn ich mich so fühlte – und erst recht nach seiner Bemerkung.

Völlig unklar, bis jetzt, ob ich den Abend als Erfolg im Sinne von »Ja« es ist auch real was ganz Besonderes, oder tendenziell als Ende meiner »Alex-und-die-Männer-Phase« abhaken konnte.

Wir hielten auf dem Weg zum Barbarossaplatz noch nicht einmal Händchen. Berührungen fanden zufällig statt, wenn mein Gang mal wieder nicht so geradeaus ging wie von meinem Hirn gewünscht. Von leidenschaftlichen Küssen waren wir für mein Empfinden erheblich zu weit weg. Mein Körper schrie förmlich nach einer langen Umarmung und feuchten, leidenschaftlichen Küssen, aber ich konnte unmöglich den Anfang machen. Schließlich war ich ja schon froh, dass er nicht schon nach dem ersten Kaffee flüchtete. Und überhaupt, bisher gab es noch keine entsprechende Situation. Immerhin hatte er im Restaurant meine Hand nicht nur gehalten, sondern sie auch gestreichelt, aber das hieß ja nicht direkt, dass er auch in Erwägung zog, mich zu küssen, geschweige denn mit mir zu schlafen. *Haha*, echote es sarkastisch in meinem Kopf.

Jede Berührung von ihm ließ mich innerlich aufstöhnen und es ließ sich nicht leugnen: Ich war erregt. Die Erregung lauerte zwischen meinen Beinen und schlich sich in Phantasien in meinen Kopf. Mein Verlangen erreichte Dimensionen, die mir bisher fremd waren.

Wir überquerten den Barbarossaplatz und stellten uns an die Haltestelle der Bahn. Ich stand da und wusste nicht, was ich sagen oder tun sollte. Das war jetzt der Abschied. Ich stand ihm einfach gegenüber, vermutlich wie ein Kleinkind, das auf ein nettes Wort oder eine Streicheleinheit wartet. Verlangend und erwartungsvoll. »Es tut mir leid, ich kann dich nicht nachhause fahren. Ich habe zuviel getrunken.« Ach ja, dachte ich. Und jetzt? »Soll ich ins Hotel gehen, dir ein Taxi bestellen?« Taxi, wieso Taxi? Mir musste ja jeder Grips abhanden gekommen sein. Eh ich das Thema begriff und was zu sagen und zu tun war, verging eine Ewigkeit. Irgendwann dann, gab's den lichten Augenblick, und ich schaute nach, wann die nächste Bahn fährt. Bis 2:30 Uhr stündlich und wir hatten jetzt kurz nach 1:00 Uhr.

Wir standen uns gegenüber. Sein Gesicht nur ein paar Zentimeter von meinem entfernt. »Und, was denkst du jetzt? Ist es vorbei?« Ich hauchte nur ein heiseres, hoffnungsvolles: »Nein«, auf seine Frage. Schaute ihm dabei zum ersten Mal an diesem Abend geradeaus in die Augen. Kawumm. Mein Verlangen hatte Sphären erreicht, die jenseits des Erträglichen lagen. Ob er nun den Anfang gemacht hatte oder ich, wen interessiert es. Unsere Lippen fanden den Weg zueinander, seine Hand drückte mich fest an seinen starken Körper und ich versank in der Wärme seines Mantels, in der Leidenschaft des lang ersehnten Kusses. Merlin drückte meine Hüften fest an seinen Körper, und mein Kitzler wartete förmlich auf den erlösenden Augenblick. Lauerte auf den Höhepunkt der Ekstase. Ich vergaß die Welt um mich, die Menschen, die an der Haltestelle warteten und uns vermutlich zusahen. Es war mehr als nur eine Umarmung. Sex, zumindest für mich. Gut, ich hatte noch all meine Kleider an, aber ein ähnliches Gefühl hatte ich noch nie erlebt. Das musste Geilheit sein. Ekstase. Leidenschaft. Der kleine Tod. Keine mechanische Stimulation der primären Geschlechtsorgane konnte bisher ein ähnliches Gefühl hervorrufen. Als hätte ich meine Leidenschaft für diesen einen Augenblick aufgesammelt und jetzt entlädt sie sich in einer funkelnden Explosion.

Nicht mehr Alex hatte die Oberhand. Jemand anderes, vielleicht Xela, die sich manifestiert hatte und als Dämon von meinem Körper Besitz ergriffen hatte. Die Bahn rumpelte an uns vorbei, ich bekam es kaum mit, obwohl wir fast auf den Gleisen standen. »Lass uns woanders hingehen«, flüsterte mir Merlin ins Ohr. Er führte mich in eine ruhige Seitenstraße und drückte mich mit seinem Körper an die Hauswand. Unsere Lippen, unsere Zungen wollten nicht voneinander lassen. Immer wieder flüsterte ich: »Merlin, Merlin.« Natürlich konnte ich ihn nicht bei seinem »weltlichen« Namen, Jan, nennen. Wie auch. Ich trennte mich gerade nach 14 Jahren von einem Jan.

Meine Hände tasteten unter seinem Mantel nach seinem Hosenbund. Ich wollte seine Haut spüren, über seinen Rücken streicheln.

Zum ersten Mal im Leben wurde ich mit den komplexen Stoffschichten eines Anzuges konfrontiert. Wirklich einfach gestaltete es sich nicht, bis auf seine nackte Haut vorzudringen. Aber ich fummelte mich durch. Seine Hand wanderte über meinen Rücken zu meinem Hosenbund, und da dieser recht locker saß, lag seine Hand bald auf meinem Poansatz. »Merlin, Merlin, Merlin«, ich traute mich nicht weiterzuflüstern, ihm das, was mir in diesem Moment durch den Kopf ging, zu sagen.

Bald nahm er mich bei der Hand und wir gingen nach rechts durch eine Tiefgarageneinfahrt. Ach so, ja. Hier stand vermutlich sein Auto oder gingen wir jetzt doch auf sein Hotelzimmer? Als wir rechts um die Ecke bogen, sah ich seinen Wagen und dachte flüchtig: Das ist der Wagen von heute Nachmittag. Ich bin mir sicher.

Merlin setzte sich auf den Fahrersitz, ich nahm neben ihm brav Platz. Ich beugte mich zu ihm rüber, strich mit meinen Lippen über sein Gesicht. Seine Bartstoppeln kratzten, aber auch das empfand ich als erregend. Merlins Hand tastete sich über meinen Bauch, in meinen Hosenbund. Einen kurzen Moment schrie eine innere Stimme: *Nein!* Aber der Nebel des Rotweins machte aus dem Nein ein Ja. Ich spürte seine Hand auf meinen Schamhaaren, seine Finger, die sich zu meinem Kitzler vorarbeiteten. Seine Berührung ließ mich leise seufzen und ich schob mein Becken seiner Hand entgegen. Er sah mich an, während er mich streichelte, doch ich konnte diesem Blick nicht standhalten und schloss meine Augen. Merlin zog seine Hand zurück, führte sie zu seinen Lippen. Er leckte den Saft von seinen Fingern. »Ich wusste, dass du gut schmeckst.« Er führte seine Finger zu meinem Mund, forderte mich auf, meinen eigenen Saft zu schmecken. Ich tat es, lustvoll und gerne.

Okay, Vorspiel hatte ich jetzt den ganzen Abend. Ich wollte seinen Schwanz spüren. Wollte seine Erregung spüren. Seinen Gürtel in sitzender Haltung zu öffnen, gestaltete sich schwierig, doch meine Finger fanden ihr-en Weg und bald stand sein Schwanz prall vor meinen Lippen und ich streichelte mit meinem Gesicht über die samtene Haut. Merlin legte den Kopf zurück, ich hörte seinen schweren Atem, sein Stöhnen. Er stand kurz davor abzuspritzen. Ich nahm seinen Schwanz in meinen Mund, streichelte mit meiner Zunge über seine Eichel, saugte leicht und biss sanft in seine pralle Schwanzspitze. Irgendeine Form von Ehrgeiz packte mich. Er sollte das Erlebnis nicht als Na-ja-Erlebnis abhaken. Vielleicht wollte ich ja auch beweisen, dass sich die Investition in den Abend gelohnt hat. Quid pro Quo sozusagen.

Eine Premiere. Das erste Mal für mich. Bisher fand ich die Vorstellung von Sperma in meinem Mund nicht gerade berauschend. Aber jetzt, hier und heute, wollte ich das Sperma schmecken. Wollte sein Sperma schmecken. Und es schmeckte neutral. Wie sein Duft. Weder eklig, noch ein Erlebnis. Der Traum jeden Mannes. Schluck, du Luder. Ich tat es, ich tat es gerne und fühlte entgegen meiner Erwartung keinen Ekel dabei.

Nach einer kurzen Zeit der Erholung fummelte Merlin Hemd und Hose zurecht und schaute auf seine Armbanduhr. »Es ist Zeit, gleich geht deine letzte Bahn.« Wir verließen den Audi und gingen durch eine Tür ins Treppenhaus. Erst jetzt lichtete sich der Nebel der Erregung und des Alkohols, und ich begriff, dass wir in der Tiefgarage seines Hotels gerade so was wie Sex hatten. Der Aufzug führte nach oben in die Lobby und vermutlich in die Etage seines Hotelzimmers. Aber nach seinem letzten Satz machte ich mir keine falschen Hoffnungen. Ob es am Alkohol lag, der sich verflüchtigte, weiß ich nicht, aber als er im Aufzug seine Hände zwischen meinen Slip und meine Schamhaare schob, offensichtlich in der Absicht, mich doch noch schnell zum Höhepunkt zu bringen, wehrte ich mich. Es erschien mir zu blöde, damit er sich gut fühlt, einen Orgasmus gemacht zu bekommen. Erleichterung machte sich in mir breit, als der Aufzug hielt und er seine Bemühungen abbrechen musste. Ein bisschen kam ich mir, im Angesicht des Menschen hinter dem Empfangstresen, verrucht vor. Ein heimliches Date und Sex in der Tiefgarage, er wusste garantiert Bescheid. Ob das Hotel wohl Überwachungskameras in der Tiefgarage hat? Gott sei Dank rumpelte die Bahn an und ich musste mir über die Situation nicht länger Gedanken machen. Noch einmal kurz drücken, ein Blick in die Augen und der Abend fand sein Ende.

Ich saß alleine mit meinen Gedanken und Emotionen in der Bahn, befand mich auf dem Weg nachhause, zu Jan ins Bett. Vielleicht hatte ich den Abend ja nur geträumt? Quatsch. Da brauchte ich mich gar nicht zu kneifen. Wäre das Ganze eine feuchte Träumerei gewesen, würde ich jetzt in seinen Armen liegen und nicht in der unfreundlich beleuchteten, einsamen Straßenbahn sitzen. In meiner Phantasie bin ich schließlich weit weniger genügsam, als ich es heute Abend gezeigt hatte. Aber was soll's. Ein großer Schritt in mein neues Leben war vollbracht. Und ich hatte ihn überlebt. Ich lehnte meine Stirn an die kalte, schmutzige Scheibe und ließ den Abend in all seinen Einzelheiten noch mal Revue passieren, sang leise einen Song von Rosenstolz: »... in mein verstaubtes Leben, küsstest du mir Sinn ... werd ich dich jemals wieder sehen, jemals wieder spüren? Oder war es nur der Moment...« Das laute, zynische Lachen in meinem Hinterkopf ignorierte ich, vorerst.

Mir schossen die Tränen in die Augen. Nicht gut, bei 140 auf der Autobahn. Knapp sieben Wochen waren seit diesem Abend vergangen. Wir chatteten immer noch, wir telefonierten hin und wieder und es gingen täglich SMS hin und her. Doch zu einem weiteren Treffen kam es bisher nicht. Selbst als Jan auszog, leidenschaftlichen Nächten nichts mehr im Weg stand, kam es nicht zu einem weiteren Treffen. Ich redete mir ein, er ist halt noch nicht soweit. Er lebt in Scheidung, hat immerhin zwei Kinder. Er ist sensibel und braucht Zeit, sich auf neue Gefühle einzulassen. Eine leise Stimme, vermutlich die alte Alex, flüsterte grinsend: *Ist halt nicht Ernstes. Einmalig war das Ganze nur für einen.*

Hinter dem Lenkrad sitzend, auf der Autobahn Richtung München, tat ich etwas, was man nicht tun sollte, will man seinen Führerschein und sein Leben behalten. Ich tippte während der Fahrt eine SMS. Schließlich hatte ich inzwischen genug Übung und musste nur selten kontrollieren, was meine Finger auf der Tastatur taten.

»Jan…i.l.d. deine Alex.«

2

Kaum hatte ich mein Handy in den Schoß gelegt, klingelt es auch schon. Er ruft mich an, er macht sich Sorgen, er liebt mich, möchte mich sehen, mich in den Arm nehmen. »Trotzkopf, wo bist du?«, fragte mich stattdessen die despotische Stimme Adrianos. »Irgendwo vor München, schätze ich mal.« »Haha, wo genau?« »Ich bin kurz vor Nürnberg«, erklärte ich ihm. »In knapp zwei Stunden könnte ich bei dir sein, vorausgesetzt, ich überlege es mir nicht anders und fahre zurück nach Köln.« »ALEX! Allein für den Satz gibt es zehn Schläge mehr.« »Adriano, Addi, ich glaube nicht an deine Peitsche.«

Ich hatte bei unseren Telefongesprächen sehr schnell herausgefunden, wie fuchsteufelswild ihn die Abkürzung Addi machen konnte. Mal schauen, wie viel Schläge mir das jetzt wohl einbringen würde. Als er aber wider Erwarten nicht drauf einging, setzte ich noch einen drauf und informierte ihn darüber, dass ich leicht unpässlich war, meine Tage hatte. »Und – läufst du etwa aus? Lexa, mich stört das nicht.« Irgendwie machte mich seine Antwort baff. Er hoffte doch sicher auf ein paar sexreiche Tage und eine blutende Muschi schmälerte die Möglichkeiten aus meiner Sicht doch um einiges.

Es war aber auch nicht so geplant. Die Anspannung und mein mangelnder Appetit hatten meinen Biorhythmus scheinbar durcheinander gebracht, so dass meine Tage eine Woche zu früh einsetzten. Es hatte mich selbst nicht gerade begeistert. Ich kämpfte nicht mit Bauch- oder Kopfschmerzen, aber zum einen war meine Periode, seitdem ich die Spirale hatte, zwar sehr kurz, dafür aber enorm stark. In der Folge rannte ich fast zwanghaft ständig aufs Klo, um die Zuverlässigkeit meines Tampons zu überprüfen. Zum anderen würde ich mich, wenn es tatsächlich zur sexuellen Interaktion kommen sollte, nicht wirklich wohl fühlen. Den kleinen Hoffnungsschimmer auf romantischen, leidenschaftlichen Sex konnte ich nicht leugnen.

Adriano forderte mich lediglich auf, mich zu melden, wenn ich an der Autobahnabfahrt bin. Er würde mir dann den weiteren Weg erklären. »Ist okay. Sollte ich es soweit schaffen, ruf ich dich an, ansonsten melde ich mich aus Köln.« Ich konnte es einfach nicht lassen, ihn immer wieder zu provozieren, und so kam auch prompt die Quittung. »Du bist jetzt bei 45 Schlägen, mach weiter so. Ruf mich an, wenn du da bist. Verstanden?!« »Nervensäge! Ciao.« Der Anruf hatte mich wieder daran erinnert, was mir bevorstand.

Jede Zeit und jede Stimmung hat ihre passende Musik. Bei mir passte zurzeit Depeche Mode, Lisa Stansfield und Rosenstolz. Depeche Mode sowieso immer gut, wenn man Unterstützung in Sachen depressiver Stimmung braucht und nach der Bestätigung sucht, dass das Leben und die Welt an sich gemein und der Schritt zum Selbstmord der einzig richtige ist. Lisa Stansfield mit Face Up genau das Richtige, um sich in romantische, erotische Phantasien fallen zu lassen. Auf dem Weg nach München war ganz klar die Stimmung für Rosenstolz. Bastard, das Lied, welches für mich Adriano beschrieb: » ... bist ein Bastard, bist ein Miststück, bist der Unhold in Person und ich liege dir zu Füßen, bist des Wahnsinns liebster Sohn ...« Wer mit ganzer Hingabe in seinem emotionalen Leid oder seiner Sehnsucht versinken will: Kerzen an, Rotwein und Rosenstolz sind der stilvollste Weg, die eigenen Gefühle mit jeder Faser heroisch zu zelebrieren. Ich gab's mir, jetzt auf der Autobahn, mit der ganzen Gewalt meines mäßigen Soundsystems und sang aus vollem Hals mit. Jedes Lied schien nur für mich gemacht.

Die Nacht und den Mittwochmorgen nach dem Treffen mit Merlin verbrachte ich in Hemisphären, die ich nicht verstand. Ich schwebte irgendwo auf Wolke sieben mit dem unguten Gefühl, dass die Wolke mich nicht tragen konnte. In meinem Kopf spulte ich die funkelnden Momente meiner Erregung rauf und runter. Konnte mein Glück kaum fassen: Diesmal war es nicht meine Phantasie, sondern die Realität, die diese Gefühle schuf. Wolke sieben verwandelte sich in eine Gewitterwolke, wenn mein Verstand die Dinge hervorholte, die sich mit meinem Rosamunde-Pilcher Universum nicht vereinbaren ließen. Sätze wie: »Nein, ich gehe nicht fremd«, geisterten in riesigen Lettern durch meinen Kopf und immer wieder die Blondine, lachend im Hintergrund. Wolke sieben wurde endgültig zum Gewitter, als ich Mittwochvormittag mit Merlin telefonierte. Soweit schien alles im grünen Bereich. »Du hast wundervolle Augen«, ich dachte: aha, super Augen, scheiß Figur oder wie? Aber was mich wirklich im Elend versinken ließ, war die schmunzelnde Bemerkung: »Du bist aber auch über mich hergefallen. Warst ja gar nicht zu bremsen.« Ich spürte, wie mein Gesicht tomatenrot wurde bei seinen Worten. Wäre mehr Zurückhaltung besser gewesen? Vielleicht redet man ja beim ersten Treffen nur? Da war ich wieder an dem Punkt: naiv und unerfahren. Null Plan, wie ein Date funktioniert, keine Ahnung vom Verhaltenskodex. *Er ist schockiert und hält mich für ein Sexluder. Schlimmer noch, für notgeil.* »Und – fandest du das schlimm?«, fragte ich mutig. »Nein, du warst süß. Vor allem, wie du immer wieder Merlin geflüstert hast.« Ich musste mich wohl damit abfinden. Motorische Störungen laufen bei Männern unter süß. Süß ist eine kleine Katze, die man gerne krault, der man eine Schnur zum spielen hinhält. Ich wollte ernst genommen werden. Ernst in meinen Gefühlen, meinen Worten und Taten.

Das Gespräch mit Merlin ließ mich mit einem sehr nachdenklichen Gesicht zurück. Auch wenn er noch mal ausdrücklich erwähnte, nichts sei vorbei, der Abend sei wunderschön gewesen, und er würde sich bei mir melden, wenn er wieder zuhause in Frankfurt wäre. Es arbeitete in mir und ständig wiederholte sich ein Wort in meinem Kopf. Blinkte auf wie eine riesige Plakatschrift am Spielcasino: Verarscht, verarscht! Aber vielleicht sollte ich nicht alles, was gestern Abend gesagt und getan wurde, auf die Goldwaage legen. Er ist schließlich auch nur ein Mensch und war vielleicht genauso nervös wie ich. Und die Blondine war vermutlich lediglich eine Kollegin von ihm. Nur noch sechs Tage, dann würde Jan ausziehen und alles wäre möglich. Oh wunderbare Welt, oh wunderbare Zukunft.

Wenn mein Chef nicht gerade in der Gegend rum lief, hatte ich mein Chatfenster immer offen. Es war wirklich nichts los. Kaum nennenswerte Projekte und in der Folge Riesenlangeweile. Ich legte also das Fenster der Community in den Vordergrund, mal schauen, wer so online ist. Es gab INXS. Einer der ganz wenigen, die, entgegen meiner Gewohnheit, von mir angeschrieben wurden. Sein Nickname hatte mich angesprochen. INXS, eine Band aus den 80ern. Leider ist der Sänger Michael Hutchence schon verstorben, so dass sie es nur auf eine geniale LP gebracht hatten.

Keine sexuellen Anspielungen oder Cybersex. Unterhaltungen über die Musik der 80er, über seine Ehe und was ihm das Chatten brachte. Er erzählte mir sehr oft, seine Ehe sei nicht mehr das Wahre, aber sie hätten zwei Kinder und eine Trennung käme nicht in Frage. Ich fand ihn sympathisch. Oder besser, ich fand es sympathisch, dass er mich sympathisch fand. Meine Sympathie verringerte sich allerdings erheblich, nachdem er mir ein Bild von sich zugeschickt hatte. Dann lauerte da noch dieser Alain F. Er schrieb mich in regelmäßigen Abständen an, weil ich mich nicht bei ihm meldete. Nicht uninteressant, aber ich war ausgelastet. Kaum, dass mein Nick online zu sehen war, schrieb mich Dieter_2 an.

Dieter_2: Wo bist du?
Xela: Wo schon, am Arbeiten. *g*
Dieter_2: Warum hast du noch nicht angerufen?
Xela: Grrrrr ... jetzt hör doch mal mit dem ständigen Anrufen auf ... ich ruf dich an, wann ich will.
Dieter_2: Ich habe noch kein Bild dir!

Es gab in der Community die Möglichkeit ein eigenes Foto zu hinterlegen, oder man griff auf vorgefertigte Avatare, die das System zur Verfügung stellte, zurück. Ich hatte den Avatar gewählt. Warum? Nun ja, ich war ja nur aus rein beruflichen Gründen online gegangen und bisher hatte ich es noch nicht für nötig gehalten, ein Foto von mir zu hinterlegen.

Xela: Ach. Dann find doch heraus, wie ich aussehe.
Dieter_2: Du hast dunkle Augen?
Xela: Stimmt.
Dieter_2: Du hast kurze, dunkle Haare?

Woher wusste der Kerl so genau Bescheid?

Xela: Und weiter?
Dieter_2: Du bist schlank? Du bist 1,68 groß?

Okay. Es leuchtete mir ein, wie er auf seine Vermutungen kam. Bei der Größe allerdings lag er daneben, aber das konnte mein virtuelles Bild, mein Avatar, auch nicht vermitteln. Er ging einfach davon aus, dass mein Avatar mir ähneln müsste.

Xela: Super, aber bei der Größe liegst du vollends daneben. 1,74 m bin ich hoch. *fieses grinsen*
Dieter_2: Dann bist du ja nur 3 cm kleiner als ich.
Xela: Und, gibst du jetzt auf?
Dieter_2: Nein.
Xela: Bei wie vielen Frauen ziehst du eigentlich diese Nummer ab?
Dieter_2: Nur bei dir. Ich chatte sonst mit niemandem. Soviel Zeit habe ich nicht.
Xela: *gg*
Dieter_2: Was bedeutet dieses Sternchen mit dem g?

Meinte er diese Frage ernst? Weiß Gott, ich bin noch kein alter Hase in der Chatwelt. Gerade mal zwei Monate Training hatte ich hinter mir, aber welche Bedeutung diese Kürzel haben, wusste ich inzwischen. Setzte man etwas, wie etwa »Lächel«, in Sternchen, so ersetzte es die Mimik, die ja in Abwesenheit des Gesprächspartners nicht zu übermitteln ist. *lächel* hieß einfach: Ich lächele gerade. Ich finde es gerade amüsant.

Xela: *g* heißt ich grinse und *fg* heißt entweder fieses oder freches Grinsen. Je nach Laune

Ich erklärte ihm weiter die Gepflogenheiten und Geheimnisse der virtuellen Welt. Erzählte von so lustigen Kürzeln wie *lol*, laugh out loud, und deren Steigerung *rofl*, rolling on the floor laughing. Kürzel, die ich persönlich echt albern fand. Ich rolle mich nicht auf dem Boden vor Lachen. Niemals. Es wurde immer deutlicher, dass er sich tatsächlich nicht auskannte. Den Unwissenden zu spielen gehörte nicht zu seiner ausgeklügelten Aufreißtaktik.

Wir unterhielten uns eine ganze Weile und es machte Spaß mit ihm. Es war nicht wie die romantische Welt, die sich im Chat mit Merlin aufbaute, eher ein verbales Kräftemessen. Ein unterhaltsamer Dialog, dessen Basis Provokation darstellte. Er forderte etwas und ich sagte »Nein«. Er nannte mich Trotzkopf, ich nannte ihn Nervensäge. Ich musste mir, vor meinem Rechner sitzend, mehr als einmal ein lautes Lachen verkneifen. Das also versteht man unter italienischem Temperament. Könnte mir gefallen.

Irgendwann verabschiedete sich Adriano, er müsse jetzt mal was essen gehen. Mir war es recht, weil ich ja auch noch Arbeit zu erledigen hatte. Kurz vor 18 Uhr tauchte Merlin in meinem Chatfenster auf.

Merlin: Hallo, mein Schmetterling, wie geht es dir?

Xela: Gut, sehr gut, wenn ich dich sehe.

Merlin: Ich würde dich jetzt gerne verwöhnen und mit meiner Zunge deinen Saft aus deiner Muschi lecken.

Merlin: Ich werde dir die Augen verbinden, wenn wir uns das nächste Mal sehen. Du wirst nichts sehen, nicht wissen, wo und wann ich dich das nächste Mal berühre. Bist du noch da?

Xela: Ja, bin noch da.

Merlin: Mochtest du es, deinen Saft von deinen Fingern zu lecken?

Xela: Ja, war okay. Bist du gut heimgekommen?

Merlin: Du warst sehr erregt. Ich habe es gefühlt, wie nass du warst ... werde dich das nächste Mal deinen Saft von meinem Schwanz lecken lassen ... meinen Schwanz ganz tief in deine nasse Muschi schieben und dich *von hinten ficken ... an deinen Haaren werde ich deinen Kopf nach hinten ziehen ... du wirst dich nicht bewegen können....

Xela: Aufhören! ... ich muss arbeiten.

Inzwischen hatten sich meine Kollegen verabschiedet. Es wurde dunkel und ich saß alleine im Büro.

Merlin: Weißt du eigentlich, wie gut du riechst? ... ich kann dich immer noch an meinem Finger riechen, deine Erregung ... im Auto habe ich dich gerochen, habe an meinem Finger gerochen, der in dir war...
Xela: ....

Wusste er eigentlich, was er mit seinen Worten bei mir bewirkte? Ich saß in diesem Augenblick vor meinem Rechner, ich schwitzte, mir wurde heiß und kalt zugleich. Ich hatte Bauchschmerzen. Verlegenheit machte sich breit. Sein Finger roch immer noch nach meinen intimsten Stellen. Wie peinlich.

Merlin: Ich hör ja schon auf *schmunzel* ... ich lass dich jetzt in Ruhe weiterarbeiten ... und mache mir einen leckeren Nudelauflauf.
Xela: Gut so ... geh nur, sonst fange ich noch an mich hier selbst zu befriedigen.
Merlin: Bist du alleine?
Xela: Ja, sind alle schon weg.
Merlin: Schieb deinen Finger ganz tief in deine feuchte Muschi und leck deinen Saft.
Xela: Woher willst du wissen, ob ich feucht bin?
Merlin: Ich weiß es, du Genießerin ... du bist leicht erregbar.

Er hatte Recht, er hatte mich erregt mit seinen Worten. Kunststück, im Angesicht seiner Detailbeschreibungen. Die Dunkelheit hatte sich inzwischen im Büro breit gemacht, mein Arbeitsplatz wurde nur vom Licht meines Monitors beleuchtet. Im Hintergrund hörte ich den Server rauschen. Wer schon mal länger als gewöhnlich im Büro geblieben ist, kennt diese seltsame, fast sakrale Stimmung. Die ungewohnte Ruhe. Kein Telefon klingelt, keine Unterhaltungen, nur ein einsamer, erleuchteter Arbeitsplatz im

Dunkeln. Doch selbst wenn du weißt, dass keiner dich beobachtet, keiner etwas mitbekommt, kostet es doch Überwindung, etwas zu tun, was man eigentlich nicht tut, dem Ort nicht entsprechend ist. Ich fuhr mit meiner Hand in meinen Hosenbund und tastete mich zu meiner Muschi vor. Ich berührte meinen Kitzler und meine Vagina zog sich vor Erregung zusammen.

Merlin: Bist du noch da?

Mit gespreizten Beinen saß ich da, meine linke Hand bewegte sich schneller, und ich spürte wie ich mich auf einer Woge dem Orgasmus näherte. Ich schob meinen Finger über meinen Kitzler in meine Muschi und stieß ihn fest in mich hinein. Einmal, zweimal, ich zog ihn wieder heraus, leckte meinen Saft, während meine rechte Hand meinen Kitzler weitermassierte. In meinem Kopf lief »The Best of« mit Merlin, auf einer Riesen-Leinwand im Director's Cut. Ich sah seinen prallen Schwanz vor meinem inneren Auge. Ein Schauer durchlief meinen Körper.

Einige Sekunden danach saß ich mit geschlossenen Augen da. Ich musste mich sammeln. Schließlich gehörten Orgasmen bisher nicht zu meinem Arbeitsalltag.

Xela: Sorry, aber ich hatte keine Hand frei zum Tippen ... :))
Merlin: Du Genießerin, du hast dich selbst befriedigt ... *schmunzel* ... ich würde dich jetzt gerne ficken, mein Schmetterling ... auf deinem Schreibtisch ... dich ganz fest stoßen und auf deinem süßen Bauchnabel abspritzen...
Xela: :)
Merlin: Ich sehe schon, ich muss jetzt schauen, wohin mit meinem harten Schwanz...
Xela: Küsse dich ganz sanft auf deinen Schwanz ... und streichle ihn, bevor du einschläfst, und denk dabei an mich...
Merlin: Das werde ich tun, mein Schmetterling *lächel*

Es folgte eine lange, sehnsuchtsvolle Verabschiedung mit allerlei *schleck* und *schmunzel*, Standard eben, und als ich wieder alleine vor meinem erleuchteten Monitor saß und auf meine Systemuhr schaute, zeigte diese halb elf Uhr. Ich würde morgen etwas früher anfangen müssen. Unmöglich, meine Gedanken nach diesem Erlebnis noch auf Arbeit zu konzentrieren. Ich fuhr meinen Rechner runter und tastete mich durch das dunkle Büro zur Tür.

Auf dem Weg nachhause dachte ich darüber nach, wie wohl Merlins Tag aussah. Überlegte, welche Musik er wohl gerne hört. Warum ließ er sich eigentlich scheiden? Wie heißen seine Kinder? So viel, was ich nicht wusste. Ich kannte seine sexuellen Phantasien zu Genüge, wusste aber mehr über seinen Kaffeeautomaten als über sein Leben.

Auf der Autobahn, nicht mehr weit von Adriano entfernt, vibrierte mein Handy: »Ich hab dich auch lieb. Schlaf gut, meine Süße. M.« Der ach so sensible Zauberer merkte es nicht oder wollte es nicht merken, mög-licherweise war es ihm auch scheißegal.

Natürlich hätte ich ihm die ausführliche Version antworten können: Du, Merlin, ich bin gerade auf dem Weg zu Adriano. Ich liebe dich, aber du lässt mich hängen mit meiner Sehnsucht. Erstens, viel zu viele Zeichen, und zweitens: Das grenzt an Betteln und Erpressung.

Auch wenn ich es mir noch nicht eingestand, im Grunde genommen versuchte ich mit dieser Fahrt nach München, meine Gefühle für ihn zu töten. Ich weiß, dass ich nicht seine Liebe bin. Aber es tut höllisch weh, und es ist mein erster Liebeskummer. Wenn es das ist, was ich Jan angetan hatte mit der Trennung, dann war ich ein Monster.

Ich habe mal gelesen, Singles haben ein erhöhtes Risiko, sich lustige kleine Bakterien und Viren einzufangen, als Menschen, die in einer stabilen Beziehung leben. Muss was dran sein, denn prompt, nachdem Jan am ersten Mai aus der Wohnung ausgezogen war, wurde ich von einer gemeinen Mandelentzündung befallen. Es ging mir beschissen. Fieber und Halsschmerzen, so schlimm, ich verabschiedete mich sogar temporär vom Nikotin. Nichts mit lustig durch die Wohnung tanzen und dem Egoismus huldigen. Mir fiel die Decke auf den Kopf, so ganz alleine mit diesen kleinen, wütenden Viren in meinem Blut. Dinge, die ich bisher noch gar nicht bedacht hatte. Wenn ich alleine lebe, dann lebe ich auch alleine, wenn ich krank bin. Keiner, der mich umsorgt, mich fragt, ob er was für mich tun kann, oder mir ein Süppchen ans Bett bringt. Panik ergriff mich, weil ich darüber nachdachte, was passiert, wenn ich wirklich mal schlimm krank werde. Wenn ich ins Krankenhaus müsste und niemand da ist der mir frische Wäsche bringt, sich kümmert und mir sagt, dass alles gar nicht so schlimm ist. Man hat ja schon von Menschen gehört die einsam in ihrer Wohnung sterben. Erst nach Wochen der Verwesung, gefunden werden.

Kein wirklich ermunternder Anfang für mein Singleleben. Zu allem   Überfluss zerfraß mich die Sehnsucht nach Merlin. Obwohl auch er seit Ende April alleine lebte, sich getrennt hatte und eine Wohnung nahe Köln bezogen hatte, hatten wir uns nicht wieder getroffen. Echte Besserung brachte es mir auch nicht, wenn ich stundenlang auf sein Lächeln blickte.

Ich hatte inzwischen auf meinem Laptop einige Ordner, gefüllt mit Bildern meiner Chatbekannten. Ich chattete nicht nur mit Merlin und Adriano. Aber das mit den anderen Typen war nicht vergleichbar. Echt nicht. Ich hörte mir lediglich deren Sorgen an, versuchte Ratschläge zu geben und aufzumuntern. Hier und da drifteten Gespräch ab. Es fielen Worte wie Muschi, Schwanz und ficken, doch das war nur so, zum Spaß. Wie ein Angler, der sich freut, wenn der Fisch angebissen hat, ihn dann aber wieder ins Wasser wirft, weil er zu klein ist oder lediglich der Weg das Ziel ist.

Der Bild-Ordner von Merlin beherbergte sicher 30 Bilder. Klar, stand ja auch in seinem Profil, dass er gerne fotografiert. Immer wieder die Frage, warum wir uns nicht treffen können? Und die bescheidene Antwort: Er braucht halt Zeit, um seine Sachen zu ordnen. Das eine abschließen, bevor man das andere beginnt. Lachte da wieder eine höhnische Stimme in meinem Kopf?

Der Sex, den wir pflegten, war richtig klasse. Zumindest virtuell. Aber sie hingen mir zu den Ohren hinaus, diese Cybersex-Sätze: »Wenn ich jetzt bei dir wäre, dann würde ich ...« Ich fand, es wäre an der Zeit, »wenn« und »würde« ganz mutig zu praktizieren, statt stundenlang drüber zu schreiben. Vermutlich lag es an mir. Ich traute mich immer noch nicht, ihn einfach anzurufen. Meine Stimme zitterte, Schweißausbrüche waren garantiert und meine verbalen Fähigkeiten schrumpften auf die eines Kleinkindes.

Verflucht, ich sollte mich in mein Auto setzen und zu ihm fahren. Tolle Idee. Wenn er auf solche Spontanbesuche stehen würde, hätte er mir sicher längst seine Adresse gegeben. Ja, noch nicht mal die hatte ich bisher. Nichts geschah, nichts entwickelte sich weiter. Statt die Erfüllung meiner Sehnsüchte zu erleben, litt ich weiter vor mich hin und begnügte mich mit »wenn« und »würde«. Und wenn sich wieder diese lästerliche Stimme in mir meldete, drehte ich einfach die Musik lauter. Sang bei Kerzenschein und Rotwein lauthals die Lieder von Rosenstolz mit und träumte gemeinsam mit Lisa Stansfield von prickelnder Erotik.

Mein Leid klagte ich jedem, der sich nicht wehrte. Und da mein Freundeskreis verschwindend gering war, um nicht zu sagen, gar nicht vorhanden, mussten all die Männer dran glauben, die mir auf meinen Ausflügen in die wunderbare »Alles kann, nicht muss«-Welt« über den Weg liefen. Selbst mit Dieter_2 diskutierte ich meine Merlin-Problematik. Irgendwann schickte ich ihm sogar, mutig, eine SMS.

Prompt klingelte mein Handy. Er hatte ja jetzt meine Telefonnummer. Ich war im Büro, als das passierte, und statt abzuheben klemmte ich mein Handy zwischen meine Beine, damit mich keiner überflüssigerweise auf das Klingeln aufmerksam machte. Als ich dann seine Nachricht auf meiner Mailbox abhörte, traf mich fast der Schlag. Ich hatte eine Stimme mit italienischem Akzent erwartet. So von wegen »Scusi Signorina«. So kann sich Frau von Klischees täuschen lassen. Er sprach ein sehr betontes Hochdeutsch, mit leicht bayrischer Einfärbung.

Seine Stimme war waffenscheinpflichtig, extrem Testosteron versprühend und ich begann über die Art unserer Freundschaft und die mögliche Entwicklung nachzudenken. *Vielleicht ja eine neue Requisite, für dein neues Leben. Ein Ersatz für ...«, Klappe!*

Es war eine sehr bestimmte Stimme, eine fordernde Stimme, und sie klang sehr männlich. *Suchen wir vielleicht nach einem Vaterersatz?* Seine Art sich auszudrücken, seine Formulierungen spiegelten seine geschriebenen Worte wider. Der Mann auf meiner Mailbox war ein

Mann, der sich mit »wenn« und »würde« nicht abgab. Jetzt und sofort war seine Welt.

Von nun an stand mein Handy nicht mehr still. SMS: »Wo bist du! Was machst du! Ruf mich an!« Dazu regelmäßige Versuche, mich an die Leitung zu bekommen, belagerten mein Motorola seither stündlich, an sieben Tagen in der Woche. Ich blieb mindestens so hartnäckig wie er und ignorierte seine Versuche so gut es ging. Sollte er ruhig meine Mailbox voll quatschen. Als er jedoch mein Handy im dicksten Arbeitsstress mit Dauerklingeln terrorisierte, bat ich Dieter abzuheben und ihm zu sagen, ich sei in einer Besprechung.

Er tat es und starrte mich nach dem Telefonat mit einem breiten Grinsen im Gesicht an: »Wow, so was nennt man wohl testosterongeladen! Manche würden auch Macho sagen.« »Ich weiß«, antwortete ich mit einem Anflug von Eroberungsstolz. »Hab ihn ja ständig auf meiner Mailbox.« »Warum willst du nicht mit ihm reden? Unsympathisch klingt er nicht«, fragte er mich interessiert. »Ach, weil ich keine Lust habe, auch noch am Telefon mit ihm zu zanken. Der wird schon irgendwann aufgeben mit seiner Hartnäckigkeit.« Meine wahren Gedanken behielt ich für mich.

Einsam und krank in meiner Singlewohnung dahin vegetierend, war es Adriano, nicht Merlin, der mich mit Mitgefühl pflegte.

Dieter_2: Du musst mit Salzwasser gurgeln. Das
hilft.
Xela: Bin ich verrückt. Dann muss ich kotzen.
Dieter_2: Du bist stur. Hast du wenigstens was
Warmes an?
Xela: Ja, Papa. Bademantel und Schal um den Hals.
Dieter_2: Ich komme zu dir. Setze mich jetzt in mein Auto und fahre direkt nach Köln.
Xela: Das machst du nicht. A: Weißt du gar nicht, wo ich wohne, und B: Werde ich dir die Tür nicht aufmachen. Wenn irgendwer irgendwen besucht, dann bin ich das.
Dieter_2: Gut, ich bestell dir Tickets, die kannst du am Flughafen abholen. Du setzt dich in den Flieger und ich hol dich dann am Flughafen ab.
Xela: Nein!

Dieter_2: Ruf mich an, dann reden wir drüber.

Xela: Nein!

Zu unserem ersten Telefonat kam es, als ihm wieder mal langweilig war und er meine Kommunikationseinheit durchklingeln ließ. Wütend nahm ich ab und pfiff ihn an, was denn so wichtig daran wäre, mit mir zu telefonieren, dass es diesen Aufstand lohnt.

Es gibt Menschen, die betreten einen Raum, und sofort nehmen sie diesen Raum ein. Diese Menschen strahlen eine Aura aus, die es unmöglich macht, sie zu übersehen. Adriano schaffte das alleine mit seiner Stimme. Ich brauchte gar kein Bild von ihm. Der Mann war in allem, was er bisher schrieb, so stimmig, sein Erscheinungsbild konnte keine Enttäuschung sein. Er faszinierte mich immer mehr. Nicht auf die romantische, leidenschaftliche, sensible Art wie Merlin. Es war etwas anderes, möglicherweise mein neu erwachtes Selbstbewusstsein am Telefon? Keine Schweißausbrüche, kein Zittern in der Stimme. Ich konnte mit ihm telefonieren, ganz normal. Grund genug, ihn nicht aufzugeben.

Auf jeden Fall war der zweite Schritt vollzogen. Zwei Wochen telefonierten wir täglich bis zu vier Stunden und in keiner Sekunde gingen uns die Gesprächsthemen aus. Gut, mitunter kreiste es nur um ein und dasselbe Thema. »Setz dich ins Auto und komm nach München.« »Nein!« »LEXI! Ich leg dich übers Knie, sei nicht so stur.«

Natürlich, ich setze mich in mein Auto, fahre, 500 km nur, um einen Mann zu treffen der mich, laut eigenen Angaben, mit seiner Peitsche züchtigen will und dessen Ziel es ist mich anal zu entjungfern.

Merlin war, was den Cybersex anbelangte, ein wirklich guter Lehrmeister. Er hatte Barrieren verbaler Art in mir gebrochen, und das bekam Adriano unter der Gürtellinie zu spüren. Ich hatte meinen Spaß daran, die Wirkung meiner Worte auszutesten. Ich stellte nicht nur fest, Männer sind simpel gestrickt, sondern dass Adrianos Vorstellung von Sex wenig mit romantischen Spielen oder zartem Streicheln und Lecken zu tun hatte. Er hatte sich in den Kopf gesetzt, mich in den Arsch zu ficken und mir 33 Peitschenschläge auf meinen nackten Hintern zu geben. Für jeden meiner Geburtstage einen.

Alleine die Vorstellung ließ meine Muskeln zucken und trug nicht dazu bei, ein Treffen in Betracht zu ziehen.

Um mich nach München zu bekommen, fuhr er einiges an Überredungskunst auf. Er war im Begriff, eine neue Firma zu gründen, und hatte eine Werbeagentur beauftragt, ein CI zu entwerfen. Jetzt ließ er mir von seiner Sekretärin – vermutlich sollte das ein Vertrauensbeweis sein – die Entwürfe der Werbeagentur zuschicken und wollte mein fachmännisches Urteil. Ich bedauerte die Werbeagentur aus tiefstem Herzen. Er hatte sich in den Kopf gesetzt, seine Katze als Vorlage für das Logo einzusetzen. Er hatte die Katze, so eine Whiskas-Katze, seiner Freundin geschenkt. Seine Freundin lebte aber nicht mehr mit ihm zusammen, und mit ihr war auch der Kater weg. Aber offensichtlich hing er an dem Tier, vielleicht auch an den Erinnerungen, und wollte die Mieze jetzt in seinem CI verewigen.

Die Entwürfe waren teilweise sehr gut, aber Adriano wollte Sokrates, so hieß der Kater, auch als Sokrates erkennen. Was bei dem Abstraktionsgrad eines Logos nahezu unmöglich ist. Auf jeden Fall hatte er mich bei meiner Berufsehre gepackt. Ich setzte mich an meinen Schreibtisch und beschäftigte mich mit den Bildern der Mieze.

Abends, wenn ich eingekuschelt unter meinem 2 x 2 m-Plumeau lag, wechselten die Gespräche von freundschaftlich, väterlich, zu sexuell unmissverständlich. Seine Stimme wurde leise, fast flüsternd, wenn er mir seine sexuellen Vorstellungen unterbreitete. »Du wirst schreien, du wirst betteln: bitte, bitte Adriano hör auf! Aber ich werde nicht aufhören, dir mit meiner Peitsche auf deinen nackten Po zu hauen.« »Ich glaube nicht an deine Peitsche, Adriano!«, wiederholte ich immer wieder. »Warum glaubst du mir das nicht, Lexa? Natürlich habe ich eine Peitsche. Eine Lederpeitsche.«

Auch wenn meine Einschätzung dahin ging, dass er nur sagte, was er auch meinte, so war ich doch davon überzeugt, er war nur halb so abgebrüht, wie sich seine Phantasien anhörten. »Dein Po wird glühen, wenn ich dich dann von hinten stoße, während ich meine Finger in deine Muschi schiebe.«

Irgendwie konnte ich nicht anders. Es machte mich nicht megageil, dennoch fing ich an meinen Kitzler zu streicheln. Mein leichtes Seufzen entging ihm nicht und es stachelte ihn an, weiter zu machen. »Das wirst du nicht schaffen, mich in meinen Arsch zu ficken, ich werde mich wehren. Wenn es sein muss, mit einem gezielten Tritt«, flüsterte ich in den Hörer. »Wenn du dich wehrst, tut's weh, Lexa, denk daran. Außerdem bist du gefesselt. Du kniest vor mir, auf meinem Bett, und deine Hände sind am Kopfende gefesselt. Je mehr du dich sträubst, umso mehr Schläge wirst du mit meiner Peitsche bekommen. Ich weiß, du stehst drauf.«

Aha, was Männer so alles wissen, ist ja unglaublich. Ich versuchte mir die eben beschriebene Situation bildlich und gefühlsecht vorzustellen. Zuckte vor Schmerz – mal ganz offen an dieser Stelle: ein Schließmuskel ist eng und ein harter Schwanz ist dick, selbst mit viel Spucke oder sonstigen Gleitmitteln, das tut weh –, aber es war unleugbar, die Phantasie erregte mich. Sanft glitten meine Finger über meinen Kitzler, zwischen meine Schamlippen, in meine Muschi. Ich schob zwei Finger tief in mich hinein. Meine Muskeln spannten sich um meine Finger. Ich nahm meine zweite Hand zur Hilfe und genoss das Gefühl, meinem Höhepunkt entgegen zu gleiten. Und genoss ganz nebenbei die Wirkung, die mein Stöhnen auf Adriano hatte.

Neben meinem Ohr, auf dem Kissen, lag mein grauer Kater und Adriano bzw. der Hörer. Es war still am anderen Ende der Leitung. Leise flüsterte ich: »Ich brauche jetzt einen Schluck Wasser.« Mit dem Hörer in der Hand, im weißen Frotteebademantel stand ich auf, um meinen Hals trug ich immer noch den grauen Wollschal und schlich ich mit weichen Knien, auf wollweißen Stricksocken in die Küche, um mir eine Flasche Wasser zu holen. Ich schwitzte und merkte, dass mein Kreislauf nicht so wirklich mit meinen Aktivitäten einverstanden war.

»Was ist los, Alex?«, fragte mich der Italiener. »Ach nichts, ich hatte nur gerade einen Orgasmus und habe jetzt weiche Knie.« »Leg dich ins Bett, Alex! Du bist krank.« »Erst Wasser«, entgegnete ich trotzig. Auch wenn ich solche Sätze eher für Floskeln hielt, tat es gut, Worte der Fürsorge zu hören. »Hast du das eigentlich mitbekommen? Wir hatten gerade Telefonsex.« »Hast du dich selbst befriedigt?«, fragte er mich. »Ja. Und du?« »Ich habe dir zugehört.« »Hattest du keinen Orgasmus?« »Nein«, lautete die knappe Antwort. »Alex!«

»Ja?« »Sag, dass du mich liebst.« Ich war inzwischen wieder im Bett und auf die Frage komplett unvorbereitet. »Nein, das werde ich nicht sagen.« »Alex, du liebst mich ein bisschen. Natürlich tust du das.« Na, herzlichen Glückwunsch, jetzt hatte er wieder ein neues, brisantes Thema der Provokation gefunden. »Ich werde gar nix sagen und jetzt auflegen. Ich bin müde.« »Lexi!« »Nenn mich nicht Lexi! Addi!« So stritten wir bestimmt noch zehn Minuten weiter und obwohl es mir beschissen ging, musste ich lachen. »Okay, Lexi, schlaf gut. Ich melde mich morgen wieder.« »Schlaf du auch gut, Addi, ähm, Adriano«, verabschiedete ich mich breit grinsend. »Gute Nacht, Bellagioia.« Wir legten auf und keine zwei Minuten später las ich eine Gute-Nacht-SMS: »Kuss an deine Muschi! A.«

Ich machte das Licht aus und in meinem Kopf schwirrten Bilder von Arschfick herum. Klar, sie hatte mich erregt, die Phantasie. Dennoch, nicht alles, was einen in der Vorstellung erregt muss man auch tun. Wäre ja eine Katastrophe, wenn alle Menschen ihren sexuellen Phantasien nachgehen würden. Rechtsanwälte würden sich noch dümmer und dusseliger verdienen, und jede Menge wehrlose Kreaturen wären nicht mehr sicher auf der Straße. Zudem, mal ganz abgesehen von den Schmerzen, finde ich es komplett unerotisch, wenn er seinen Schwanz rauszieht und, na ja, der dann voll, wie soll ich sagen? Okay, voll Scheiße ist -. Schwule tun es, Heteros tun es, vielleicht hat es ja tatsächlich was Geiles. Aber trotzdem, nein. Lieber kein Schwanz an dieser Stelle.

Meine Analyse des Themas wurde durch die regelmäßige Gute-Nacht-SMS von Merlin abgekürzt: »Schlaf gut und träum was Schönes, meine Süße. I.h.d.l.« Kurz überlegte ich ihn anzurufen, verwarf den Gedanken jedoch sehr schnell. *Nicht auszudenken, wenn ich ihn störe, er gar nicht mit mir reden will und mich abwimmelt. Eine zärtliche Antwort musste reichen.* Sollte er mich doch anrufen.

Mit jedem Tag wurde mir Adriano vertrauter und lieber. Er gab mir ein« sicheres Gefühl. Jemand, der auf mich aufpasst, jemand, dem mein Wohlergehen am Herzen lag. Gut, ich bin nicht nur naiv. Nicht zu übersehen, hier ging es nur um das eine: Wie bekomme ich Alex nach München und meinen Schwanz in ihren Arsch? Ich wusste ja inzwischen, neben seinem neuen Geschäftsvorhaben verdiente er sein

Geld mit dem Verschieben von großen Geldbeträgen an der Börse. Natürlich verfügte er demzufolge über ausgefeilte Überredungs- und Überzeugungstaktiken, die er ganz offensichtlich alle bei mir einsetzte. Alex knacken, hieß das Projekt.

«Setz dich in den Flieger und komm her!« »Blödi, du wirst dich an-stecken. Ich bin noch krank.« »Ich habe ein gutes Immunsystem. Wird schon klappen.« Der hatte ja für jedes Argument ein Gegenargument. »Du bist eine Nervensäge, Adriano.« »Alex, ich werde jetzt auflegen und dich in zwei Stunden wieder anrufen. In der Zwischenzeit machst du eine Liste mit Argumenten, die dafür, und eine Liste mit Argumenten, die dagegen sprechen, mich zu besuchen. In zwei Stunden reden wir drüber. Kapiert?!« »Grrrr, Adriano, ich bin nicht doof. Gut, ich mache die Liste, vorausgesetzt, du gibst dann Ruhe mit dem Thema.« »Okay, Bellagioia, wir hören uns. Sag, dass du mich liebst!« »Nein! Sag ich nicht.« »Du bist ein Trotzkopf. Ich weiß, du liebst mich.« »Bis gleich, Adriano. Ciao.«

Ich kramte nach meiner Kladde. Quasi meine stille Freundin. Ich hatte sie mir gekauft, kurz bevor Jan auszog. So einige Diskussionen und Auseinandersetzungen mit meinem Ego hatte ich hier schon im Monolog festgehalten. Ich nahm mir das Buch, blätterte mich an seitenweise Heulerei über Merlin vorbei zur ersten freien Seite. Nein, zwei Seiten weiter, weil ich hoffte, den letzten Eintrag, der mit den Worten »Merlin ARSCHLOCH« begann, irgendwann mit was Positivem ergänzen zu können. *Naive Kuh*«, ja, auch meine innere Stimme hatte, so ganz sachlich, mit bekanntem Zynismus, den ein oder anderen tiefenpsychologischen Kommentar schon beigesteuert.

In die obere rechte Ecke der Seite notierte ich, fast buchhalterisch penibel: Adriano, 10.05., 20:23. Die Überschrift, München Pro und Contra, bekam noch ein extravagantes Kugelschreiber-Rähmchen, da ich Zeit brauchte, um über meine Argumente nachzudenken.

Ich fing mit Contra an, glaubte, es würde die längere Liste werden. Erstens: Will ich mich schon wieder verlieben? Schlichte Antwort: Nein. Zweitens: – ich musste jetzt ernsthaft überlegen, ein überzeugendes Argument, was Adriano nicht sofort zerpflücken könnte, fiel mir nicht ein. Ach ja, zweitens: München ist fast 600 km von Köln entfernt. So viel Distanz hat keine Zukunft, selbst wenn wir uns verstehen. Ein gutes Argument. Drittens: Adriano und ich, wir werden endlos streiten, uns möglicherweise gar nichts zu sagen haben, wenn wir uns treffen. Mir fielen noch ein, zwei Argumente ein, die ich aufschrieb, aber Adriano garantiert nicht sagen würde. Auch wenn bei ihm alles irgendwie anders war, ich hatte Angst, schon wieder monatelang mit Bauchschmerzen rumzulaufen. 24 Stunden am Tag darüber nachdenken, wie meint er das, warum tut er jenes.

Nun die Pro-Seite. Ich telefonierte wie selbstverständlich über Stunden mit ihm. Ich konnte ganz ich selbst sein. Meine Hände wurden nicht schweißnass, ich hatte keine Bauchschmerzen, fühlte mich gut mit ihm. Ich notierte unter erstens: Wenn du einen Menschen triffst, bei dem du dich verstanden fühlst, dann solltest du diesem Menschen die Chance geben, in dein Leben zu treten. So oft passiert so etwas nicht. Das sitzt. Aber vielleicht wurde ich ja nur eingelullt, und Intuition ist nur eine Rechtfertigung, um Dummheiten zu erklären? Kopf und Bauch zankten sich. *Wenn Menschen nett zu dir sind, dann weil sie etwas von dir wollen, nicht weil du so sympathisch bist.* Zweitens: eine gute Gelegenheit, deine neu gewonnene Freiheit zu genießen. Seh es als Urlaub. Du und dein Toyota, quer durch Deutschland. Bei diesem Satz notierte ich ganz schnell noch was auf die Contra-Seite: Du wirst dich komplett verfransen auf dem Weg nach München. Ein gutes Argument. Direkt dahinter kamen noch so Klassiker wie: ich hab nix anzuziehen und auch kein Geld, mir Neues zu kaufen. Jans Auszug, die Teilung des Haushalts und die damit verbundenen Neuanschaffungen, da konnte ich mich nicht noch vom Schlüpfer (bei einem solchen Urlaub musste ich nun wirklich auch an so was denken), über BH bis hin zu Hose, T-Shirt und Schuhen neu einkleiden. Als ich meine Liste für komplett hielt, schlurfte ich in die Küche und machte mir einen Tee. Durchdachte noch mal alle Möglich- und Unmöglichkeiten des im Raum stehenden Urlaubs. Was hält mich davon ab, einfach loszufahren? Wenn ich ehrlich zu mir selbst bin, ist es lediglich die Angst vor dem Neuen. Aber letztlich war es doch genau das, was ich anstrebte. Mich selbst finden, Spaß am Leben haben und nicht vom Spaß träumen. Und eins ist mal klar: In den sicheren vier Wänden meiner Wohnung wird das einzig spannende und Unvorhersehbare in meinem Leben die Wetterlage über Köln sein und bleiben. Wie heißt dieser wunderbare Spruch noch? – ach ja: wer sich nicht bewegt, spürt seine Ketten nicht.

Ich kuschelte mich wieder in meine Couch, Telefon und Kladde auf meinem Schoß und schaute mir die Liste an. Viel interessanter als die Worte war ja die Kritzelei auf der gegenüberliegenden Seite. Macht man ja gerne, in Gedanken versunken unüberlegte Krakeleien produzieren, die aber mitunter viel über den Künstler verraten. Kleine Kästchen, geometrische Muster oder auch florale Kringel sind da sehr beliebt. Worauf ich gerade blickte, war ein gekritzelter, ans Bett gefesselter, nackter Frauenkörper mit ekstatischem Gesichtsausdruck.

»Und – was steht auf deiner Liste?«, fragte er mich gerade heraus. »Nichts, womit ich dich überzeugen könnte, befürchte ich.« »Gut, wann kommst du jetzt? Sag mir ein Datum und ich halte mich frei.« Ich geriet ins Wanken. Mein sonst so klares Nein wurde zu einem bestimmten Jein. »Ich weiß noch nicht, wann ich Zeit habe. Ob und wann ich Urlaub bekomme.« Keine Zeit und die Schuld auf die Arbeit schieben kommt immer gut, dafür musste ein erwachsener Mann Verständnis haben. »Du brauchst doch keinen Urlaub. Setz dich Freitagabend ins Auto und komm.« Mir gefiel die Vorstellung nicht, nach München zu hetzen, sonntags zurückzufahren und montags direkt wieder arbeiten zu gehen, bzw., um ehrlich zu sein, ich haderte immer noch mit mir, mich in die große weite Welt zu begeben, mich ins Abenteuer zu stürzen. »Alex, ich schau jetzt im Kalender nach, wann es bei mir gehen würde. Moment.« Ich glaub's ja nicht. Es sah so aus, als würde ich fahren und meine Bauchinstanz grinste gerade unverschämt meine Kopfinstanz an: Gewonnen! »Lexi – nächste Woche Donnerstag ist ein Feiertag. Du könntest dir den Freitag freimachen, Mittwoch losfahren und ganz gemütlich Sonntag wieder nachhause fahren.«

Als ich den Hörer auflegte, hatte die Kritzelei in meiner Kladde enorm an Kontur gewonnen. Hätte ich, damals während meines Studiums, als es noch zählte, einen ähnlich ausdrucksstarken Strich entwickelt, wäre aus der Zwei in Aktzeichnen garantiert eine Eins geworden.

3

Und heute saß ich tatsächlich in meinem Toyota Corolla, auf dem Weg zu Adriano. So ganz glauben konnte ich es selbst noch nicht. Ein Bekannter, der im gleichen Haus wohnte, hatte mir zugesagt, sich um meine beiden Kater zu kümmern. Ein scheißlanger Tag lag hinter mir und eine lange Nacht noch vor mir. Um 16 Uhr machte ich Feierabend, noch eben schnell Katzenfutter kaufen. Meine Reisetasche stand schon seit dem Vorabend gepackt im Flur.

Ich hatte am Vorabend eine masochistische Enthaarungsprozedur mit Wachs hinter mich gebracht und mir geschworen, es nie wieder zu tun und beim Rasieren zu bleiben. Mal sehen, ob das Resultat wenigstens hält, was die Werbung verspricht. Vier Wochen glatte Beine. Bei den Schmerzen musste das mindestens drin sein. Es herrschten hochsommerliche Temperaturen von 34 Grad, ich war verschwitzt und sprang als Erstes unter die Dusche. Meine Planung sah vor, gegen 18.30 loszufahren. Bis ich dann endlich im Auto saß, war es kurz nach 19 Uhr. Der Zettel mit der Wegbeschreibung lag neben mir. Wirklich schwierig schien es ja nicht zu sein. Dennoch kaufte ich sicherheitshalber an der Tanke eine Autobahnkarte von Deutschland. Selbst beim Geradeausfahren kann schließlich was schief gehen.

Abfahrt München-Süd. Zeit für einen Anruf. Adriano erklärte mir den Weg. Irgendwann würde auf der linken Seite eine Aral auftauchen. Da sollte ich auf ihn warten. Die Dinge nahmen ihren Lauf. Ich war gespannt und ängstlich zugleich. Mein Adrenalinpegel erreichte ungeahnte Höhen. Mein Herzschlag verdoppelte sich, garantiert. Mir fiel ein, ich kannte ihn ja bisher nur durch seine eigene Beschreibung. Ein Bild hatte er mir immer noch nicht geschickt. *Na, hoffentlich war das kein Fehler.* Er hatte mir eine Stunde versprochen. Eine Stunde Zeit, ihn kennenzulernen, bevor er seine Peitsche auspacken würde. Ganz ehrlich: ich hatte keine Angst vor der Peitsche. Einmal, weil ich nicht an das Teil glaubte, zum anderen war er nicht der Typ, der mir gegen meinen Willen Schmerzen zufügen würde. Persönliche Blamage war meine größte Angst. Er kannte mich bisher als eine Frau, die, seinen eigenen

Worten zufolge, stur und trotzköpfig ist. Was wird er über meine tollpatschige, schüchterne Seite denken? Wird er auch sagen: du bist süß, wenn du so nervös bist? Wird er sagen: Du bist ganz anders, als ich gedacht habe?

Zu allem Überfluss winkten mich kurz vor der Stadt Polizeibeamte auf einen Parkstreifen. Nee, ist klar. Die hatten nachts um zwei Uhr nix Besseres zu tun, als Autos zu kontrollieren. Vielleicht eine Blitzkiste, die mich erwischt hatte? Ich kurbelte die Scheibe runter. »Junge Frau, können wir Ihre Papiere sehen? Führerschein, Fahrzeugschein.« Super, nervös war ich sowieso schon, jetzt auch noch das. Ich kramte in meiner Handtasche und fand, Gott sei Dank, beide Scheine sofort. Peinlich wurde es, als der Beamte mein Autoinneres mit seiner Taschenlampe untersuchte. *Sag nur ein Wort über meine Unordnung, und ich werde knatschig.* Während er in meinen Papieren nach vermutlich ungewöhnlichen Dingen stöberte, meinte der Beamte: »Na, da haben Sie aber eine lange Fahrt hinter sich, Frau Engel.« »500 km, um genau zu sein«, antwortete ich. »Steigen Sie mal bitte aus, junge Frau.« Nein, was denn jetzt? Ich erklärte ihm, ganz sicher nichts getrunken zu haben. Er bat mich dennoch nach vorne, vor mein Auto. Will der prüfen, ob ich noch gerade gehe? Das könnte in die Hose gehen. Meine Knie sind sowieso schon Pudding. Fehlurteile über meinen Gang konnte ich da getrost einkalkulieren. Als ich dann vor meinem Auto stand, sah ich, worum es ging. Ich war also nicht auf bestem Wege, nachtblind zu werden. Einer meiner Scheinwerfer war defekt. Nur noch das Standlicht tat es. »Bringen Sie das in Ordnung, bevor Sie den weiten Weg wieder zurückfahren, junge Frau.« »Natürlich, ich such mir direkt eine Tankstelle.« Ich war erleichtert, als mich der Beamte weiterfahren ließ. Ganz klar, ich befinde mich in einem Film. Irgendwo, versteckt hinter einer Hecke, hockte der Kameramann. Im Film, nicht im wirklichen Leben, passieren solch amüsante Anekdoten.

Die Lichter der Aral-Tankstelle tauchten vor mir auf, und ich parkte mein Auto am rechten Straßenrand. Von Adriano noch keine Spur. Ich zündete mir eine Zigarette an, als mein Handy klingelte. »Bist du schon da, Alexandra?« Fing es jetzt schon an? Wurden wir jetzt, wo es ans Treffen ging, förmlich? Bisher nannte er mich immer Alex, Bellagioia oder, wenn er mich ärgern wollte, Lexi. »Ich warte schon«, entgegnete ich. »Du wirst mich gleich sehen können.« Kaum hatte er diesen Satz gesagt, wurde die Straße auch schon von sehr hellen Halogenscheinwerfern beleuchtet. Ein schwarzer SUV rollte auf mich zu. Der Wagen wurde langsamer, fuhr an mir vorbei und ich sah ihn am Steuer sitzen. »Du brauchst gar nicht anhalten, Adriano. Hallo sagen können wir, wenn wir bei dir sind.«

Was ich hinter dem Steuer sitzen sah, entsprach dem, was ich mir unter einem temperamentvollen Italiener vorstellte. Schwarze Haare, braun gebrannt und weiße, blitzende Zähne. Er lachte. »Wenn du meinst. Dann werde ich jetzt drehen und du fährst mir hinterher.« Der SUV, ein Porsche Cayenne mit abgetönten, dunklen Scheiben, drehte und ich startete meinen Corolla. »Dass du so eine Protzkarre fährst, hast du gar nicht erwähnt. Ein Angeberauto.« »Wir werden morgen nach deinem Scheinwerfer gucken müssen. Dein Licht vorne funktioniert nicht«, war seine Antwort auf meinen Versuch ihn zu provozieren. Mich machte diese Ankündigung baff. Er tat ja gerade so, als wären wir langjährige Freunde. »Das müssen WIR nicht machen, das kann ich auch alleine.« Ich hätte mich kneifen können für diesen Satz. Es gefiel mir doch, dass er sich kümmern wollte, mir seine Hilfe anbot.

Ich bog hinter ihm in eine Seitenstraße ein. Gesäumt von alten Stadthäusern aus der Jahrhundertwende. Er fuhr langsamer und winkte mich in eine der freien Parklücken. Scheinbar kennen die Menschen hier noch keine Parkplatzprobleme wie in Köln, wo man für einen Besuch wenigstens eine halbe Stunde ums Carré fahren muss, um halbwegs gesetzestreu zu parken.

Jetzt nur nicht hektisch werden. Mein Auto war geparkt, und ich suchte all die lebenswichtigen Utensilien, die ich auf der langen Fahrt aus meiner Handtasche geräumt hatte, zusammen. Als ich ausstieg, meine Reisetasche vom Rücksitz wuchtete, kam auch schon Adriano des Weges. Ich traute meinen Augen nicht, als er neben mir stand. Klar, er hatte seine Größe in Zentimetern genau angegeben, aber wenn Frau den Tatsachen ganz praktisch und nicht theoretisch gegenüber steht, ist es nicht so leicht zu sagen: Was soll's, nicht Körpergröße zählt. Ich sah in diesem Augenblick auf jeden Fall, wie schon mal, ein Problem auf mich zu kommen. Ich bin einfach zu groß. Oder besser, wie es schien, standen nur kleine Männer auf mich.

Adriano trug ein weißes T-Shirt und eine Fliegerseiden-Jogginghose, in Türkis-Grün, mit roten Streifen. Spießig, hässlich, indiskutabel nach meinen persönlichen Bekleidungsrichtlinien. Adiletten und weiße Socken komplettierten das klassische Bild des Bier trinkenden, arbeitslosen, sogenannten Prolls. Ein Ausschlusskriterium für jede halbwegs normal orientierte Frau – eigentlich. Selbst fürs Rumlungern zuhause gibt es Besseres. Hatte ich mich vielleicht geirrt, wenn ich dachte, sein Erscheinungsbild könnte keine Enttäuschung sein?

Er war zwar von kleiner, dafür aber kräftiger Statur. Seine Augen lachten jungenhaft männlich, strahlten mich provokativ an. Auch er begutachtete, was er da an Land gezogen hatte. Und so war sein erster Satz, noch bevor er Hallo sagte: »Du bist groß, größer als ich es mir vorgestellt habe.« Noch während er den Satz sagte, nahm er mich kurz in den Arm und gab mir rechts und links einen angedeuteten Kuss auf meine Wange. Ich mag diese Art der Begrüßung überhaupt nicht. Völlig fremde Menschen, die mir so nahe kommen, dass ich ihren Atem spüre. Für mein Empfinden zu viel Intimität und Nähe. Er nahm meine Tasche, ohne groß zu fragen, und nachdem ich mein Auto verschlossen hatte – nein, ein 92er Corolla lässt sich nicht mal eben so, im Gehen, per Knopfdruck zentral verriegeln –, folgte ich ihm.

Wir betraten den Hauseingang einer alten Stadtvilla. Es öffnete sich ein großer, dunkler Flur. Eine breite, alte Holztreppe, liebevoll renoviert, führte nach oben in die dritte Etage. Schon als wir vor seiner Wohnungstür standen, war ich begeistert. Genauso stellte ich mir mein zukünftiges Refugium vor: renovierter Altbau, mit knarzenden, alten Dielenbrettern.

Adriano stellte meine Reisetasche, die ich für jeden erdenklich eintretenden Sonderfall üppig gepackt hatte, neben sich ab und kramte in seiner Jogginghose nach seinem Wohnungsschlüssel. Eine doppelflügelige, weiß lackierte Holztür mit barocken Schnitzereien führte in seine Wohnung.

Hinter ihm betrat ich einen großen Flur, der durch den Kerzenschein von bestimmt 50 Teelichtern, die auf einem antiken Esstisch rechts vom Eingang dekoriert waren, beleuchtet wurde. Ich kam aus dem Staunen nicht mehr raus. Mit solch romantischen Vorbereitungen hatte ich überhaupt nicht gerechnet.

Ein erster Rundblick durch den geräumigen Flur sagte mir auch: Nein, das ist nicht die Wohnung eines biertrinkenden Arbeitslosen. Das ist die Wohnung eines Menschen, der jedes Detail mit viel Geschmack und Geld ausgesucht hat. Spartanisch zwar, aber sehr geschmackvoll. Kaum hatte ich den Flur betreten, streifte ich meine Schuhe ab. Hier zählte jeder Zentimeter. Meine Tasche stellte Adriano neben dem antiken Tisch ab. »Wow!«, kam spontan und begeistert über meine Lippen. »Was für eine Wohnung.« Barfuß folgte ich dem Italiener – ich hatte ohne Schuhe wenigstens das Gefühl, mit ihm auf gleicher Höhe zu sein – nach rechts in einen Raum. Bügelbrett, ein riesiger Kleiderschrank und diverse Utensilien, die ein Haushalt so braucht, lagerten hier. Von dem Raum ging rechter Hand eine Tür ab, die in eine Art Gästezimmer, mit Doppelbett und einem sechstürigen, verspiegelten Kleiderschrank möbliert, führte. Meine Begeisterung hatte Adriano dazu veranlasst, mir eine Führung durch seine Wohnung zu geben.

Alleine die beiden Räume, rechts vom Eingang, mussten zusammen wenigstens 70 qm groß sein. Vom Eingang der Wohnung aus gesehen, geradeaus, öffnete sich ein Raum, der rundherum bis zur Hälfte mit dunklem Holz vertäfelt war. Ein kleines Sofa – sah sehr nach Rolf Benz aus – cremeweiß, mit Beistelltisch, stand in der rechten Ecke des Raumes, vor einer großen Fensterfront, die auf einen langen Balkon blicken ließ. Ansonsten war der große Raum, bis auf einen flachen CD-Spieler an der Wand und ein spärlich bestückte CD-Regal, leer. Links von diesem Raum gab es ein Erkerzimmer, in dessen Mitte ein Schreibtisch, mit einem Laptop und Telefon. Offenbar sein Arbeitszimmer. Das Zimmer, in dem er saß, wenn wir gechattet hatten, dachte ich kurz.

Rechts von dem Raum mit der kleinen Couch lag sein eigentliches Wohnzimmer. Ausgestattet mit einer schwarzen Ledercouch über Eck, einem Glastisch und dem obligatorischen Fernseher auf einem Glasregal. Der Glastisch war bestückt mit Teelichtern, die den Raum in ein romantisches Licht tauchten. Zwar hatte ich bisher nur die eine Hälfte seiner Wohnung gesehen, dennoch brach er die Besichtigungstour hier ab und wir nahmen auf der Couch Platz.

Diverse Schalen vom Italiener standen auf dem Tisch. »Ich habe dir einen Salat bestellt. Ich hoffe, du hast Hunger?« »Und wie ich Hunger habe. Danke, Adriano.« Kein Frühstück, Mittagessen war bei mir eh überflüssiger Luxus und auf dem Weg hierher gab's nur ein paar Riegel geschmolzene Kinderschokolade und Zitronenbonbons. Mein Magen knurrte schon, seit ich zuhause losgefahren war.

Jetzt saß ich hier auf seiner Ledercouch, rechts neben mir, über Eck, Adriano, vor mir Besteck, eine Schale mit Salat, ein Tütchen Dressing und ein Rotweinglas. Klar, Plastikschale vom Salat heben, Dressing aufreißen und drüberschütten. Total easy. Wenn man nicht gerade Alex heißt und einen sehr selbstbewussten Mann neben sich sitzen hat. Ich zitterte.

Selbst seine Aufmachung in Jogginghose und Adiletten tat seiner Ausstrahlung keinen Abbruch. Tief Luft holen, dann wird's schon. Zwerchfellatmung sage ich nur.

Ich stützte meine Hand auf dem Tisch ab, die ersten Salatblätter waren auch schon erfolgreich aufgespießt. Mutig navigierte ich ein paar Gabeln von dem Salat in meinen Mund. Na, ging doch.

»Du schaust ganz anders aus als auf dem Bild.«

Adriano hatte mich ewig wegen des Bildes genervt. Klar, bevor er noch mehr Zeit verschwendet und dann nach Wochen feststellt, dass ich nicht vorzeigbar bin, brauchte Mann wenigstens eine fotografische Bescheinigung.

Ich hatte meine Bilderkiste durchforstet, aber nicht ein einziges Bild, auf dem ich lachte oder wenigstens freundlich schaute, ließ sich finden. Von Erotik, im Zusammenhang mit meinen alten Bildern, brauche ich gar nicht erst zu reden. Ich musste ja in den letzten Jahren wirklich gelitten haben, wenn ich mir die diversen Variationen von depressiv gefühlsarmer Mimik so anschaute. Selbst unter den wenigen Urlaubsbildern, einmal Rhodos und einmal Lanzarote, war kein brauchbares zu finden. Na ja gut, das eine oder andere Bild unter der Sonne war gar nicht schlecht. Aber die entsprachen nicht mehr ganz der heute puristischen Alex, die seit Jahren nur ihren Beruf und Selbstmord im Kopf hatte.

Da als Grafik-Designer sowieso unverzichtbar und im Chat schon fast ein Muss, hatte ich mir, schon vor längerer Zeit, eine Digitalkamera gekauft. 400 Euro, eine Olympus – damals waren Digitalkameras noch ohne Telefonfunktion und wesentlich teurer als heute.

Das Ergebnis meines privaten Fotoshootings, mit Selbstauslöser, brachte dann eine provokativ, frech dreinschauende Alex, mit blassem Teint und dunkelroten Lippen, hingeräkelt auf einem roten Samtkissen, mit schwarz gestruppten, kurzen Haaren, hervor. Und was saß jetzt vor ihm? Eine braun gebrannte Alex, zwar mit dunkelrotem Lippenstift, aber, vermutlich alles andere als provokativ und frech dreinschauend.

Im Raum stand jetzt natürlich die Frage, ob das Bild mehr versprochen hatte, als die Realität halten konnte. Aber scheinbar wollte er das angefangene Thema nicht ausbauen und mein Bedürfnis nachzuhaken war erst recht gering.

Adrianos Blick auf seine Uhr signalisierte mir, ihm ist langweilig. »Du hast jetzt noch genau 48 Minuten, Bellagioia.« Das war nicht sein Ernst. Für mich war es, mehr oder weniger, Flachserei, die Sache mit der einen Stunde. Ich war nicht ernsthaft davon ausgegangen, die Abmachung sei sein Ernst. »Das wirst du nicht tun, Adriano? In 48 Minuten über mich herfallen. Das glaube ich nicht.« »Natürlich. Es ist abgemacht und ich halte mich an Abmachungen«, entgegnete er, provokativ ernst dreinschauend. »Ich bin ein Macho, wie du selbst festgestellt hast. In einer Stunde wirst du meine Peitsche kennen lernen.« Mir blieb fast die Luft weg und ich konnte mich bei dem Thema nur wiederholen: »Ich glaube nicht an deine Peitsche.« »Ich werde sie holen. Sie liegt im Schrank, im Flur.« Er schaffte es, mich zu verunsichern. »Das wirst du nicht tun.« Wir waren wieder mitten drin, in der gewohnten Zankerei und Provokation. Im liebevollen Dialog zwischen Trotzkopf und Nervensäge. Mein chronisches Zittern war, auch ohne Rotwein, wie weggeblasen. »Du hast noch 26 Minuten. Gibt es noch Wichtiges, worüber du vorher reden willst, um mich besser kennen zu lernen?« »Nein, du wirst ja eh tun, was du willst. Interessiert dich sowieso nicht, was ich will.« »Da hast du Recht«, erwiderte er grinsend. »Ich werde jetzt meinen Salat weiter essen – du Macho.« Adriano lachte und zündete sich eine Zigarette an. Was das Rauchen anbelangte, stellte sich Adriano als extra pedantisch heraus. Er hatte diese kleinen, metallischen Hülsen im Aschenbecher stehen und ich musste mir erklären lassen, dass ich meine Zigarette nicht ausdrücken darf, sondern einfach, mit der Glut nach unten, in diese Hülse platzieren sollte. Und bloß nicht festdrücken, da lässt sich der Aschenbecher schlecht saubermachen. Jei, jei, das konnte ja noch lustig werden mit uns beiden. Ich bin nicht direkt eine Schlampe oder so, durchaus liebe ich Sauberkeit, aber mitunter bin ich auch vergesslich oder einfach zu schusselig und im Eifer des Gefechts fällt mir auch schon mal die Asche auf den Boden.

»Du hast kein Kleid an«, stellte Adriano, während ich aß, fest. »Ja, ich weiß, 110 Schläge mehr. Gib's auf, ich glaube nicht an deine Peitsche und außerdem, du glaubst doch nicht im Ernst, ich fahre die ganze Strecke nach München ohne Schlüpfer, nur mit einem luftigen Kleidchen bedeckt, um dann von notgeilen LKW-Fahrern an der Raststätte verfolgt zu werden?« Adriano gab mir auf diesen Einwand zwar ungern, aber doch Recht.

Es macht nicht wirklich Spaß, in Gesellschaft zu essen, wenn dein Gegenüber nichts isst. Dinge, über die man ansonsten nicht nachdenkt, werden in einer solchen Situation zu einer komplizierten Angelegenheit. Man kommt sich vor wie bei einer Prüfung: beobachtet, bewertet und man macht garantiert alles falsch und ungelenk.

Ich gab den Salat auf, griff nach meinen Zigaretten und wollte mich gerade gemütlich in die Lederpolster lehnen, da schloss sich Adrianos Hand fest um mein rechtes Handgelenk. »Deine Stunde ist jetzt um, rauchen kannst du, wenn ich es dir erlaube.« Noch nicht einmal meine Mutter hatte mir bisher in meinem Leben so energisch etwas verboten. Also gut, versucht hatte sie das schon, aber letztlich scheiterte es immer an meiner Ich-mach-es-eh-wie-ich-will-Einstellung. Durchgesetzt hatte sie sich letztlich nie.

Mit einer Kraft, die ich ihm im Leben nicht zugetraut hätte, drückte er meinen Körper nach hinten, legte sich auf mich und ich konnte mich kaum noch bewegen. Meine Befreiungsversuche quittierte er mit einem immer fester werdenden Griff. Zum ersten Mal in meinem Leben spürte ich, welche Nachteile es mit sich bringt, über 20 Prozent weniger Muskelmasse zu verfügen als Männer. *Merken: Muckibude, Muskelaufbautrainig.*

Meine Gegenwehr bewirkte lediglich, dass er jetzt beide Handgelenke im eisernen Griff hatte und sie hinter meinem Kopf auf die Couch drückte. Mit seiner freien Hand öffnete er meine dunkelblaue Jeans. *Licht aus, bitte! Er wird ihn sehen, den dunklen Fleck.* Ich sagte ihm auch echt deutlich, dass ich meine Hose lieber anbehalten wollte: »Adriano, aufhören!«, aber meine Gegenwehr stachelte ihn nur noch mehr an. »Du bekommst jetzt deine 33 Schläge.« *Ich dachte wir wären schon irgendwo im Bereich von 110.* Ich mobilisierte all meine Energien, bei diesen Worten. Erfolglos. Ich konnte mich lediglich darauf verlassen, dass der Italiener nicht zu weit ging, merkte, wann er meine Grenzen überschreitet. *Ach, wo sind denn meine Grenzen? Findet jetzt gerade vielleicht schon eine Vergewaltigung statt? Quatsch, Vergewaltigung. Bin ja freiwillig hier.* Meine Jeans hatte er inzwischen bis zu meinen Fußgelenken runtergeschoben, und um beweglicher zu sein, strampelte ich sie ganz von meinen Beinen. »Hör auf dich zu wehren, sonst tut's weh.« »Macho, Nervensäge! Lass mich los!«, zischte ich ihn an und hoffte, meine Blicke würden diesen Wunsch unterstreichen. »Lexi, ich hab dir doch erzählt, was passieren wird. Und du bist doch schon ganz geil, das fühle ich.« *Falsch gefühlt.* »Es ist heiß, ich schwitze.« »Du schwitzt nicht in deiner Muschi, du bist nass vor Geilheit.« Zwei seiner kräftigen Finger hatte er tief in meiner Muschi und fickte mich mit denselben. »Ich werde dich jetzt rumdrehen und mal schauen, ob du schon bereit bist für meinen Schwanz.« *Panik, AAANGST, NEIN, ich will nicht in meinen Hintern gefickt werden.* Ich hatte seiner Kraft erschreckend wenig entgegenzusetzen. Meine Handgelenke blieben im harten Griff seiner kräftigen Hände. Seine Finger in meiner Muschi und seine Knie, die meine Schenkel in gespreizter Stellung auf den Polstern seiner Couch hielten, verhinderten jeden Millimeter Bewegungsfreiheit.

Adriano beugte sich zu mir runter und küsste mich, während er mich mit seinen Fingern weiter fickte. Leidenschaftlich und wild schlug seine Zunge in meinem Mund. *Geht das nicht einfühlsamer? Ein bisschen weniger Zungenschlag wäre super. Merlins Küsse fühlten sich irgendwie harmonischer an.* »Wir werden jetzt in mein

Schlafzimmer gehen, da ist es gemütlicher als auf der Couch.« *Alter Mann oder wie?* Meine Oberschenkel schmerzten vom Druck seiner Knie und ich wusste nicht, ob sein Schlafzimmer Gutes verhieß.

Im Schlafzimmer ließ er endlich meine Handgelenke los. Ich massierte die beanspruchten Stellen, um wieder eine vernünftige Blutzirkulation zu bekommen. Das breite Bett war einladend und sein Schlafzimmer angenehm kühl.

Auf der Matratze liegend betrachtete ich Adrianos Körper, während er sich auszog. Ähnlich wie Merlin war er kräftig gebaut, allerdings deutlich kleiner. Ein leichter Bauchansatz machte sich auf seinem gebräunten Körper bemerkbar. Aber was ich wirklich nicht erwartet hatte, war das, was Mann drunter trug. Ein echter Klassiker: Feinripp, weiß. Ein Liebestöter. *Oder halt, waren die nicht wieder in? In der Schwulenszene vielleicht, aber sicher nicht in der Machoszene.* Ich hätte schwarze, vielleicht weiße Unterhosen mit Beinanschnitt erwartet. Microfaser von Boss oder Armani.

Nackt legte sich Adriano neben mich und streichelte von meinem Hals, über meinen schwarzen BH, bis runter zu meiner Schambehaarung. »Die werden wir morgen abrasieren.« Ging das schon wieder los. »Die werden wir weder morgen, noch sonst wann abrasieren«, fauchte ich ihm entgegen. »Lexi, sei doch nicht so stur. Natürlich kommen die ab.« »Vielleicht, möglicherweise kommen die ab, aber wenn überhaupt, dann werde ich die abrasieren.« Mit den Schamhaaren noch nicht genug. Meine Augenbrauen stellten scheinbar auch einen Dorn für sein ästhetisches Auge dar. »Die müssen wir unbedingt zupfen«, meinte er mit fachmännischem Kosmetikerinnenblick. »Sag mal, ist an dir eine Kosmetikerin verlorengegangen? Die bleiben genau so, wie sie sind.« *Lass dich doch nicht jedes Mal so provozieren, Alexa.* Es geschah plötzlich und ich war durch unser Intermezzo im Wohnzimmer auf der Hut. Meine Muskeln spannten sich an, bereit die Stellen zu verteidigen, auf die er es abgesehen hatte.

Adriano hatte den Frotteegürtel seines Bademantels in seiner Hand und nach einem kurzen Kräftemessen lag ich, meine Hände am oberen Ende des Bettgestells, über meinem Kopf gefesselt, nackt vor ihm. Die Sache mit dem zärtlichen Teil musste wohl noch warten.

Mit dem Rücken zu mir, setzte er sich auf meine Brust und beschäftigte sich mit meinem Kitzler. Er beugte sich vor, spreizte meine Muschi und fuhr mit seiner Zunge sanft über diese kleine empfindliche Stelle. Ich war angespannt und es gelang mir nicht mal halb, die Situation zu genießen. Im Schlafzimmer brannten keine schummrigen Teelichter. Bestimmt zehn in die Decke eingelassene Halogenstrahler erhellten den riesigen Raum. Ich fühlte mich machtlos, seinen Blicken und seiner Phantasie schonungslos ausgeliefert. Erwartete jeden Augenblick eine lästerliche Bemerkung über meinen Körper, grübelte über die Frage, was er über mich denkt. *Alexa! Er würde jetzt nicht mit dir hier liegen, wenn dein Körper so hässlich wäre wie du denkst.*

Sein Schwanz baumelte vor meinen Lippen und es gefiel mir nicht, was ich sah. Es ließ sich erahnen, wie sein Schwanz sich bei voller Geilheit entwickeln würde. Diese Ahnung gefiel mir überhaupt nicht. Warum? Sein Schwanz würde nicht durch Länge, sondern durch einen enormen Durchmesser glänzen. Und ich spürte, wie sich mein Schließmuskel bei dem, was mir durch den Kopf ging, zusammenzog.

Die sanften Berührungen seiner Zunge wurden fester und ich spürte, wie sich seine Finger in mich reinbohrten, während er meinen Kitzler weiter massierte. Mit seinen Fingern fummelte er so tief in mir rum, dass es schmerzte, als er sie wieder rauszog. *Meine Vagina ist vermutlich entwöhnt. Zuwenig Sex hat sie verkümmern lassen.* Nass von meinem Saft, schob er seine Hand unter mein Becken und versuchte jetzt, von hinten in mich einzudringen. *Abwehr.* All meine Muskeln, insbesondere der Schließmuskel, spannten sich an. Ich versuchte, ihn von mir runterzuschmeißen. »Je mehr du dich wehrst, umso mehr wird es wehtun.« Wie recht er hatte. Sein Finger in meinem Arsch schmerzte bei jeder Bewegung meines Körpers. Mir blieben nur Drohungen, um mich zu wehren: »Adriano, wenn du nicht aufhörst, werde ich die ganze Nachbarschaft zusammenschreien.« Das wirkte, zumal die Balkontür aufstand. Er gab, seinem guten Ruf zuliebe, vorerst auf, jedoch nicht, um mich zu verschonen, wie ich feststellte, als er einen Seidenschal unter seinem Bett hervorzauberte und mich knebelte. »Bellagioia, genieße es. Du stehst doch drauf. Ich kenne dich besser als du denkst.« *Tatsächlich?*

Woher denn? Und vor allem, was denke ich darüber, wie doll er mich kennt? Eine Phrase oder verfügt er über übersinnliche Fähigkeiten? Nein, wohl eher nicht. Denn es gefällt mir nicht, was hier passiert. Dann hindere ihn doch dran? Du hast es in der Hand, ihn zu stoppen. Nein, das werde ich nicht tun. Was denkt er dann von mir?

Er drehte mich auf den Bauch, hob mein Becken an, bis ich kniend vor ihm hockte. »Ich werde dich jetzt ficken«, sprach es, und stieß seinen Schwanz hart in meine Muschi. Seine Hände packten meine Pobacken, und er zog sie weit auseinander. *Licht aus! Bitte.* Ich spürte, wie etwas Feuchtes zwischen meinen Pobacken hinunterlief, und kurz darauf seine Finger, die in meinen Hintern eindrangen. Es tat weh. »Das sind jetzt zwei Finger. Du brauchst noch ein bisschen Vorbereitung. Du bist zu eng.« *Na, super. Danke für die Information.*

Er fickte mich weiter. Oder soll ich an dieser Stelle besser sagen: Er arbeitete weiter daran, meinen Arsch auf seinen Schwanz vorzubereiten. Mich zu weiten. Jede Bewegung schmerzte. »Versprich mir, nicht zu schreien, dann mache ich dir den Schal ab.« Ich nickte und er löste den Knoten. »Komm, sag mir, wie geil du das findest, meinen Schwanz in deiner Muschi und meine Finger in deinem Po.« *Aha, er hatte den Knebel also nur gelöst, damit ich ihn anfeuern konnte.* »Nichts finde ich geil. Aufhören!« »Oh Lexi, du bist geil und du willst es genauso.« Offenbar hatte er dennoch Erbarmen. Er zog seinen Schwanz raus und löste meine Fesseln.

Der Gürtel hatte sichtbare Spuren hinterlassen. Und durch die Drehung auf den Bauch hatte sich das Seil gespannt, so dass meine Arme zehn Zentimeter länger zu sein schienen. *Bänderdehnung? Zerrung? Hoffentlich werde ich diese Tage ohne Notaufnahme überstehen.*

Adriano massierte meine Handgelenke und nahm mich in seine Arme. Ich war außer Atem und schwitzte von der Anstrengung. Er küsste mich. Seine Lippen waren weich und zart. Mit seinen kräftigen Händen packte er meine Arme und drehte mich so, dass ich auf ihm saß. »Dreh dich um. Ich möchte deine Muschi verwöhnen.« »Nein! Garantiert werde ich dir nicht meinen Hintern präsentieren«, zischte ich ihn an. Er versprach nichts zu tun, ich sollte ihm vertrauen. Und ich vertraute.

Sein Schwanz lag jetzt vor meinen Gesicht und ich nahm ihn zwischen meine Lippen, streichelte ihn mit meiner Zunge und biss sanft in seine Eichel. Er seinerseits saugte an meinem Kitzler. Es dauerte nicht lang, und ich konnte mich nicht mehr auf seinen Schwanz konzentrieren. Mein Körper spannte sich an und der erlösende Orgasmus kam. In dem Fall konnte man wirklich von Erlösung sprechen, denn Adriano hatte mich in der letzten Stunde so oft bis kurz davor gebracht, dass ich jetzt laut aufstöhnte, als sich das erlösende Gefühl des Höhepunkts in meinem Körper ausbreitete.

Erschöpft lag ich neben ihm und Adriano nahm mich in seine Arme, drückte seinen festen Körper an meinen. Es war inzwischen halb fünf in der Früh. Er machte das Licht aus und wünschte mir eine gute Nacht.

Mein Hintern schmerzte, meine Handgelenke brannten, meine Muskeln fühlten sich an wie Pudding. Obwohl ich hundemüde war, zweifelte ich daran, schlafen zu können. Zuviel Neues, zu viel zum Grübeln. Und außerdem, da war doch noch was – gerade als sich meine Augen schlossen, fiel es mir ein. Shit! Mein Tampon.

Ich schlich durch den Flur, kramte meinen Kulturbeutel aus meiner Reisetasche und betrat sein Badezimmer. Inständig betete ich vor mich hin: Lass ihn mich wieder rausbekommen. Zuerst suchte ich nach dem Bändchen außerhalb meines Körpers. Nichts, nirgends ein Bändchen zu ertasten. Ich schob meine Finger in mich hinein, vielleicht war es ja im vorderen Bereich noch zu finden – das Bändchen.

Mir brach der Schweiß aus. *Was, wenn ich den Tampon nicht mehr rausbekomme, wenn Adriano es geschafft hatte, ihn bis in meine Gebärmutter zu stoßen? Notfall! Krankenhaus! Ein Sex-Unfall! Alex, streng dich an. Du musst das Ding rausbekommen.* Nach einigen Verrenkungen glaubte ich ihn zu ertasten. Das Teil saß quer, am hintersten Ende meiner Vagina. Super. Aber vom Bändchen noch keine Spur. Ich musste zwei Finger zu Hilfe nehmen, um das Stück Watte fassen zu können. Nach mehreren Versuchen bekam ich ihn zu fassen, zog ihn vorsichtig raus. Gott sei Dank. Mich packte auf dem Klo, in diesem Augenblick, echte Erleichterung. Ich hatte mich schon am nächsten Tag zum Frauenarzt schleichen sehen, um dann mit hochrotem Gesicht erzählen zu müssen, welches Problem ich habe.

»Na, Frau Engel, da haben Sie sich aber ordentlich ficken lassen. Das wussten Sie doch vorher, warum haben Sie nicht dankend abgelehnt, nein gesagt, als er seinen Schwanz in Sie reinsteckte?«

Schon vom Badezimmer aus war es unüberhörbar. Adriano schlief und brach gerade einen Rekord im Bäumeabsägen. Und ich dachte immer, Jan sei laut. Den Pegel, den Adriano erreichte, musste, bei offenem Fenster, den ganzen Straßenzug schlaflos machen. Nee. Das würde nichts werden. Ich verzog mich in sein Wohnzimmer, griff mir eine dunkelgrüne Wolldecke, die sauber gefaltet über einer Ecke der Couch lag, und mummelte mich ein.

Wann hatte ich eigentlich das letzte Mal so lange, so ausgiebigen und tabulosen Sex? Wenn ich mich recht entsinne, noch nie. Wenn ich dann mal mit Jan Sex hatte, was selten genug vorkam, dann war die Sache, inklusive Zigarette danach, in 10 Minuten am Sonntagvormittag erledigt.

Irgendwann zog ich es vor, bei drohender Sexgefahr, eine Runde joggen zu gehen. Das «Aprè-Sex-Gefühl« konnte mir den ganzen Sonntag verderben. Du bekommst einen Orgasmus, ich bekomme einen Orgasmus. Quid pro Quo. Danke. Es machte mehr Spaß, es mir selbst zu machen. Und ganz nebenbei, es dauerte länger und die Orgasmen waren geiler.

Damals, mit 16 war ich so idealistisch zu sagen: Das erste Mal muss es Liebe sein. Vielleicht, wenn ich mehr Vergleichsmöglichkeiten gesammelt hätte, wären aus den 14 Jahren maximal drei Jahre geworden. Idealismus der Jugend. Dennoch, wie gerne hätte ich das erste Mal in meinem neuen Leben mit Merlin erlebt – shit, man lernt wohl nie dazu.

Als ich aufwachte, schien die Sonne auf meinen Körper und Adriano stand in T-Shirt und Jogginghose beobachtend am Eingang zum Wohnzimmer. *Decke hochziehen! Nein, das ist blöd. Ist ja kein Spielfilm, ist die Realität. Oder nicht?* »Warum liegst du denn hier? Im Bett ist es doch viel bequemer«, fragte er entgeistert. »An Schlafen ist eher nicht zu denken, so laut wie du schnarchst.« »Das tut mir leid. Mist. Das ist echt mein Problem. Ich werde mich irgendwann operieren lassen müssen«, entschuldigte er sich. »Kein Problem, deine Couch ist ganz bequem.«

Der Duft von frischem Kaffee lag in der Luft, und ich hätte jetzt gerne einen Schluck getrunken, doch dringender war mein Bedürfnis, aufs Klo zu gehen und zu duschen. Nach dem heißen Tag gestern und der von Körperflüssigkeiten begleiteten Nacht fühlte ich mich nicht direkt gesellschafts-fähig. Aber ein sonnendurchflutetes Wohnzimmer und mein nackter Körper – ich hielt es für durchaus sinnvoll zu warten, bis Adriano sich auf den Weg in die Küche machte. Nicht auszudenken, was er sonst noch zupfen und verbessern wollte, wenn sein kritischer Blick mich im erbarmungslosen Sonnenlicht begutachtet. Und es wäre wohl albern nach der letzten Nacht, mit der Decke vor der Brust ins Badezimmer zu schleichen. »Möchtest du auch einen Kaffee?«, fragte er mich. »Nachher gerne. Jetzt möchte ich lieber erstmal duschen.«

Adrianos Badezimmer war alleine schon eine Reise wert. Marmor in Schwarzweiß und edle Armaturen, wohin man blickte. Duftwässerchen und Kontaktlinsenreiniger standen auf der Ablage über den beiden Waschbecken. Davon wusste ich noch gar nichts, dass er auch Brillenträger ist. Ein Stapel frischer Handtücher, farblich abgestimmt, lagerten in einem hohen Glasregal. Ich griff mir das oberste dunkelrote und stieg unter die Dusche. Wie viele Düsen so eine Duschkabine haben konnte, ahnte ich ja bis zu diesem Tag gar nicht. Man hatte die Wahl, sich ganz banal mit dem Brausekopf beregnen zu lassen oder aus seitlichen Düsen, die aus der Wand kamen. Das warme Wasser tat auf jeden Fall gut, egal aus welcher Düse, denn mein Körper meldete aus nahezu allen Regionen Schmerzen.

Ich schloss die Augen unter dem warmen Wasserstrahl. *Wow, ich stehe hier in diesem Luxusbadezimmer, 600 Kilometer von zuhause weg. Wie einfach es doch sein kann, neue Galaxien zu entdecken.* Ich weiß nicht, was wirklich eine Karrierefrau ausmacht, sträube mich auch gegen diesen Begriff, aber bis gestern war ich eine Frau, die nur durch ihren 12 Stunden-Job sich selbst bestätigt sah. In den restlichen 12 Stunden Lebenserfahrung aus Magazinen und Büchern sammelte und von anderen Welten träumte. Heute war ich immer noch ich, aber ich hatte mein Leben in die Hand genommen, statt es einfach passieren zu lassen. Meine Lebensgeister streckten sich und blickten gespannt in die neue Welt.

Nachdem ich aus dem Bad kam, setzten wir uns mit Kaffeetassen auf seinen Balkon, der die ganze Hausfront einnahm und von üppig blühenden roten Geranien nach außen abgeschirmt wurde. Ich konnte mir nicht vorstellen, dass Adriano den grünen Daumen hatte, und auf meine Frage erfuhr ich, die Bepflanzung sei Beschluss der Eigentümergemeinschaft. Sollte ein schöneres Straßenbild im historischen Viertel bieten. Seine Putzfrau würde die für gewöhnlich pflegen.

Es war eine angenehme Unterhaltung und ein urlaubsverdächtiges, erholsames Gefühl, in der Sonne zu sitzen. Erst als Adrianos Telefon klingelte, zog er sich in sein Arbeitszimmer zurück. Ich schloss meine Augen und war fast eingedöst, als mich Adrianos fester Griff aus der Entspannung riss. Offenbar war er der Meinung, es wäre jetzt der richtige Zeitpunkt, um meine Schambehaarung zu entfernen. »Ich werde dich jetzt rasieren.« »Das wirst du nicht tun!«, entgegnete ich aufgebracht und war von einem auf den anderen Moment wieder angespannt.

Mit aller Kraft versuchte ich, seinem Griff zu entkommen. Keine Chance. In der Hocke sitzend, stemmte ich meine nackten Füße bremsend in seinen Parkettboden. »Hör auf damit, ich habe eine Schere in der Hand.« Er wollte mich tatsächlich verstümmeln, mir eine Intimrasur verpassen. Grundsätzlich hatte ich ja nichts gegen die Rasur meiner Schambehaarung, aber bitteschön, es gibt Dinge, die macht Frau gerne selbst. Meinen Versuchen, ihn zu treten, wich Adriano geschickt aus. Gedanklich hatte er auf jeden Fall einen Tritt in die Eier von mir.

Sicher hätte es in diesem Moment Möglichkeiten gegeben, ihn von seinem Vorhaben abzuhalten, aber ich fand nicht wirklich eine. Schreien, er hätte mir den Mund zugeknebelt. Zudem gab es eine Seite an mir, die sich auf dieses Spiel einlassen wollte. Es gibt ja dieses Klischee über Frauen: Wenn sie nein sagen, meinen sie eigentlich Ja. Das Klischee trifft zu. Zumindest auf mich und in diesem Moment. Es ist vielleicht die Erziehung, die Nein sagt, vielleicht die Angst, was dein Gegenüber von dir denkt, wenn du Ja sagst, auf jeden Fall aber ein klares und deutliches Jein, zu dieser Aktion. Adriano schien die seltene Gabe zu haben, zu wissen, wann ein Nein eigentlich ein Ja ist und die Errungenschaften der Emanzipation temporär ausgeschaltet werden können.

Nachdem ich meiner Erziehung, meinem Verstand Genüge getan hatte und meine Abneigung gegen diese Prozedur (fast) deutlich zum Ausdruck gebracht hatte, ergab ich mich in mein Schicksal, allerdings nicht ohne ihm zu drohen, wenn er sich einmal verschneidet, würde er seines Lebens nicht mehr froh.

Er forderte mich auf, mich in seine Badewanne zu stellen und meine Beine zu spreizen. Mir war, nackt wie ich vor ihm stand, unwohl. Ich halte mich nicht für übermäßig prüde, aber ich verfüge über eine ausgeprägte Unlust, mich den kritischen Blicken anderer auszusetzen. Mal abgesehen von meiner Frauenärztin, kein anderer Mensch hätte es je geschafft, mich freiwillig in eine solche Situation zu begeben. Das Licht, in dem ich gerade stand, war alles andere als schummrig. Es war hell, neonhell. Und mit Kaschieren von Problemzonen war in diesem Moment nicht viel zu reißen. Zuerst schnippelte er, auf dem Badewannenrand sitzend, meine Haare auf eine rasurfähige Länge runter. »Ein Schnitt in meine Schamlippen und ich trete dich von der Wanne.« Als er anfing, mit seinem Nassrasierer, in pedantischer Art, wirklich jede Haufalte glatt zu rasieren, schloss ich meine Augen. Nein, es war nicht Entspannung, weshalb ich meine Augen schloss. Ich blinzelte zwischendurch und sah meine Schamhaare gelockt in der Badewanne verteilt liegen. Ein fremdes, aber auch erregendes Gefühl war es, seinen Atem auf meiner jetzt nackten Muschi zu spüren.

Abschließend rieb er mich sorgsam mit einer Lotion ein. Es brannte höllisch und ich hätte am liebsten kaltes Wasser drüber laufen lassen, aber er hielt mich davon ab und meinte, das Brennen hörte gleich auf. So würde es keine Rötungen geben. Okay, Männer haben da vermutlich mehr Erfahrung.

Wie soll Frau sich verhalten in einem solchen Moment? Frau, die ja   emanzipiert ist, die sich nichts bieten lässt, schon gar nicht von Männern. Mir hatte es die Sprache genommen und so stand ich still vor dem Spiegel und betrachtete die Veränderung an meinem Körper, während Adriano die Haare aus der Badewanne entfernte.

So sah ich zuletzt als Kind aus. Mögen Männer rasierte Muschis, weil es ihnen das Gefühl gibt, mit einem Kind Sex zu haben? Ich schob den Gedanken beiseite, erinnerte mich daran, wie es sich nach dem Sex anfühlt, die Schamhaare des Partners im Mund zu spüren. Man merkt, irgendwo im Gaumen hängt eins, aber man kann es nicht zu fassen bekommen. Der zärtliche Augenblick danach und deine Gedanken sind» nur bei diesem einen, nervigen Schamhaar. Schlimm, wenn dieses Schamhaar seinen Weg in den Rachen gefunden hat und da über Stunden spürbar hängenbleibt. Vielleicht hat eine rasierte Muschi ja doch Vorteile.

Wir machten uns fertig, um bei seinem Italiener essen zu gehen. Und ich hatte einen Riesenhunger. Ich zog eine schwarze Stoffhose und darüber ein beiges T-Shirt, mit Dreiviertelarm und einer Knopfleiste im Ausschnitt, an. Meine Haare brauchten selten viel Aufmerksamkeit. Ein bisschen Gel für den Struwwellook und dekorativ meine Sonnenbrille auf die Stirn geklemmt. Schwarze Leder-Flip-Flops an den Füßen, dunkelroter Lippenstift und Puder im Gesicht, komplettierten das Bild.

Adriano löschte meine unbehagliche Stimmung, von den Ereignissen im Badezimmer, von einer Sekunde auf die andere. Laut überlegte er, ob mein Outfit in Ordnung sei. »Wenn dir das nicht passt, dann sag es. Wir können gerne zwei Meter Abstand halten, wenn wir rausgehen.« Zur Antwort bekam ich, es gäbe kaum deutsche Frauen, die es verstünden, sich vernünftig zu kleiden. Auch wenn mein Outfit wohl nicht ganz seinen Ansprüchen entsprach, gab er gnädig sein Okay. »Danke auch. Kann ja nicht jede Frau dir zuliebe im Kostümchen rumlaufen«, frotzelte ich. Darum ginge es gar nicht. Frauen suchten ihre Klamotten entweder zu weit oder fettpolsterbetont aus, erklärte er mir fachmännich, und ein Gefühl für Farben hätten sie auch nur in den seltensten Fällen. »Aha, und zu welcher Kategorie gehöre ich nun?« Es ginge lediglich um die Knopfleiste, der Rest sei in Ordnung. Er war sich nicht sicher, ob ich einen Knopf zuviel geöffnet hätte. Hatte er Angst vorm Schlampenalarm? Unglaublich, selbst wenn, im Angesicht seiner Kritik war mir sehr danach, den letzten Knopf auch noch zu öffnen.

Der richtige Augenblick, ihn auf seine unmögliche Jogginghose aufmerksam zu machen. »Soweit kommt es noch, mir von einem Typen in Fliegerseiden-Jogginghose erzählen zu lassen, was Geschmack ist.« »Hey, nichts gegen meine Jogginghose. Die ist noch aus meiner Bundeswehrzeit in Italien«, verteidigte er den zerschlissenen Stoff. »Ach was, das macht sie nicht schöner.« »Ich hänge an der Hose, das sind Erinnerungen, und die werde ich tragen, bis sie auseinanderfällt.« Das Thema Italien und Heimat schien ihm sehr am Herzen zu liegen, wenn er diese Hose derart verteidigte. Aber ich konnte Verständnis aufbringen. Jeder hat wohl unter seinen Wohlfühlklamotten wenigstens ein Teil, an dem er hängt, was aber im Grunde genommen hässlich und untragbar ist. Es machte Adriano, den Perfektionisten, sympathisch.

Natürlich trug er zum Essen nicht sein Lieblingsstück. Ein schwarzer, lässig sitzender Anzug mit einem weißen Hemd drunter. Den obersten Knopf hatte er offen und man sah eine dezente Goldkette, ohne Anhänger hervorblitzen. Auf die Goldkette hatte ich ihn schon schnippisch angesprochen, doch scheinbar beinhaltete auch dieses Stück Erinnerungen, die so stark waren, dass er mir sie bisher noch nicht erzählen wollte. Eine schwarze Sonnenbrille mit Metallfassung auf den Augen und seine Erscheinung entsprach ganz dem Klischee des Italieners – Mafia, il padre oder so. Wenn wir uns so, ganz analog, über die Füße gelaufen wären, niemals hätten wir auch nur ein Wort miteinander gewechselt. Vielleicht wäre er mir eine abfällige Bemerkung wert gewesen: »Macho!« Stellte sich die Frage, was er über mich gedacht hätte, wären wir uns, wie er es seinen Mitarbeitern und Bekannten erzählt hatte, tatsächlich in der Fußgängerzone begegnet. Ist wahr, er hatte sich nicht getraut zu erzählen, dass ich ein Date aus dem Internet bin. Könnte seinem Ruf schaden und zu falschen Schlüssen führen, wenn bekannt werden würde, dass er chattet. Ich glaubte nicht, dass wir jetzt gemeinsam essen gehen würden, wären wir uns real und nicht virtuell begegnet. In seinem schwarzen Cayenne fuhren wir durch schmale Gässchen, in Richtung seines Italieners.

Wir parkten im Hinterhof, wo ansonsten nur restauranteigene Wagen standen, und betraten das Restaurant durch die Küche. Eine temperamentvolle Begrüßung zwischen Adriano und dem Wirt des Restaurants folgte. Bei dieser Gelegenheit hörte ich ihn zum ersten Mal in seiner Muttersprache reden. Es war ungewohnt und verstärkte das Gefühl, im falschen Film zu sein. *Ein Kosmopolit, ein Italiener von Welt und meine Wenigkeit. Sollte ich mich mal kneifen?*

Auf Deutsch stellte mich Adriano als eine Freundin vor, und in der für Italiener typischen Art wurde ich euphorisch willkommen geheißen. Echt jetzt. Sie schaffen es wirklich, dich so mit Komplimenten zu überhäufen, du fragst dich unweigerlich, warum noch niemand dich für eine Modelkarriere entdeckt hat.

Wir wurden vom Chef durchs Lokal geführt und landeten in einem wunderschönen Biergarten mit alten Kastanienbäumen. Direkt neben der Tür nahmen wir Platz. Ich bekam die Karte charmant überreicht, und mir lief bei der Aufzählung diverser Pasta-Gerichte das Wasser im Mund zusammen. Schließlich war der Zustand »Pappsatt« bei mir lange her. Meine Wahl fiel auf Gemüseallerlei, mit Genudels in Tomatensoße. Zu trinken gab es eine Flasche trockenen Merlot, auf Kosten des Hauses. Bis zu diesem Tag nicht wirklich meine Sorte. Aber was soll's. Ich stand vor der Frage, ob anal oder nicht anal, da konnte ich auch direkt mit meiner Experimentierfreude beim Rotwein weitermachen. Vielleicht würde ich meine Meinung, in Bezug auf trocken oder halbtrocken, ja auch noch überdenken. Adriano bestellte sich ein alkoholfreies Bier – »wie immer«.

Er saß mir gegenüber und nach ein paar Worten über das Restaurant – ich fing gerade an, mich wohl zu fühlen – stellte er mir eine Frage, die meiner guten Laune nicht direkt förderlich war. »Warum versteckst du dich?« Erst verstand ich nicht, worauf die Frage abzielte, bis er mich auf meine Körperhaltung hinwies. Sie würde Bände sprechen. Blöd jetzt, und ich dachte, meine Simulation von Selbstbewusstsein sei überzeugend. »Du hast es nicht nötig, dich zu verstecken, Alex.« Das waren genau die Gespräche, die ich nicht brauchte. »Ich muss jetzt nicht ernsthaft über mich reden«, antwortete ich ausweichend. Da flammte gerade in mir so was wie Selbstbewusstsein und das Gefühl, wer zu sein, auf, dann musste dieser Mann mich wieder daran erinnern, wie klein und ängstlich ich bin. Danke auch. »Ich mag es nicht, analysiert zu werden, Adriano.« »Ich weiß, Lexi, ich kenne dich besser, als du denkst.« Den Satz hatte er schon mal gesagt. Und er hatte mich schon mal irritiert. Was glaubte er denn von mir zu kennen, was ich nicht bewusst offenbarte? Aber möglicherweise ist das ja auch nur so eine Redensart und ich sollte nicht drüber grübeln.

Nenn mich Mister Hartnäckig. Er bohrte weiter, obwohl ich ihm sagte, ich wüsste nicht, warum ich bin wie ich bin, und keinen Bock hätte, das Thema auszuweiten.

Natürlich gibt es für Macken und Dellen im Selbstbewusstsein immer ein gutes Argument: die Kindheit. Man kann dieses Argument nun allgemein anführen oder, wenn man Genaueres weiß oder vermutet, spezielle Ereignisse hervorkramen und auseinanderpflücken. Natürlich gibt es auch aus meiner Kindheit Sachverhalte, die eher auf der »für die Entwicklung negativ«-Seite einzuordnen sind. Aber für mich war das hier und jetzt sicher nicht der Moment, in dem ich meine verschlossenen Schubladen öffnen wollte. Und schon gar nicht war mir nach Aufräumen in denselben. Außerdem bin ich der Meinung, langatmiges Reden über Probleme bläht dieselben nur unnötig auf. Am Ende hat man nämlich das Problem problematischer geredet als es eigentlich ist. »Du hast kein Vertrauen. Nicht in dich und auch nicht in mich.«

»Hey, jetzt ist aber gut. Wir haben uns gestern zum ersten Mal getroffen. Da ist es wohl ein bisschen verfrüht, mein ganzes Vertrauen zu erwarten«, war meine bissige Antwort. »Hör auf dein Gefühl, Alex. Was sagt es dir? Kannst du mir vertrauen?« Das V-Wort, über das ich selbst schon oft und lange nachgedacht hatte und mich immer noch frage, was es eigentlich heißt – Vertrauen. Für mich heißt Vertrauen, Eigenverantwortung abzugeben. Jemand anderem ganz bequem die Schuld geben zu können, wenn man enttäuscht oder verletzt wird. Meine Menschenkenntnis sagte mir, meinetwegen auch mein Gefühl, in Adriano einen ehrlichen Menschen gefunden zu haben. Er würde mich garantiert nicht verletzen. Zumindest rein physisch. Wäre ich unter anderen Vorzeichen nach München gefahren? Wohl kaum, es sei denn, es wäre mein erklärtes Ziel, mich zu zerstören. Aber möglicherweise bin ich ja naiv und ich lande doch als Vergewaltigungsopfer, schlimmer noch, bestialisch zugerichtetes Opfer eines Internetkillers in der Boulevardpresse. Auch eine Art von Karriere.

»Wäre ich hier, wenn ich dir misstrauen würde?« Ich hoffte, er wäre zufrieden mit der Antwort, doch er bohrte weiter. »Und warum widersprichst du mir ständig?« »Jetzt mach aber mal einen Punkt. Gefühl hin   oder her. Wenn Adriano sagt, spring, dann springe ich noch lange nicht. Und außerdem kannst du nicht eine Frau wollen, die zu allem, was du tust und sagst, Ja und Amen sagt. Du würdest dich langweilen, hättest nur halb soviel Spaß. Denn das ist doch genau das, was dich an mir reizt. Dass ich stur sein kann.« Er hielt mir eine lange Rede darüber, wie ihn die Erfahrung gelehrt habe, auf seinen Bauch zu hören. Dass er mit dieser Art, Entscheidungen zu treffen, meist richtig gelegen habe. Er schloss mit der Bemerkung ab, bei mir von Anfang an ein gutes Gefühl gehabt zu haben. Was mich vor die Frage stellte, wie er mich sah. Ich ganz persönlich fühlte mich ständig von Fehlern und Unperfektionismus verfolgt. Kaum eine Minute in der ich mich nicht fragte, ob ich meinem Job oder den Menschen in meiner Umgebung gerecht würde. Die schlichte Antwort jedes Mal: Ich bin nicht gut genug, nicht unterhaltsam und überhaupt. Vermutlich halte ich deshalb meine sozialen Kontakte auf einem Minimum, damit ich nicht durchdrehe vor Grübelei. Aber ich war ja im Begriff, auch das zu ändern.

Dennoch, Adriano sammelte Pluspunkte, denn auch wenn die Thematik meine aufkeimende Flamme des Selbstbewusstseins ins Flackern brachte, war ich froh, keine Kommentare in Richtung: Du bist süß, wenn du so nervös bist, zu hören. Auch, dass ich mich nicht über vegetarische Angebote auf Speisekarten unterhalten musste, machte Adriano sympathisch.

Um vom Thema abzulenken und weil es mich wirklich interessierte, fragte ich ihn, wie es dazu kam, dass er sich in die Community eingeloggt hatte. Reiner Zufall, erklärte er mir. Sein Geschäftspartner hätte ihm die Adresse genannt. Er sei lediglich gespannt darauf gewesen, was sein Partner so treibt. »Und, hast du mit vielen Frauen gechattet?«, fragte ich neugierig. »Nein, ein paar. Völlig langweilig und zeilenweise Gejammer über Männer. Ich wollte gerade meinen Nicknamen löschen, als du mich angeschrieben hast.« *Glaub dran.* »Du hast mich angeschrieben. Ich schreibe niemanden an, habe ich noch nie getan«, stellte ich die Fakten empört richtig. »Echt? Weiß ich gar nicht mehr. Auf jeden Fall hast du mich provoziert mit deinen frechen Antworten. Außerdem brauchte ich deinen Rat als Designerin, wegen meinem Firmen-CI.« Ich rollte mit den Augen. »Du glaubst mir nicht, Bellagioia? Denk an meine Peitsche.« Ich rollte weiter mit den Augen.

Bevor wir zu seiner Wohnung zurückfuhren, gab es noch eine kurze Sightseeing-Tour durch München. Wir machten bei einem flachen, dreistöckigen Bürogebäude halt. Auf der dritten Etage lagen seine Geschäftsräume. Es war Feiertag und eigentlich hätten all seine Angestellten frei gehabt, dennoch trafen wir auf eine junge Frau, die konzentriert vor einem Monitor saß. »Hallo, Carina. Darf ich dir Alexandra vorstellen?«

Wieder machte er mich baff. Merlin hatte bei mir den Eindruck erweckt, dass er mich möglichst aus seinem realen Leben raushalten wollte. Irgendwie war das für mich zu einer Art Gesetz geworden. Scheinbar ganz normal war es für Adriano, dass er mich Carina vorstellte. »Hallo, Alex«, begrüßte sie mich grinsend. »Schon viel von dir gehört.« *Was denn?* »Keine Sorge, nur Gutes. Der Adriano schwärmt ja schon seit Wochen von dir«, fügte sie lachend hinzu. »Adriano, kannst du dir mal eben den Brief anschauen? Wenn der Text so okay ist, werde ich den heute noch einwerfen.« Während Adriano mit Carina gemeinsam den Brief durchging, schaute ich mich um. Moderne Büroräume, in denen man noch den Geruch von Renovierung und neuen Möbeln wahrnehmen konnte. Graue Veloursteppiche schluckten jedes Geräusch und große Grünpflanzen lockerten die pragmatische Büroeinrichtung auf. Die großen Flachbildschirme verrieten, dass die Rechner noch nicht sehr alt sein konnten und bei den Arbeitsgeräten nicht gespart wurde. Als Adriano fertig war, gingen wir in sein Büro, welches ähnlich eingerichtet war wie die anderen Räume. Eine Seite des Zimmers wurde von einem riesigen antiken Schreibtisch eingenommen, der dem Büro die Ausstrahlung einer Anwaltskanzlei verlieh.

Ich war darauf gefasst, fast erwartete ich es, dass jeden Moment wieder ein Kampf um die Erfüllung seiner sexuellen Vorstellungen losbrechen würde.

Doch statt mich über seinen Schreibtisch zu werfen, kramte Adriano in irgendwelchen Akten herum. *Wollte der sich jetzt Arbeit mit nach Hause nehmen oder suchte er nach seinen Lieblingssexspielzeug?* Als er gefunden hatte, was er suchte, bat er mich neben sich, er wolle mir was zeigen. Was er mir zeigte, hatte dann wenig mit Sex zu tun. Es war die schriftliche Präsentation für das zu entwickelnde Logo seiner Firma. Hergestellt von einer

Werbeagentur, deren Name mir schwach bekannt vorkam. »Ich möchte deine Meinung hören. Lies es dir mal durch«, forderte er mich auf. Das Skript war dick und umfasste mehrere Seiten mit Vorschlägen zu einem möglichen Bildzeichen und Hausschriften. Es dauerte ein bisschen, bis ich mich, auf seiner Tischkante sitzend, reingelesen hatte. Adriano saß derweil still in seinem Chefsessel.

Es waren gute Vorschläge dabei, doch offenbar keiner, der Adriano vom Stuhl riss. Er erzählte mir, wie unzufrieden er mit der Arbeit sei. Sich ärgerte, weil er dafür so viel Geld bezahlen musste. Ich erklärte ihm, lange und breit, was ein CI ausmacht und in der Präsentation seien durchaus konkurrenzfähige Vorschläge.

Über eine Stunde diskutierten wir. Zankereien gab es kaum, einfach sachliche Diskussion und kreative Überlegungen zum Thema. Ich gab ihm einige Schlagworte an die Hand, die ihm in der Zusammenarbeit mit der Werbeagentur hilfreich sein würden. Spätnachmittags verließen wir das Büro und ich fühlte mich wie nach einem intensiven und erfolgreichen Kundenmeeting. Selbstbewusst und damit, bester Laune.

Bei einem gemütlichen Abend auf der Couch lernte ich Adriano von einer neuen Seite kennen. Fernsehgucken. Er zappte sich durch die Programme und machte Halt bei Dokumentationen, in denen gezeigt wurde, wie irgendwas gemacht wird. In dem Fall war es die Demontage einer gigantischen Bohrinsel. *Gähn.* Zwischendurch ein Stopp bei Sportsendern, wenn die kleinen Flitzer der Formel 1 übers Bild jagten. *Schnarch.* Wenig reden, Mittelpunkt ist die Unterhaltungseinheit vor der Couch. *Schreck lass nach, wir haben doch nicht etwa Beziehung.*

Ich hätte sie genießen sollen, die Ruhe vor dem Fernseher. So abrupt, wie ich es schon in der Nacht zuvor mit Ankündigung erlebt hatte, geschah es auch diesmal. Kaum war der Fernseher auf Standby, schon hatte er mich wieder in seinem stahlharten Griff und schleppte mich in sein Schlafzimmer.

Er hatte beide Arme von hinten um meinen Oberkörper geschlungen und ich musste lachen, weil wir ein ulkiges Bild abgeben mussten, im Watschelgang auf dem Weg ins Schlafzimmer. Lachenderweise legten wir uns nebeneinander auf sein Bett. Wir küssten uns, und ich strich durch seine welligen, schwarzen Haare. Es war nicht zu leugnen, Adriano wurde grau. Nicht an den Schläfen, sondern immer mal wieder ein weißes, glänzendes Haar zwischendrin. »Nee, echt Adriano, du wirst grau«, zog ich ihn auf. »Das sind die grauen Haare, die du mir mit deinem ewigen Nein machst«, bekam ich, gespielt vorwurfsvoll, zur Antwort. »Du könntest, um mich milde zu stimmen, einen Striptease vor mir machen, vielleicht werde ich dann nicht so fest zuschlagen mit meiner Peitsche.« »Glaub dran, Adriano, ich werde nicht vor dir rumhampeln und mich ausziehen«, erwiderte ich entrüstet. »Mach du doch einen Striptease vor mir.« »Lexi, ich bin doch nicht schwul. Striptease ist Frauensache.« »Macho«, konnte ich auf diesen Einwand nur erwidern.

Ich saß inzwischen auf Adriano und war dabei, sein weißes Hemd aufzuknöpfen. Seine Brust war fest und leichte Behaarung, graumeliert, zierte seinen Oberkörper. Ich wollte jetzt, ganz klassisch, mit ihm Sex haben. Küsste mich sanft bis zu seinem Hosenbund vor und strich mit meinem Gesicht über seinen Schwanz, der noch unter zwei Stoffschichten ruhte. Ich öffnete den Reißverschluss, Gürtel und Knopf folgten. Als er nackt auf dem Bett lag, richtete ich mich auf und stellte mich vor sein Bett. Versuchte möglichst nett, besser sexy, meine Kleider von meinem Körper zu bekommen. Natürlich war es kein Striptease, aber ich achtete selbstverständlich darauf, möglichst gut dabei auszusehen. Adrianos Blicke ruhten auf mir. Natürlich, es war noch hell draußen, der Raum in die Abendsonne getaucht, aber statt Unsicherheit machte sich ein vollkommen anderes Gefühl in mir breit. Und dieses Gefühl leitete meine Hand runter zu meiner Muschi. Ich stützte mich mit einem Fuß auf das Ende der Matratze und schob meine Finger tief in mich hinein. Es war mehr als offensichtlich: Adriano gefiel, was er sah. »Lexa, schieb deinen Finger in deinen Po. Ich will sehen, wie du es dir selbst machst, will sehen, wie sehr es dich anmacht.« Ich tat, was er wollte, und schob meinen nassen Finger in die enge Öffnung. Sah dabei, wie sich Adriano selbst wichste, sah seinen Schwanz hart und dick in seinen kräftigen Händen. Nun hatte ich mich ja schon öfters beim Sex selbst befriedigt, aber ganz sicher hatte ich noch nie einen Porno zum Zugucken draus gemacht. In diesen Minuten hatte nicht mehr die von Selbstzweifeln geplagte Alexa die Oberhand, eine mir vollkommen fremde Frau stand am Ende des Bettes. Ich genoss in vollen Zügen seine Blicke und seine Geilheit und fühlte mich in ein anderes Universum katapultiert. Als ich gerade die Welt um mich herum komplett vergaß und gen Wolke sieben dahinschwebte, stoppte der harte Griff seiner Hände meinen herannahenden Orgasmus.

»Komm her, Lexa, ich werde deine Muschi lecken.« Sekunden später schwebte eben diese dicht über seinem Gesicht. Vor meinen Lippen sein harter Schwanz und eins war klar, im Angesicht des Durchmessers, den ich nur schätzen konnte: Den wird er nicht in meinen Hintern stecken. Niemals. »Du wirst dein dickes Teil nicht in meinen Arsch stecken«, flüsterte ich, mit meinen Lippen an seinem Schwanz. »Oh doch, Lexa, das werde ich. Und du wirst es genießen.« Nun lässt ja bekannterweise die sexuelle Energie eines Mannes sehr schnell nach, sobald er abgespritzt hat. Um es anders auszudrücken: Mir war nicht nach dem kräftezehrenden und schmerzhaften Kampf um meine anale Jungfräulichkeit, und ich hielt es für eine gute Taktik, ihn zum Abspritzen zu bringen, um diesem Kampf zu entgehen.

Seinen Schwanz fest in meiner Hand, saugte ich seine Eichel ein, umspielte sie mit meiner Zunge und biss leicht in die pralle Spitze. Doch irgendwie ging meine Taktik nicht auf. Meine Wangen schmerzten vom Saugen, aber abgespritzt hatte er immer noch nicht. Was bei Jan immer sehr schnell zum Erfolg geführt hatte, zeigte hier kaum Wirkung. Der Mann unter mir zählte zu einer ganz speziellen Sorte. Entweder verspannt oder einfach zu abgebrüht, um einfach mal eben so abzuspritzen. *Aber vielleicht bin ich ja auch komplett ungeil und blase lediglich phlegmatisch?* Adriano hingegen, der sich eingehend mit allem, was vor seinem Gesicht schwebte, beschäftigte, schaffte es meine Erregung in alle Nervenbahnen zu verteilen. Die Welt verschwindet. Keine Probleme, keine Ängste. Ein intimer Moment, voll Vertrauen. Warum es passierte, weiß ich nicht so genau, aber meine Augen fingen an zu tränen, mein Körper zitterte. Traurigkeit und Glücklichsein schienen sich im Moment des Höhepunktes zu begegnen.

Ungeachtet meiner sentimentalen Verfassung verfolgte Adriano immer noch sein Ziel, mich anal zu entjungfern. Der sanfte Kuschelmoment danach dauerte nicht lange. Vielleicht brauchte er ja die härtere Nummer zum Abspritzen. Möglicherweise sparte er sich seinen Höhepunkt für genau den Moment auf, wenn er es endlich geschafft hatte, mich von hinten zu ficken. So von wegen: Steigerung des Höhepunktes durch das siegreiche Erobern Alexas Arsch.

Er hatte es, trotz meiner Gegenwehr, wieder geschafft, mich am Kopfende seines Bettes zu fesseln. Seine Finger in meinem Po verhinderten schmerzhaft jegliche Zuckung. »Das sind jetzt zwei Finger, Lexa, gefällts dir?« »Nein!«, zischte ich und meine melancholische Stimmung war wie weggeblasen. »Ich werde dir gleich drei Finger reinschieben, dann vier.« Langsam bewegte er seine Finger tiefer in mein Loch. Ja, ich war froh, nicht viel gegessen zu haben in den letzten 24 Stunden. Warum? – das muss ich an dieser Stelle wohl kaum erklären. Er setzte seine Arbeit fort, zog seine Finger heraus, was allein schon schmerzte. Ich merkte, wie er mein Loch wieder mit Spucke nass machte und es langsam mit seinen Fingern dehnte. »Das tut nur am Anfang weh, Lexa, nachher wirst du das geile Gefühl genießen.« *Ganz bestimmt, es wird was einreißen.* Ich war mir sicher, so sehr brannten seine Bemühungen. »Das sind jetzt drei Finger, mein Schwanz ist dicker als fünf meiner Finger. Du bist frühestens morgen soweit.« »Ich werde niemals soweit sein«, fluchte ich ihn an. »Wenn ich das nächste Mal deinen Schwanz in meinem Mund habe, würde ich mich in Acht nehmen, Adriano.« Die Drohung entlockte ihm ein Lachen, und er bewegte weiter seine Finger, tief in mir.

Nein, nein und nochmals nein. Ich konnte mir nicht vorstellen, diese Art von Verkehr jemals in mein – zugegebenermaßen bisher bescheidenes – Repertoire aufzunehmen. Obwohl mein Darm fast leer sein musste, ging mir ständig durch den Kopf, wo er mit seinen Fingern rumbohrte. Unmöglich, sich dabei zu entspannen, geschweige denn auch nur annähernd Erregung zu entwickeln.

»Vielleicht tut es dir ja nicht so weh, wenn ich deine Muschi auch verwöhne.« Sagte es und bohrte seine Finger tief in meine Muschi. Nicht nur, dass ich gerade zweifach gefickt wurde, nein, der Mann war noch nicht beschäftigt genug. Irgendwie schaffte er es auch noch, meinen Kitzler zu massieren. Eine gemeine Situation. Gemein, weil ich geil wurde. Mein Kitzler reagierte und schwoll an, was Adriano nicht entging.

Meine Muskeln zogen sich über seinen Fingern zusammen. Ich war kurz davor zu kommen. Meine Hüften bewegten sich leicht auf und ab, so dass Adriano seine Finger in meinem Arsch gar nicht zu bewegen brauchte, ich fickte mich gerade selbst. »Ich merke, du bist geil. Du willst kommen, Lexa. Sag mir, wie geil es dich macht, in deinen Po gefickt zu werden, dann werde ich dich kommen lassen.« »Du gemeines Miststück, nichts werde ich sagen.« »Ja, dann wirst du auch nicht kommen. Ich werde ganz langsam weitermachen, nur soviel, bis du wahnsinnig wirst.« Ich hielt diesen Zustand nicht lange aus. Jedes Mal, wenn ich versuchte, meinen Kitzler fester an seine Finger zu drücken, zog er sie zurück. »Sag es, Lexa, und ich lass dich kommen.« »Ja, ich finde es geil.« »Das reicht nicht, Bellagioia. Sag wie gerne du meinen Schwanz in deinem Po hättest.« Ich tat es, jedoch nicht ohne ihn zu verfluchen. Ich kam, seine Finger tief in meinen Körperöffnungen. »Lexa, ich spüre deinen Orgasmus. Das ist geil.« Ja, es war so was wie ein Megaorgasmus. Aber ich hütete mich, ihn darüber zu informieren.

Ich war am Ende, ich war stinksauer. Dass Adriano kurz das Zimmer verlassen hatte, bekam ich kaum mit. Er kam zurück mit feuchten Kleenex-Tüchern. »Das muss jetzt sein.« Er reinigte meinen Po. Klar. Meine Befürchtungen. Sollte ich jetzt rot werden, mich schämen? Nein. Er hatte es sich selbst genau so ausgesucht. Seine Entscheidung. Ich vermute mal, jeder anale Verkehr – auch wenn es mir jetzt schwer fällt, aber mitunter muss man halt das Kind beim Namen nennen – zieht Scheiße mit sich her. Da bekommen Kondome eine ganz andere Bedeutung.

Apropos Kondom, fiel mir bei diesem Gedanken ein. Da war doch was? Ach ja. Aids! Eine erwachsene, aufgeklärte Frau machte mit einem fast fremden Mann Sex ohne Kondom. Ich musste ja von allen guten Geistern verlassen sein. Kurz überlegte ich, das Thema anzuschneiden, wie er dazu stand. Ließ es aber bleiben. Ich war zu fertig, um jetzt auch noch ein zwar ernstes, zu diesem Zeitpunkt aber eh überflüssiges Thema zu diskutieren. Das ist wie über die Gefahren atomarer Rüstung zu reden, wenn der atomare Niederschlag schon die Erde bedeckt. Außerdem war ich mir fast sicher, dass Adriano kein Mann war, der regelmäßig und häufig Frauen beglückte. Wird schon gut gehen. Aids, Krebs und ähnliche Spaßkiller bekommen eh nur die anderen. *Tätäää.*

Wonach mir jetzt gelüstete, war eine Zigarette. Ich stand auf, um sie aus dem Wohnzimmer zu holen. »Nichts da, im Schlafzimmer wird nicht geraucht!« Ach ja, ich vergaß. Adriano, der Pedant. Ich griff mir ein weißes Hemd, das über einem eisernen Frauentorso, der als Kleiderständer diente, hing. So ganz gefiel ihm das nicht. Da hatte er doch Angst, ich könnte es schmutzig machen. Tja, selbst Schuld, wenn Blut oder sonst was das gute Armani verschmutzt. Musste ja nicht so tief in mir rumbohren und zog es noch mal lieber, trotzig, an.

Im Wohnzimmer, im Nebel des Zigarettenqualms, unterhielten wir uns noch lange bei einem Glas Rotwein. Sein Kopf lag in meinem Schoß, ich kraulte in Gedanken seine Haare. Er erzählte mir von seiner Freundin, die sich, vor noch nicht allzu langer Zeit, von ihm getrennt hatte. Dass sie es mochte, von hinten gefickt zu werden, war gar nicht so sehr der Punkt. Seine melancholische Stimmung ließ bei mir die Frage aufkommen, ob er vielleicht auch im Internet nach einem Schmerzstiller suchte. Nach einer Therapie, die es einfacher macht, zu vergessen. Zufall vielleicht, in der Community zu stranden, Glück aber, jemanden zu finden, der den Schmerzpunkt trifft, ihn lindern oder vielleicht heilen kann. Pech jedoch, wenn man auf einen Menschen trifft, der dem Schmerz noch einiges an Leid hinzufügt.

Es wurde ein sehr intimes Gespräch, auch wenn ich mir sicher war, dass er nicht alles über seine Beziehungsvergangenheit preisgab. Ich glaubte, das, was im Schlafzimmer passiert war, hatte uns, besser mein Vertrauen zu ihm, auf eine tiefere Ebene gebracht.

Es war etwa halb eins, als wir uns schlafen legten. Orgasmusbilanz bis zu diesem Zeitpunkt: Alexa: 4, Adriano: 0, Peitsche: bisher noch nicht gesehen. Mein Po, er schmerzte und brannte. Bevor ich einschlief, wand ich mich noch mal vorsichtig aus seinen Armen und schlich ins Badezimmer. Ich hatte es einmal geschafft und ich schaffte es auch ein zweites Mal – meinen Tampon wieder zu finden. Phuu. Ich bekam Übung. Zurück im Schlafzimmer war schon abzusehen, es würde keinen Sinn machen, mich neben ihn zu legen. Was soll's. Seine Couch war groß genug. Außerdem lagen, im Gegensatz zu seinem Bett, auf der Couch Kissen. Er gehörte zu dieser seltsamen

Spezies, die es vorzieht, ohne Kopfkissen zu schlafen, und ich brauche wenigstens eins, besser zwei, um schlafen zu können.

Auf der Couch kreisten meine Gedanken noch lang um Fesselspiele, Peitsche und Analverkehr. War das eigentlich schon Masochismus? Stehe ich auf Demütigung und Schmerzen? Bin ich vielleicht, wie heißt dieses Wort noch? – ach ja, submissiv. Nein. Ich war nicht megageil und ich hatte auch keine sexuelle Offenbarung erlebt, wie das vielleicht bei latent Homosexuellen irgendwann passiert. Offenbarung höchstens im Hinblick auf meine Ausstrahlung und wozu ich fähig bin. Außerdem, nicht jeder Mensch braucht einen hohen Berg, schweres Equipment und Naturgewalten, um das eigene Potential zu entdecken. In meiner Welt reichte da ein Adriano völlig aus.

Das Wetter am nächsten Morgen war immer noch phänomenal. Sommerliche Temperaturen, schon um halb zehn. Ich war voller Tatendrang und schlug Adriano vor, der in seinem dunkelblau karierten Bademantel und Adiletten schon vor seinem Laptop saß, fürs Frühstück einzukaufen. Er war begeistert von der Idee und orderte direkt ein paar Scheiben von seiner Lieblingswurst. Na denn, wenn's sein musste. Ich bin ja ein toleranter Vegetarier. Er beschrieb mir den Weg und fragte, ob ich ihm Zigaretten mitbringen könnte. Er selbst müsste noch einiges erledigen, würde aber schon mal Kaffee aufsetzen. »Du bist lediglich zu faul, dich zu bewegen«, frotzelte ich ihn an.

Mir war nach Sightseeing, nach München erkunden. Ich wurde mir selbst unheimlich. Seit Jahren lebte ich in depressiver Trauerstimmung – von ein paar kleineren Hochs mal abgesehen – und litt leidenschaftlich vor mich hin. Heute Morgen fühlte ich mich, als stünde die Sonne speziell für mich am Himmel. Mein Körper fühlte sich an wie nach einem mittelschweren Verkehrsunfall, im wahrsten Sinne des Wortes, aber hätte ich alles Nötige zum Joggen dabei gehabt, ich wäre an diesem Morgen einen Marathon gelaufen. Na ja, stark übertrieben, meine Nikotinlunge hätte spätestens nach einem Kilometer protestiert. Alles ist möglich, wenn du es nur willst. Probleme sind dazu da, gelöst zu werden. Und wenn mir nach Marathonlaufen ist, dann würde ich auch das schaffen. Für diesen einen Augenblick war ich sogar befreit von der Sehnsucht nach Merlin. Von den erdrückenden Fragen und Zweifeln, die in meinem Kopf nach wie vor geisterten.

Ja, München könnte mir gefallen. Aber es gibt so viele Städte in Deutschland, die ich noch nicht kenne. Berlin, Hamburg, ja selbst in Düsseldorf war ich bisher nur zweimal und das auch nur aus beruflichen Gründen. Ich nahm mir an diesem Morgen vor, sie alle zu erkunden.

Beladen mit Butter, Käse, Wurst und einer Tüte warmer Brötchen schloss ich die Haustür auf. Er hatte mir einen Schlüssel mitgegeben, da er noch duschen wollte und nicht sicher war, mein Klingeln auch zu hören.

Als ich oben ankam, stand seine Wohnungstür auf und er unterhielt sich mit einer älteren, mütterlich aussehenden Frau auf Italienisch. »Komm ruhig rein, das ist Maria, der gute Geist meiner Wohnung.« Die ältere Frau grüßte verlegen. »Frau Engel, eine Freundin von mir«, stellte er mich vor. Ich gab ihr die Hand und ließ die beiden in ihrer Unterhaltung alleine.

Der Kaffee war schon durch und ich suchte alles zusammen, trug das Notwendige ins Wohnzimmer. Es gab zwar noch ein weiteres Zimmer, möbliert mit einer großen Esstafel nebst Stühlen, aber das schien mir zu ungemütlich.

Adriano hatte seiner Putzfrau ein paar Anweisungen gegeben und während sie in der Wohnung wirkte, frühstückten wir im Wohnzimmer. Obwohl Adriano wenig Zeit hatte, er musste noch in seine Firma, wurde es ein genüssliches Frühstück, bei dem ich sogar meine Prinzipien über Bord schmiss und zum Nutella-Glas griff. Figurprobleme hatte ich im Moment ja nun wirklich nicht. Lecker, ich hatte ganz vergessen, wie gut das Zeug auf einem frischen Brötchen schmeckt.

Adriano erklärte mir, sein Termin würde bis 14 Uhr dauern. Wir könnten danach zu seinem Italiener essen gehen. »Magst du lieber hier bleiben oder sollen wir uns in der Stadt treffen?«, fragte er mich. Stadt war mir lieb, denn abgesehen von einer Klassenfahrt, die bestimmt schon 20 Jahre in der Vergangenheit lag, war ich noch nie in München gewesen und wollte mir wenigstens ein Bild von der Stadt machen. Schließlich, sollte mich jemand danach fragen, wollte ich mehr erzählen können als nur lustige Sexgeschichten. Adriano machte sich fertig und während er kosmetische Korrekturen in seinem Gesicht vornahm – hier ein Haar aus der Nase ziehen, da einen Mitesser ausdrücken –, saß ich auf dem Badewannenrand und beobachtete ihn amüsiert. »Sag noch einmal jemand, Frauen bräuchten lange, um sich fertig zu machen. Wenn ich dir so zuschaue und an meinen Ex denke, dann glaub ich einfach nicht, dass Frauen, also zumindest ich, länger brauchen, um vor die Tür zu kommen, als Männer.« »Es ist wichtig, ein gutes Bild abzugeben, Lexi«, war seine ernste Antwort. Ich musste schmunzeln. Nägel säubern und feilen, kein Thema, gehörte für Adriano zum täglichen Ritual. Fast schämte ich mich ja schon. Sogar sein Kontaktlinsenbehälter wurde penibel gereinigt. Vielleicht sollte ich mir das auch mal angewöhnen. Macht auf jeden Fall einen guten Eindruck.

Als er endlich sein morgendliches Programm abgeschlossen hatte, stand ein beeindruckender Mann vor mir. Schwarzer, leger sitzender Einreiher von irgendeinem wichtigen Modedesigner. Weißes Businesshemd, bis oben zugeknöpft. Zurück gegelte, wellige Haare, braune Haut, weiß blitzende Zähne und eine dunkle Sonnenbrille. Nein, mit diesem Mann möchte niemand eine Auseinandersetzung starten, ging mir spontan durch den Kopf.

Bevor wir die Wohnung verließen, beschrieb er mir den Weg in die Stadt und wo genau wir uns heute Nachmittag treffen würden. Das war einfach, selbst bei meinem miesen Orientierungssinn war ich mir sicher, das zu finden. Außerdem gab es ja noch Handy, für den Notfall.

Ein wundervoller Sonnentag lag vor mir. Nicht eine Wolke trübte den Himmel. Ich schlenderte Richtung Stadt und suchte als Erstes den von Adriano beschriebenen Treffpunkt an der Kirche. Na, ging doch. Man muss seinen Orientierungssinn nur fordern. Wieder mal den Beweis angetreten, dass ich mich auch alleine zurechtfinden kann. Ich hatte mir im Vorfeld meiner Trennung oft Gedanken darüber gemacht, wie schwierig es sein würde, in allen Belangen auf mich alleine gestellt zu sein.

Ob ich das auf die Reihe bekommen würde, all die alltäglichen Dinge des Lebens ohne Partner geregelt zu bekommen. Angefangen beim Anschließen einer Stereo Anlage, bis hin zu einer geschmacklich vertretbaren Salatsoße. Ehrlich, ich bin der Held, wenn es darum geht, kreative Aufläufe zu machen, aber Salatsoßen? Wie viel Pfeffer, wie viel Salz, welcher Essig, welches Öl? Für mich immer schon eine rätselhafte Thematik. Gott sei Dank gibt es ja Kochbücher. Also nicht wirklich ein Grund zu verzweifeln. Dann gab es ja noch die nicht ganz unwichtige Seite der Finanzen. Kann ich mir ein Leben als Single überhaupt leisten. Klar. Einschränken musste ich mich. Single ist halt nicht Doppelverdiener. Berge, die sich vor mir auftaten, wenn ich bisher an all das dachte. Jetzt, hier in München, fühlte ich mich unbesiegbar. Was bisher so unüberwindbar wirkte, schrumpfte gedanklich zur Größe einer Ameise.

Mit einem Eis, Zitrone und Joghurt, wie immer, setzte ich mich auf eine sonnige Bank. Beobachtete den Straßenarbeiter, der den Fußweg säuberte, und versuchte den Augenblick einzufangen und in mein Gedächtnis einzubrennen.

33 Jahre war ich am 12. Mai geworden. 14 Jahre kuschelige Beziehung lagen hinter mir. Ich hatte mit Auszeichnung studiert und heute einen gut bezahlten Job. Gut, manche Dinge brauchten ihre Zeit, aber ich hatte alles erreicht, was ich mir vorgenommen hatte. Selbst von erschreckenden 30 Kilogramm Kummerspeck hatte ich mich vor zehn Jahren erfolgreich verabschiedet. Das ist allerdings ein Detail meines Lebens, was ich ungern erwähne. Gesellschaftlich gesehen ist Übergewicht nämlich echt ein »No go«, wie ich feststellen musste. Aber es läuft nicht immer im Leben so, wie es sollte, und bei mir lief einiges schief. Mein Vater starb, als ich knapp zwei Jahre alt war. Wir waren unterwegs ins Phantasialand, machten Rast auf einem Parkplatz. Ein LKW erfasste meinen Vater, als er ausstieg, um den von mir vollgekotzten Rücksitz seines Mercedes zu säubern. Vielleicht waren es ja die Schuldgefühle. Kindlich quere Interpretation von Geschehnissen, möglicherweise, auf jeden Fall fand ich in meiner frühen Jugend, Gefallen daran, mich selbst zu verletzten und mich mit 16 in der Disco bis ins Delirium zu trinken. Fiel niemandem auf und mit 17 hatte ich mich auch schon wieder im Griff. Außerdem, Pubertät ist eh ein Ausnahmezustand. Und meine drei Brüder? Nun ja, ich bin mir sicher, sie mochten ihr kleines Schwesterchen und die blauen Flecken trug ich nicht immer mit Absicht davon. Die blauen Flecken verschwanden sehr schnell. Die

verbalen Schläge gegen mein kindliches Selbstbewusstsein hingegen, ich sag nur Planschkuh, trage ich heute noch mit mir rum. Aber das alles, Vergangenheit. Lässt sich nicht mehr beeinflussen, ist geschehen. Vor mir lag die Zukunft. Meine Zukunft. Und die ließ sich durchaus noch beeinflussen. Vielleicht eine Zukunft mit Merlin oder doch Fernbeziehung mit München. Möglicherweise ein Leben mit Affären oder doch ganz alleine? Eins stand auf jeden Fall fest: mein Kühlschrank, mein Fernseher, meine Wohnung. Nur noch ich, nie wieder wir und uns. Alex und nicht wie in den letzten Jahren »AlexundJan«, scheinbar eine Person. Nein. In Zukunft sollte es nur noch Alex heißen. Me, myself and I, wie es so schön heißt.

Und überhaupt, wenn noch einmal jemand zu mir Hase sagt, dann sollte er ganz schnell laufen. Ich mag meinen Namen. Ich mag meine Individualität und auf dieser Welt gibt es entschieden zu viele Hasis, Mausis und Schatzis.

Kann sich irgendjemand vorstellen, wie es ist, im Supermarkt, auf eine Distanz von zehn Metern, einen laut gerufenen Satz wie: »Hase, komm doch mal gucken«, zu hören? Ich weiß es. Und es zählt zu den Dingen in meinem Leben, die ich nicht mehr brauchte. Ich musste ein bisschen schmunzeln bei meinen Gedanken. Überlegte, was Merlin wohl für ein Beziehungspartner ist. Vermutlich der Hasi- und Schatzi-Typ.

Als ich von meiner Denkerbank, aufstand führte mich mein Weg durch die Fußgängerzone und vor die Tore eines Karstadt-Ladens. Oder war es doch ein Kaufhof? Ich werde die beiden Geschäfte nie auseinanderhalten können. Egal. Beide Läden verfügen über eine große Unterwäsche-Abteilung. Genau dort stand ich jetzt. Vor Schiesser, Skiny, Passionata, der Baumwoll-Microfaser und Spitzenabteilung. Ich hatte mir vorgenommen, meine Unterwäsche mit ein paar speziellen Stücken zu erweitern. Reine Gewohnheit, dass ich den Schiesser-Ständer als Erstes untersuchte. Bei Schiesser fand ich immer schwarze, und sportliche, schlichte Teile, die mir passen und gefallen. Für gewöhnlich überlege ich beim Unterwäschekauf lediglich, gefällt, gefällt nicht, könnte passen, passt nicht. Heute gingen mir andere Fragen durch den Kopf, im Angesicht der schnörkellosen Baumwolle. Findet Mann das geil? Ist das erotisch?

Ich hängte die schon ausgewählten Dessous zurück und marschierte zielstrebig auf einen Ständer mit viel Dunkelrot und zarter Spitze zu.

Erbarmungslos: Umkleidekabinen. Oder besser, die Lichtverhältnisse in denselben. Der Bügel-BH saß optimal. Dunkelrot, mit blumiger Spitze im Ausschnitt. 80 B, falls es jemanden interessiert. Push-up und Aufpolsterung, aus meiner Sicht nicht notwendig. Jetzt brutzelte ich schon seit Wochen regelmäßig unter dem Solarium, aber dieses grelle Licht hatte keine Gnade mit mir, meinem Körper und seinen Schwachstellen. Ganz ernsthaft, Unterwäschegeschäfte sollten mal eingehend über die Beleuchtung in ihren Umkleidekabinen nachdenken. Keine Frau will beim Wäschekauf der Tatsache, dass sie kein Model ist, ins Auge sehen. Wir wollen toll in unserer Unterwäsche aussehen und nicht wie nach drei Monaten Krankenhaus und massiver Bindegewebsschwäche.

Ein Blick auf mein Handy sagte mir zwei Dinge: keine Nachricht von Merlin und Zeit, mich aufzumachen. Ich entschied, den BH und den passenden String dazu, trotz meines suboptimalen Spiegelbildes, zu kaufen. Schließlich waren diese Umkleidekabinen sicher nur die gezielte Rache einer frustrierten Abteilungsleiterin, die sich scheckig amüsierte, wenn sie daran dachte, welchen Schreck ihre Geschlechtsgenossinnen beim Blick in diesen Zerrspiegel bekommen. Zuhause und in jedem anderen Spiegel sieht das schließlich nur halb so katastrophal aus wie in der Umkleide. Da muss Manipulation mit im Spiel sein.

Ich kam, trotz Warten an der Kasse, eine viertel Stunde vor der Zeit am Treffpunkt an. Als ich sein Auto in den verkehrsberuhigten Bereich einbiegen sah, musste ich wieder an La Famiglia, die italienische Mafia, denken. Der schwarzglänzende SUV mit den verdunkelten Scheiben und dem geheimnisvoll wirkenden Adriano am Steuer rollte über den Platz. Ein Bild wie aus einem Krimi.

Der schwarzbebrillte Mafiose wird gleich seine schallgedämpfte Pistole auspacken, irgendjemanden erschießen und dann in einem gewagten Manöver über den Platz davonjagen. Unglaublich, ich war es, die gleich in diesen Wagen einsteigen würde. Ich, in meiner abgewetzten alten Jeansjacke vom Flohmarkt und dem wadenlangen, schwarzen Sommerkleid – schon das neue Ich? –, bin die Affäre dieses nach Geld stinkenden Menschen. Immerhin, jetzt auch mit adäquater Geliebten-Unterwäsche. Bin ich seine Affäre? Bin ich mehr? So wirklich hatte ich mir darüber noch keine Gedanken gemacht. Ist es wichtig? Nein, nicht wirklich.

Beim Italiener wurden wir nicht nur von seinem Kumpel, dem Chef, begrüßt, sondern auch noch von Carina und Michaela. Die beiden hatten Mittagspause und es war keine Frage, da alle Tische besetzt waren, nahmen wir am gleichen Tisch Platz. Erst kam ich mir wie das fünfte Rad am Wagen vor, denn die drei redeten über die Firma, und ich hörte raus, dass auch Michaela zum Angestelltenkreis gehörte. Ob nun Beziehung oder nicht, kurz-, mittel- oder langfristige Affäre, ich konnte nicht verhindern, dass ein wenig Eifersucht in mir hochkroch. Die beiden sahen richtig gut aus – irgendwie. Okay, ich hatte mich heute zum Kleid durchgerungen und fühlte mich fast sexy, doch im Hinblick auf die Miniröcke, die engen Tops und das Lachen gegenüber musste ich wie eine verkniffene, introvertierte und prüde Intellektuelle wirken. Die kleine Pflanze Selbstbewusstsein, die in den letzten beiden Tagen zu keimen anfing, drohte im Schatten der beiden zu verwelken. Ich zog meine Jeansjacke auf jeden Fall aus, sollte keiner am Tisch denken, ich könnte nicht auch nackte Haut zeigen. Versuchte, der Unterhaltung zu folgen und den Eindruck zu erwecken, mich mordsmäßig zu amüsieren. *Das sind nur Tussen, Alexa, junge Dinger! Nicht vergleichbar mit dir. – Aha, echt?* Als ob ich nicht schon genug litt, folgte Adriano auch noch seinem Kumpel, dem Chef, an einen anderen Tisch und ließ mich, mit den beiden Mädels und der Bemerkung, er sei gleich wieder zurück, alleine sitzen. *Super. Du Arsch! Was jetzt? Ich hasse betretenes Schweigen.*

»Ihr habt euch in Köln in der Fußgängerzone kennengelernt, hat Adriano erzählt.« Fast hätte ich laut gelacht. Fußgängerzone ist wohl die langsame Variante von Datenhighway. Wie gut, dass er mich vorher über die Wahrung seines Rufs durch leichte Verzerrung der Fakten aufgeklärt hatte. »Ja, haben wir«, antwortete ich knapp, da ich keine Einzelheiten dieser Kennenlernversion kannte. »Ihr arbeitet bei Adriano in der Firma?«, fragte ich, um vom Thema abzulenken. Ich erfuhr, dass Michaela ein Praktikum machte und dass Carina die Sekretärin war, die mir damals auch die Unterlagen für das Logo geschickt hatte. Als Michaela mitbekam, dass ich Grafik-Designerin bin, fing sie an, mich übers Studium und die Arbeit auszufragen. Sie wollte auch in die Richtung studieren und ich verkniff mir, ihr die Horrorstories vom 16 Stunden-Tag, dem Druck, den ein Pitch mit sich bringt und all den netten Details zu erzählen, warum der ein, oder andere in der Branche nach geeigneten Drogen greift, um den Kreativwahnsinn zu ertragen. Ich erinnerte mich an einen Ausspruch, den ein grauhaariger, sehr ernst dreinschauender Professor, uns idealistischen Studenten am ersten Studientag mit auf den Weg gegeben hatte: »Und glauben Sie ja nicht, Sie könnten in dem Job heiraten. Für Beziehung und Familie werden Sie keine Zeit haben.« Ein Lacher in der nächsten Kaffeepause für 24 junge Designtalente. »Der alte Sack, wer will denn schon mit so jemandem länger eine Beziehung haben, so verkniffen, wie der aus der Wäsche schaut?«

Heute, nur zehn Jahre später, blickte auch ich mit einem verkniffenen Zug im Gesicht auf den Job und weiß, unrecht hatte er nicht, der grauhaarige Mann. Erfüllte Beziehung und Karriere im Job sind zwei Dinge, die sich nicht vereinbaren lassen, auch wenn die Werbung hier oft anderer Meinung ist.

Ich erzählte ihr ein bisschen über das Studium, welche Möglichkeiten es bietet, und von den speziellen Eigenheiten der Fachhochschule, wo ich studiert hatte. Sie saugte mit Begeisterung und einer Portion Bewunderung alles auf und fragte nach meiner Handynummer, sie würde mich gerne mal anrufen oder mir eine Mail schreiben. Als ich ihr die Nummer auf einen Bierdeckel geschrieben hatte, klingelte sie direkt mein Handy an, damit ich auf jeden Fall auch über ihre Nummer verfügte.

Als sich Adriano wieder an unseren Tisch gesellte, wurde Michaela wieder still und blickte eher ängstlich, wie ein verfolgtes Reh, in die Runde. Auf jeden Fall sollte sie für den Job lernen, ihr Innerstes nicht nach außen zu tragen, hätte ich ihr gerne noch gesagt, aber die beiden Mädels verabschiedeten sich sehr schnell nach einem Blick auf die Uhr. Verstehe ich, wer will schon mit seinem Chef die Mittagspause verbringen. »Ich dachte, du seist ein ganz netter Chef?«, fragte ich Adriano amüsiert, als wir wieder alleine am Tisch saßen. »Bin ich auch. Was haben die beiden dir erzählt?«, fragte er mich. »Die bekommen was zu hören am Montag.« Ich beruhigte ihn, wir hätten nicht über ihn gesprochen. Aber der ängstliche Blick von Michaela gäbe mir zu denken. »Ach, die werde ich kündigen, demnächst. Die bekommt den Mund ja nicht auf.« Ich stellte mich auf Michaelas Seite, sagte ihm, sie sei noch jung und auf jeden Fall entwicklungsfähig. »Lexi, Lexi, auf ihre Entwicklung kann ich nicht warten. Ein Unternehmen kann nur gut laufen, wenn alle mitarbeiten, und das tut sie nicht. Als Chef kann ich mir nicht erlauben, Rücksicht zu nehmen und weich zu sein.« Vielleicht hatte er ja recht. Ich auf jeden Fall fand Michaela sympathisch. Trotz rosa Top und Minirock, irgendwo hatten wir Gemeinsamkeiten.

Zurück in seiner Wohnung war mir nach gemütlich Kaffeetrinken, vielleicht weiter in dem Harry Potter lesen und Musik hören. Als wäre ich hier zuhause, streifte ich meine Schuhe im Flur ab und machte mich auf in die Küche. Küche ist vielleicht übertrieben, denn alles, was an Küche erinnerte, war eine Kaffeemaschine, ein großer Chrommülleimer im Retrolook der 50er und ein antiker Esstisch. Die Küche, eine Extraanfertigung, war noch in Arbeit, wie ich inzwischen wusste. Doch es war abzusehen, wenn ich mir den Rest der Wohnung anschaute, dass die Küche mal ein Schmuckstück werden würde. Zu bezweifeln war allerdings, dass jemals mehr als nur eine Fertigpizza von Adriano gekocht werden würde. Zu sehr Macho. Kochen ist Frauensache, wie er mir unlängst erklärt hatte.

Während der Kaffee durchlief, ging ich in den Flur und kramte in meiner Reisetasche nach meinen CDs und dem Harry Potter. Im Wohnzimmer legte ich die Rosenstolz-CD ein und drückte auf Play. Als das erste Lied begann »...mach's gut, mein Herzensschöner, nun lasse ich dich ziehn, vergiss was ich gewollt hab...«, war ich nicht mehr sicher, ob ich weiterhören wollte. Es war ein »Merlin-Lied« und es stimmte mich traurig.

Adriano, der auf seiner Couch eingedöst war, machte die Musik wieder munter. »Was ist das denn?«, fragte er, mit dem für ihn typischen, provozierenden Unterton. »Das ist gute Musik. Besser auf jeden Fall als Julio Iglesias. Wuahh, das kann doch keiner hören.« »Hey, Julio ist klasse«, verteidigte er seinen Lieblingssänger. Ich hätte geschworen, nur sexuell und emotional vernachlässigte Ehefrauen ab 50 könnten der Schmachtstimme des Spaniers etwas abgewinnen. Unglaublich, dass ein Mann, der einen Porsche Cayenne fährt und die Ausstrahlung des Paten hat, sich für dieses verklärte Liebesgesäusel erwärmen kann. Vermutlich finde ich hier auch noch irgendwo Bücher über die wunderbare Welt von Cornwall mit ihren romantisch veranlagten Einwohnern.

Ich ging zum Beistelltisch, wollte mir eine Zigarette anzünden, befand mich in Nullkommanix im stahlharten Griff des »Paten«. »Hast du einen Slip an?« Von einer Sekunde auf die nächste war ich wieder auf der Hut. »Bist du erregt?« »Wieso sollte ich erregt sein? Nein!« »Lexa, du läufst hier in deinem Kleid, mit deinem geilen Körper ständig vor mir her.« »Und daraus folgerst du meinen Erregungszustand?«, erwiderte ich genervt. *Und außerdem, spar dir deine Komplimente. Mein Körper ist nicht verkehrt, aber bestimmt nicht das, was man unter einem geilen Körper versteht.* »Du willst mich anmachen, geb's zu.« Grenzenlose Überschätzung meiner Geilheit. Es lag mir sowas von fern, ihn anzumachen. Im Gegenteil. Ich war froh, eine simple Unterhaltung über Musik führen zu können. Mein Körper schmerzte immer noch, ich war müde. Galaxien trennten meinen Körper von dem Bedürfnis nach Sex. »Ich bin nervös. Und wenn ich nervös bin, neige ich zum hin-und herlaufen. Tschuldigung auch, für das enge Kleid. Der einzige, der hier erregt ist, scheinst du zu sein.«

Adriano schob, unbeeindruckt von meiner Rede, mit beiden Händen mein Kleid nach oben, bis ich im Slip vor ihm stand. Seine Finger glitten unter meinen Slip und stießen fest in meine Muschi. »Lexi, du bist geil. Ganz nass ist mein Finger.« Ich stand vor ihm, schaute über seinen Kopf hinweg aus dem Fenster, auf den sommerblauen Himmel und die üppigen Geranien. Nein, ich wollte nicht schon wieder einen Kräfte zehrenden Kampf. Wenn es denn sein musste, dann bitte auf meine Art. Ich hockte mich auf seinen Schoß, küsste seine vollen Lippen. Mit meinen Händen streichelte ich über seinen Schwanz, öffnete Gürtel, Knopf und Reißverschluss. Ein wenig überrascht war ich über den Zustand seines Schwanzes. Hatte er nicht gesagt, ich würde ihn geil machen? *Siehste Alex, du bist so unattraktiv, der Typ wird noch nicht einmal ansatzweise geil bei deinem Anblick.*

Ich glitt auf die Knie, zwischen seine Beine und streichelte mit meinen Lippen sanft über seine Eier bis hinauf zu seiner Eichel. Sein Schwanz war beschnitten. Die Haut fühlte sich ungewohnt hart an. Nicht so zart, wie ich es bisher kannte. Gut, ich hatte bis zu diesem

Tag noch nicht wirklich einen repräsentativen Überblick über die Funktionstüchtigkeit und Beschaffenheit von Schwänzen. Gerade mal drei Referenzschwänze kannte ich – bisher. Aber ich war mir sicher, die Norm ist eher samtweich. Egal, ich saugte und knabberte mit allem Eifer. Mal sanft und zart, mal feste und fordernd. Setzte nun wirklich all mein bisheriges Know-how zu dem Thema ein. Nicht lange und ich kam wieder an den Punkt, an dem meine Wangen schmerzten. Und mir, ganz nebenbei, im wahrsten Sinne des Wortes die Lust abhanden kam. Das Teil stellte eine Herausforderung dar. Das war nicht Spaß, das war Arbeit.

Adriano umkrallte meine Haare und bestimmte das Tempo. »Komm, setz dich auf meinen Schwanz.« Na ja, möglich wäre es schon, aber prall und hart ist was anderes. Trotz Bedenken setzte ich mich vorsichtig auf seinen Schoß. Mit einer Hand spreizte ich meine Schamlippen, mit der anderen hielt ich seinen Schwanz fest umklammert und führte ihn in meine Muschi. Nicht, dass das gute Stück noch schmerzhaft umknickte. Und nicht ich, sondern er zum Arzt musste. Ich verharrte in der Stellung, zog meine Muskeln zusammen und bewegte mich dabei ganz leicht. Schließlich hatte ich ja auch immer noch mein Tamponproblem. Adriano hatte null Bedenken und stieß zu. Einmal, zweimal, dreimal, viermal, ist ja auch nicht sein Tamponproblem. Auf dem Balkon landeten zwei Spatzen, dreiundzwanzig oder war das schon der dreißigste? Auf welcher Seite im Harry Potter war ich eigentlich. Ich vergesse immer, mir ein Lesezeichen reinzulegen. Ich war längst schon gekommen und mir war auch wieder eingefallen, bei welchem Satz im Harry Potter ich zuletzt aufgehört hatte, aber wir fickten immer noch. Eine quälende Nummer. Nicht nur für mich, sondern auch für ihn. Mir dämmerte, warum sich sein Schwanz so ungewohnt unzart anfühlte.

Abrupt hörte er auf zuzustoßen, nahm mich am Handgelenk und zog mich in sein Schlafzimmer. Ich kam wohl nicht davon. »Ich werde dich jetzt in deinen Arsch ficken, bis du vor Geilheit schreist.« Der eiserne Tonfall in seiner Stimme gefiel mir überhaupt nicht. Er klang konsequenter als bisher. Auch die Tatsache, dass er von seinem gewohnten Sprachgebrauch abwich und Arsch statt Po sagte, ließ mich nichts Gutes ahnen.

Unnötig zu erwähnen, er schaffte es auch diesmal, mich an seinem Bett zu fixieren. Gnädigerweise nahm er ein Öl zur Hilfe. Aber es machte die Sache für mich nicht wesentlich angenehmer, ganz zu schweigen von lustvoller. Seine Finger, vier, wie er verkündete, waren in meinem Arsch und ich konnte mich nicht mehr bewegen. Ich war mir sicher, die Öffnung musste schon eingerissen sein. Es brannte höllisch. Ich zischte und schrie ihn an und bekam wieder zur Antwort, ich würde es doch mögen, er wüsste es genau. Zu alledem und sowieso war es mir unangenehm. Warum? Ich musste dringend aufs Klo und seine Finger in mir unterstützten die Dringlichkeit dieses Bedürfnisses.

Es schmerzte, als er seine Finger rauszog. Offensichtlich war er der Meinung, ich sei jetzt bereit für seinen Schwanz, und schob ihn leicht zwischen meine gespreizten Popacken. Es war nur seine Eichel, die er bewegte, aber es machte ihn spürbar geil. Sein Schwanz wurde prall und hart. Ich hoffte und betete, er würde nicht fester zustoßen. Arschfick hin oder her. Unangenehm fand ich die Vorstellung, wo er mit seinem Schwanz gerade rumstocherte.

Obwohl er es sich ja selbst aussuchte, war es mir peinlich. Die Situation machte mich viel zu verspannt, um dem Ganzen irgendwas Angenehmes, geschweige denn Geiles, abgewinnen zu können. Wie machen andere Menschen das? Vor dieser delikaten Angelegenheit eine Darmspülung? Oder bin ich einfach zu prüde, zu schamhaft? Ich meine, zig Leute tun es. Nicht nur Schwule, auch Heterosexuelle. Man hört sogar nicht selten, wie geil es sein soll. Ich bin verklemmt. Das muss es sein.

Ich hörte ihn hinter mir stöhnen. Hörte, dass er etwas sagte, aber ein LKW rumpelte gerade durch die gepflasterte Straße, und ich verstand ihn nicht. Ich war noch am Überlegen, was er gesagt hatte, da zerriss mich der Schmerz durch seinen Schwanz, den er gerade in mich reinrammte. Mir schossen die Tränen in die Augen, ich schrie, konnte aber kein vernünftiges Wort artikulieren.

Adriano zog seinen Schwanz raus und Sekunden später fühlte ich, wie sein warmes Sperma über meinen Rücken und meine Pobacken spritzte. Keine Frage, ich war fertig und sackte, mit den Händen immer noch am Kopfende gefesselt, erschöpft auf meinen Bauch.

Statt meine Fesseln zu lösen, ging Adriano erst ins Badezimmer. Ich hätte schreien können vor Peinlichkeit, als ich darüber nachdachte, was er im Bad tat. Mein Gesicht drückte ich tief in die Matratze und fluchte vor mich hin, während er mich wie ein Kleinkind reinigte. »Lexa, was ist denn?« »Grrrr, du bist ... ach, vergiss es.« Ich war wütend, sauer, gekränkt und fühlte mich gedemütigt und stellte mir doch tatsächlich die blöde Frage, was er jetzt von mir dachte.

»Du wolltest es doch, ich habe dich gefragt«, sagte Adriano, als er merkte, wie es um mich stand. »Ich wollte es nicht und habe garantiert nicht zugestimmt.« Mir fiel der LKW ein. Shit, das war die Stelle, wo ich hätte noch mal höflich nachfragen müssen, was er gesagt hatte.

Adriano löste meine Fesseln, und nahm mich fest in seine Arme. Ich drückte meinen Kopf in seine Halsbeuge. Ob es vor Wut war, weiß ich nicht, aber mir liefen die Tränen die Wangen hinunter, und ich wollte nicht, dass er das mitbekam.

Den Rest des Abends verbrachten wir auf seiner Wohnzimmercouch. Im Schlafzimmer wurde ja nicht geraucht. Adriano zeigte mir ein Bild seiner Ex, mit der er drei Jahre zusammen gewesen war. In meiner Vorstellung hatte sich eine Frau geformt, die verruchter, mehr nach Schlampenluder aussieht – immerhin, sie steht auf Analsex. Was ich auf dem Bild sah, entsprach jedoch vielmehr einer braven, schüchternen Blonden. Adrett gekleidet mit Pullover, Bluse und Bundfaltenhose. Weit vom Bild meiner Vorstellung entfernt. So sehen also Frauen aus, die es mögen, in den Arsch gefickt zu werden, wahlweise auch Frauen die es sich gefallen lassen, dachte ich. Was nur wieder belegte: Stille Wasser sind tief, bzw. es gibt möglicherweise weitaus mehr Frauen, die nicht wissen, was sie eigentlich wollen.   Sexuell gesehen zwischen Ja und Nein wabern und auf jeden Fall lieber Männer glücklich machen als sich selbst.

Samstagvormittag verbrachte Adriano wieder arbeitend vor seinem Laptop. Ich machte es mir mit Harry Potter auf dem Balkon bequem und genoss die Ruhe. Gegen elf Uhr klingelte es an der Tür und ich lernte Adrianos Kumpel Mario kennen. Adriano stellte mich als eine Freundin, als Alexa vor. Ich versank in den Boden, weil ich noch völlig ungestylt in einer schlabbrigen grauen Hose, die meinen Bauchnabel freilegte, und einem alten olivgrünen Top rumlief. Meine Haare plattgelegen von der Nacht, der hielt mich garantiert für die allerletzte Schlampe und zweifelte gerade Adrianos Geschmack an.

Die beiden verzogen sich nach der kurzen Vorstellung ins Wohnzimmer und ich hörte eine temperamentvolle Unterhaltung auf Italienisch. Die letzten Tage waren anstrengend, ich merkte die Müdigkeit. Das Gespräch der beiden drang nur noch wie durch einen Wattebausch zu mir und als ich neben mir eine Stimme hörte, schreckte ich auf. »Ciao.« Es war Mario, der sich herzlich lachend von mir verabschiedete. »War schön, dich kennengelernt zu haben.«

Spätnachmittags half ich Adriano sein Bett frisch zu beziehen. Er hatte speziell für mich, wie er erzählte, neue Bettwäsche gekauft. Sie war cremefarben und dekorativ mit einer großen roten Rose bedruckt. Sie gefiel mir. Und wenn er sie für mich ausgesucht hatte, dann lag er geschmacklich fast richtig. Fast, weil die Bettwäsche aus Biber war, und ich hasse das Gefühl von Biber auf meiner Haut. »Wann willst du eigentlich fahren?«, fragte er mich. »Denk daran, morgen werden die Autobahnen voll sein. Heute   Abend könntest du noch Glück haben mit dem Verkehr.« »Aha, du willst mich loswerden.« »Alleine für den Satz hast du dir die Peitsche verdient«, war seine Antwort. »Ich wollte morgen ganz früh fahren. Hab ja den ganzen Tag Zeit, so von wegen Stau.« Ich fühlte mich so pudelwohl bei Adriano, ohne mit der Wimper zu zucken wäre ich eine ganze Woche geblieben. Warum eigentlich? Ich meine, mein Körper schmerzte, ich befürchtete blutende Wunden an Stellen, die man ungerne beim Arzt zeigt, und war nicht scharf auf die nächste Nummer. Er hatte es einmal geschafft, und das nächste Mal wäre vermutlich selbstverständlich für ihn. Dennoch fühlte ich mich bei Adriano am richtigen Platz.

Sonntagmorgen wachte ich sehr früh auf und schlich mich leise ins Badezimmer. Als ich unter der Dusche stand und jeden einzelnen Muskel in meinem Körper spürte, meine Handgelenke betrachtete und die blauen Flecken sah, musste ich mir ernsthaft die Frage stellen, warum ich mich bei Adriano so wohl fühlte. Von meinen Schmerzen unterhalb meiner Gürtellinie will ich gar nicht erst reden. Hatte er vielleicht Recht? Kannte er mich besser, als ich mich selbst kannte? Ist es fehlende Selbsterkenntnis, wenn ich mich gegen seine Art von Sex sträubte? Vielleicht zu viel Schamgefühl? Was hat dieser Mann, was Merlin nicht hat? Warum war bei ihm so vieles möglich, was mit Merlin, dem Mann, dem meine Sehnsucht gehörte, bisher nicht möglich war? Viele Fragen, auf die ich wenig Antworten fand.

Meine Reisetasche stand fertig gepackt neben der Wohnungstür. Adriano lag immer noch im Bett und schlief, als ich ins Schlafzimmer ging, um mich zu verabschieden. Kurz überlegte ich, einfach nur einen Zettel zu hinterlassen. Wollte mich schon umdrehen, um nach Stift und Zettel zu suchen, da öffnete er die Augen.

Was sollte ich jetzt sagen? Tschüss, Adriano. Kuss und weg? »Du willst fahren?« »Ja, alles gepackt.« Ich setzte mich neben ihn auf die Bettkante und streichelte über sein Gesicht. »So kommst du mir nicht weg«, sagte es und zog mich aufs Bett. Er rollte sich über meinen Körper und lag jetzt mit seinem ganzen Gewicht auf mir. Er schaute lange in meine Augen und senkte seine Lippen neben mein Ohr. »Ich will dich noch einmal ficken«, flüsterte er. »Und meine Peitsche hast du auch noch nicht gespürt.« Er kniete sich auf dem Bett vor mich und zog mir Hose und Slip aus. Mit dem Rücken zu mir gewandt setzte er sich auf meine Brust. Seine Finger spielten mit meinem Kitzler, bevor er sich nach vorne beugte und ich seinen Atem an meiner rasierten Muschi spürte. Mit seiner Zunge leckte er über meinen Kitzler, saugte und umkreiste ihn mit seiner Zunge. »Spreiz deine Beine weiter auseinander.« Ich tat es und seine Zunge wanderte von meinem Kitzler zwischen meine Schamlippen und bohrte sich in meine Muschi. Adriano senkte seine Hüften, so dass sein Schwanz über mein Gesicht strich. »Nimm ihn in den Mund. Mach ihn hart, damit ich dich ficken kann.« Adriano hatte sich in den letzten Tagen als ein Mann herausgestellt, der zwar nichts gegen Schwule hatte, aber doch mitunter abfällige Bemerkungen fallen ließ. Meine Vermutung war, es könnte ihn nicht begeistern, wenn jemand sich an seinem Arsch zu schaffen macht. Ich schob meine Finger in meinen Mund, um sie nass zu machen. Adrianos Haltung war ideal. Seine Pobacken waren gespreizt, und ich tastete mich zu seiner Öffnung vor. Schob meinen nassen Finger ein Stück weit in ihn hinein, während ich an seinem Schwanz saugte. Erst mal nur probeweise, denn, so irgendwie, was du nicht willst, was man dir tut ... War ja gar nicht so eklig, wie ich gedacht hatte und eigentlich hatte ich erwartet, er würde sich wehren. So von wegen: »Ich bin doch nicht schwul.« Aber weit gefehlt. Es machte ihn geil. »Ja, mach weiter«, stöhnte er und ich spürte dabei seinen warmen Atem an meiner blanken Muschi.

Im Gegensatz zu gestern wurde sein Schwanz sehr schnell prall und hart. Als Adriano anfing, mich mit seinen Fingern in meine Muschi zu ficken, verlor ich jegliche Konzentration. Ich bewegte mein Becken seinen Fingern entgegen. Meine Muskeln spannten sich über seinen Fingern. »Dreh dich um. Ich will dich jetzt ficken.« Er kniete sich wieder vor mich und ich hockte mich auf die Knie vor ihn, inständig hoffend, er würde seinen Schwanz nicht in meinen Arsch stoßen. Ich stöhnte, nicht nur vor Erleichterung, als sein Schwanz fest in meine Muschi stieß.

Aber ein Adriano wäre kein Adriano, wenn er die Stellung nicht ausnutzte. Er fickte mich mit seinem Schwanz, während zwei seiner Finger mich in den Po fickten. »Bellagioia, das ist so geil. Nächstes Mal wirst du nicht davonkommen und du wirst es gar nicht mehr anders wollen.« Während er mich von allen Seiten fickte, massierte ich meinen Kitzler. »Ja, Alex, komm. Ich will abspritzen, wenn du kommst.« Ich spürte, wie ich dem Orgasmus entgegenkam, wie er meinen Körper ergriff und mich zum Zittern brachte. Adriano zog meinen Kopf an meinen Haaren nach hinten und spritzte in mir ab, während mein Orgasmus am Abklingen war.

Der Abschied wurde kurz und schmerzlos. Ich bekam von Adriano, der nackt an seiner Wohnungstür stand, ein paar mütterliche Ratschläge auf den Weg: »Fahr vorsichtig. Denk dran, nach deinem Licht zu gucken. Lass die Finger von anderen Männern. Ich ruf dich an. Ciao.«

Es war kurz nach sieben, als ich durch die noch schlafende Stadt Richtung Autobahn fuhr. In der Nase hatte ich den Geruch von Sex. Ich spürte, wie sein Sperma aus mir raus lief und meinen Slip nass machte.

Adriano hatte mich zwar gefragt, ob ich noch duschen wollte und eine Tasse Kaffee mit ihm trinken möchte, aber ich war an einem Punkt, wo ich weg wollte. Nicht weil ich die Nase voll hatte, sondern weil ich Abschiede hasse. Zudem war mir daran gelegen, früh auf die

Autobahn zu kommen. Vielleicht gab es ja noch eine Chance, dem Ferienstau zu entkommen. Mein Handy legte ich in meinen Schoß, um mitzubekommen, wenn es vi- briert.

Tatsächlich rief er mich auch mehr als einmal auf der Rückfahrt an. Fragte mich, wo ich bin, und sagte mir, wie wunderschön die Tage mit mir gewesen wären. Ob ich ihn wohl wiedersehen würde? Trotz seiner Worte war ich mir nicht sicher.

4

Den Montag und Dienstag nach der gemeinsamen Zeit mit Adriano verbrachte ich in einem euphorischen Hoch. Nichts schien vorbei zu sein. Wir telefonierten immer noch regelmäßig. Er nervte mich mit SMS. Fragte mich, wo ich bin, was ich tue, und gab mir seine virtuellen Küsse auf meine Muschi. Alles beim Alten. Mir gab es das wunderbare Gefühl, begehrenswert zu sein. Eine tolle Frau zu sein. Mich begehrte ja nicht irgendwer. Adriano, ein Mann von Welt, ein Mann, der weiß was er will, ein Mann mit Geschmack. Ein Mann halt.

Meine Zukunft bekam Kontur. Ich sah mich, ganz modern, in Fernbeziehung mit Adriano. Treffen in Hotels, in der Mitte, zwischen Köln und München. Hin und wieder ein verlängertes Wochenende und wer weiß, vielleicht würde ich ja dieses Jahr noch meine Koffer packen und gen Süden ziehen. Schließlich gab es in Köln, abgesehen von meiner Arbeit, nichts, an dem ich hing. Und die Sache mit dem Sex? Reine Gewöhnungssache, musste ich halt sportlich sehen. Gut, meine Sehnsucht gehörte nach wie vor Merlin und nicht Adriano, aber es schadet ja nichts, Alternativen parat zu haben.

Meine Stimmung trübte sich leicht, weil Merlin im Chat nicht mehr anzutreffen war. Weder während der Arbeit, noch abends oder nachts oder am Wochenende. SMS bekam ich nur noch selten. Am Abend mitunter so was wie: »Ich vermisse dich. Drück dich ganz lieb. Merlin.« Natürlich antwortete ich ihm immer sehr ausführlich. Die Hoffnung stirbt ja bekanntlich zuletzt.

Zur Marketingstrategie des Zauberers gehörte ein Video. Sphärische Musik, ein Trailer mit dem Schriftzug Merlin, der

Zauberer, als Unterzeile. Merlin betritt sein Arbeitszimmer und setzt sich lächelnd vor seinen Rechner. Das Video weckte in mir die Frage, was seine Motivation war, es zu machen. Es war kein Video, das man mal eben so macht, um zu zeigen, wie man lächelt. Ein, zwei Tage hatte er sicher dafür gebraucht. Wie viele Frauen mochten dieses Bewerbungsvideo wohl inzwischen mit feuchten Augen betrachten, war die Kernfrage?

Es machte mich wahnsinnig, wenn ich darüber nachdachte, dass er es vielleicht genau auf solche Frauen abgesehen hat. Auf Frauen, die bei seinen Worten esoterisch werden, an spontane Schicksalserfüllung glauben. Weiber, die ihm das geile Gefühl geben, tatsächlich ein Zauberer, so very special, zu sein. Wollte ich so eine Frau sein? Simple Antwort: Nein. Aber zwischen dem, was man sein will, und dem was man tatsächlich ist, klaffen ja oft Welten. Ich spielte das Video rauf und runter, bekam Sehnsucht bei seinem Anblick und grübelte.

Vielleicht gibt es ja eine Möglichkeit herauszufinden, ob ich richtig liege mit meinen Vermutungen. In mir keimte eine Idee, die mir keine Ruhe gab. *Tu es, Alex! Teste ihn! Nein, das werde ich nicht tun. Das ist kindisch, dämlich und unwürdig. Willst du ewig von seinen Augen träumen oder dein Leben weiterleben?* In mir zankten wieder mal zwei Stimmen. *Aber du bist doch erwachsen, Alex. Setz dich in dein Auto, fahr zu ihm und stell ihn zur Rede. Oder einfacher: Ruf ihn an und rede mit ihm. Das wird dir deine Klarheit verschaffen.* Als Teenager war das Ganze so viel einfacher. Man machte ein Kreuzchen neben der Frage: Willst du mit mir gehen, und die Sache war geklärt. 20 Jahre später sieht die Welt irgendwie komplizierter aus. Wo man hinschaut Menschen mit Vergangenheit und damit voll Empfindlichkeiten und Prägungen, die es scheinbar unmöglich machen, klare Aussagen zu machen. Ich rief nicht an. Ich ging den kindisch dämlichen Weg. Ich hockte mich Samstagnachmittag vor meinen Laptop und überlegte: Welchen Nicknamen sollte ich mir geben? Auf welchen würde er wohl anspringen? Die Nebel von Avalon: Wie hießen die ganzen Mädels rund um den Zauberer Merlin noch? Mir fiel nur Gwenwyfar, oder wie das Mädel hieß, ein.

Nein. Zu dramatisch, zu mystisch und esoterisch. Das bin nicht ich. Welcher Name geht denn noch gerade so, wenn man ihn von hinten liest? Sabine?: Enibas, denkbar. Andrea?: Aerdna, unmöglich, nein, geht gar nicht. Sybille?: Ellibys, ja, das hatte was und außerdem legte ich das Profil ja nur für kurze Zeit an. Ein Ausweichprofil. Alex inkognito. Agent Alex. Würde er Verdacht schöpfen? Vielleicht, aber ich würde einfach die Ahnungslose spielen.

Solche Zufälle soll's ja im Leben geben, dass etwas zweimal auftaucht. Ich wählte den gleichen Avatar wie Xela und stattete meine Spionin mit ein paar spannenden Attributen aus. Hier wählte ich Details, die sich von Xela unterschieden. Ich machte aus Ellibys eine Frau, deren Interessen auf eine Bankangestellte schließen ließen. Beim Alter schummelte ich ein wenig. Ellibys war auch Stier, aber drei Jahre jünger und verheiratet. Fertig. Ellibys konnte online gehen.

Der Köder war ausgelegt. Ellibys lauerte bis spät abends auf sein Opfer, oder sollte ich auf seinen Jäger sagen? Es war interessant. Einige der Jungs, die mich anschrieben, kannte ich besser, als sie ahnten. Scheinbar hatte jeder seine Masche, im Kampf um die Spitzenposition als bester Casanova. Von graduellen Abweichungen abgesehen, wiederholte jeder seinen Spruch, der schon bei Xela zum Scheitern verurteilt war. »Cooler Avatar, stehst du darauf, geleckt zu werden?«, *lächel*, *schmunzel*, *grins* und »Du bist bestimmt eine Genießerin«, zum Heulen, wie viele Dummklicker das Web zu bieten hatte. Es war spät am Samstagabend, als mich Alain F. anschrieb. Der Typ, der es bei Xela schon mehrmals versucht hatte, aber bisher keine Chance bekommen hatte. Mir sackte das Herz in die Hose, als er spontan fragte, ob ich es sei – Xela. Ich hielt es für besser, gar nicht erst zu antworten. Sogar Dieter_2 zankte Ellybis spät in der Nacht an. Blöd, dass ich reagierte.

Dieter_2: Lexa, bist du das?
Ellibys: Wer ist denn jetzt Lexa? Ich glaube du verwechselst mich.

Seine Unsicherheit war fast greifbar zu spüren. Sollte er mir glauben oder nicht.

Dieter_2: Was soll das, Alex. Versuchst du dich vor mir zu verstecken? Treibst du es wieder mit anderen Männern?

Ellibys: Jetzt ist aber gut. Sortier deine Chatbekanntschaften, und lass mich mit deiner blöden Anmache in Ruhe.

Dieter_2: Entschuldige. Muss ein Versehen gewesen sein. Ich hielt dich für jemand anderes.

Schrieb es und war kurz darauf offline. Scheiße. Warum hatte ich auch geantwortet. Ich hätte schreien können. Doch mal ganz nebenbei, warum war Adriano überhaupt online? Wegen mir wohl kaum. Chatten gehörte ja nicht mehr wirklich zu unseren Kommunikationsmitteln. Entweder er will mich kontrollieren, oder er ist auf der Suche nach Frischfleisch.

Sekunden später klingelte mein Telefon. Es war Adriano, der mich geradeheraus fragte, ob mir der Name Ellibys was sagt. Ich machte auf ahnungslos. Er erzählte mir von seinem Chaterlebnis und dass er glaubte, ich sei das. »Nein, Adriano. Mich gibt es nur einmal, als Xela.« Mir brach der Schweiß aus und ich war erleichtert, als er sich nach zehn Minuten verabschiedete. Ich öffnete eine Flasche Wein, wischte die Gedanken an Adriano aus meinem Kopf und starrte gespannt auf meinen Monitor. Nichts tat sich. Von Merlin weit und breit keine Spur. Ich ging offline mit Ellibys und Xela machte jetzt weiter. Vielleicht hatte er als Profi ja auch seine Ausweichnicknamen und er würde online gehen, wenn er meinen Nick sieht. Aber auch nach einer halben Stunde war kein Merlin zu sehen. Lediglich Alain F. schrieb mich noch mal an, und da ich ja nichts Besseres zu tun hatte außer abwarten, antwortete ich ihm.

Alain F.: Na, so spät noch online?

Xela: Und selbst?

Alain F.: Ich kann nicht schlafen.

Xela: Willste ein Glas Rotwein mit mir trinken?

Alain F.: Wollte zwar gerade noch mal die Sache mit dem Schlafen angehen, aber unter den Umständen bleibe ich gerne noch ein bisschen.

Xela: Was ist eigentlich so interessant an mir? Ich meine, weil du nicht aufgibst.

Alain F.: Dein Profil klingt interessant. Anders als die anderen hier.

Xela: Na, da hast du dir ja eine Chaotin aus dem Pool hier ausgewählt. Alain F.: Ich mag Menschen, die etwas anders sind, nicht der Norm entsprechen.

Während wir uns schrieben, klickte ich mich zur Abwechslung mal durch mein Profil. Versuchte aus meinen Einträgen zu lesen, was mich speziell für Alain F., so interessant machte. Unter Aktivitäten – man konnte diese als Schlagworte, in einer Art Multiple Choice Verfahren, anwählen – stand bei mir:
Design; Kunst und Kultur; Beobachten; Genießen; Musik. Die Liste meiner Charaktereigenschaften hatte ich noch kürzer gehalten. Es stand da: Freiheitsliebend; Grüblerisch; Katzenfreund; Zynisch; Raucher; Tolerant; Vegetarier. Dann konnte man noch angeben, welche Bücher und Schriftsteller man gerne liest und welche Filme zu den Lieblingsfilmen gehören. Als einziges Buch stand bei mir American Psycho und auf der Filmliste stand lediglich: Raumschiff Enterprise. Als Letztes gab es noch den Punkt Statements. Bei mir stand aus der Rocky Horror Picture Show der Spruch: Don't dream it, be it. Der Spruch war als Jugendliche schon so was wie mein Leitmotiv und zum Leidwesen meiner Mutter hatte ich ihn, in großen Graffitibuchstaben, auf meine Schlafzimmerwand gesprüht. In Neonpink. Ich fand den Spruch nach wie vor gut und so stand er jetzt auch in meinem Profil. Aus meiner Sicht war die Kargheit meiner Einträge das Einzige, was mich von anderen Profilkarten unterschied. Besonders die Statements erfreuten sich bei den Usern großer Beliebtheit. Manch einer hatte mehr als 50 in seinem Profil stehen.
Der Wein machte mich nicht nur melancholisch, sondern auch redselig, und so erfuhr Alain F. nahezu jedes Detail über meine neu erwachte Romantikader und Libido. Es sprudelte literweise aus mir heraus. Meine Trennung, Merlin, mein Wochenende in München. Morgens, gegen sechs, war er bestens im Bilde über mein Leben. Hin und wieder hakte er nach oder kommentierte dieses oder jenes. Ich hatte den Eindruck, meine Erzählungen machten mich noch interessanter für ihn. Wir verabschiedeten uns in der Früh, als ich meine Augen schon nicht mehr aufhalten konnte. Es hätte nicht viel gefehlt und mit meinen Händen auf der Tastatur wäre ich auf dem Wohnzimmerboden eingeschlafen.

Alain F.: Ein ander mal mehr zu deinem Thema. Schlaf gut, Süße.
Xela: Du auch. Gute Nacht.

Ich kroch in mein Single-Doppelbett, als ich durch die Scheiben meiner großen Fensterfront schon die Dämmerung sah. Alain F. galten meine letzten Gedanken. Danke fürs Zuhören, Süßer.

Sonntagnachmittag, bei Sonnenschein sah die Welt schon viel besser aus. Die Dämonen, die von der Dunkelheit angelockt werden, sind verschwunden und man fasst sich an den Kopf, wenn man daran denkt, was nachts noch greifbare Realität zu sein schien. Wenn man resümiert, welche Geschichten man einem Fremden, im Delirium der Melancholie, über das eigene Leben erzählt hat. Peinlich. Dennoch, ich fühlte mich frischer denn je. Schwungvoll machte ich mich daran, meine Wohnung aufzuräumen. Könnte ja ganz vielleicht sein, ich bekomme Besuch. Fast musste ich selbst lachen und sagte laut zu mir: »Glaub dran, Alex.«.

Gegen Abend raffte ich mich auf und schleifte meinen untrainierten Körper, joggenderweise, durch Kölns beliebtestes Freizeitgehege für Singles und Pärchen. Echt jetzt, sich sonntags um den Decksteiner Weiher zu bewegen, kann zu einer gesellschaftlichen Studie werden. Händchenhaltende Pärchen, Schwule, die ihre faltigen, kleinen Möpse ausführen – perfekt im aktuellen Freizeitlook von Prada und Gucci gekleidet – , und hier und da auf den Bänken, eindeutig, der ein, oder andere knutschende Ehebruch. Eine lebensgefährliche Plage stellen die Radfahrer und Skater dar. Entweder ich habe es noch nicht mitbekommen, und die Runde ist eine ausgewiesene Rennstrecke für eben diese, oder es handelt sich einfach um rücksichtslose Individualisten, die den Spazierweg für eine Autobahn halten. In Gedanken versunken entging ich nur knapp einem Frontalzusammenstoß mit einem Mountainbiker und nachdem ein Rentner sich beklagte, ich solle auf seinen Pudel aufpassen, kam ich zu der Erkenntnis, dass die gemeinsame, friedliche Nutzung von Freizeitbereichen ein echtes Problem in unserer Gesellschaft darstellt. Als ich trotz der Gefahren des Kölner Stadtwaldes unversehrt zuhause ankam, duschte ich ausgiebig, bekochte mich ganz liebevoll selbst und ging danach erwartungsvoll online. Mit Xela.

Alain F. hatte mir im Laufe des Tages eine Message hinterlassen. Es war seine Email-Adresse und der Zusatz, ich sollte mich bei ihm melden, falls mir danach sei. Mir war nicht danach. Vielleicht weil mein Alkoholpegel noch bei 0,0 Promille lag und Alain F. irgendwie anders war.

Ich lernte Zaphod kennen. Zaphod Beeblebrox. Douglas Adams' verrückte Reise durch die Galaxie und die enttäuschende Antwort auf die Frage aller Fragen: 42. Eine Geschichte in fünf Büchern, die ich mir vor Jahren angetan hatte. Du liest im Grunde genommen nur, um die Antwort zu erfahren, und am Ende musst du dir den Kopf darüber zerbrechen, warum 42 die Antwort auf alle Fragen ist. Hier hatte ich einen Fan vor mir. Ich unterhielt mich ein bisschen mit ihm über die Story, war aber nicht wirklich in der Laune, tiefschürfend zu werden. Scheinbar reichte dieses kurze Geplänkel dennoch aus, um ein Telefonat zu rechtfertigen. Seiner Meinung nach. Meine knappe Antwort lautete: »Nein!« Er nervte weiter und ich schlug ihm vor, mir seine Nummer zu geben. Möglicherweise würde ich ihn ja anrufen. War das vielleicht meine Masche? Nein, mein panisch ängstliches Ich hatte mal wieder die Befürchtung sich mit versagendem Sprachzentrum zu blamieren. Ein echtes Problem für meine Zukunft. Ich nippte inzwischen an meinem zweiten Glas Rotwein. Im Fernsehen versuchte irgendein CSI-Team, einem Killer das Handwerk zu legen, doch die Schriftzeichen auf meinem Monitor übten weitaus mehr Reiz auf mich aus als die Überlegung, in welchem Winkel die Kugel das Opfer getroffen hat. Früher, also vor ein paar Monaten noch, hätte mich nichts und niemand davon abhalten können, gemeinsam mit den CSI-Teams dieser Welt Mörder zu entlarven.

Die eindeutigen Angebote, die mir entgegengebracht wurden, ignorierte ich und chattete weiter mit Zaphod, der Florian hieß und in der Gegend von Koblenz wohnte. Irgendwann, nachdem er mir erklärt hatte, wo genau er wohnt und wie weit das von Köln entfernt ist, kam die Frage, ob er ein Bild von mir haben könnte. Mir war es egal. Bild oder nicht Bild. Florian schrieb ganz nett, aber eben nur nett. Konnte ich mir in etwa vorstellen, seine Ausstrahlung. Noch nicht ganz Mann, aber auch nicht mehr Junge. Ein Treffen war da eher unwahrscheinlich.

Es hilft nichts, Männer sind visuell orientiert, man musste Verständnis haben. Ich schickte ihm also eins meiner vielen Selbstportraits und bekam ein Urlaubsfoto zurück. Ein blonder, blasser, kräftiger Typ mit einem verschmitzt grinsenden Gesicht war auf dem Foto zu sehen. Er saß an einem Tisch, hatte ein buntes Getränk mit Strohhalm in der Hand und blickte von unten herauf, über seine Sonnenbrille, in die Kamera. Das Bild sah so aus, als hätte es seine Freundin gemacht. So keck schaut Mann nur, wenn es die Angebetete ist. Alles in allem bestätigte das Bild meine Meinung, die ich mir schon aufgrund seines Schreibstils gebildet hatte. Außerdem war er dieses Jahr 30 geworden. Indiskutabel. Welpenschutz, aus meiner Sicht.

Wir tauschten Chaterfahrungen aus. Ich erzählte ihm, was für Anmachen in meinem Message-Fenster zu lesen waren, und er versicherte mir, er würde niemals so direkt mit der Tür ins Haus fallen. Cybersex sei nicht sein Ding. Nach ein, zwei Stunden, ich weiß gar nicht, wie lange wir uns schon geschrieben hatten, pendelte sich mein Rotweinpegel wieder verdächtig im Hyper-Sentimental-Bereich ein. Wie gestern Abend schon mal, erzählte ich einem völlig fremden Menschen meine Geschichte. Erzählte von meiner Trennung, von Merlin, wie wunderschön unser Treffen war, dass ich ihn aber nicht verstand. Vielleicht dachte ich ja, Männer wüssten, was Männer bewegt, und er könnte mir sagen, was ich hören wollte. Vielleicht suchte ich ja nach jemandem, der mich an die Hand nimmt, mir ein Benutzerhandbuch für diese Höllenwelt der Gefühle geben konnte. Aber Zaphod stellte sich nicht direkt als der Tiefschürfendste heraus. Bodenständig, weit weg von Worten wie Bestimmung und Schicksal. Philosophieren war auch nicht seine Welt, er konnte mir nur den bescheidenen Rat geben, ‚Mister Perfect' anzurufen. Besser noch, einfach zu ihm hin zu fahren und mit ihm zu reden. *Super Vorschlag, ey. Danke. Da habe ich noch gar nicht dran gedacht.*

Objektiv gesehen hatte er natürlich recht. Erwachsene regeln ihre Probleme durch Reden, manchmal auch Streiten. Blöd nur, weil ich mich so gar nicht erwachsen fühlte, was diese Gefühle anbelangte. Vielleicht wollte ich ja auch gar nicht hören, was ich eh schon wusste, und lebte lieber dramatisch, theatralisch meine Gefühle leidend aus. Und schließlich ist die Hauptrolle in einem Liebesdrama besser als die in einem Sozialdrama über einsame Menschen.

Ich saß auf dem Wohnzimmerboden, war hin- und hergerissen. Sollte ich diesen Zaphod anrufen? Er schlug ständig vor, mein Problem ließe sich doch am Telefon besser besprechen. *Alex, tu es. Da ist gar nichts dabei zu telefonieren. NEIN, tu es nicht. Was willst du ihm denn erzählen? Du wirst am Telefon wieder mal kein vernünftiges Wort rausbekommen. Alex! Du bist groß, du bist erwachsen und du kannst nicht ewig vor solch kleinen Dingen Angst haben. Millionen Menschen machen es jeden Tag. Miteinander telefonieren. Nimm deinen Mut zusammen und wähl die Nummer. Also gut, Grenzen überschreiten und Weiterentwicklung ist ja mein Thema.*

Ein lächerlicher Schritt für jeden Menschen, ein großer für mich. Ich meine, schließlich ging es nicht darum, eine schnöde Pizza zu bestellen. Hier ging es um Selbstvermarktung, um Aufrechterhaltung des Selbstwertgefühls. Ein falscher Satz von ihm konnte bei mir schon tiefe seelische Schäden verursachen. Ich holte tief Luft und wählte die Nummer, die ich vorhin bekommen hatte.

»Orten!«, meldete sich eine nicht unangenehme, männlich und selbstbewusst wirkende Stimme. »Hallo, Florian.« Scheinbar wusste er sofort Bescheid, wer dran war. »Alex, na, das ist ja eine Überraschung, finde ich klasse, dass du anrufst.«

Anfangs war ich nervös, musste mir meine schweißnassen Hände mehrmals an meiner Hose trocknen. Aber die Nervosität legte sich sehr schnell und bald unterhielten wir uns angeregt über Raumschiff Enterprise. Er hatte mich angeschrieben, weil er in meinem Profil gelesen hatte, dass Raumschiff Enterprise zu meinen Interessen gehört. So hat halt jeder seine Präferenzen. Die einen schreiben dich an, weil da so was wie: Bin Genießer, trinke gerne Rotwein, steht. Die anderen, weil du auf Star Trek stehst. Neben Star Trek hatte er noch ein Faible für »The little Shop of Horror.« Machte ihn nicht unsympathisch. Wir telefonierten fast zwei Stunden, und am Ende stand die Frage im Raum, wann wir uns denn mal treffen könnten.

Warum zum Teufel wollen alle Männer immer direkt Fotos, telefonieren und sich treffen? Jetzt hatte er ein Foto von mir, ich telefonierte mit ihm, sollte fürs Erste doch reichen.

»Mal schauen, so schnell treffe ich mich nicht mit Chatbekanntschaften.« Er gab sich vorerst mit meiner Antwort zufrieden. Immerhin hatte ich ja nicht kategorisch Nein gesagt. Es wurde wieder spät, als ich endlich ins Bett kroch. Meine Gedanken kreisten diesmal nicht um Merlin. Adriano. Er hatte heute nicht angerufen. Für gewöhnlich rief er mich jeden Abend an. Wir telefonierten dann lange, hatten mitunter Telefonsex, zankten uns an und redeten über Ärgernisse im Job und mitunter auch über uns. Ganz so, als würden wir uns schon Jahre kennen. Es war zwei Uhr nachts. Und bisher noch kein Anruf von ihm. Ich schickte ihm eine SMS.

»Gute Nacht mein Süßer...schlaf gut.
U.v.l.i.d.e.b.«

Und vielleicht liebe ich dich ein bisschen. Jetzt, wo die Angst in mir hochkroch, dass auch er, nach Erreichen seines Ziels, sein Interesse verlor, entwickelte ich Sehnsucht nach ihm, die ich vorher nicht hatte. Oder sollte ich ehrlicher sein und über beleidigten Stolz nachdenken? *Ach Alex, du machst dir zu viele Gedanken. Er wird unterwegs sein. Keine Zeit, vielleicht sein Handy nicht dabei oder Akku leer. Ist ja auch vielleicht kaputt. Möglicherweise ja ein Unfall und ich erfahre es noch nicht einmal.* Ich wählte seine Nummer. Die Mailbox sprang an, und ich sagte, er sollte sich bitte kurz melden, ich würde mir Sorgen machen. Wünschte ihm noch eine gute Nacht und schloss leise mit dem Satz, dass ich ihn vermisse. Meine Gedanken kreisten, und ich schlief unruhig ein. Einerseits glaubte ich daran, dass Adriano nicht rumspielte, er würde klare Worte sprechen, wenn es vorbei wäre. Andererseits aber – er ist ein Mann und hatte bekommen, was er wollte.

Die Woche über war ich von morgens bis tief in die Nacht online. In meiner Küche sammelten sich die Rotweinflaschen. Wenn ich abends nachhause fuhr, konnte ich es gar nicht erwarten, zuhause nachzuschauen, ob Merlin vielleicht wieder online war. Möglicherweise mit Alain F. reden oder ein Plausch mit Zaphod. Besonderen Ehrgeiz entwickelte ich darin, Ehemänner mit eindeutigen sexuellen Beschreibungen geil zu machen oder wahlweise ihre Ehe zu zerpflücken. Sie waren alle sehr ähnlich in dem, was sie schrieben.

Dominierend jedoch war immer, dass ihre Frauen keinen Sex mehr wollten. Wahlweise waren es auch die Männer, die aus den unterschiedlichsten Gründen mit ihrer Frau nicht mehr wollten. Kurz und knapp: allesamt notgeil und hilfsbedürftig.

Das waren für gewöhnlich »Nullnummern«. Einmal und nie wieder. Sie interessierten mich nicht die Bohne. Waren langweilig, leicht zu durchschauen, und ich mochte auch nicht täglich die gleiche Geschichte hören. Das Fatale an der Sache, es war für die anderen scheinbar ein Erlebnis mit bleibendem Eindruck. So wurde ich in der Folge immer wieder angeschrieben, und meine Fangemeinde wuchs ins Unüberschaubare. Einige der Verheirateten kamen mit der Frage, ob wir uns nicht treffen könnten. Sie hätten selten einen Menschen kennengelernt, mit dem man so gut reden könnte. Ellibys bekam eine ganz neue Bedeutung. Wenn wieder mal jemand online war, der fälschlicherweise glaubte, meine Hände hüpften vor Freude über der Tastatur beim Anblick seines Nicknamens, loggte ich mich mit Xela aus und schickte Ellibys ins Rennen.

Es wurde Freitag und von Adriano hatte ich immer noch nichts gehört. Ich hatte ihn versucht telefonisch zu erreichen, schrieb ihm SM. Nichts. Keine Rückmeldung. *Arschloch.* Bevor ich freitags von der Arbeit nachhause fuhr, sprang ich noch schnell in den Supermarkt, kaufte das Nötigste: Wein, Zigaretten und Katzenfutter. Ich hatte echt viel vor, an diesem Wochenende – virtuell gesehen. Alain F. »treffen«. Mit Zaphod plaudern. Vielleicht ja ein Treffen mit Merlin? Spazieren gehen, gemeinsam frühstücken, lachen, reden und Sex haben. *Haha.* Die Hoffnung stirbt ja bekanntlich zuletzt.

5

Freitags nach der Arbeit baden. Den Stress und die Anspannung im warmen Wasser ablegen. An dieser Angewohnheit hatte sich mit der Trennung nichts geändert. Im Gegenteil, inzwischen zelebrierte ich diese Stunde richtiggehend. Kerzen an, stimmungsvolle Musik und Rotwein. Aktuell war mir nach selbst bedauern und mich heroisch im Elend meines Lebens zu wälzen. Ich legte Rosenstolz auf. » ... In mein verstaubtes Leben, in meiner Seele Eis ... machs gut mein Herzensschöner ... machs gut mein kühles Feuer und lass mich weiter frieren ... so schön war das Erleben, so schön und doch so alt ... dass Worte Herzen morden ...«, ich sang leise mit, während die Schaumblasen in meinen Ohren laut knisterten. Der Song entwickelte sich zum Soundtrack meines Lebens oder zumindest eines Lebensabschnitts. Natürlich hatte ich meine Kommunikationseinheiten, Handy und Festnetz, mit ins Badezimmer genommen. Man kann ja nie wissen. Und tatsächlich klingelte mein Festnetz und vor Schreck hätte ich den Hörer fast in die Wanne fallen lassen. *Bekommt man eigentlich von einem Telefon einen Stromschlag? Keine Ahnung.* Merlin! Adriano!

Es war Florian. Scheinbar sah er die Tatsache, im Besitz meiner Telefonnummer zu sein, als Freifahrtschein an. Anfangs war ich mäßig erfreut. Mir persönlich reichte es nach wie vor zu chatten. Mehr Nähe war aus meiner Sicht nicht notwendig. Aber gut. Er erzählte mir, er sei gerade Hemden am Bügeln, während ich mit den Schaumblasen spielte und versuchte, möglichst große Seifenblasen mit Daumen und Zeigefinger zu produzieren. Ein Mensch, der beim Bügeln den Entspannungsmoment sucht. Jedem das Seine. Ich persönlich kann dem Glätten von Kleidern so gar nichts abgewinnen. Die Beine in den Bauch stehen, um für einen Tag ein glattes Hemd zu haben, was dann abends wieder unweigerlich in der Wäsche landet und der Kreislauf fängt von vorne an. Zugegeben, in meinem Kleiderschrank befindet sich einiges, was es nötig hätte gebügelt zu werden, aber meine Abneigung ist zu groß gegen den Bügelaufwand. So kommen 70 Prozent meiner Garderobe selten zum Tragen.

Mein Badewasser wurde schon lauwarm, aber ich hielt mich zurück. Drehte den Warmwasserhahn nicht auf. Er würde mitbekommen, ich liege in der Wanne, und seine Phantasie würde mit ihm durchgehen, wenn er sich die Situation zu bildlich vorstellt, glaubt er noch, sie verbal ausschlachten zu müssen. So von wegen: »Deine süßen Brüste mit Schaum bedeckt, würde ich jetzt...«, blabla blabla. Adriano tat das zumindest immer. *Seufz.*

»Und, hat sich Mister Perfect inzwischen gemeldet?«, fragte er mich. »Nein, hat er nicht«, antwortete ich knapp. Ich wollte nicht schon wieder Gefahr laufen, mich mit dem Thema festzureden. Schon viel zu viel hatte ich erzählt. »Was hältst du davon, wenn ich mich jetzt in mein Auto setze und nach Köln düse? Wir machen uns einen schönen Abend, reden und ratschen, so von Frau zu Frau.« Was jetzt, wie bitte? Spinnt der Junge komplett. Ich glaubte, hier lag ein galaktisches Missverständnis vor. Warum sollte ich mich mit ihm treffen? Hab ich Sehnsucht nach Zaphod? Nein. Wochenlang hatten Merlin und Adriano an mir rumgebaggert, bis ich zu diesem Schritt bereit war. Kommt so ein Möchtegern-Mann daher und ich soll schon nach zwei Tagen Ja zu einem Date sagen? Im Leben nicht.

»18 Uhr ist okay. Bis morgen«, hörte ich mich sagen. »Ich freu mich. Wird bestimmt lecker, unser gemeinsames Kochen«, hörte ich ihn sagen. »Ciao, bis dann.« Ich drückte ihn weg und schaute in die grünen Augen meines alten Katers, der am Fußende der Wanne auf der Ablage saß. War das Verachtung, was ich in dem Smaragdgrün las? *Was denn? Ich bin niemandem zu nichts verpflichtet. Meldet sich etwa Merlin bei mir? Meldet sich Adriano? Das ist denen scheißegal, was ich tue, Hauptsache, sie hatten ihren Spaß. Jagd erfolgreich beendet, Wild erlegt. Was die können, kann ich schon lange.*

Ich hatte keine Lust, mein Wochenende mit leidvollen Seufzern zu verbringen. Mir immer wieder Merlinbilder anzuschauen, bis ich flenne, und Rosenstolz, bis zum erbrechen zu hören. Nicht mit mir. Das hatte hiermit ein Ende. Ich war naiv, hatte mich verarschen lassen, dämlich da-ran geglaubt, es ginge um mich, dass ich vielleicht ja wirklich was Besonderes bin. Anfängerblödheit. Ab jetzt würde mir so etwas nicht mehr passieren. Ich lasse es nicht mehr zu, dass irgendwer mir so nahe kommt, dass es wehtun könnte. Erstes Übungsopfer: Zaphod, alias Florian. Spielte ja keine Rolle, dass wir uns erst seit einer Woche zutexteten. Keine Gefahr, Sehnsüchte zu entwickeln.

Samstagmorgen machte ich eine Einkaufsliste. Ich überlegte nicht lange, was ich kochen würde für das Date heute Abend. Genudels mit Tomatensoße: Mag jeder und ist schnell zubereitet. Meinen Weinvorrat hatte ich ja schon gestern aufgefrischt. Warum auch noch alles für ein ausgedehntes Frühstück am Ende auf meinem Zettel stand, weiß ich nicht, vielleicht weil mein Kühlschrank eh einer kargen Wüste glich.

Nervige Parkplatzsuche und ödes Anstehen in der Kassenschlange, zwischen kleinen Quengelmopsen. Nein, ich mochte ihn noch nie, den nationalen Supermarkttag, hatte mir eigentlich geschworen, in Zukunft nur noch abends, in der Woche, einkaufen zu gehen. Als ich meinen Corolla wieder in der Tiefgarage geparkt hatte, musste ich nur noch meine Einkäufe nach oben schleppen. Ja, ohne Aufzug, in der vierten Etage, gab es schon triftige Gründe für eine Beziehung. Da ich noch eine Kiste Wasser gekauft hatte, musste ich zweimal gehen. Man musste es einfach sportlich sehen, dachte ich mir, als meine Raucherlunge am Ende protestierte.

Alles war eingeräumt, ich ließ meinen Blick durch die Wohnung schweifen: sehr spartanisch seit Jans Auszug, aber gerade deshalb stilvoll.

Anfang Mai, als ich noch glaubte, das Megadate mit Merlin stünde kurz bevor, kaufte ich mir bei Ikea sozusagen das Romantikset für Anfänger. Neun große, acht Zentimeter dicke, cremefarbene Kerzen zierten seither das Trennregal, welches den großen Raum in Ess- und Wohnzimmer teilte. Auf der milchigen Glasplatte des Esstischs ein sechsarmiger Kerzenleuchter. Vor einiger Zeit noch fand ich solchen Schnickschnack völlig überflüssig. Sind nur Staubfänger, war meine Stellungnahme jedes Mal, wenn Jan solchen Dekorkram anschleppte. Inzwischen konnte ich mich selbst nicht mehr verstehen, wie ich ohne Kerzen 33 Jahre alt werden konnte. Ich war zufrieden. Die geeignete Wohnung, um ein romantisches Essen zu zelebrieren. Noch mal schnell mit dem Staubsauger über den Teppich und die Wohnung war bereit. Nein, nicht ganz. Ich bezog das Bett noch frisch. Nächstes Problem. Was sollte ich anziehen?

Die Wahl fiel auf eine alte Levi's-Jeans. Abgescheuerter Stoff, 100-mal gewaschen und Löcher in den Knien. Darüber ein weißes, ärmelloses Rippstrickshirt. Sah sexy aus und auf keinen Fall nach übertrieben aufgestylt. Ich wollte nicht den Eindruck erwecken, ich würde für ihn ein nervenaufwendiges Styling machen.

Vorher noch komplettes Beauty-Programm, sicher ist sicher. Die Zeit mit Adriano lag nun schon zwei Wochen in der Vergangenheit. Pustekuchen, von wegen vier Wochen Ruhe mit Stoppeln an den Beinen. Suboptimal nennt man das. Nie wieder Wachsenthaarung. Für dieses jämmerliche Ergebnis viel zu viele Schmerzen.

Ich lag in der Badewanne und rasierte nicht nur meine Beine und Achseln. Es hatte sich gezeigt, wie glücklich Männer alleine bei der Andeutung einer rasierten Muschi werden. Aber das war natürlich nicht der einzige Grund, warum ich bei der Veränderung, die Adriano mir mit auf den Weg gegeben hatte, blieb. Es fühlte sich gut an, über die samtweiche Haut zu streicheln. Und letztlich, wenn man sich die Achselhaare rasiert, warum nicht auch die Schamhaare? Ist doch nahe liegend.

Die gesteigerte Aussicht auf Sex und Erotik in meinem Leben hatte mir ein neues Körperbewusstsein gegeben. Proletentoaster hießen die Teile für mich früher. Seit einigen Wochen zierte eine nahtlose Proletenbräune meinen Körper. Allabendlich, wenn ich von der Arbeit nachhause kam, nahm ich mir die Zeit für ein bisschen Gymnastik: Bauch, Beine, Po. Ich bildete mir ein, schon knackigere Formen zu entwickeln. Klar, da gab es einige Stellen, die mir nach wie vor nicht so gut gefielen, aber letztlich wollte ich ja auch kein Model werden und Erotik findet selten bei Neonbeleuchtung statt.

Es war inzwischen 16 Uhr. Zwei Stunden noch hatte ich Zeit. Zur Einstimmung legte ich eine CD ein. Lisa Stansfield. Ich drehte den Regler in einen Bereich, der nachbarschaftliche Verhältnisse arg beeinträchtigen kann. Da ich meine Mitbewohner aber nicht kannte und in einem Neubau wohnte, der kaum Geräusche aus anderen Wohnungen übertrug, machte ich mir darüber recht wenig Gedanken.

Würde wohl reichen, wenn ich gegen halb sechs mit Kochen anfange. Wir hatten zwar verabredet, gemeinsam zu kochen, da ich aber die Vermutung hatte, für solche Aktionen zu nervös zu sein, plante ich das Essen schon fertig zu haben, wenn er klingelt. So konnte ich mich ganz auf unfallfreie Motorik konzentrieren.

16:30 Uhr: Nervös tigerte ich rauchend durch die Wohnung. Um irgendwas Sinnvolles zu tun, zog ich mich an, schüttete mir ein Glas Rotwein ein und bereitete in der Küche alles vor. Tomaten pellen, Zwiebeln und Knoblauch klein schneiden.

17:00 Uhr: Mein zweites Weinglas hatte ich so gut wie leer. Eine Stunde noch. Vielleicht kommt er ja früher? Sollte ich vielleicht doch schon das Wasser für die Nudeln aufsetzen? Nein, falsche Reihenfolge. Die Soße musste mindestens 20 Minuten köcheln.

17:45 Uhr: Die Soße köchelte schon 10 Minuten vor sich hin. Ich drehte vorsichtshalber die Temperatur runter. Stellte schon mal einen Topf mit Wasser auf die Herdplatte.

17:55 Uhr: Das Wasser kochte. Spaghetti rein. Kurz dachte ich darüber nach, ob er zu den Menschen gehört, die bei Vollkornspaghetti das Gesicht verziehen. Er machte bisher nicht den Eindruck, als hätte er sich schon mal über den Nährwert von Nahrungsmitteln Gedanken gemacht. Egal. Da musste er durch, wenn er Hunger hat.

18:00 Uhr: Ich nippte an meinem dritten Glas Wein, spürte eine leichte Lässigkeit in meinen Bewegungen und ein Scheißegal-Gefühl im Hirn. Es klingelte. Die Wohnung hatte zwar eine Gegensprechanlageaber aber die Verkehrsgeräusche von der Straße ließen eh keine Verständigung zu. Im Hausflur, mit meinem Weinglas in der Hand, rief ich nach unten: »Du musst bis ganz nach oben!«

Mein etwas zerfaserter Zustand hatte mich meinen ältesten Kater vergessen lassen. Er flitzte an mir vorbei in den Hausflur, war schon auf dem ersten Treppenabsatz nach unten. Shit. Ich stellte mein Glas auf dem Boden ab, wollte dem Kater barfuß hinterher flitzen, da kam mein Date auch schon mit dem sich sträubenden Kater auf dem Arm die Treppe hoch. Lange blieb er dann auch nicht auf seinem Arm. Sprang runter und flitzte, wie vom Hund gejagt, wieder in die Wohnung.

Der Typ, der jetzt vor mir stand, grinste breit. »Na, das war ja ein Begrüßungskomitee. Machst du das immer so?« Ich musste selbst ein bisschen lachen. »Dann weißt du ja Bescheid. Immer schön aufpassen, wenn du die Wohnungstür öffnest. Der Kater ist schneller, als du gucken kannst, im Keller.« Ist doch klasse, wie gelassen ich die drei Sätze rausbekommen hatte. »Hier, das muss unbedingt ins Gefrierfach«, meinte er grinsend, mit einer Packung Eis in der Hand, zu mir gewandt. »Dachte mir, ich bring uns einen Nachtisch mit.« Er folgte mir in die Küche. »Hmm, riecht aber lecker.« »Tomatensoße mit Spaghetti. Ich habe schon mal angefangen mit Kochen«, klärte ich ihn auf, während ich die Packung Eis ins Gefrierfach legte.

18:15 Uhr: Die Spaghetti waren verkocht. Ich stand nackt am Herd, versuchte zu retten, was noch zu retten ist. Zwischendurch griff ich nach einem Zewa. Wischte das Sperma von den Innenseiten meiner Schenkel. Vorspeise Alex. Man konnte mit Fug und Recht den Spruch: Das Eis ist gebrochen, anbringen.

Es war die Begrüßungsumarmung. Eins hatte zum, oder besser, ins andere geführt. Hinter mir tauchte Florian auf. Er hatte seine Hose wieder an. Sein Hemd, noch aufgeknöpft, stand er hinter mir und umarmte meinen nackten Oberkörper. »Lecker, ich habe jetzt richtig Hunger.« Ich, nackt, in der hell beleuchteten Küche. Wieder mal so komplett den Blicken eines Menschen, eines fremden Menschen, preisgegeben. Ich zeigte Florian, wo die Teller stehen, bat ihn schon mal den Tisch zu decken, während ich mich im Wohnzimmer wieder anzog. So konnte ein Date also auch laufen. Erst Sex, dann Begutachten, gefolgt von einem romantischen Essen mit Kennenlerngespräch. Ob er das öfters so machte, ging mir durch den Kopf.

Während des Essens konnte ich eingehender studieren, mit wem ich so spontan Körperflüssigkeiten ausgetauscht hatte. Hellblonde, ins rötliche gehende, lockige Haare. Sein hoher Haaransatz ließ ihn älter und männlicher wirken, als er war. Er trug eine Nickelbrille, hinter der frech zwei hellblaue Augen hervorschauten. Sein Gesicht eher kantig abgerundet und blasser Teint. Ich vermutete, dass er zu den bedauernswerten Menschen gehörte, die es nicht lange ohne Verbrennungen dritten Grades in der Sonne aushalten. Größe? Nicht fragen. Unwesentlich größer als ich. Kompakt, könnte man sagen, was zum Anfassen. Er trug eine modische Jeans, ein helles, dezent gemustertes, langärmeliges Hemd. Kurz: Ich zitterte nicht.

Es war inzwischen dunkel. Bei Kerzenschein und Wein unterhielten wir uns über Gott und die Welt. Zwei Dinge in seinem Leben schienen ihm wirklich am Herzen zu liegen und Spaß zu machen. Sein Job – er verdiente sein Geld in der Baustoffbranche – und sein Auto. Ein Golf. Ich hatte in meinem Leben noch nicht viel über Autos nachgedacht und welche mir gefallen würden, aber selbst ohne lange zu überlegen konnte ich spontan sagen: »Golf wäre im Leben nicht mein Auto. Langweilig und nichtssagend. Kein Statement. Wenn überhaupt, dann mag ich es klassisch. Retro vielleicht. Audi TT würde mir gefallen. Aber der ist leider indiskutabel, zu teuer.« Die gesamte Crew der neuen Enterprise wurde durchgesprochen. Von Picard, über Quotenfrau Troy, bis hin zu Data und Worf überraschte ich Florian mit meinem Fachwissen.

Sexuell gesehen entpuppte sich Florian als hyperaktiv und selbstbewusst. Ficken in klassischen Positionen und das beherrschte er fast virtuos, mit rekordverdächtiger Ausdauer. Ich war nach meinen letzten Erfahrungen nicht mehr zimperlich. Als ich ihm zur Abwechslung einen blies, spritzte er in meinem Mund ab. Kein Geschmack, den ich meinen Geschmacksknospen öfters zumuten wollte. *Wohin mit dem Zeug? Haben Nutten eigentlich einen Spucknapf in ihrem Arbeitsbereich?* Ich schluckte. So unterschiedlich wie die Schwanzformate scheinen auch die geschmacklichen Variationen zu sein. Irgendwo hatte ich doch mal gelesen, dass sich die Nahrungsgewohnheiten auf den Geschmack der Körpersäfte auswirken. Stellte sich die Frage: Was isst dieser Mensch, um den Geschmack eines extrem würzigen Käse zu produzieren? Ich schaute mir bei der Gelegenheit seinen Schwanz genauer an. Wie Adriano, glänzte das Prachtstück nicht durch Länge, sondern Durchmesser. Ob es einen Zusammenhang zwischen der Form der Finger – Adriano hatte, ebenso wie Florian, eher kurze, kräftige Finger – und den formalen Details des männlichen Fortpflanzungsorgans gibt? Wie waren noch gleich die Finger von Merlin geformt? Es machte mich fuchsig, denn ich konnte noch so sehr nachdenken, es fiel mir nicht ein. Genauso wenig wie ich mich an seinen Duft erinnern konnte, war mir die Form seiner Finger im Gedächtnis geblieben.

Als ich mich am nächsten Morgen Richtung Badezimmer bewegte, spürte ich wieder sehr deutlich meine Muskulatur. Oberschenkelinnen-seiten. *Ist das die Bein-Spreiz-Muskulatur?* Aber nicht nur meine Muskeln erinnerten an den gestrigen Abend und die Nacht. Meine Vagina vermittelte mir immer noch das Gefühl, als sei sein Schwanz noch in mir. Wundgescheuert?

Mir war nicht nach mehr als einer Tasse Kaffee. Florian hingegen schaffte ganze zwei Teller Corn-Flakes, große Teller. Er bedauerte, schon früh abhauen zu müssen, da er zum Mittagessen bei seiner Tante eingeladen war. Scheinbar verband die beiden so was wie eine Freundschaft. Wirklich unglücklich machte mich seine Abreise nicht. Ich freute mich auf meine Ruhe, darauf, wieder online gehen zu können, nachzusehen, ob ich wenigstens eine Mail erhalten hatte, wenn mir schon niemand mehr SMS schrieb oder anrief. »Wir telefonieren«, drohte er mit einem Grinsen im Gesicht, als er nach einer, für mein Empfinden, viel zu gefühlvollen Verabschiedung durch meine Wohnungstür ging. Ich beobachtete seinen Abflug durch mein Küchenfenster, wie er mit seinem silbernen Golf drehte und Richtung Autobahn verschwand. Ich überlegte nicht, ob wir uns noch mal wieder sehen werden. Es war mir egal. Ich zog mein Bett ab, duschte, lüftete meine Wohnung und fuhr meinen Laptop hoch.

6

Keine Mail, keine Nachricht, weder von dem einen noch von dem Anderen. Die Stunden mit Florian waren nett, hatten es aber nicht geschafft, die Merlin-Lücke zu füllen. Ich brauchte jemanden zum Reden, jemand, bei dem ich meinen Schmerz, meinen Frust ablassen konnte. Irgendwer musste mich doch verstehen, mir ein gutes Gefühl geben. Ich schrieb die erste Email von vielen an Alain F.

Hallo Alain (kenne ja bisher noch nichtmal deinen weltlichen Namen?),

ich habe das Gefühl, in dir jemanden getroffen zu haben, der wichtig sein könnte ... jemand, dem ich all die Wichtig- und Nichtigkeiten erzählen kann.

Meine ersten Erfahrungen mit den virtuellen Welten kennst du ja nun schon zur Genüge. Die Namen - ? Sie gehen mir inzwischen auf den Nerv, ich kann sie nicht mehr hören ...Warum nicht Automarken? – sagt ja mitunter sehr viel mehr über den Charakter als zeilenweise Text ... also, in einen Audi habe ich verliebt, ein Porsche hat meine Grenzen ausgetestet, möglicherweise um einiges verschoben ...

Ich grüble mir das Hirn wund. Was ist Masochismus? – bin ich masochistisch veranlagt, stehe ich auf Dominanz im Bett? –

Ich mein, ich hatte sehr viele blaue Flecken davongetragen ... stehe ich auf Machos, die mir zeigen, wo es langgeht, so rein sexuell? ... klar, ich habe mich auch von Jan getrennt, weil er zu weich ist, sich nicht traut, mir auch mal die Meinung zu sagen ... aber gefesselt, geknebelt und in den Arsch gefickt werden, wollte ich noch nie und will auch heute noch nicht ... dennoch fühlte ich mich wohl bei ihm?! ... vielleicht ist er die harte Hand, die ich brauche, um mich selbst zu erkennen? ... um aus diesem Käfig, den ich mir selbst gezimmert habe, auszubrechen ... Angestachelter, männlicher Jagdinstinkt ... eine Herausforderung, mich rumzubekommen ... sie will nicht, ich werde es schaffen, sie zu knacken ... und wieder ist es passiert ... Wild erlegt ... ich höre nichts mehr von ihm ... bah und bäh, ich habe die Nase gestrichen voll ...

Einen Audi verstehe ich überhaupt nicht ... er redet von Sehnsucht und Liebe, sagt: Ich vermisse dich, mein Schmetterling (wuah, ich bin kein Hase, keine Schatzi und weit von einem Schmetterling entfernt – meint der eigentlich mich oder ist das sein Standardkosewort?) ... wenn ich Sehnsucht habe, dann setze ich mich in mein Auto und stille sie, statt zeilenweise drüber zu schreiben ... was stimmt nicht mit ihm? – werde ich benutzt, völlig verarscht? Ich höre nichts mehr von ihm ... Wild erlegt, Eroberungszwang befriedigt ... auf zur nächsten ... Machoarschlöcher.

Hatte heute Nacht einen Golf zu Besuch *grins* ... hey, ICH habe nicht den Anfang gemacht ... Tür auf, Schwanz rein, hallo, schön, dich kennenzulernen ... !!!???

Noch während ich schrieb, summte mein Handy. Adriano? Merlin?

Es war ein sehr schöner Abend und eine geile Zeit mit dir *ggg* Vermisse dich jetzt schon und freu mich auf unser nächstes Treffen ... Florian.

Echt? War es das, eine geile Zeit? Es war nett, aber gleich geil ist aus meiner Sicht übertrieben. Der war ja leicht zu beeindrucken. Ich schrieb meine Mail weiter. Antworten konnte ich Florian später noch.

... jetzt bekomme ich eine SMS, wie geil die Zeit mit mir war ... er freut sich auf unser nächstes Treffen ... na, mal schauen, ob es das geben wird ... ich für meinen Teil komme auch ohne klar ... außerdem ... ich hab die Beine breit gemacht ... sein Ego als Mann (ok, fast Mann) ist gestreichelt ... mein Ego ist befriedigt ... Strich drunter und abhaken ... zum Nächsten *g*

Werde mich jetzt für ein Stündchen aufs Ohr legen ... war eine lange Nacht *grins* viel geschrieben jetzt, aber auch wenn ich keine Antwort bekomme, es hat gut getan, sich ein bisschen was von der Seele zu reden äh, schreiben...

:) ... Alex.

Ich las die Mail noch mal durch, schickte sie ab. War gespannt, ob er mir antworten würde. Es war ein spannender Chat mit ihm gewesen. Anstrengend, aber ich mochte seine abgeklärte Art, über all die Dinge, die zwischen Menschen passieren können zu reflektieren. Analytisch, kompromisslos, schlagfertig den Kern treffend. Ich war beeindruckt nach unserem Chat und wünschte mir, ich könnte die Welt und mich so klar sehen wie er. Vielleicht konnte er ja der Freund werden, den ich so dringend brauchte. Der mich versteht und akzeptiert, so wie ich bin. Der mir Nähe gibt, auch ohne Sex.

Sollte ich Florian noch antworten? Warum - ? Zu anstrengend jetzt, die Tipperei. Ich verschob es auf später und kuschelte mich ins frisch bezogene Bett.

Der alte würfelförmige Digitalwecker, schon fast Retro, in Dunkelrot – meine Tante hatte ihn mir geschenkt, als ich 13 war – zeigte 21:12 Uhr an, als mich das Tülü meines Telefons weckte. Fast fünf Stunden hatte ich durchgeschlafen. Oh nein. Ich hatte, verschlafen wie ich war, echt keinen Bock, Gespräche zu führen. Nicht, dass ich noch was kaufte, was ich gar nicht brauchte. In dem

Zustand war ich kaum verhandlungsfähig. Aber es interessierte mich schon, wer anrief. Das Display zeigte eine Nummer, die mir bekannt vorkam. Eine Festnetznummer. Adriano war es nicht. Von Merlin hatte ich nur eine Handynummer. Richtig, die Vorwahl gehörte zu Florian. Nein, unwichtig. Musste ich jetzt nicht rangehen. Ich hatte nicht mit seiner Hartnäckigkeit gerechnet. Exakt 30 x ließ er es klingeln, ich zählte mit. *Hey, hier ist keiner! So groß ist die Wohnung nicht. Ich brauche keine Stunden, um ans Telefon zu kommen.* Endlich Ruhe. Vorläufig. Sekunden später war es mein Handy, was losbrummte. *Brumm doch. Ich geh jetzt ins Bad und putz mir den ekligen Geschmack von der Zunge.*

Ich hatte mir gerade ein Brot gemacht, da ging es schon wieder los. Tülü tülü tülü tülü tülü... *Ich muss es unbedingt leiser stellen. Das raubt einem ja den letzten Nerv.* »Engel«, meldete ich mich schließlich angenervt. »Florian hier. Du bist ja schwer ans Telefon zu bekommen.« »Ich habe geschlafen. Danke auch fürs Wecken«, zankte ich ihn an. »Oh, das tut mir leid, aber ich wollte deine Stimme einfach noch mal hören. Hast du meine SMS bekommen?« Ups. Hatte ich ja noch gar nicht beantwortet. »Ja, die habe ich bekommen«, antwortete ich, mit einem Anflug von schlechtem Gewissen. »Du, Florian, ich bin jetzt nicht in der Verfassung zu telefonieren. Bin gerade erst aufgestanden, hab Hunger.« »Geht klar. Melde mich morgen wieder. Findest du nicht auch, es war richtig schön mit uns beiden?«, fragte er mich. Was sollte ich darauf antworten? »Ja, fand ich auch. Es war nett.« Wir verabschiedeten uns, und ich hatte wieder Zeit für die wesentlichen Dinge in meinem Leben.

Er hatte mir tatsächlich schon geantwortet, dieser Alain F. Ich überflog die Mail nur kurz und stellte schon dabei fest, sie war lang, nicht einfach und eine Antwort von mir war garantiert. Er hatte sie erst vor zehn Minuten verschickt, wie es aussah.

Hallo Süße,

klar antworte ich dir, und das haste auch gewusst ... *g*
du glaubst also, in mir jemanden gefunden zu haben? – doch hoffentlich nicht deinen nächsten Mister Perfect? *grins* ... Will

mich nicht in deinen Fuhrpark einreihen ... *lächel* ... ich chatte schon lange, mal mehr, mal weniger ... habe lang über dieses Phänomen der Sehnsucht, die fremde Menschen wecken können, nachgedacht ... nur so viel, zu meinem Ergebnis: jeder Mensch hat Sehnsüchte, die er nicht einmal selbst kennt ... oft sind es Schlüsselworte – von denen im Chat reichlich fallen –, die eine schlummernde Sehnsucht wecken können ... bei dem einen landest du einen Treffer mit *ficken* den anderen sprichst du mit einem schlichten *lächel* an ... ; -) ... wir Menschen sind da sehr unterschiedlich gestrickt und doch wieder alle gleich: Dass woran es uns mangelt, spricht uns an.

Deine Männer und ihre jeweiligen Autos: Ein kluger Mann (!) hat mal gesagt, dass die Menschen seit jeher den Wunsch haben, sich mit einer Maschine zu ‚verbinden', um sich dann, sozusagen, in ein mächtiges Hybridwesen zu verwandeln. Und – dass eben ein fauchender Verbrennungsmotor dafür ausgezeichnet geeignet sei ... *grins* ... mein Autoschlüssel ist die ESCAPE-Taste aus unangenehmen Situationen – jump in the car & run ... und deswegen hab ich schon immer die schnellsten Fahrzeuge gehabt ... *s*

Und – ‚Macho' is was anderes als dass, was du da beschreibst. Der ‚klassische' Macho ist geradeaus ... er übernimmt Verantwortung (!) und reißt die Klappe eher nicht so weit auf. Wir (deine) Jungs sind doch nicht mehr 15 ... *lächel* ... wenn man über seinen Tellerrand gucken kann, sich überlegt was ist das Gegenüber ... dann kann man über alles reden, ohne WIRKLICH von sich zu sprechen ... ich erzähle dir detailliert von dem, was in meinem Herzen vor sich geht, kleide es in sanfte Worte und öffne dir mein Leben trotzdem keinen Millimeter – außer ich will es *lächel*

Hab über dieses ‚harte Hand-Phänomen' nachgedacht ... und komme an kein Ende. Könnte dir Seiten voll schreiben – jetzt ... aber du hast sicherlich auch noch was anderes zu tun, als meine Ideen und Erfahrungen dazu zu lesen.

Nur vielleicht eins: Sich in dominanten Armen oder Händen, wie auch immer, wohl zu fühlen, bedeutet nicht, dass du gleich masochistisch veranlagt bist (obwohl, wenn ich mir dein Faible für Merlin so anschaue *fg*) ... Selbstkontrolle abgeben, sich fallen lassen, mitunter sind es gerade die starken Menschen, die im Bett diesen Augenblick suchen, den Augenblick in dem sie schwach sein können ... (und nach 14 Jahren weichem Jan – nein, ich glaube nicht, dass du masochistisch bist *lächel*)

Ich kann dir letztendlich nur von Herzen Glück wünschen – nicht in Bezug auf Audi, Porsche, Jaguar ... *g* ... und was da sonst noch so kommt ... sondern einfach nur für dich ... denn du bist der Mittelpunkt deines Lebens, von dir geht die Kraft und echte Veränderung aus ... im Idealfall *lächel*. Was auch immer du tust ... es geht darum, dich glücklich zu machen ...

Sei tapfer ... alles andere hilft nix.
Lass von dir hören ... Alain F.

» ... wenn man über seinen Tellerrand gucken kann, sich überlegt, was ist das Gegenüber ... dann kann man über alles reden, ohne WIRKLICH von sich zu sprechen ...« Ich dachte an die vielen Männer, mit denen ich bisher gechattet hatte. Die »Nullnummern«, wie ich sie nannte, denen ich teilweise stundenlang zugehört hatte, wenn sie mir von ihrem Eheelend erzählt hatten. Daran, dass auch ich ihnen mal sanfte, mal eindeutige Worte geschrieben hatte und rein gar nichts über mein Leben erzählt hatte. Verbale Streicheleinheiten fürs Ego, oder wie Alain F. schrieb: »...Schlüsselworte...«. Ich hatte schließlich einen guten Lehrmeister in Merlin gehabt. Was so ein *lächel*, gefolgt von einem *drück dich ganz lieb* alles auslösen konnte. Obwohl ich es inzwischen besser wissen müsste, berührte mich Alains Mail. Ich lächelte in mich rein. Schon wieder mit einem warmen kribbligen Gefühl in meiner Magengegend. »Es geht nur darum, dich glücklich zu machen.« Ich mochte diesen Satz, und er reihte sich in meinem Kopf zu einem rhythmischen Refrain aneinander. Schließlich hatte ich mich genau aus diesem Grund getrennt. Um zu erfahren, was MICH glücklich macht.

Es wurde zwei Uhr in der Früh, als ich leicht schwankend, wieder mit einem dämlichen Lächeln im Gesicht, den Weg ins Bett fand. Drei Weingläser hatte ich gebraucht, meine Antwortmail zu schreiben. Vielleicht, wenn ich genauer über mein Gegenüber nachgedacht hätte, wahlweise auch etwas weniger Wein getrunken, hätte ich den letzten Satz gestrichen:

... würde dich jetzt gerne streicheln, wenn du hier wärst. Dir tief in die Augen schauen, wenn du abspritzt... :)

Kuss, deine Alex.

Mein erster Blick am Montagmorgen galt, wie jeden Morgen, meinem Handy. Keine Nachricht, von Niemandem. Ist ja auch vielleicht noch zu früh. Ich hatte es im Gefühl. Heute würde etwas passieren. Irgendwas ganz Spezielles.

Als ich auf der Arbeit online war, blinkte das kleine Icon neben Merlins Namen. Er war online und hatte mir auch schon eine Nachricht geschickt.

Merlin: Guten Morgen, mein Schmetterling ... bin aus dem Urlaub zurück und habe dich ganz doll vermisst ... *knuddel und drück*

Urlaub? Davon hatte er gar nichts erzählt. Oder hatte ich es überlesen,   überhört?

Xela: :))) *freu* ... der Zauberer ist wieder da ... wo warst du denn in Urlaub?
Merlin: Tauchen auf den Malediven ...

Ich wäre durchaus mit getaucht. Steht nämlich sowieso auf meiner »Das möchte ich noch erleben«-Liste. Man hätte mich nur fragen müssen. Macht man nicht gemeinsam Urlaub, wenn man sich gern hat und irgendwie zusammen ist? Schade. Ob er wohl alleine bei den Fischen war?

Xela: Und? Braun gebrannt und erholt? ...

Merlin: Bin so gut erholt, dass ich dich lecken werde, bis du wahnsinnig wirst, wenn ich nächsten Dienstag in Köln bin ... *schmunzel*

Xela: Jetzt hast du es geschafft...

Merlin: Was denn? *schmunzel*

Xela: Mich komplett wuschig zu machen ... du meinst also, du hast Zeit auf einen Kaffee?

Merlin: Zeit habe ich die ganze Nacht ... fahre erst Mittwoch wieder zurück ... aber wenn du willst ... wir können auch gerne nur einen Kaffee miteinander trinken *grins*

Während wir chatteten, sah ich Alain F. in meinem Fenster blinken. Keine Zeit jetzt für tief schürfendes Blah.

Xela: Nein, die Sache mit dem Lecken hört sich schon gut an ... ich freue mich darauf, mit dir Zeit verbringen zu können ... werde uns was Leckeres kochen.

Merlin: Was denn? *schmunzel*

Xela: Das weißt du ... :))) .

Merlin: Hmmm ... ich muss jetzt aber los ... melde mich bei dir ... *freu*

Xela: *drück dich ganz lieb*

Merlin: *schleck* ... *knuddel* Ciao.

Eine blöde Kuh bist du. Ja, genau du. Freust dich gerade wie ein kleines Kind, was wochenlang nicht an die Schokolade durfte und jetzt, vielleicht, unter Umständen, ein Stück angeboten bekommt. Stolz ist wohl nicht deine Stärke? Klappe! Ich kann doch nicht nein sagen. Nach all den Wochen, nach all den Tränen. Das hieße ja, alles umsonst. Nein. Diese eine Nacht wird ja wohl erlaubt sein. Werden ja sehen, wer Recht behält. Ach, wer hat denn all den Jungs, die sich nicht gewehrt haben, die Hucke voll geheult? Und jetzt willst du dich auch noch für den Arsch an den Herd stellen und Spinatlasagne kochen? Der Typ spielt nur mit dir. Lässt sich sein Ego streicheln und das weißt du. Aber bitte, mach dich nur lächerlich.

Ich verdrängte die Argumentationskette der alten Alexa komplett, über-legte, was ich für diesen denkwürdigen Abend noch alles brauchte. Vor allem, was ziehe ich an? Mein Telefon klingelte. »Alex, wir sind im Konferenzraum. Wo bleibst du?« Es war mein Chef, mit dem Hinweis auf das Montagmorgen-Meeting. Schnell krallte ich mir Block, Stift und Zigaretten.

Bei dem Gedanken, dass er in einer Woche bei mir übernachten würde, konnte ich mich kaum auf die Besprechung konzentrieren. *Das schwarze Kleid vielleicht? Unterwäsche! Ich muss am Wochenende unbedingt shoppen gehen. Die rote aus München? Hmmm, eher nicht. Die ist verdächtig.* »Alex, was denkst du, wie lange wirst du für das Design brauchen?« *Design? Was hat das denn jetzt mit Merlin zu tun? Achso, Design, ja klar.* »Zwei Tage, denke ich.«

Als ich wieder an meinem Schreibtisch saß, wurde mir klar, was ich mir mit den zwei Tagen angetan hatte. Es war mit viel Einsatz und Liebe zu schaffen, aber in meiner momentanen Verfassung hatte ich die begründete Befürchtung, mich nicht konzentrieren zu können. Ein Job, der vor ein paar Wochen noch ein Kinderspiel für mich gewesen wäre, wurde zu einem Kraftakt an Disziplin. Ich musste mich konzentrieren. Chatten is nicht. Das kleine bisschen Vernunft war tatsächlich noch vorhanden, meinen Job nicht aufs Spiel zu setzen.

Wie so oft in letzter Zeit, saß ich abends, gegen acht, wieder alleine in der Firma. Hatte mich nicht zurückhalten können, nachzuschauen, was   Alain F. mir geschrieben hatte. Es waren nur zwei Sätze. Eine knappe, für mich unverständliche Antwort auf meine Mail. Ich hatte ihm lediglich ein paar Sätze über meine Gefühlswelt geschrieben. Hatte ihm geschrieben, dass mich seine Worte berührt hätten und ich ihn für einen besonderen Menschen halten würde. Und, ich glaube, nach dem zweiten Glas Wein, dass ich ein kleines bisschen Sehnsucht nach ihm entwickle. Zackbum, was antwortete er mir jetzt:

Süße,
ich dachte, du wärst schlauer. Ich bin keiner deiner Leckerlis, die du dir zur Zeit aus dem Netz pickst. Habe auch keine Lust, mich in deinen Fuhrpark einzureihen, aber das erwähnte ich bereits. Sei

du selbst und verschone mich mit solchen Emails. Sie langweilen mich und, in deinem speziellen Fall, sie enttäuschen mich.

Alain F.

Ich picke mir Leckerlis aus dem Netz? Ha, wer pickt denn hier? Ich habe ihn schließlich nicht angeschrieben, dass ich ihn unbedingt kennenlernen müsste. Dieser blöde Arsch, für was hält der sich? Ich las meine Mail von heute Nacht noch mal, verstand nicht, warum ich diese Antwort verdient hatte. Es war kurz vor 20 Uhr, dennoch nahm ich mir die Zeit, noch in der Firma eine Antwort an ihn zu schreiben.

... (weiß ja immer noch nicht deinen richtigen Namen?!),
wer ist denn hier das Leckerli? ... *lächel* ... du hast mich angeschrieben, gesagt, mein Profil liest sich so besonders ... *grins* ... Komplimente! Bah und bäh, ich weiß, wer ich bin ... und ich bin sicher nichts Besonderes ... also, verschon mich mit Floskeln, die lediglich zum Ziel haben, männlichen Eroberungszwang zu befriedigen.

Wünsche dir einen wunderschönen Abend, was auch immer du machst ... Alex.

Ich las die Mail mehrmals durch, bevor ich sie abschickte. Über meine Arbeitsadresse. *Merken: Ich muss mir unbedingt eine Email bei GMX, oder so, einrichten. Irgendwas Anonymeres als die Jobadresse und meinen Account bei T-Online.* Nicht jeder meiner Chatbekanntschaften musste meinen realen Namen und meine Arbeitsstelle kennen. Schon bei meiner ersten Email an Merlin hatte ich ein ungutes Gefühl. Soweit kein Problem, aber die Anschrift war a.engel und die Endung der Firmenname meiner Arbeitsstelle. Somit konnte mich jeder, bei gesteigertem Interesse, ausfindig machen.

Gott sei Dank bin ich bisher noch nicht auf den ominösen Internet-Psycho gestoßen, dessen wüsten Fantasien ich, nach einem romantischen Abendessen, zum Opfer falle. Meine zerhakten Überreste werden dann, nach Jahren, in seiner Kühltruhe gefunden, und man könnte mich nur noch anhand von Zahnabdrücken identifizieren. Ähm, im Fernsehen gibt es so was zumindest.

Die Woche vor dem Date mit Merlin zog sich in die Länge. Jede Menge Problematiken, die mein Hirn auf eine harte Grüblerprobe stellten. Auch wenn ich den Dienstag herbeisehnte, so war ich, mehr denn je, unsicher, ob meine romantische Ader zuviel in Merlin, seine Worte und letztlich in meine aufwallende Gefühlswelt hinein interpretierte. Möglicherweise war ich ja ähnlich wie die Gänse von Herrn Lorenz: Prägung auf das erste freundliche Gesicht nach dem Schlüpfen. Als ob ich nicht schon genug Probleme hätte, belagerte auch noch Florian die ganze Woche mein Telefon. Wenn ich nach langem Durchklingeln endlich Ruhe haben wollte und den Hörer abnahm, musste ich all mein Verhandlungsgeschick an den Tag legen, um ihn nicht noch am gleichen Abend vor der Tür stehen zu haben. Ich träumte von funkelnder Erotik, von der Ekstase, da brauchte ich keinen Florian, bei dem Sex eine reine Frage der Fitness war. Grundsätzlich fand ich ihn ja ganz nett, aber eben nicht so nett, dass ich ihn jetzt ständig auf der Matte stehen haben wollte. Oder sollte ich an dieser Stelle sagen: ich wollte mir meine Muschi vor Dienstag nicht wundscheuern? Kleiner Scherz am Rande.

Offensichtlich entsprach ich Alains Ansprüchen an das Besondere nicht mehr ganz, denn er hatte sich bis auf Weiteres verabschiedet. Zumindest war das meine Interpretation seiner letzten Mail. »...melde dich wieder, wenn du weitergekommen bist...bis dahin so long und take care of you ...«

Ich lernte in der Woche noch René kennen. Wir hatten uns im Laufe der Woche über dieses und jenes, aber vor allem über Merlin unterhalten. Ich schickte ihm sogar eins der Gedichte, die Merlin in seiner Freizeit schrieb. Er hatte mir mal per Mail eins zugeschickt. Es war nicht direkt für mich geschrieben, aber ich fragte mich, was es über ihn aussagte.

Sehnsucht

Ich habe Sehnsucht nach Deiner Haut.
Mein Herz ist übervoll mit Worten,

die möchten nur so aus mir heraussprudeln,
weil Du sie verstehst, weil sie Lust in Dir wecken.

Sehnsucht habe ich nach Dir,
nach den Streicheleinheiten, die wir uns schenkten,
die wir mit offenem Herzen einsogen.

Nach Dir habe ich Sehnsucht.
Deine Zärtlichkeit brachte Erregung,
als sie mich berührte,
Du lächelst selbst noch
in Deinem verängstigten Schweigen,
in Deinen Augen liegt alle Lust dieser Welt.

Seine Interpretation war vernichtend. »Kein 16-jähriger schreibt so einen Mist. Infantil und wenig gefühlsecht. Verbaler Sondermüll, wenn du mich fragst. Den Worten fehlt die Ehrlichkeit der Gefühle und ganz nebenbei: Dichtkunst ist nicht jedermanns Sache.«

Also gut, nicht direkt eine brandneue Erkenntnis, zum Thema Merlin, aber wollte ich solche Sätze überhaupt hören? Er hatte es halt versucht, und es ist in die Hose gegangen. Wäre ja grenzenlos oberflächlich von mir, wenn ich ihn nur nach seinen Gedichten beurteilen würde. Schließlich ist noch kein Meister vom Himmel gefallen.

Auch die längste Woche geht irgendwann zuende. Es war Freitag. Endlich Wochenende. Ich hatte mir im Laufe des Tages bestimmt sechs mögliche Rezepte für Spinatlasagne im Internet rausgesucht und ausgedruckt. Klar, ich hatte noch vier Tage Zeit, eine Ewigkeit, wenn man wartet, aber alles sollte perfekt sein und da konnte ich ja schließlich nicht auf den letzten Drücker Vorbereitungen treffen. Ist doch einleuchtend. Sollte ich das Rezept vielleicht am Wochenende vorsichtshalber vorkochen, damit am Dienstag auch nichts schief ging? Ich dachte ernsthaft über die Möglichkeit nach, während ich mir ein Bad mit viel Schaum einließ.

Nein, heute wollte ich kein Rosenstolz hören. »You've got somethin' on your mind, but I've got somethin' better...«, ganz klar:

Lisa Stansfield singt über mein Leben. Über zwei Menschen, gedanklich verbunden im harmonischen Einklang. Die hatte bestimmt auch gechattet, als sie dieses Lied schrieb. Ich zog mich im Schlafzimmer aus, sang im Duett mit Lisa und tanzte nackt vor dem barocken, zimmerhohen Spiegel, der direkt gegenüber vom Bett an der Wand lehnte, im Rhythmus mit. Fühlte mich im romantischen Licht der Papierstehlampe von Ikea fast schön. Ich schloss meine Augen, umarmte mich selbst: »... Tell me your fantasies, I'll show you mine. There'll be no inhibition tonight ...«

Spätabends, nicht das erste Mal in dieser Woche, chattete ich mit Merlin.

Merlin: Immer noch bei der Arbeit?

Xela: Nein, auch ich habe mal Feierabend ... hab schon geduscht, gegessen und liege jetzt ganz gemütlich, mit dir auf meinem Wohnzimmerboden ...

Merlin: Freue mich auf dich und deine Muschi ... *hmmmm* ... erinnere mich immer noch daran, wie du schmeckst ...

Xela: Echt, du freust dich, meine Katzen kennenzulernen? Ich sag dir, das sind Bestien ... :))

Merlin: Du wieder ... was hast du an?

Xela: Was man, ähm Frau halt so trägt, wenn sie ausgiebig gebadet hat ... :) ... einen kuscheligen Bademantel mit nix drunter ... der Knaller sind die dicken Socken ... sieht echt sexy aus ...

Merlin: Ich muss ständig daran denken, wie schön es wird, dich so richtig zu verwöhnen ... und deinen Körper zum Beben zu bringen ... meinst du, ich schaffe das? ... mit meiner Zunge, oder nur mit meinen Fingerspitzen ... *schmunzel* ?????

Xela: Da kann ich dir eine super Info geben ... das schaffst du alleine mit deinem Lächeln und deinen blauen Augen ... *lächel*

Merlin: Du bist süß ... stelle mir gerade vor, wie du dich auf mich setzt ... meinen Schwanz nimmst und ihn dir ganz langsam reinsteckst ... Dein Saft an meinen Schwanz herunterläuft ... und du geil stöhnst ... Ich halte deine Pobacken fest, massiere sie dabei und ramme dir meinen harten Schwanz ganz tief rein.

Seine Worte schafften es wieder mal. Mit geschlossenen Augen lag ich, die Beine angewinkelt und gespreizt, mein Finger tief in meiner nassen Muschi, auf dem Wohnzimmerboden, als mich das Tülü meines Telefons aus meiner Erregung rausriss. Florian! Nicht schon wieder. Gab der denn nie auf. Tülü.

Merlin: Bist du noch da? ... schade, niemand mehr da ...
Xela: Bin noch da ... ein wenig beschäftigt ... *lächel*

Das ist nicht Florians Nummer. Eine Nummer, die ich nicht kannte. »Engel«, meldete ich mich einer Ahnung folgend leise. »Hallo, Alex«, ein Lächeln in der Stimme, es war Merlin, der vom Schreiben ins Telefonieren überging. »Soso, du streichelst dich also gerade selbst. Ich würde gerne hören, wie sehr du erregt bist. Mach weiter, ich möchte dein Stöhnen hören.« *Hallo, habe ich Rotwein getrunken? Nein. Ich bin nüchtern. Ich stöhne nie, wenn ich mich selbst befriedige, aus welchem Grund sollte ich das jetzt tun?* »Erzähl mir, woran du gerade denkst«, fragte er mich leise flüsternd. Ich dachte angestrengt nach. Woran dachte ich gerade? Ich dachte darüber nach, warum Männer offensichtlich immer verbale Bestätigung beim Sex brauchen. Wollte er das ernsthaft hören? Ich flüsterte mit heiserer Stimme in den Hörer: »An deinen Schwanz, wie er sich in mir anfühlt.« Mir wurde saunamäßig warm bei den Worten, die ich gerade von mir gab. Fliehende Hitze oder so. Meine Hände schweißnass und ich spürte mein Herz gegen meine Brust hämmern. Nicht Erregung war der Auslöser dafür, sondern vielmehr Aufregung. Immerhin telefonierte ich gerade auf intimer Ebene mit meinem persönlichen Mister Perfect. Eine Sache, die mir immer noch Schwierigkeiten bereitete und meine Stimme zwangsläufig in asthmatische Bereiche schleuderte. Ich streifte meinen Bademantel von meinen Schultern. Das hält ja keiner aus, die Hitze. »Wie gerne würde ich dir jetzt dabei zusehen, wie du es dir selbst machst. Mit gespreizten Beinen vor mir sitzt und ich alles genau sehen kann.« Ich massierte meinen Kitzler weiter beim Klang seiner Worte. Ich wollte mit aller Gewalt jetzt und hier den Orgasmus haben. Nicht für mich, für ihn. Ich konzentrierte meinen Kopf auf Bilder voll nackter Haut. Ich sah mich mit Merlin auf dem Wohnzimmerboden liegen. Sah seinen harten Schwanz, wie er über meinen Körper streichelt. Ich stöhnte leise bei den Phantasien, die sich mit den Worten, die er mir ins Ohr flüsterte, mischten. »Stöhn lauter. Ich will dich hören.« *Kein Problem.* »Mmmmmhhh.« Der Hörer lag inzwischen neben meinem Ohr. Meine Hände waren anderweitig beschäftigt. Ich fickte mich und stellte mir dabei vor, es wäre sein Schwanz. »Merlin, Merlin, ich komme «, flüsterte ich in den Hörer. »Es machte mich damals schon geil, als du immer wieder meinen Namen geflüstert hast«, hörte ich ihn sagen, während ich in einer Woge meinem Orgasmus immer näher kam. Ein lauter Seufzer, gefolgt von Stille. Der Mann brauchte schließlich die akustische Bestätigung, dass ich gekommen war. »Alex, das war geil. Würde dir jetzt gerne deine Muschi auslecken. Meine Zunge ganz tief in dich reinstecken. Und dann meinen Saft über deinem ganzen Körper verspritzen.«

Hallo, ich bin gekommen. Stimulation kann beendet werden. Achso. Ups. Hatte er auch einen Orgasmus gehabt? Er hatte nicht, wie ich umgehend erfuhr. »Schade, dass du jetzt nicht hier bist. Du könntest meinen Schwanz lecken. Ich würde dich an den Haaren festhalten und nicht loslassen, bis ich abgespritzt habe.« Die Tonlage seiner Stimme verriet, er war gerade mehr als geil. Oder diese Sache mit dem Telefonsex beruhte lediglich auf schauspielerischem Können. Er atmete laut und schnell. Vermutlich hielt er den Telefonhörer gerade mit links. Oder hatte er als Profi eine Freisprecheinrichtung? »Jaaa, wird das geil, dich in deine nasse Muschi zu ficken.« Ah ja, ich denke, das wird's jetzt gewesen sein. Er ist gekommen. »Scheiße, ist auf meine Anzughose gespritzt«, sagte er nach einer Sekunde Stille. Ich musste in den Hörer lachen. »Ja, lach nur. Wie bekomme ich das jetzt wieder raus?« fragte er mich, natürlich rein rhetorisch. »Du wirst das schon machen. Darin hast du ganz sicher Übung«, antwortete ich und konnte mir einen Hauch von Ironie in der Stimme nicht verkneifen. Wir verabschiedeten uns und er versicherte mir, wie sehr er sich auf Dienstag freute.

Phuuu. Fast wurde ich euphorisch. Ich hatte mit ihm telefoniert. Hatte es geschafft, fast 20 Minuten mit ihm telefonisch zu kommunizieren. Stöhnen ist doch schließlich auch Kommunikation? War am Ende noch nicht mal allzu nervös. Das könnten wir doch jetzt durchaus jeden Abend machen, dachte ich mir. Und morgen könnten wir uns doch auch mal über Alltägliches unterhalten. Worüber er sich tagsüber geärgert hat, ob er schon mal Katzen hatte, wie seine Kinder heißen. Ach, ist das Leben schön. Merlin, mein Zauberer ist wieder da.

Samstags kaufte ich alles Nötige schon mal vorsorglich ein. Das Weinregal im Supermarkt machte mir zu schaffen. Rotwein. Soweit war ich mir sicher. Trocken. Ich hatte inzwischen Geschmack dran gefunden. Bloß welcher? Er sollte ja nicht merken, wie unerfahren ich in Weinkunde war. Ich hatte in München einen Merlot getrunken. Der war lecker, der würde es tun. Zufrieden schob ich meine Einkäufe an die Kasse. Das Display der Kasse zeigte 85,90 €. Echt, konnte doch gar nicht sein. So voll war der Wagen doch gar nicht. Egal. Bei so einer wichtigen Investition konnte ich nicht auf den Preis schauen.

7

»Wir könnten uns den zweiten Teil von »Fluch der Karibik« ansehen. Schön essen gehen und uns einen gemütlichen Abend auf der Couch machen«, schlug Florian vor, als ich mich erbarmte und Samstagnachmittag einem seiner vielen Versuche, mich an die Strippe zu bekommen, nachgab. Warum auch immer. Vermutlich hatte ich nie gelernt, ein klares Nein zu artikulieren, und außerdem wollte ich den neuen Johnny Depp-Film auf jeden Fall sehen. Ich hatte mich also darauf eingelassen, ihn zu besuchen. Heute. Das hieß, ich musste mich jetzt beeilen. Beautyprogramm, Reisetasche packen, fehlt was? – Nein. Noch mal vier Etagen hochlaufen. Ohne Wegbeschreibung sollte ich besser nicht losfahren. *Aber was ist, wenn Merlin mit mir chatten will und ich nicht da bin?* Sollte er sich ruhig den Kopf darüber zerbrechen, was ich tat. Ernsthaft? Vermutlich würde er genau das nicht tun, sich den Kopf auch nur annähernd ähnlich zerbrechen, wie ich das seit Monaten tat.

Von der Autobahn runter, über die Kreuzung und an der Bushaltestelle wollte mich Florian abholen, weil es wohl ein wenig kompliziert war, den Weg zu seiner Wohnung zu beschreiben, wie er meinte. Es war sommerlich warm, und ich trug mein schwarzes, wadenlanges Sommerkleid. Die Haare wuschelig, wie immer, den karminroten Lippenstift, passend dazu rot lackierte Zehennägel, unverzichtbar. Die Begrüßung an der Bushaltestelle – ich wunderte mich – war wieder sehr einfühlsam. Er lächelte – nein das ist nicht Grinsen – nahm mich in den Arm und sog genussvoll an meinem Hals den Duft meines Parfums ein. Montana von Montana, wie schon seit nahezu 15 Jahren. Ein Parfum aus den 80ern. Ist bei Douglas nur noch selten zu finden.

Täuschte ich mich, oder hatte er mich wirklich vermisst? »Den Duft hatte ich die ganze Woche in der Nase. Du hast deine Duftnote an meinem Hemd hinterlassen.« Ach ja? Bis vor einigen Wochen zählte ich zu den Menschen, die regelmäßig überprüfen, ob das Deo noch wirkt. Inzwischen machte ich mehr Sorgen darüber, ob ich vielleicht einen drogenartigen Duft ausstrahlte, der Männer über mich herfallen ließ.

Er hatte nicht übertrieben. Den Weg zu seiner Wohnung hätte ich im Leben nicht gefunden. Nachdem wir etwa 5 km über kleine Sträßchen, vorbei an weiten Feldern, mal rechts, mal links gefahren waren, bog er in einen Feldweg ein. Wir waren da. So etwas wie ein Bauernhof, am Waldrand. Katzen belagerten den Hof, in den wir rein fuhren. Muss angeboren sein. Wenn ich Katzen sehe, gehe ich automatisch in die Hocke und versuche, sie anzulocken. Ich liebe den Anblick dieser eleganten Tiere. Liebe das weiche Fell und ihre Genussfähigkeit. Hier hatte ich es aber mit echten Hofkatzen zu tun. Sie waren scheu und taten das, was Katzen am besten können: was sie wollen.

Florian wohnte idyllisch. Es gefiel mir. Ein Anbau des Haupthauses bildete auf drei Etagen seine Wohnung. Hinter der Eingangstür eine Art Keller und Waschraum. Holztreppen führten nach oben in den Wohnbereich. Küche mit Essecke und eine Tür zum Badezimmer. Gemütlich, eigentlich. Was fehlte, war lediglich ein bisschen Liebe und Detailfreude bei der Einrichtung. Ein feuchter Lappen hier und da könnte auch Wunder bewirken. Linker Hand, neben dem Treppengeländer, war die Essecke. Ein Stückchen weiter, auf der linken Seite ein Schreibtisch mit einem Rechner. Die hintere Wand wurde von einer Einbauküche, die nach rechts, über Eck lief, eingenommen. Der Klassiker. Nicht schön, nicht hässlich, einfach praktisch. Ein ausgeklapptes Bügelbrett stand mitten im Raum.

Ich war noch mit der Betrachtung seiner Einrichtung beschäftigt, als er mich leidenschaftlich in den Arm nahm, mir seine Zunge in den Mund schob und seine Finger über meinen Körper gleiten ließ. Suchte er was? Wollte er überprüfen, ob noch alles am gleichen Platz wie letzte Woche war? Kleiner Scherz. Eigentlich war mir mehr nach einer Tasse Kaffee und einer Zigarette. In Gedanken an Kaffee und Zigarette mimte ich die Leidenschaftliche. Wenn es ihm Spaß machte. Ich blickte aus dem Fenster, auf den Hof. Spürte, wie sein Schwanz sich in meinen Körper bohrte, sah die Katzen, die sich genussvoll die Pfoten leckten, und dachte über meine sexuelle Karriere nach. Noch im April, kurz vor meinem 33. Geburtstag, hatte ich mir die Frage gestellt, ob nach der Trennung von Jan jemals wieder ein Schwanz meinen Körper berühren würde. Ich war inzwischen 33 und hatte gerade den dritten Schwanz meines Lebens in mir. Wenn ich in dem Tempo weitermachen würde, sprengte ich vermutlich bis Ende des Jahres alle Statistiken. Während er mich fickte, massierte Florian meinen Kitzler. Männer! Irgendwie haben sie es nicht wirklich drauf, sensibel mit diesem kleinen Stück Knorpel und Haut umzugehen. Wenn ich jetzt wirklich kommen wollte, dann sollte ich ihn ablösen. Ich ließ ihn weitermachen. »Mensch, ist das schön, dich hier zu haben«, sagte er, übers ganze Gesicht strahlend, während er mir ein Zewa überreichte. Ich brauchte nur meinen Slip wieder hochzuziehen und war komplett angezogen. Kleider hatten ja doch einen praktischen Vorteil.

Barfuß – ich hatte meine Schuhe beim Betreten der Wohnung abgestreift, unnötig zu erwähnen warum – setzte ich mich an seinen Esstisch. »Ist es okay, wenn ich hier rauche«, fragte ich ihn. »Mach nur, kein Thema.« Er bereitete die Kaffeemaschine vor und erzählte mir, dass er vor einem Jahr mit Rauchen aufgehört habe. Wäre gar nicht so schwer gewesen. Ich selbst hatte hier und da auch schon darüber nachgedacht, es dranzugeben, aber meine selbstzerstörerische Ader fragte sich am Ende immer wieder: warum? Es fehlte mir eindeutig am notwendigen Willen, für diesen Schritt.

Wir waren spät dran. Die vorbestellten Karten mussten noch abgeholt werden, und ich hatte ja inzwischen einen ersten Eindruck von der Gegend bekommen. In fünf Minuten war hier keine stadtähnliche Ansiedlung zu erreichen. Ich hasse diese Art von

Hektik. Hätte meinen Kaffee gerne mit Genuss und in Ruhe getrunken, aber Florian machte auf Eile.

Es war eines dieser riesigen Cinedom-Kinos. Wir betraten keine Sekunde zu früh das Kino. Es war schon voll, aber seine Vorbestellung hatte uns zwei gute Plätze mit optimalem Blick auf die Leinwand gesichert. Scheinbar selbstverständlich hielt Florian meine Hand. Spielte mit meinen Fingern und streichelte über meine Handflächen. Hallo, wir haben nicht Beziehung, dachte ich für mich. Um unangenehmen Diskussionen zu entgehen, ließ ihn 90 Minuten tätscheln und war froh, als der Abspann lief. Auch wenn ich mir für gewöhnlich keinen Johnny Depp-Film entgehen lasse und ich schon im ersten Teil Jack Sparrow nur klasse fand, war ich fast, von Merlin träumend, eingeschlafen. Ich würde ihn mir wohl irgendwann noch mal auf DVD anschauen müssen.

Nach dem Kino lernte ich Florians Lieblingskneipe kennen. Bei einem Latte Macchiato lästerten wir über das Balzverhalten von Männlein und Weiblein rings um uns ab. Es machte Spaß, wir lachten viel und die Leichtigkeit des Gesprächs war eine Wohltat für meine beanspruchte Gedankenwelt. Fast wie Urlaub im Kopf. Erst spät in der Nacht, gegen halb drei kamen wir ins Bett.

Schon wieder ein Mann, der Kopfkissen für überflüssig hält. Bei aller Müdigkeit konnte ich mir nicht vorstellen, ohne zu schlafen. Mindestens ein Kissen, optimal sind zwei, aber gar keins? Nee. Florian kuschelte sich an meinen nackten Körper. Ich spürte, wie sein Schwanz hart wurde, seine Hände fingen an, über meinen Körper zu streicheln.

Es war erst halb sechs, noch nicht ganz hell draußen, als ich mir den Weg durch die Wohn-Schlafzimmer-Kombination zur Treppe ertastete. *Autsch, das war mein großer Zeh.*

Ich schaffte es, heil im Dunkeln nach unten zu kommen. Auf dem Klo sitzend inspizierte ich erst mal meinen Zeh, ob er vielleicht gebrochen wäre. Bewegte sich noch in normalen Parametern und der Schmerz war auch auszuhalten. Ich schaute mich um. So sieht also das Badezimmer eines männlichen Singles aus. Nicht wirklich eine Wellnessoase.

Nachdem ich geduscht hatte, setzte ich mir einen Kaffee auf und kramte mein Handy hervor. »Ich hab dich lieb. Denke ganz doll an dich. Jan.« *Seufz. Er hat mich lieb. Er denkt an mich. Und er hatte sogar mit Jan unterschrieben. Ob er mir damit was sagen wollte?* In Ruhe trank ich meinen Kaffee, überlegte, ob ich packen sollte. *Ich kann doch nicht mit einem anderen Mann schlafen, wenn ich Merlin liebe? Ist das schon fremdgehen?* Ich verzweifelte fast an meinen Überlegungen. Konnte mich selbst nicht verstehen, bei all dem, was ich in letzter Zeit tat. Konnte auch nicht verstehen, warum ich nicht tat, wonach mir war: nachhause fahren.

Es war schon hell, als Florian die Treppe runter kam, und ich musste an den Witz deutscher Komödien denken, als ich ihn mir anschaute. Unglaublich, es gibt tatsächlich Männer, die sich trauen, solche Unterhosen vorzuzeigen. Weiß, mit geometrischen, bunten Figuren. Die gibt es im Dreier-Pack bei C&A. Eine wirklich unvorteilhafte Unterstreichung der Männlichkeit. *Vielleicht ein gut gemeintes Geschenk seiner Mama?* »Aber du weißt schon, es gibt erotischere Unterwäsche, als den Dreier-Pack von C&A?«, fragte ich ihn lachend.

Den Vormittag verbrachten wir gemütlich in seinem Wohnzimmer auf der Couch. Auch wenn Florian bei seinen Dessous sparte, was Fernseher, Hifi und Surround anbelangte, war er mehr als üppig ausgestattet:

Ein großer Flachbildschirm, die Decke in allen Ecken mit schwebenden Boxen bestückt, den Premiere-Anschluss muss ich wohl nicht erwähnen. Der geeignete Raum, um einen ganzen Sonntag lang rumzugammeln.

Am frühen Nachmittag machte ich mich dennoch, trotz Protesten, auf den Nachhauseweg. Ich hatte ein schlechtes Gewissen wegen meinen Katzen. Niemand da, der sie fütterte, und trotz der entspannenden Momente, die dieses Rumlungern hatte, war mir nach alleine sein.

Damit ich mich nicht verfahren würde, begleitete Florian mich zur Autobahn und nahm hupend Abschied, als ich abbog. Keine zehn Minuten später erreichte mich eine SMS von ihm: »Vermisse dich jetzt schon ... F.« Vermisste ich ihn? Nein, nicht wirklich.

Ich freute mich auf meine Wohnung und meine Miezen. Zudem fand ich es ein wenig seltsam, mir eine »vermiss dich«-SMS zu schreiben, wo er doch wusste, wie sehr ich mich nach Merlin sehnte.

Ich hatte mit nichts hinter dem Berg gehalten. Er wusste auch von meinem Date am Dienstag. Hatte er nicht zugehört, Ohren verstopft oder auf Durchzug gestellt? Unser Verhältnis konnte bestenfalls eine Affäre sein, aber bei meinem Zustand nicht der Beginn einer Beziehung. Zweimal hatten wir uns jetzt getroffen. Alex, sei wachsam. Dreimal treffen ist entschieden zu nahe an Beziehung. Und Beziehung ist entschieden zu nahe an Unglücklichsein.

Eine neue Woche begann. Eine Woche, die mein Leben nicht komplett, aber doch einen ganzen Schritt weiter nach vorne bringen sollte. Wie weit, das ahnte ich montags noch nicht. Mein ganzes Denken war auf den   Abend, die Nacht mit Merlin fixiert. Zwar hatte ich mir vorgenommen, mit ihm über uns zu reden. Über seine Empfindungen. Aber bei der Erinnerung an unser erstes Date zweifelte ich daran, dass wir viel reden würden. Weder bei Adriano, noch bei Florian hatte ich ein vergleichbares Gefühl. Beide Male war es nur Sex. Das mit Merlin war mehr. Zwei Menschen in perfekter körperlicher und geistiger Harmonie. Füreinander geschaffen. Kann gar nicht anders sein. So was gibt es nur, wenn Bestimmung im Spiel ist. War zumindest meine Sicht der Dinge.

Dieter erzählte mir in einer unserer Mittagspausen von seinem letzten Date. Sie waren mitten drin, in der Ausübung ihrer virtuellen Phantasien, als das Doppelbett seiner Angebeteten zusammenkrachte. Peinlich. In der Folge hatte Dieter den Rest der Nacht damit verbracht, das Bett wieder zusammenzubauen und sich vorgenommen, abzunehmen. Überhaupt wenn ich mich in der Firma umschaute, so schien, seit dem Aufbau der neuen Partnerbörse, ein Virus ausgebrochen. Nahezu jeder in der Firma, selbst die Verheirateten, lief mit einem verklärten Grinsen rum. Hatten die denn alle den ganzen Tag Cybersex? Kein Wunder, dass unsere Auftragslage so mau aussah. Aber vielleicht bildete ich mir das ja auch nur ein.

Von Anja wusste ich, dass sie sich am Aachener Weiher mit einem Fußfetischisten getroffen hatte. Ein wenig strange war es wohl, aber es hatte sie so sehr beeindruckt, dass sie ihre Füße in allen erdenklichen Variationen ablichtete. Mit Zellophan eingehüllt, lackiert, nicht lackiert und auch die Fessel-Variante fehlte nicht.

Nun, ja. Dieter als mein Vertrauter wusste auf jeden Fall Bescheid. Ein wenig nervte mich mitunter sein verschwörerisch wissendes Grinsen und seine aufmunternden, coachenden Worte. »Sei ganz du selbst.« *Ja, klar, ganz ich selbst werde ich sein. Wenn ich doch nur wüsste, wer ich selbst bin, dann könnte ich auch ich sein.* Ich machte mich dienstags schon gegen halb vier vom Acker. Kochen, Beautyprogramm, es gab noch viel zu tun. Das Wetter meinte es dieses Jahr wirklich gut. Die erste Juniwoche war rum und seit dem Treffen mit Adriano, Mitte Mai, herrschen hochsommerliche Temperaturen. Das Wetter war ideal, und ich hatte ja am Wochenende herausgefunden, dass Kleider durchaus einen praktischen Wert haben. Wobei ich mir sicher war, darüber hinaus niemals ein Kleidertyp zu werden. Das schwarze Kleid sollte es werden, ich hatte ja sonst keins. Kleid und Slip, mehr würde ich nicht anhaben. *Echt, Alex? Und du willst nur reden?*

Ich bereitete für die Lasagne alles so weit vor, dass ich nur noch den Backofen anschalten musste. Zwischen sechs und halb sieben wollte er hier sein. Um fünf stand die Lasagne im Ofen. Gutes Timing. Ich hatte noch eine Stunde Zeit fürs Beautyprogramm. Das ist zum Schreien: Jeden Morgen bekomme ich meine Haare zufriedenstellend hin. Wuschelig, so dass es zufällig aussieht. Heute lief gar nichts: Scheiße sah das aus. Noch mal Gel rauswaschen und von vorne. Ganz zufrieden machte mich das Ergebnis immer noch nicht, aber es war jetzt schon kurz vor sechs. Gerade noch Zeit, mich zu schminken. Der rote Lippenstift. Fertig. Ich schaute meinem Spiegelbild entgegen. Es gefiel mir. Aus meiner Sicht sieht das begehrenswert aus. *Echt, nur reden?*

Punkt sechs. *Ich bin fertig, er kann kommen. Ähm, noch nicht ganz.* Im Idealfall hatte ich noch eine halbe Stunde Zeit, mich locker zu machen. Ich leerte die angebrochene Rotweinflasche vom Vorabend in mein Weinglas und stellte mich ans Küchenfenster, um frühzeitig mitzubekommen, wenn er kommt. Plötzlich fiel mir etwas ein, und mir wurde siedend heiß: Wie erkläre ich ihm meine rasierte Muschi? Von Adriano und auch von Florian sollte er nichts wissen. Soweit klar. Soll ich ihm sagen: Hab ich extra für dich gemacht? Egal, vielleicht sagte er ja gar nichts dazu. Sie war für den speziellen Anlass heute wirklich glatt wie ein Kinderpopo.

Ich schaltete schon mal den Backofen an. Eine halbe Stunde würde die Lasagne wenigstens brauchen. Ich hatte vor lauter Nervosität den ganzen Tag noch nichts gegessen. Einerseits gut, weil der Alkohol schon wirkte, andererseits schlecht, weil der Alkohol jetzt schon wirkte und ich nicht, strategisch schlecht, über seinen Schwanz kotzen wollte.

Es klingelte. *Shit. Habe ihn gar nicht kommen sehen.* Tief Luft holen. Katzen im Wohnzimmer einsperren. Tür aufdrücken. SSSSSSSSSST, klack. Jetzt war er im Hausflur. »Du musst bis ganz nach oben«, rief ich durchs Treppenhaus. »Das Haus hat leider keinen Aufzug.« Ob er sportlich ist oder nicht, wird sich spätestens, wenn er oben ist, zeigen. Immerhin machte der Kerl Judo. Sein gesamtes Profil war voll sportlicher Hobbys. Ich wettete, die Treppen würde er mit links schaffen.

Er kam um die letzte Ecke. Er war außer Atem und schwitzte. Kleine Schweißperlchen standen auf seiner hohen Stirn. Aber gut, es waren ja auch immer noch etwa 30 Grad draußen, und vier steile Etagen haben es in sich. Hatte ich eigentlich daran gedacht, Wasser in den Kühlschrank zu stellen? Ich glaubte nicht. War kein Platz mehr gewesen, neben den Weinflaschen.

Er trug ein kurzärmeliges, weißes Hemd mit dezenten hellblauen Streifen. Darunter eine dunkle Stoffhose, vermutlich zu einem Anzug gehörend. Braune Businesslederschuhe an den Füßen. Wieder ein Dreitagebart, der bei seinem Begrüßungskuss über meine Wange kratzte. Nur ein gehauchter Kuss auf die Wange und eine kurze Umarmung. Hatte ich mir irgendwie leidenschaftlicher ausgemalt.

Überhaupt stellte ich fest, dass er nicht, wie Florian, meine Wohnung direkt als sein Zuhause betrachtete. Höflich zurückhaltend, stark fremdelnd würde ich sein Auftreten in meiner Wohnung beschreiben. Kann sich ja noch entwickeln und Höflichkeit ist ja auch eine Tugend. Aber ich konnte schlichtweg nicht damit umgehen, dass wir im Chat extrem intimacy spielten und sein Auftritt in meiner Wohnung der eines Fremden war. »Magst du ein Glas Wasser? Ist allerdings nicht aus dem Kühlschrank«, fragte ich ihn, im Angesicht seines Schweißes. »Gerne. Ich nehm es auch warm. Ist ja eine Hitze draußen.« Diese Stimme. Ich würde garantiert irgendwas Blödes machen. Glas umstoßen, zittern tat ich ja sowieso schon. »Ach komm, du hast doch sicherlich eine Klimaanlage in deinem Auto. Beschwer dich noch. Was soll ich sagen, mit meinem alten Corolla. Da gehst du ein.« *Ja, ich denke, bisher läuft die Konversation gut.* Auch wenn ich mich bemühen musste, mich nicht zu verplappern: ihn zu siezen, statt du zu sagen. Egal, noch nichts wirklich Blödes war meinen Lippen entschlüpft. Er folgte mir in die Küche. Bewunderte meine Wohnung und fragte, mit einem Grinsen im Gesicht, ob er da auch mal reinschauen dürfte. Mit da meinte er mein Schlafzimmer. »Natürlich, kein Problem. Geh nur.« Ich folgte ihm. Er war begeistert von meiner riesigen Fensterfront und dem zimmerhohen Ficus in der Ecke. Ich erzählte ihm die Geschichte des Ficus. Dass ich ihn schon seit 14 Jahren hatte und meine Mutter ihn mir zum Einzug in meine erste Wohnung geschenkt hatte. »Ach, und deine Miezen.« Er ging zum Kratzbaum, auf dem beide Kater saßen und ihn misstrauisch beäugten. Mein Ältester ließ sich auch bereitwillig kraulen. Der Schwarze war schon immer eine Memme und zog es vor, sich unter dem Bett zu verkriechen. »Dann hast du es ja ganz schön laut hier. Mitten an der Luxemburger-Straße.« »Man gewöhnt sich dran. Hör ich schon gar nicht mehr. Das Einzige, was mir auf die Nerven geht, ist dieser blöde Kanaldeckel. Jedes Mal, wenn schwere LKWs drüber fahren: Klack, Klack. Nervtötend, wenn du nicht schlafen kannst.«

Wir verließen das Schlafzimmer und ich zeigte ihm das Bad. Er wollte sich ein wenig frisch machen. »Dusch nur, wenn du magst. Ein frisches Handtuch liegt auf der Waschmaschine.« »Nein, geht schon.« Bei der Gelegenheit fiel mir auf, außer sich selbst hatte er gar nichts mitgebracht. Keine Reisetasche, noch nicht einmal einen Kulturbeutel. Ich glaubte ja nicht, dass ein Mann ohne übernachtet.

Seine Schuhe stellte Merlin im Flur ab und betrat in schwarzen Socken das Wohnzimmer. Die Auflaufform stand schon auf dem Tisch und qualmte heiß und brutzelnd vor sich hin. Wir setzten uns. Ich hatte den Wein vergessen. Nochmal aufstehen, Rotwein und Korkenzieher hervorkramen. Ich drückte ihm beides in die Hand, darauf hoffend, dass er, ganz männlich, den Korken ziehen würde. Meiner Motorik wollte ich heute solche Aktionen nicht zumuten. Es machte einen fachmännischen Eindruck, als er das Etikett studierte.

»Merlot, trocken. Den stellt man nicht in den Kühlschrank. Zimmerwarm ist die richtige Temperatur.« Peng. Ich lief rot an und wettete, das ist eine von den »Weiß doch jeder«-Sachen«, nur halt Alex nicht. »Ich trink halt gerne Rotwein, kenne mich aber tatsächlich nicht gut aus«, ein zugegeben schwacher Versuch, mich nicht ganz als nur dämlich dastehen zu lassen. Er ließ Gott sei Dank das Thema auf sich beruhen und füllte die Weingläser. *Ein Wort zu den Gläsern und ich schreie.* Auf dem Etikett bei Ikea stand: Rotweinglas. Doch scheinbar waren die großen Schwenker okay. Zumindest waren sie ihm keinen Kommentar wert.

Hier saß ich nun mit meinem Mister Perfect, meinem Schicksal, meiner Bestimmung. »Mir bitte nicht soviel von der Lasagne. Ich habe schon gegessen. Nur ein bisschen zum Probieren.« Kam ich mir jetzt unendlich dämlich vor. Hatte gekocht wie blöde und der Typ hatte schon gegessen. Diese Lasagne hatte für mich symbolischen Wert. Es gehörte mit zu den ersten Worten, die wir gewechselt hatten: »Ich mache mir eine Spinatlasagne«, und jetzt sitzt er hier und tut gerade so, als wäre es irgendwas. Ich versank gedanklich im Boden. Wäre am liebsten schreiend rausgelaufen. War das überhaupt Merlin, der da vor mir saß, oder hatte er mir ein Double vorbeigeschickt? Ich sagte nichts weiter zu dem Thema. Füllte meinen Teller und setzte mich auf meinen rotbesamteten Stuhl.

Bevor wir mit Essen anfingen, kam noch so was wie ein Weingebet. Klar, die Dinger heißen ja auch Rotweinschwenker. Also lass ihn mal schwenken. Ich meinerseits würde es nicht tun. Rotweinflecken gehen ganz schön schwer aus dem Teppich raus. Wir stießen auf einen schönen Abend an. Endlich Essen. Nein, jetzt kam noch ein kurzer Vortrag über den Geschmack des Weines. Okay. Konzentration auf seinen Vortrag und Konzentration auf die korrekte Führung von Messer und Gabel. Meine Motorik war zwar nicht die beste, aber immerhin schaffte ich den Weg vom Teller in meinen Mund ohne größere Katastrophen. Scheinbar war die Lasagne gelungen, denn trotz anfänglicher Zickereien nahm er sich noch ein kleines Stück. Trotzdem, als wir beide genug hatten, war klar: Ich habe morgen und übermorgen noch was zum Aufwärmen. Kann man die eigentlich einfrieren, ging mir durch den Kopf. Als ich mir ein zweites Mal einschenkte und sein Glas ungefragt auch füllen wollte, kam der Knaller. »Mir bitte nichts mehr. Ich muss ja noch fahren.« *Wie jetzt, noch fahren?* Mir fiel es wie Schuppen von den Haaren. Er hatte gar nicht geplant, bei mir zu übernachten. Kein Wunder, dass er ohne Reisetasche hoch kam. »Kennst du vielleicht ein gutes Hotel in der Nähe?«, fragte er mich dann auch. Für einen kurzen Augenblick war ich in Versuchung, das Branchenbuch hervorzukramen. Aber nur einen kurzen Augenblick. »Du kannst doch bei mir schlafen. Keine Sorge, ich werde nicht über dich herfallen«, sagte ich und dachte dabei an unser erstes Date und seine Bemerkung, ich sei ja nicht zu bremsen gewesen. »Du hast sogar die freie Wahl. Gemütliche Schlafcouch oder in meinem Bett.« Warum nur ein so heikles Thema? Was war mit all den Ankündigungen von Lecken und Ficken und »deinen Körper zum beben bringen«. Ich bin zu naiv oder einfach nur dämlich.

Nachdem das Thema gegessen war und er seine Reisetasche aus seinem Auto geholt hatte, konnte der gemütliche Teil beginnen. Während sich unsere Gespräche um Belangloses und Alltägliches drehten, weilten meine Gedanken bei unseren virtuellen, bei seinen virtuellen Phantasien. Mein Grinsen war mir sicher wieder im Gesicht festgefroren, während meine Augen an seinen Lippen hingen. Ob er es merkte, oder ob ihm einfach danach war.

Er sah mich an und sagte, dass er mich gerne küssen würde. Kurz darauf lehnten wir in einer sehr unbequemen Position über den Stuhllehnen. Seine Hände krallten sich in meine Haare, so dass ich mich nicht mehr, selbst wenn ich gewollt hätte, von seinen Lippen lösen konnte. Aber das wollte ich ja auch nun wirklich nicht.

Ich rutschte von meinem Stuhl. Kniete jetzt vor ihm und öffnete sein Hemd. Leise zitierte er mich auf den Boden, legte sich neben mich und schob seine Hand unter mein Kleid. Ich zuckte unweigerlich, als seine Hand meine rasierte Muschi berührte. Mit einem schmunzelnden Gesicht schaute er mich an. »Du bist rasiert. Das hast du gar nicht erzählt.« Ich sparte mir die Antwort, versuchte vielsagend zu lächeln.

Seine Finger glitten zwischen meine Schamlippen und er schob sie in meine Muschi hinein. »Du bist ja schon ganz geil, du Arme. Soll ich dich erlösen?« Was soll ich denn jetzt dazu sagen. War das eine rhetorische Frage oder erwartet er darauf wirklich eine Antwort? Er zog seinen Finger wieder raus und schob ihn zwischen meine Lippen. »Komm, spreiz deine Beine, mach's dir selbst. Ich will dir dabei zusehen.« Also gut, alles lief irgendwie anders als vorgestellt. Alleine machte ich es mir schon seit Jahren. Aber okay, was tut Frau nicht alles, um zu gefallen. Während ich tat, was er wollte, stand er auf und zog sich bis auf einen schwarzen, eng anliegenden Jersey-Short aus. Seine Blicke abwechselnd zwischen meinen Beinen und auf meinem Gesicht. Es würde nicht mehr sehr viel fehlen, und mein erster Orgasmus wäre Vergangenheit.

Er kniete sich vor mir nieder und nahm meine Hand am Handgelenk. Sein Gesicht war jetzt so nahe an meinem Kitzler, dass ich die Wärme seines Atems spürte, gefolgt von seiner Zunge, die nass in meine Muschi eindrang. Bei allem Respekt. Er muss eine lange Zunge haben, dachte ich, als ich ihn in mir spürte. Von meiner Muschi aus leckte er sich zu meinem Kitzler. »Komm, sag mir, wie geil du bist.« Ich wusste darauf nicht wirklich was zu sagen. Merkt man das nicht, wie geil ich bin, dachte ich mir. Ich stöhnte lauter. Vielleicht reichte das ja, als Bestätigung? Es reichte nicht. Er hörte auf und als ich meine Hand zu meinem Kitzler führte, hielt er sie fest. »Komm, sag mir, dass du kommen willst, dann werde ich dich kommen lassen.« »Ich will, dass du mich fickst, ich will deinen Schwanz in mir spüren«, stieß ich stöhnend hervor. »Komm, mach's dir selbst. Ich will sehen, wie du dich selbst fickst. Wie du dich selbst verwöhnst.« Er kniete immer noch vor mir und fing an seinen Schwanz zu wichsen, während ich mich selbst befriedigte. Ich zitterte, Schauer liefen über meinen Körper und ließen mich zucken, als ich endlich gekommen war.

»Du hast eine geile Möse, Alex, es macht Spaß dich zu lecken.« Möse – ein zwar bekanntes, aber neues Wort für mein Repertoire. Ich lernte immer mehr. »Komm, lass uns ins Schlafzimmer gehen, da ist es bestimmt bequemer.« Eine gute Idee. Mir war jetzt nach Kuscheln, nach einer Zigarette, nach in die Augen schauen, nach der Suche des prickelnden Gefühls von damals. Ich folgte ihm bereitwillig in mein Schlafzimmer. Während er sich ins Bett legte und augenscheinlich den Entspannungsmoment genoss, stellte ich mich neben das Bett und versuchte, möglichst nett dabei aussehend, mein Kleid von meinem Körper zu bekommen. Easy, eigentlich. Reissverschluß auf und runtergleiten lassen. Kann jeder Trottel. »Wow, bleib so stehen. Du hast einen wunderbaren Körper.« *Okay. Genug gehört. Blah, blah, überflüssige Komplimente. Ich mach auch so die Beine breit.*

Ich legte mich seitlich neben ihn, so dass ich ihn anschauen konnte. Meine Zigaretten hatte ich mit ins Schlafzimmer genommen, wollte mir gerade eine anzünden, da griff er nach meiner Hand und entwendete mir mein Suchtobjekt. »Du hast doch noch nicht genug. Das kannst du mir nicht erzählen.« Während er das sagte, drehte er mich auf den Rücken und setzte sich auf meine Brust. »Hey, ich hatte gerade einen Orgasmus. Da ist es Sitte und durchaus erlaubt, eine Zigarette zu rauchen.« Ich war jetzt echt knatschig. »Später, ich bin noch nicht fertig.« Er nahm seinen Schwanz in die Hand und hielt ihn masturbierend vor mein Gesicht.

»Willst du ihn lecken?«, fragte er mich. »Nein, ich will eine Zigarette!« »Ich schieb dir gleich eine Zigarette unten rein. Du rauchst jetzt nicht.« »Du kannst mir gerne deinen Schwanz unten rein schieben, aber wenn du es mit einer Zigarette oder sonst was versuchst, würde ich dir raten, deinen Schwanz in Sicherheit zu bringen«, fauchte ich verärgert in seine Richtung.

Merlin schaute sich suchend im Zimmer um. Ich folgte seinem Blick. Oh nein. Der Bademantel. Der Gürtel. Kaum, dass ich begriff, was er vorhatte, hatte er ihn auch schon in der Hand und fing an, meine Hände über meinem Kopf zu fesseln. Die Enden des Gürtels machte er an meinem Bettrahmen fest. Super. Warum stehen die Typen so auf dieses Spiel? Ich für meinen Teil kann sagen: Ich mag es nicht. Ich halte auch so still. »Grrrrr, was soll das mit den Fesseln. Ich halte auch so still!« »Aber nicht bei dem, was ich vorhabe.« Ein bisschen wurde mir bei diesem Satz bange. Ich musste an Adriano denken. Nein, wenn er mich in den Arsch ficken will, würde ich sicher nicht still halten. »Was hast du vor?«, zischte ich ihn an. »Keine Sorge. Es wird dir gefallen. Entspann dich einfach.« Nein, ich glaubte nicht, dass ein Merlin auf Arschfick steht. Ich versuchte zu entspannen. Was konnte er schon groß machen.

Eine größere Gefahr als Lecken oder Ficken bestand wohl kaum. Ich versuchte zu entspannen. Es fing wieder das gleiche Spiel wie gerade eben im Wohnzimmer an. Er schob seine Zunge in meine Muschi, leckte meinen Saft, spielte mit meinem Kitzler. Fickte mich mit seinen Fingern und es passierte, was halt passiert. Ich kam. Aber statt den Gürtel zu lösen, machte er weiter. Streichelte und massierte meinen Kitzler während er seinen Schwanz wichste. »Aufhören, das tut weh.« Er hörte nicht auf. Er führte seine andere Hand an meinen Anus, massierte ihn. Trotz einer spontanen Verspannung, die mich in diesem Augenblick erfasste, fing ich an es zu genießen. Mein Kitzler war immer noch hochsensibel, aber seine Berührungen wurden jetzt zu einer genussvollen Mischung aus Schmerz und Erregung. Mein Becken reckte sich seinen Händen entgegen. Mein Körper zitterte. War das der Orgasmus gerade? Es war einer, aber direkt danach spürte ich, wie mein Kitzler dieses Gefühl noch mal fast explosionsartig in meinem Körper verbreitete. Mein Körper zitterte und zuckte, und ich spürte, wie mir die Tränen in die Augen schossen. Wenn er jetzt weitermacht, ich schwöre, ich werde ihm in die Eier treten. Er hatte Erbarmen. Löste den Gürtel und reichte mir eine bereits angezündete Zigarette. »Wusste ich doch, dass du mehr vertragen kannst«, sagte er mit – war das so was wie Stolz in seinem Gesicht? – einem Lächeln im Gesicht. »Du bist eine sehr leidenschaftliche Frau. Ein Genießertyp. Das habe ich gewusst.« *Aha. Ist nicht wahr. Was Männer so alles erkennen. Unglaublich.*

Ich lag neben ihm, rauchte meine Zigarette und streichelte über seinen Körper. Sein Schwanz wurde schnell wieder hart. Ich legte meinen Kopf direkt neben seine Hüften. Schaute mir seinen Schwanz genauer an, während meine Finger zart über seine Eier glitten. Hm. Jetzt nicht direkt das, was ich ein Prachtexemplar nennen würde. Nicht klein, nicht groß. Nicht hässlich, aber auch nicht direkt schön. Ein Schwanz halt, ohne besondere Merkmale. Aber jede Frau sieht das wahrscheinlich anders. Vielleicht prägt uns aber auch der erste Schwanz in unserem Leben.

Sein Schwanz war nicht beschnitten. Wie würde er sich in mir anfühlen? Letztlich ist das doch, neben der Geschmacksfrage, die ich ja schon vor einigen Wochen für mich beantwortet hatte, die Kardinalfrage. Ich wollte es wissen. Sein Schwanz war, unter meinem sanften Streicheln, prall geworden und ich hörte leichte Seufzer. Der richtige Augenblick, sich auf ihn zu setzen. Es sollte keine schnelle Nummer werden. Lange wollte ich seinen Schwanz in mir genießen. Ich beugte mich über ihn, streichelte mit meinen Brüsten über sein

Gesicht und positionierte meine nasse Muschi so über seinem Schwanz, dass es nur einer Gewichtsverlagerung bedurft hätte und er wäre in mich eingedrungen. Dann kam's. Mein Gesicht wäre in diesem Moment wahrscheinlich ein Foto wert gewesen. Ein leises, stöhnend geflüstertes »Nein!« – Ich verharrte in der Position. *Nein – das heißt jetzt, er möchte es nicht? Möchte nicht mit mir ficken. Möchte seinen Schwanz nicht, wie tausendmal schriftlich angekündigt, in mich reinrammen. Soll ich das Nein überhören und weitermachen? Ich meine, wirklich laut hatte er es nicht von sich gegeben.* Wie oft hatte ich darüber nachgedacht, wie es sein wird, ihn in mir zu spüren. Hatte mich selbst befriedigt, mir vorgestellt, mein Finger sei sein Schwanz. Jetzt saß ich über ihm, spürte den Druck seiner Eichel, direkt an meiner Möse, und er sagte Nein. Ich entschied, dass sein Nein zu leise war und vielleicht ja auch Männer mitunter Ja meinen, wenn sie Nein sagen. Auf jeden Fall hörte ich kein weiteres Nein, als ich ihn fickte. Unter mir lag die geplatzte Seifenblase einer Illusion von Liebe. Als er abspritzte, fragte ich mich ernsthaft, was ich bisher an ihm so besonders gefunden hatte. Warum ich diesem Menschen soviel Intimes von mir erzählt hatte. Reiner Zufall die Namensgleichheit, eine Frage der Interpretation, dass er am gleichen Tag wie mein Ex-Jan Geburtstag hat. Bestimmung? Schicksal? Vermutlich ja. Aber das Schicksal wollte mir wohl nur klar machen, dass meine Entscheidung, alleine zu leben, der einzig glücklich machende Weg ist. Liebe? Sie ist und bleibt ein abstraktes Wort. Wahlweise könnte ich auch sagen: Wusste ich's doch. Ich bin nicht liebenswert, bestenfalls ein lustiger Zeitvertreib.

Als ich von ihm runterstieg, schämte mich für meine Dummheit der letzten Monate. Dachte darüber nach, wie köstlich er sich amüsiert haben musste, wenn er meine vor Verliebtheit triefenden Worte gelesen hatte. Blieb nur noch die Frage: Was mache mit dem Typen, der da auf meinem Bett liegt und mir gerade über meinen Rücken streichelt? Was für mich bis vor fünf Minuten noch die Erfüllung all meiner Träume gewesen wäre, kuschelig in seinen Armen liegen, ihm voll Vertrauen in die Augen zu schauen, seine Nähe und Wärme genießen, war jetzt, in dieser Sekunde, wie weggeblasen. Wieder lag ich mit einem Jan im Bett und überlegte fieberhaft, wie ich das Ganze halbwegs ordnungsgemäß beenden könnte. *Nochmal die Sache mit dem Branchenbuch angehen? Du, ich würde jetzt gerne schlafen, habe morgen einen langen Arbeitstag vor mir. Wärst du so nett und würdest bitte wieder dahin verschwinden, wo du hergekommen bist?* Zig Möglichkeiten – eigentlich. Ich wählte die meiner Meinung nach einfachste. Bloß nicht drüber reden, so tun, als sei nichts passiert. Cool sein und einen letzten Rest von Würde bewahren. Flennen konnte ich morgen immer noch. »Auf welcher Seite schläfst du denn für gewöhnlich?«, fragte ich ihn. »Ich bin müde, und du hast doch sicherlich morgen auch einen langen Tag vor dir?« Er war ein Linksschläfer. Wir tauschten die Seiten und er kuschelte sich an meinen nackten Körper. Strich über meine Hüften und erzählte mir, wie wundervoll ich sei. Fragte mich, ob es tatsächlich stimmen würde, dass seine Augen alleine mich erregen könnten. Echt jetzt, hatte ich so was mal gesagt? Kommt wohl auch noch die lustige Frage, wie er denn war. »Du, Jan, sei mir nicht böse, aber ich bin müde, würde jetzt gerne schlafen.« Ich wollte mir nun wirklich nicht anhören, was für peinliche Sachen ich, im Zustand pubertärer Verliebtheit, mal von mir gegeben hatte und ich wollte ihm auch nicht in die Augen schauen, weil ich geweint hätte. Geweint über den Verlust meines Gefühls für ihn. Vielleicht hätte mich die Unterhaltung interessiert, wenn er über das, was vorhin passiert war, geredet hätte. Wenn er sein Nein begründet hätte, aber stattdessen fing er an, mir von seiner letzten, seiner zweiten Ehe zu erzählen, und ich hörte noch, wie er sagte, dass seine Frau immer schon vor Eifersucht zu zittern anfing, wenn er sich nur mit einer anderen Frau unterhielt. Echt jetzt? Unglaublich, dass eine Frau wegen dem Typen zittert.

Mein Bedürfnis, mehr über sein Leben zu erfahren, war nur noch mäßig ausgeprägt. Ich schlief ein. Tief, fest und traumlos.

Als ich am nächsten Morgen von einer Katzenpfote geweckt wurde und meine Augen öffnete, war die linke Seite des Bettes leer. Sechs Uhr erst. Ich spitzte die Ohren, aber die Wohnung war still. Keine Geräusche aus dem Bad zu hören. Er hatte sich mitten in der Nacht aus dem Staub gemacht. Wie zuvorkommend, so musste ich nicht überlegen, wie ich mich von ihm verabschiede, ohne mich in

Grund und Boden zu schämen, beim Gedanken an meine Blödheit der letzten Wochen.

Schon als ich mit meinem Kopf in die Senkrechte ging, spürte ich das unangenehme Echo, welches der Rotwein hinterlassen hatte. Sollte ich blaumachen heute? Ich suchte mir eine Kopfschmerztablette und versuchte, noch ein bisschen zu schlafen. Ging nicht. Meine Gedanken kreisten um die Geschehnisse der letzten Nacht und was ich getan hatte. Als ich an sein Nein dachte, versteckte ich vor Scham meinen Kopf unter dem Kopfkissen und schrie in die Matratze rein.

Ich machte nicht blau. Saß gegen halb elf an meinem Rechner, starrte Löcher in die Luft und schwor mir selbst: nie wieder Alkohol, nie wieder Liebe.

Die grinsenden Gesichter meiner Kollegen verrieten, dass man mir meinen Zustand ansah. Meine Umwelt nahm ich nur nebulös wahr und ich hätte mich am liebsten auf meine Tastatur gebettet und geschlafen. Ging natürlich nicht.

Ich hatte noch nicht meinen ersten Kaffee getrunken, da bat mich mein Chef in sein Büro. Okay. Jetzt kommt der große Anschiss. Das war zuviel. Erst um halb elf im Büro zu sein. All meine Sünden schossen mir durch den Kopf. Man weiß ja nie, was ein Systemadministrator so alles abfangen kann. Ich hätte mich in dem Moment am liebsten selbst getreten für meine Faulheit, mir eine anonyme Web-Adresse einzurichten.

Jetzt würde ich sicherlich die Quittung für dieses Versäumnis bekommen. Im Kopf ging ich sämtliche Emails durch, die von meinem Rechner in den letzten Wochen über den Server liefen. Mir wurde nicht nur schlecht bei dem Gedanken, jemand könnte die gelesen haben, ich spürte auch noch, wie mir das Blut ins Gesicht schoss. Innerlich machte ich mich auf einen Mega-Anschiss mit Peinlichkeitsfaktor bereit. Den Gedanken an eine mögliche Kündigung verwarf ich. Schließlich müsste dem doch eine Verwarnung vorausgehen. Soviel kenne ich mich mit Arbeitsrecht aus. Andererseits, seit wann wurde sich in dieser Firma am Arbeitsrecht orientiert?

Ich schlich vorbei an meinen Kollegen, an meinem direkten Vorgesetzten, dem Leiter der Grafikabteilung. Vorbei an Azubine und Junior-Grafikerin. Warum ist es hier überall so laut, mein Schädel hämmerte. Echt ein Scheiß-Tag für einen Anschiss. Unfair, ich bin nicht wirklich fit.

Schließlich saß ich meinem Chef gegenüber. Oder liege ich doch im Bett und träume das alles? Traum oder nicht Traum, trotz meines latent schlechten Gewissens der Firma gegenüber, übte ich mich in Selbstbewusstsein und setzte all meine Disziplin ein, wach, fit und munter zu wirken. Was nun kam, setzte dem Date das Sahnehäubchen auf.

Als ich das Büro nach 45 Minuten verließ, war ich nicht mehr länger Senior-Designerin. Ich hatte mir einen langen Vortrag über die schlechte Lage der Firma anhören müssen. Hatte mir anhören müssen, dass Christian nicht wirklich seinen Aufgaben als Grafikdesigner und erst recht nicht als Leiter der Grafik gewachsen wäre. Ich erfuhr von der langen abend-lichen Krisensitzung der Geschäftsführung und deren Ergebnis: Christian und Anja, die Jüngste des Teams werden gekündigt, ich sollte in Zukunft die Leitung der Grafikabteilung übernehmen. Verbunden damit eine Verdopplung meines Gehalts.

Nach und nach wurden Kollegen ins Chef-Büro gerufen. Christian als nächster. Keine zehn Minuten später kam er schweigend aus dem Büro, packte seine Tasche und verschwand aus der Firma, ohne ein Wort. Der Nächste. Der Nächste. Sieben Leute wurden an diesem Tag entlassen. IT-Krise. Ich saß immer noch auf meinem teuren Designer-Bürostuhl, mein Kopf hämmerte, mir war schlecht, und an Arbeit war nicht mehr zu denken. Ein Scheiß-Gefühl, von der Kündigung eines anderen zu profitieren. Ein Scheiß-Gefühl, weil doch eigentlich ich die Kündigung verdient hätte. Sollte ich das vielleicht als ein gutes Zeichen für meine Zukunft sehen? Der Beginn der sieben guten Jahre?

Der Tag zog sich ewig dahin. Wollte und wollte nicht enden. Lange Diskussionen in der Küche. Ich hielt mich zurück. Anweisung von oben: Ich sollte meine Beförderung erst mal für mich behalten. Wie das so ist: Die einen haben es geahnt, die anderen gewusst, aber auf jeden Fall scheiße, weil nichts kommuniziert wurde. Firmenpalaver halt. Ich war froh, als ich in meinem kleinen Corolla saß und mich auf mein Bett freuen konnte.

Mittwoch, der 20. Juni. Ich hatte heute Nacht meinem Schicksal einen Tritt gegeben, stand gerade am Zenit meiner beruflichen Karriere und fühlte mich beschissen wie nie zuvor. Ich fiel in meine Kopfkissen, die noch den Geruch der letzten Nacht ausströmten. Ich weinte über den Verlust meiner Illusion. Ich ließ nicht die letzte Nacht Revue passieren, ich erinnerte mich an das wunderbare Gefühl, damals, als ich in der Wärme seines Mantels und dem nie enden wollenden Kuss versank. *Warum hatte ich das heute Nacht getan? Hätte ich blöde Kuh nicht mal nachfragen können? Vielleicht hatte ich mich ja verhört und er hatte gar nicht Nein gesagt? Ich meine, es war sehr leise geflüstert. Vielleicht hatte er ja auch gesagt: Nein, wie geil? Ich werde ihm morgen eine Mail schreiben. Möglicherweise würde er mir ja dann erklären, was los war. ALEXA! Das Nein ist nicht der einzige Grund. Ich überhörte die Stimme der alten Alexa und formulierte in Gedanken die Mail an Merlin.*

Lieber *(vielleicht besser ‚Mein Liebster‘? – Nein, er gehört ja nicht mir)* Merlin,

ich weiß nicht, was Dienstagabend los war. Mit dir, mit mir. Vor allem mit mir. Hab ich zuviel in dass, was wir haben, reininterpretiert? Habe ich zu viel erhofft? Für mich bedeutet die Begegnung mit dir sehr viel. Du hast mir gezeigt, wie wunderbar es sein kann, sich seinen Gefühlen hinzugeben, hast mich auftauen lassen, nach Jahren der Gefühlskälte. *(Ich sollte ihm ein Gefühl von Unverbindlichkeit geben, damit er sich nicht eingeengt fühlt. Schließlich lässt er sich gerade scheiden, da hat er sicher Angst vor zu viel Erwartungshaltung und Nähe)* ~~Du wirst es nicht glauben, aber heute, auf der Arbeit, hatte ich ein Gespräch mit der Geschäftsführung. Ja ja, ich bin jetzt Leiterin der Grafik Abteilung. Von der Art-Directorin zur Creativ-Directorin aufgestiegen~~ *(halt, stopp, was soll die Angeberei? Er soll dich als Alexa toll finden und nicht deinen Job. Streichen.)* Wenn ich mich in allem, was du für mich empfinden solltest, getäuscht habe, dann ist es so. Keine Erwartungshaltung. Aber ich möchte mein Leben weiterleben, will mir nicht ewig die Frage stellen müssen, wie ehrlich sind seine Gefühle? Bin ich nur ein Zeitvertreib, eine nette Spielerei von vielen, oder steckt mehr dahinter. So oder so, du wirst ~~der wichtigste Mensch~~ einer der wichtigsten Menschen in meinem Leben bleiben. (*wie bitte? – kann ich doch jetzt noch nicht sagen, ob er DER Wichtigste bleiben wird; ändern!*) Und selbst, wenn es vorbei ist, werde ich mich immer wieder gerne an die wunderbare Zeit, die du mir geschenkt hast, erinnern. Der Mensch, der mich wachgerüttelt hat, mir gezeigt hat, was es heißt, zu leben. Wenn du auf diese Mail nicht antworten magst, dann ist es okay, keine Worte sprechen schließlich auch eine deutliche Sprache.

~~In Liebe~~ (*streichen*) ~~Deine Alexa.~~ (unverbindlicher; streichen) Alexa.

Donnerstagmorgen verfasste ich auf der Arbeit als erstes die Mail an Merlin. Den ganzen Tag rief ich fast im Sekundentakt meine Mails ab und schaute nach ob er online war. Gegen Nachmittag sah ich dann seinen Namen in der langen Liste der Nicknamen. Er war online. Das hieß, er hatte auch seine Mails abgerufen. Nein, ich würde ihn nicht anschreiben. Er war am Zug und ich würde mir diesmal nicht seine Leck- und Fickphantasien »anhören«. Nahezu hypnotisch stierte ich auf seinen Nick. Sicher dachte er gerade über meine Email nach und verfasste eine Antwort. Emails aktualisieren. Nichts. *Gut, so einfach ist das ja auch nicht. Er braucht Zeit, die richtigen Worte zu finden.* Warum aber klickte er mich nicht an, sagte wenigstens Hallo? Er sah doch, dass ich online war. *Chattet er gerade mit einer anderen? Erzählt ihr von der blöden Kuh aus Köln? Lästert gerade ab, so wie ich es mit Florian über andere Chatter getan hatte?* Es wurde Abend. Keine Email, keine Nachricht und sein Nickname stand immer noch in der Onlineliste.

Zuhause fuhr ich, noch bevor meine Katzen ihren Fressnapf gefüllt bekamen, meinen Laptop hoch. Emails abrufen. Nichts, außer ein paar Spammails, mit supergünstigen Angeboten für Antidepressiva und Potenzmittel. Vielleicht sollte ich ja bei den Antidepressiva mal zuschlagen? Bestimmt kann man sich mit der entsprechenden Menge davon sehr gut selbst um die Ecke bringen.

Merlin war immer noch online. Solange hockt man nur in der Community, wenn man einen Favoriten hat. Und dieser Favorit konnte wohl kaum ich sein, denn mit mir hatte er heute nicht gechattet. *Vielleicht ja viel zu tun gehabt heute und er wird mir gleich schreiben?* Ich fütterte meine Katzen, öffnete den Kühlschrank, der stark nach Tomatensoße, nach Lasagne roch. Wirklich appetitlich sahen die Reste meines romantischen Abendessens nicht mehr aus. Hilft nichts. Mülleimer. Eine Schüssel mit Corn-Flakes musste reichen, keine Zeit zum Kochen. Ich setzte mich vor den Laptop, löffelte meine Flakes und starrte auf Merlins Nick. Außer ein paar Dummklickern, die mich mit gähnend langweiligen Nachrichten zutexteten, passierte nichts und auch in meinen Posteingang, den ich im Sekundentakt aktualisierte, tat sich nichts Neues.

Ganz sicher, wenn ich so eine Mail bekommen hätte, meine Antwort käme binnen einer Stunde. Und wenn nicht, dann wäre ich entweder todkrank, oder die Mail wär mir so egal wie Werbung für Potenzmittel. Mein Handy!? War es überhaupt an? War das Akku vielleicht leer? Ich sprang auf, durchwühlte meine Handtasche und griff nach meinem Motorola. Wie konnte ich es nur so lange unbeaufsichtigt lassen? Keine Nachricht, und auch mein Festnetz blieb stumm. Ich loggte mich aus, ging mit Ellibys online, starrte weiter auf seinen Nick. Sollte ich ihn anklicken? Scheiß drauf, ich klickte ihn an. Jetzt würde er sehen, dass sich eine Ellybis für sein Profil interessiert. Wie so oft in der Vergangenheit studierte ich seine Einträge, 346 an der Zahl. Es gab in dieser Community die Möglichkeit, unter Charaktereigenschaften von A-Z auszuwählen. Merlin hatte sie nahezu alle durchgearbeitet – wo er nur die Zeit dafür hernahm? Er war seinen Einträgen zufolge: Ästhet, Athletisch, Arm aber lieb, Außergewöhnlich, Genusssüchtig, Humorvoll, Interessiert, Künstlerisch, Kreativ, Kontaktfreudig, Kommunikationsfähig, Kuscheltier, Langschläfer, Magisch, Macho, Muskulös, Musikalisch, Mit Tiefe, Nachdenklich, Offen, Poet, Reiselustig, Superlieb, Sportlich, Sinnlich, Sensibel, Sentimental, Träumer, Tabulos, Übersinnlich, Unwiderstehlich, Vielseitig, Wählerisch, um nur eine kleine Auswahl zu nennen. Er interessierte sich für: Sex und Liebe; konnte erotische Impulse spüren; findet Knutschen und Knuddeln toll; kocht gerne; küsst gerne; guckt sich gerne Sonnenuntergänge an usw. und so fort. Die ideale Umschreibung des Perfekten Partners für ein Leben voller Freude und Genuss. Warum sind seine Ehen eigentlich den Bach runtergegangen? Er bringt doch alles mit, inklusive Kommunikationsfähigkeit. Da sollte doch eigentlich nichts schiefgehen können. Aber mit diesen Profileinträgen ist es ja letztlich ähnlich wie mit einem Werbeblättchen. Da werden auch die Schwachstellen des Produktes in den Vordergrund gerückt. Ich war geneigt, die spärlichen 16 Attribute meines Profils zu löschen oder doch zumindest mal zu überarbeiten.

Neben der Selbstbeschreibung verfügte jedes Profil über ein Gästebuch. Zum ersten Mal – warum hatte ich das eigentlich noch nicht früher getan? – schaute ich mir Merlins Gästebuch an. Schon als es sich öffnete und in der Überschrift zu lesen war: 43 Einträge, bereute ich meine Mail. Ich scrollte mich durch eine lange Liste vor Sehnsucht triefender Worte. »Du hast mich verzaubert, süßer Merlin«, »Es war schön, der Abend mit dir«, nur eine kleine Auswahl weiblicher Rezensionen seiner Person. Ein Name stach mir ins Auge. Elkemaus, 34, Köln. »Immer wieder gerne. ; -)«. Der Eintrag war vom 18. April. Genau einen Tag nach meinem ersten Date mit Merlin hatte sie diesen Eintrag geschrieben. Ich klickte Elkemaus an und landete auf ihrer Profilkarte. Anders als ich hatte sie keinen Avatar online, sondern eine Fotoserie von sich. Als ich mich durch das Sammelsurium ihrer Versuche, sich in verführerischen Positionen abzulichten, klickte, hörte ich das laute Stakkato eines Maschinengewehrs in meinen Ohren. Der Heckenschütze. Wahlweise könnte ich auch sagen: Mir rammte in diesem Augenblick jemand einen Vorschlaghammer in die Magengrube. Ich hatte diese Blondine schon mal gesehen. Damals stand sie rauchend an seinem Audi. Ich war so vertieft, dass ich jetzt erst die Nachricht in meinem Fenster las. »*lächel*« , Merlin hatte mir geschrieben. Na gut, nicht mir, sondern Ellybis. Offensichtlich seine Masche. Noch während ich überlegte, ob es möglich wäre, jemanden mit Worten zu töten, trudelte die nächste Nachricht von ihm ein. »Hallo Sibylle.« *Nein, wie schlau.* »MMMhhhh, ich koche gerade. Wäre doch schön, wenn wir jetzt gemeinsam essen könnten.« Schlagfertigkeit ist mitunter ein reiner Wunschgedanke. Mir fielen tausend Worte ein, angefangen bei A, wie

Arschloch, bis Z, wie Zauberer für Arme, ganz Arme. Doch statt mich durch das Alphabet der Schimpfwörter durchzuarbeiten, lehnte ich sein Angebot mit einem simplen: »Danke, hab schon gekotzt,«, ab.

Wie ich den Freitag danach rumbekam? Durch wüstes Chatten quer durch die Community. Jeder, der mich mit einem *lächel* anschrieb, bekam meine Wut ab. Wahlweise brachte ich die Jungs auch mit Cybersex, weit unter der Gürtellinie, dazu, dass sie mir an den Kopf warfen, ich sei ja ein Fake. Ich sei garantiert ein Mann. War mir scheißegal. Es half, meine Wut loszuwerden.

8

Meinen Vorsatz, nie wieder Alkohol anzurühren, brach ich schon Freitagabend. Ich hatte mich mit René zugetextet, mich zeilenweise über meine Blödheit, über Merlin aufgeregt.

René: Lass uns doch telefonieren. Ist einfacher als die Tipperei.

Echt? Ich finde ja Tippen einfacher.

Xela: Warum wollt ihr Jungs auch immer direkt telefonieren? Verstehe ich nicht.
René: Na, ihr Mädels seid da nicht wirklich anders ... mal abgesehen von dir ... *grins* ... du bist ja ein Angsthase, hast ja Schwierigkeiten damit, von der Virtualität in die Realität überzugehen ... ; -))))
Xela: Wieso das jetzt? Blödsinn.
René: Natürlich.
Xela: 0221 15465785.

Keine Sekunde später klingelte mein Telefon. *Warum lasse ich mich auch immer so schnell provozieren?* Meinen ersten Impuls, ihn durchklingeln zu lassen, unterdrückte ich. *Schließlich bin ich kein Angsthase. Schüchtern, introvertiert oder vorsichtig vielleicht, aber kein Schisser. Und um das mal klar festzustellen: Männer! Ich würde mich nie wieder verarschen lassen. Liebe? Zuneigung? – ich hatte recht, eine reine Erfindung von Poeten.* »Na, wie gut, dass ich die Vorwahl von Deutschland kenne«, meldete er sich mit deutlichem Schweizer Akzent und einem Schmunzeln in der Stimme. Während wir telefonierten, lag ich vor meinem Rechner und klickte mich durch Renés Profil. Puristische 10 Einträge wies es auf: Er war analytisch, intelligent, offen und tolerant, den Geisteswissenschaften zugewandt, segelt und liest gerne, ist Cineast, steht auf Erotik und genießt das Leben. »Habe ich ehrlich nicht mit gerechnet, dass du mit mir telefonierst. Ich nehme den Angsthasen zurück.« »Na ja, ich kann nicht leugnen, dass ich gerade nervös bin. Konnte ja keiner ahnen, dass du Schweizer bist und ich mich anstrengen muss, dich zu verstehen«, antwortete ich ihm. »Vielleicht bin ich aber auch inzwischen abgebrüht. Übung macht den Meister und so, wahlweise könnte ich auch sagen: es geht mir am Arsch vorbei.«

»Du bist nicht abgebrüht und es geht dir auch nicht am Arsch vorbei, dafür bist du zu gefühlvoll.« *Aha, für die einen bin ich eine leidenschaftliche Genießerin und für die anderen bin ich ZU gefühlvoll. Unglaublich, was andere so alles glauben, in einem zu sehen.*

«Warum hast du ihm eigentlich nach der Nacht noch diese Mail geschickt?«, fragte er mich. »Ach, weiß ich auch nicht mehr so richtig und ehrlich gesagt, sprich mich nicht auf die Peinlichkeit dieser Mail an.« »Und, planst du schon einen Rachefeldzug«, fragte er. Natürlich hatte ich Rachegedanken. Erst wollte ich ihm einen Eintrag ins Gästebuch schreiben, der sich gewaschen hat. Auch in der engeren Wahl lag Elkemaus mitzuteilen, was für einen Typen sie sich da geangelt hat. Aber mir fiel nichts ein, was mich nicht als beleidigte Verschmähte darstellte. Da ich leider auch nicht die schlagfertige Hauptdarstellerin in einem lustigen Frauenroman war, fielen auch Sachen wie: Anzüge zerschneiden oder Miniatureisenbahn zertrümmern, flach, mal ganz davon abgesehen, dass ich seine Adresse ja noch nicht mal kannte, um solche Rachegedanken in die Tat umzusetzen. »Nein, war ja meine Blödheit. Wenn jemand in den Arsch getreten gehört, dann mir.«

»Schade, dass du jetzt nicht bei mir bist«, flüsterte er mir ins Ohr. Ich rollte mit den Augen: »Lass mich raten, wenn ich jetzt bei dir wäre, dann würdest du mich lecken, bis ich wahnsinnig werde.« »Nein, ich würde eine Gurke aus dem Kühlschrank holen und dich damit ficken, bis du schreist.« Ich musste laut lachen. »Glück gehabt, weil bei Lecken kräuseln sich mir zur Zeit die Zehennägel.« »Ach, ich kann dich durchaus auch lecken. Aber mein Kühlschrank ist voll mit prachtvollem Obst und Gemüse.« Es zeigte sich im weiteren Verlauf unseres Telefonats, dass René sehr kreativ in seinen sexuellen Phantasien war. Telefonsex mit Schweizer Dialekt und Phantasien wie aus einem vegetarischen Kochbuch. Mir standen Tränen vor Lachen in den Augen, als ich mich an diesem Abend verabschiedete.

Ich hatte nach der Nacht mit Merlin die Anrufe von Florian – garantiert wollte er wissen, wie der Abend mit Mister Perfect gelaufen war – wieder mal ignoriert. Auch im Chat blieb ich kurz angebunden: »Viel Arbeit, keine Zeit. Sorry.«

Der Sonntag brachte mir dann seinen unangekündigten Besuch ein. Ich guckte nicht schlecht aus der Wäsche, als er fröhlich an meiner Wohnungstür stand und mich mit jungenhafter Begeisterung aufforderte, mir schnell was anzuziehen. »Ich habe eine Überraschung für dich.« Na, das konnte ja spannend werden. Wenn er mit mir in einen Swinger-Club will, dann kann er das knicken, dachte ich für mich. »Jetzt mach mal langsam, ich bin gerade erst aufgestanden, bevor ich vor die Tür gehe, dusche ich erst mal.« »Ich schrubbe dir auch den Rücken, nur mach schnell«, antwortete er breit grinsend. Gespannt war ich schon, was mich erwartete, und da ich außer Chatten und Rotweintrinken eh nichts vorhatte, ergab ich mich seiner Begeisterung und machte mich fertig.

Seine Augen glänzten mich an, als wir vor meiner Haustür auf dem Bürgersteig standen. »Tata, was sagst du?«, fragte er mich. »Wozu soll ich was sagen?« »Schau dich mal um?« *Was sehe ich? Jede Menge Autos, die auf dem Parkstreifen vor dem Haus stehen.* »Ich habe ihn mir geliehen, von meinem Chef. Muss ihn morgen wieder abgeben, aber heute können wir unseren Spaß haben«, er ging bei diesen Worten auf einen schwarzen Audi TT zu, zückte die Autoschlüssel und wedelte damit stolz vor meinen Augen. »Komm, steig ein. Wir machen eine Spritztour.« Wow, das machte mich jetzt echt platt. Er hatte es sich gemerkt, dass ich den Wagen mag.

Wir fuhren eine Runde durch die Gegend und mit ganzer männlicher Begeisterung gab er Gas. Das Auto machte selbst als

Beifahrer Spaß und mein Auge untersuchte begeistert die geschmackvollen Details im Innenraum. »Na, ist das ein Wagen? Genau das Richtige für eine Frau wie dich. Doch, Alex, du bist eine Frau für so einen Wagen.« Na denn, fehlt ja nur noch eine ordentliche Geldspritze. Ich glaubte, Florian überschätzte an dieser Stelle nicht nur mein Einkommen.

Egal, es machte Spaß, den Wind in den Haaren zu spüren. Ich lehnte den Kopf zurück, sah die Weite des Himmels. Weiße Wolken zogen vorbei und mich überkam ein Freiheitsgefühl, wie ich es vor einigen Wochen schon mal in München hatte. Vielleicht sollte ich mal ernsthaft über meine Hobbys nachdenken. Kajak fahren wollte ich schon immer mal, Tauchen stand eigentlich auch auf meiner »Das möchte ich mal ausprobieren«-Liste, raus in die Natur. Den Geruch des Waldes, der Wiesen, gegen den Geruch von Nikotin, Rotwein und Sex eintauschen. Unsere Spritztour führte uns in ein gemütliches Café mit Blick auf den Rhein und einer weitläufigen, sonnigen Terrasse. An den Tischen um uns rum saßen jede Menge hippe Kölner, die die Sonnenstrahlen genossen und sich vermutlich vom Nachtleben erholten. »Ach, ham wir es nicht gut?« Eine rein rhetorische Frage, wie ich hoffte, denn ich für meinen Teil konnte dieser Feststellung von Florian nicht zustimmen. Merlin aus meinem Leben, Adriano im Nirwana verschwunden und mein Handy stumm. Außerdem war ich schon viel zu lange von meinem Laptop getrennt. Nicht auszudenken, was ich verpasste, durch diese Spritztour. Es kam die Frage, die kommen musste: »Wie war denn dein Date am Dienstag, mit Mister Perfect?« Er fragte es beiläufig, blickte dabei entspannt auf den Rhein, sollte wohl den Eindruck erwecken, dass es ihn nur beiläufig interessierte. »Anderes Thema«, antwortete ich knapp und, damit er nicht weiter bohrte, lenkte ich von meiner Merlin-Blamage ab und fragte ihn, wie er denn auf die Idee gekommen sei, sich den TT auszuleihen und dann auch noch den weiten Weg nach Köln zu fahren. »Warum nicht? Es macht dir doch Spaß – oder? Bei dem Knallewetter drinnen zu hocken, un Frust zu schieben, is es doch nich.« Irgendwie hatte er ja Recht. Ich wusste ja schon gar nicht mehr, wie der helllichte Tag aussieht. Wie gut sich ein blauer Himmel aufs Gemüt auswirkt »Ich muss mal eben aufs Klo und nicht weglaufen«, sagte er grinsend.

Während er weg war, blickte ich mich um, betrachtete vor allem die Männer an den Tischen und stellte mir die Frage, wie man es ohne Tastatur schafft, einen Mann auf sich aufmerksam zu machen. Ich meine, da saßen jetzt keine Schnitten um mich rum, bei denen ich es versuchen würde, aber trotzdem. »Hast du mal Feuer«, ist ja selten langweilig. Blickkontakt, lächeln – funktioniert das? Leider blickte gerade keiner in meine Richtung, so dass ich keinen Test starten konnte. Entweder sie waren alle in Gespräche vertieft oder lasen in Zeitschriften und Büchern. Manche hatten auch die Augen zu und genossen einfach die Sonnenstrahlen. Hätte mich vermutlich eh nicht getraut. Ich war so vertieft in meine Überlegungen, hatte die Gruppe nicht kommen gesehen, die sich zwei Tische weiter niederließ. Scheiße! Ich musste zweimal hinschauen, es war Jan, nein, nicht der Merlin-Jan, mein Ex-Jan mit Anne, Jochen und Veronika. Die Vergangenheit lässt grüßen. Wo kann ich mich verstecken? Gibt es hier ein Loch im Boden? Anne, Jochen und Veronika waren seit Jahren so was wie Freunde von uns, nein falsch, von ihm. Anne konnte ich ganz gut leiden, aber Jochen und Veronika waren mir immer schon zu hip. Verkrampft auf Styling und alles, was cool ist, fixiert. Oberflächlich wäre wohl die richtige Bezeichnung. Gefundenes Fressen für die beiden, wenn sie mich hier mit Florian sehen würden. Florian gehörte optisch nämlich nicht direkt in die Schublade Cool und stylish. Aber egal, ich saß nun mal hier und dass in der nächsten Sekunde Harry Potter-Tarnumhänge vom Himmel fallen würden, war wohl nicht zu erwarten. Zähne zusammenbeißen und durch. Ich straffte meine Schultern, sollte keiner denken, mir ginge es so schlecht, wie ich mich fühlte. Schon gar nicht die Clique. Gerade als Florian wieder auf unseren Tisch zukam, entdeckte mich Jan. War das ein kurzes Zögern? Er lächelte, als er mich sah und kam auf mich zu. »Hey, hallo, Lexa. Wie geht's dir?« *Super, toll, klasse, echt könnte nicht besser sein.* »Gut, und dir?« Er war schmal geworden und ganz nebenbei, das schwarze, enge Shirt hätte ich nicht gekauft. Seine grauschwarz melierten Haare trug er wie immer kurzgeschoren auf einen Millimeter und am rechten Ohr der Ohrring, eine kleine Creole, den er sich vor Jahren hatte stechen lassen und der ihm damals mehr als eine abfällige Bemerkung von seinem Vater eingebracht hatte. Neu war der silberne Ring an seiner rechten Hand.

Hätte ich ihm im Laufe der Jahre einen schenken sollen? Signalisierte der Ring eine neue Beziehung oder war er einfach Deko? Ich war immer davon ausgegangen, dass er keinen tragen würde. Im Gegensatz zu mir. 14 Jahre hatte Jan gebraucht, um den Ring zu finden, den ich inzwischen kaum noch ablegte. Ein mattsilberner, schwerer Ring, der Florian schon mal zu der Bemerkung veranlasst hatte, solch einen könne er mir auch aus einem Abflussrohr basteln.

»Das ist Florian, ein Freund«, stellte ich Florian, der inzwischen mit fragendem Blick am Tisch angekommen war, vor. Wie sollte ich Jan vorstellen? Jan, mein Ex, brachte ich irgendwie noch nicht über die Lippen. Kack auch, mit diesen ganzen verbalen Unfähigkeiten, die man mit sich herumträgt. »Das ist Jan, ich hab dir von ihm erzählt«, er würde wohl wissen, dass es sich nicht um den Merlin-Jan handelte, hoffte ich zumindest. Bloß keine blöde Bemerkung machen, versuchte ich mit einem eindringlichen Blick in Florians Richtung zu signalisieren. »Hey, schön dich kennenzulernen, Jan«, begrüßte Florian meinen Ex, breit grinsend. Fast erwartete ich so was wie, toll, dass du mir deine Freundin überlässt, aber Gott sei Dank verabschiedete sich Jan auch schon. »Lass uns mal telefonieren.« »Ja, keine schlechte Idee, die Tage mal.« Natürlich hatte uns Jans Begleitung im Blick. Ich nickte nur, nuschelte ein Hallo in ihre Richtung und war froh, dass keiner von ihnen das Bedürfnis hatte, auch noch an unseren Tisch zu kommen. Kurz darauf machten wir uns wieder mit dem TT vom Acker und Gott sei Dank war der Parkplatz nicht vom Café einsehbar. Konnte ich mir schon vorstellen, welch ausgedehnten Lästereien der schwarze Roadster in dieser Clique nach sich ziehen würde.

Auf dem Weg nachhause bemerkte Florian, mein Ex hätte mich ganz schön traurig angeschaut, ob er noch verliebt in mich sei. Soviel Sensibilität hatte ich ihm gar nicht zugetraut, aber er hatte recht. Es war ein komisches Gefühl, auf Jan zu treffen. Weit weg von: er ist mir scheißegal. Und aus einem inneren Impuls heraus hätte ich ihn gerne in den Arm genommen. Ging natürlich nicht. Er hätte möglicherweise falsche Schlüsse gezogen, dachte ich.

In meiner Wohnung machten wir es uns gemeinsam vor meinem Laptop gemütlich. Florian hin oder her, ich hielt es keine Sekunde länger aus, nicht wenigstens mal nachzuschauen, ob ich eine Mail erhalten hätte und wer so online wäre. Ich loggte mich mit Xela ein, schließlich brauchte Florian nicht von meinem zweiten Nicknamen zu wissen, und gemeinsam blickten wir auf den Monitor. Florian interessiert daran, was seine Geschlechtskollegen so schrieben, und ich auf der Suche nach Licht in meinem Leben oder vielleicht nach einem neuen Favoriten.

»Das ist ja beleidigend für die Zunft der Männer, was die so alles schreiben. Ich würde niemals so mit der Tür ins Haus fallen.« Der Satz schrie förmlich nach einem spöttischen Seitenhieb: »Nee, du fällst nur innerhalb der ersten fünf Minuten über deine Dates her. Ist jetzt auch nicht direkt besser.« Er lachte und wies mich darauf hin, dass ich ja nicht direkt ein Nein signalisiert hätte. Ich durchforstete meine Erinnerung. Natürlich gehören immer zwei dazu, aber es war mir unklar, womit ich ihm signalisiert hätte, über mich herzufallen. Ich meine, ich hatte sein Eis in den Kühlschrank gelegt und nicht einen Striptease vorgeführt. Es interessierte mich und ich fragte ihn: »Wie kamst du darauf, dass ich Sex haben wollte?« Er blickte in die Luft, dachte kurz nach. »Ich kann's nicht so genau sagen. Vielleicht deine Art. Wie du mich angeschaut hast, deine Bewegungen. Ganz ehrlich, etwas Ähnliches ist mir vorher noch nie passiert. Aber ist doch egal, wir hatten ja, beide Spaß dabei.« Er wandte sich wieder dem Laptop zu und antwortete als Xela einem der Dummklicker, die sich in meinem Nachrichtenfenster mit eindeutigen Angeboten meldeten. »Ey, aufhören. Du ruinierst meinen Ruf«, stoppte ich ihn lachend.

»Wie sind denn die Frauen so im Chat? Leicht zu haben, oder eher   zickig?«, fragte ich ihn. »Die meisten sind eher langweilig. Mitunter gibt es Frauen, die wollen direkt Cybersex. Ist aber nicht so mein Ding. Auf jeden Fall hat sich wegen dem Telefonieren noch keine so angestellt wie du.« Ich musste lachen, als ich daran dachte, wie lange es gedauert hatte, bis ich Merlin oder Adriano meine Nummer gab. Florian hatte sie am 2. Tag. Soviel zu dem Thema. »Was hat mich denn so interessant gemacht im Chat?«, fragte ich weiter. »Du stellst Fragen. Du warst offen, wir konnten gut miteinander reden. Ach ja, und find mal eine Frau, die auf Star Trek steht. So einfach ist das nicht. Und wenn die Frau dann noch so klasse aussieht, da bleibe ich hartnäckig«, gab er mir grinsend zur Antwort.

Ich ersparte mir an dieser Stelle zu erwähnen, wie oft ich mir in der Vergangenheit schon angehört hatte, wie gut man mit mir reden kann. Ich konnte mir einfach nicht vorstellen, dass andere Frauen so viel anders sein sollten. Mir fiel Alain F. ein. Er hatte mich, aufgrund meines Profils, als speziell eingestuft. Wenn man vom Teufel spricht: Mir fiel ein Name auf, in der langen Liste der Nicknamen. »take_care« – , sei vorsichtig auf Deutsch. Das ist doch – meine Intuition sagte mir, dass ich »take_care« kenne. Ich entwand Florian die Maus und klickte den Namen an. Ich schaute mir das Profil an. Es war leer, bis auf zwei Einträge unter Statements: »Reden fördert die Intelligenz« und »Lass mich mit deinen Sexwünschen in Ruhe«. Das kann nur einer sein. Ich war überzeugt und schrieb: »Vielleicht bin ja einen Schritt weiter ... !!?? Ich war gespannt, ob ich richtig lag. Er antwortete mir umgehend.

take_care: *s* ... dann sollten wir doch bei einem Glas Wein mal drüber reden ... tel??

Warum auch immer. Ich freute mich so sehr, dass meine Mundwinkel fast meine Ohrläppchen berührten.

Xela: Du hast deine Profileinträge gelöscht?!
take_care: Sollen sich die Mädels doch die Mühe machen, herauszufinden, wen sie vor sich haben ... diese Profileinträge spiegeln ja mehr eine Wunschvorstellung des eigenen Ichs ... ;)
take_care: Kaffee und eine rauchen? ... hab ein Stündchen Zeit, bevor ich mit den Jungs um die Häuser ziehe ...
Xela: ein andermal gerne ... ich habe jetzt gerade kein Stündchen Zeit ...
take_care: ok ... melde dich ... 0148 456 33 ... cu.

»Wer war das?«, fragte Florian mich. Ich erzählte von Alain F. und unserem Mailverkehr. »Ich will mich nicht mit ihm treffen oder so. Wir haben nichts Sexuelles. Auch wenn er mich mit seinen Mails auf die Palme jagt, irgendwie ist er was ganz Besonderes.« Florian sagte nichts weiter dazu.

Spätabends rauschte Florian mit seinem TT ab. Ich räumte die Wohnung auf und freute mich, weil ich ja vielleicht doch was Besonderes war.

Morgen werde ich ihn anrufen. Ganz sicher. Hat ja gesagt, er ist jetzt unterwegs. Also, nützt ja nichts jetzt anzuklingeln. Ach komm, ein kurzes »Hallo« und »viel Spaß« wird ja wohl drin sein. Nein, der wird mich doch abwimmeln. Morgen. Morgen Abend werde ich mir ein bisschen Mut antrinken und seine Nummer wählen.

9

Einer der vielen, nichts sagenden Ehemänner aus meinem immer größer werdenden Pool war Michael. Ein Unternehmer aus der Gegend von Dortmund. Abgesehen von seiner Hartnäckigkeit gab es für mich keinen Grund, über den Chat hinaus mit ihm zu kommunizieren. Wir führten Gespräche über Beziehungsalltag, ich erzählte aus meinem Leben, von meiner Trennung und, dass ich nicht an Beziehung glaubte. Wie so oft, wie bei fast jedem. Inzwischen bestimmt tausendmal durchgekaut. Er seinerseits wurde nicht müde zu beteuern, wie glücklich seine Ehe sei, wie sehr er seine Frau liebt. Na, das war ja eine ganz neue Variante.

Ganz in das Bild, was er von seiner Ehe zeichnete, passte allerdings nicht sein Wunsch, mit mir romantisch Essen gehen zu wollen. Die Betonung lag auf romantisch. Natürlich ohne jeden hormonellen Hintergedanken. Es fuchste mich, seine Worte zu lesen und sein Beharren nur reden zu wollen. »Du lügst dir doch selbst die Tasche voll«, hielt ich ihm vor. »Wenn du an ein romantisches Essen denkst, dann denkst du an das Prickeln eines Dates, an tiefe Blicke in die Augen, an mehr als nur ein Glas Wein und Pasta.« Das Ganze ging über mehrere Wochen. Er: »Romantisch Essen?« Ich: »Nein!«

Vielleicht war es seine Hartnäckigkeit, die an Adriano erinnerte, weshalb ich ihm meine Handynummer gab. Immerhin, er fuhr auch einen Geländewagen. Natürlich musste er versprechen, mich nicht anzurufen. SMS gerne, aber reden musste nicht sein. Keine Minute hielt er sich an das Versprechen. Okay, auch das war ja nichts Neues für mich. Wenn ich nicht telefonieren will, sollte ich in keinem Fall meine Telefonnummer rausgeben.

Seine Stimme erinnerte dann enttäuschend wenig an die Bestimmtheit des Italieners. Tief und männlich zwar, aber eher einem Brummbär gleichend als dem Paten. Ich fühlte mich überlegen. Nicht nur, weil es mir schnurzpiepegal war, ihn zu treffen oder nicht, sondern weil ich glaubte, inzwischen vollends über den Dingen zu stehen. Abgebrüht, mich kann nichts und niemand mehr treffen. Selbst das erste Telefonat nahm ich mit gelassener Selbstverständlichkeit hin.

»Michael hier«, meldete er sich, zögerlich brummend. »Der Michael, der glaubt, ein romantisches Abendessen hätte nichts mit Sex zu tun?«, frage ich, mit vor Ironie triefender Stimme. »Ich bin tatsächlich nahe dran, Ja zu deiner Idee zu sagen. Das will ich selbst erleben, wie du dich am Ende des Abends da rausredest.«

Für mich war es so sicher wie das Amen in der Kirche: Ich hatte hier einen Mann vor mir, der so unglücklich war wie ein Kind im dunklen Keller. Einen Mann, der nach Gefühl, nach Selbstbestätigung seiner geschlechtlichen Zuordnung suchte. Ein Ehe, die über die Jahre den Sinn für Erotik, Romantik, kurz das Gefühl verloren hatte, da lechzt man nach Selbstbestätigung. Schließlich, warum chattete er sonst? Um neue Geschäftskontakte zu knüpfen, wohl kaum.

Nicht nur Männer machen es gerne. Auch Frauen tun es gerne: jagen. Dem würde ich es zeigen. Kein Sex! Glückliche Ehe! Haha. Wir werden ja sehen, wer Recht behält. Ich sagte ein Treffen zu.

Donnerstag würde er in Köln sein. Wir verabredeten uns bei mir zuhause. Auf ein romantisches Essen. Wenn ich jemals in meinem Leben ein *fg* (fieses Grinsen) im Gesicht hatte, dann in diesem Moment.

Schade nur, dass ich diese Abgebrühtheit nicht bei allen Männern an den Tag legen konnte. Die erste Flasche Rotwein war schon halb leer und ich starrte auf mein Handy. Alain F. anrufen, stand auf meiner Todo-Liste. Einzig meine Angst vor dem verbalen Zusammentreffen galt es noch wegzutrinken. Schließlich war er kein 08/15 Typ. Es war zu befürchten, dass er mir mein mühsam aufgebautes Selbstwertgefühl mit einem Satz in den Boden treten könnte und ich in der Folge wenigstens eine Woche auf dem Zahnfleisch laufen würde, mich für wertlos, doof und dämlich halte. Er war kein Florian oder Teddy, weit weg von einem Merlin, und die Lockerheit eines René konnte man bei ihm auch nicht finden. Tiefschürfend, analytisch, ohne erkennbares Interesse an Sex. Wenn ich ein Buch wäre, dann würde ich sagen, er ist Reich-Ranicki. Nimmt kein Blatt vor den Mund, wenn er meinen Inhalt bespricht. *Sei einfach du selbst. Haha. Mich selbst kann er garantiert nicht leiden.* An Alain F. denken, hieß für mich, darüber nachzudenken, wer ich eigentlich bin und wer ich vorgab zu sein. Der Typ würde jede Unstimmigkeit aufspüren. Ich hatte ihm geschrieben, dass ich vielleicht ein Stück weiter bin. War ich wirklich ein Stück weiter? Was sollte ich ihm antworten, wenn er mich danach fragt?

Mit meinem Weinglas in der Hand, schweißnassen Händen und all meinen Unzulänglichkeiten im Kopf, wählte ich seine Nummer. Es klingelte. Alain F. Ich hatte mir ein Bild von ihm gemacht, und dieses Bild musste ich beim Klang seiner Stimme überdenken. Jungenhaft, begeisternd, statt tief, männlich und bedächtig. Im Ansatz war ein Dialekt zu hören. Badisch, wie es in der Gegend von Konstanz gesprochen wird, wie ich heute weiß.

»War das jetzt so schwer, mich anzurufen, Süße? So schlimm bin ich gar nicht, wirst schon sehen. Ich bin ganz umgänglich«, eröffnete er die Unterhaltung und ich hörte, wie ein Feuerzeug klickte. Im Hintergrund lief Musik, die ich nicht zuordnen konnte. »DePhazz«, klärte er mich auf. »Die höre ich zurzeit auch in meinem Auto. Passt zu jeder Gelegenheit und macht gute Laune.« Ich erzählte ihm, dass ich Rosenstolz genial fand. Sie rauf und runter höre. »Rosenstolz, das passt zu dir. Dann wird dir DePhazz gefallen. Ich empfehle die Godsdog, die alte von denen. Death by chocolate, die neue, ist auch gut, aber die alte ist besser.« *Wieso passt Rosenstolz zu mir? War das wieder ironisch, sarkastisch und herablassend gemeint?* Ich erwähnte Depeche Mode, die ich seit den Achtzigern nur gut finde. Sollte bloß nicht denken, ich sei festgefahren in meinem Musikgeschmack. Zu technisch, zu wenig Gefühl, seiner Ansicht nach. *Da, er macht es schon wieder. Ich habe zu wenig Gefühl und keinen musikalischen Geschmack.* Ich verteidigte Depeche Mode: »Die sind ja nun alles, aber nicht ohne Gefühl, die Songs. Vor allem die neue CD, mit ‚Can you feel – a little Love'.« Ich legte die CD auf, suchte nach dem Song und spielte ihn laut in den Hörer. »Gut, die neue müsste ich mir mal runterladen. Ich habe sie noch nicht gehört.« Ich hörte, wie er auf seiner Tastatur tippte. *Chattet wohl noch nebenbei, oder wie?* »Download läuft. Werde sie mir morgen anhören.« *Der war ja schnell.* Ich erwähnte noch Annie Lennox, Lisa Stansfield und Madonna. »Klasse Frauen. Super Musik.« Meine Frage, wie er denn nun so ganz real heißen würde, oder ob Alain F. sein richtiger Name sei, blockte er ab.

»Süße, macht es einen Unterschied, ob ich Alain heiße oder vielleicht Jan oder Merlin?« *Nein, du Arsch. Es ist mir egal. Namen sind oberflächlich.* »Ich habe da schlechte Erfahrungen gemacht, mit Frauen, die plötzlich vor meiner Tür stehen.« *Grrrrrr. Er hält mich für eine doofe Ziege. Keine Sorge, ich werde schon nicht anhänglich.* »Hast recht, ist ja eigentlich belanglos«, pflichtete ich lässig bei. Jetzt kam der Moment, den ich bei jedem Telefonat fürchtete. Mir fiel kein Thema mehr ein und von seiner Seite war auch kein Beitrag zu vernehmen. Stille im Hörer. *Er langweilt sich mit mir.* Ich schüttete den Rest Rotwein in mein Glas, lief während des ganzen Telefonats von einem zum anderen Ende meiner Wohnung und zurück. *Na denn. Entweder ich lege jetzt auf, oder ich schneide ein neues Thema an.* Ich öffnete die Kühlschranktür, wollte gerade zur Verabschiedung ansetzen, mit so was wie: Werde mir jetzt was zu Essen machen, da fragte er nach, wie es denn mit dem Audi laufen würde. Ich entschied mich für die ehrliche Variante. Nicht ganz: Ich versuchte den Eindruck zu vermitteln, über den Dingen zu stehen. »Männer, ...« – *Alexa! Keine Pauschalurteile, die wird er nicht mögen.* Ich erzählte ihm von dem Date, von seinem Nein und, dass er morgens ohne Verabschiedung verschwunden war. Dass ich das Nein ignoriert hatte, musste er aus mir rauskitzeln. Es war halt peinlich. Er lachte, sagte, er würde verstehen. *Was gibt es da zu lachen? Was versteht er?* Genervt fragte ich ihn: »Was verstehe ich denn schon wieder nicht, was für dich so offensichtlich ist?« »Süße...«, *nenn mich nicht immer Süße. Ich bin keine blöde kleine Maus. Nimm mich ernst oder lass es ganz bleiben.* »... wir Männer sind halt nur Männer. Ich erzähl dir mal eine Geschichte, wenn du die hören magst?« Natürlich wollte ich die hören, blöde Frage. »Von Zeit zu Zeit chatte ich. Mitunter ein Jahr nicht, dann überkommt es mich wieder. Vor einem Jahr ... ein Mädel ... dir nicht unähnlich ... Missbrauch durch ihren eigenen Vater in der Kindheit ...« *Wer hat denn jetzt was von Missbrauch erwähnt. Die ist mir nicht ähnlich.* Meine Gedanken schweiften ab. Ich erinnerte mich an meine Kindheit. Fünf oder sechs war ich. Sein Gesicht verblasst, nicht sein erigiertes Glied. Ich fühlte den feuchten Glibber in meiner Hand. *Ich wurde nicht missbraucht. Die Story hat doch jede Frau zu erzählen. Völlig normal – irgendwie. Außerdem, Vergangenheit.* »Sie litt vor sich hin und suchte nach ihrem Platz im Leben. Sie hatte mich beschäftigt, weil ich ihr helfen wollte. Jeder Mensch ist genau so, wie er ist, richtig. Mit all seinen Erfahrungen und Unzulänglichkeiten. Verstehste? Ich bin zu ihr gefahren. 600 Kilometer. Shit, ich wollte sie in den Arm nehmen. Sie wollte mit mir schlafen. Arrogant und selbstherrlich nannte sie mich, als ich ablehnte. Sie hatte Sex mit Nähe verwechselt. Wie soll man verstehen, wenn Signale nicht eindeutig sind? Wir sollten uns das sehr genau überlegen, ob wir uns treffen, Süße – verstehste?« *Falscher Film. Falsche Vermutungen. Falscher Vergleich. Wer will sich denn treffen oder schlimmer noch mit dir schlafen? Ich mit Sicherheit nicht – verstehste? Vielleicht warst du ja nicht tiefschürfend genug, ihre Signale zu interpretieren?*

Ich hatte ehrlich gesagt keine Lust mehr, weiter seinen Geschichten zuzuhören. Mein Weinglas war leer, ich wollte eine neue Flasche öffnen und in mir kochte es beim Zuhören seiner Sicht der Dinge. Es war halb zwölf, fast Mitternacht, als wir uns verabschiedeten. Er lässig mit: »Cu«, die gängige Abkürzung für ‚see you' und einem nachdrücklichen: »Pass auf dich auf, ich tu's auch.« Mein knappes, geflüstertes: »Bis dann«, wirkte dagegen sehr fad, wenig vielsagend, wie ich im Nachhinein fand. Vielleicht sollte ich mir auch ein paar Sprüche parat legen, für unser nächstes Gespräch.

Bevor ich mich ins Bett legte, surfte ich zu Amazon und bestellte mir gleich beide DePhazz CDs, fuhr den Rechner runter und kuschelte mich grübelnd in mein einssechzig-Singlebett. *Signale falsch interpretieren? Was für Signale sende ich denn bitteschön? Arrogant und selbstgefällig – so verkehrt war die Umschreibung gar nicht.* Mein Handy vibrierte auf dem Nachttisch. Es war eine SMS von Alain, oder wie immer er auch hieß: »Du klingst mir zu cool, zu tough am Tel. Das bist nicht du ... :). *Das war ich, Herrgottnochmal.*

Signale, dass ich nicht lache. Wie hätte er mich denn gerne? Jämmerlich und kleinlaut? Sanft und einschmeichelnd? Ich versuchte unser Telefonat noch mal nachzuvollziehen. *Nein, bis auf ein paar nervöse Attacken - aber das bin auch ich und ihm zufolge ist das ja auch gut so - war ich recht gelassen im Verlauf des Gesprächs gewesen.* Meine Gedanken kreisten, ich kam zu keinem Ergebnis und mein Kopf platzte fast. Ich kam nicht darauf, was er mir eigentlich sagen wollte, dieser Mann, der ja so abgeklärt war und Anglizismen beherrschte wie kein anderer. An Schlafen war nicht zu denken. Ich wühlte mich wieder aus meinem Bett, holte mir meinen Laptop ins Bett und begann eine Mail zu schreiben, an Alain F.

Hallo Alain (wär schon schön zu wissen, ob das dein richtiger Name ist - er klingt so romantisch, so heldenhaft - nicht dass ich noch eine falsche Erwartungshaltung aufbaue, aufgrund einer Fehlinterpretation ... ;),

ich liege hier im Bett und zermartere mir mein Hirn ... klinge ich cool am Phone? Klingen vielleicht, aber schweißnasse Hände und Herzrasen sprechen eine andere Sprache. Vielleicht bin ich ja eine begnadete Schauspielerin, keine Ahnung ... Ich sehe, wir haben ein Problem und das Problem hat mit Coolness zu tun. Du wirkst so abgeklärt, dich kann nichts mehr schocken ... wirkst du so? Bist du so? - ich glaube nicht. Warum sonst beschäftigst du dich mit mir und denkst auch noch über meine Stimme am Telefon nach? Muss ich mich für meine, wie du findest, coole Stimme jetzt entschuldigen? - ehrlich, der Gedanke geht mir durch den Kopf. Ist unsere Coolness vielleicht nur eine Maßnahme, um nicht verletzt zu werden?

Du hast möglicherweise Recht. Für Audi und Porsche war ich ein Zuckerli, wie du so schön sagtest. Kühle Ruhe und Distance? - ja, ich kann es nachvollziehen, dieses Gefühl, auch wenn ich noch Schmerz und Aufgewühltsein spüre ... kein Gefühl von Romantik und Liebe, vielleicht ~~Rache~~ *(streichen: Rache ist zu pathetisch)* ein interessierter Blick auf mich und meine Zuckerlis - möglicherweise solltest du mal darüber nachdenken, ob du ja das

Zuckerli bist/warst? Es ist ja so viel einfacher, wenn der alte Favorit durch einen neuen ersetzt wird. Der Stolz kann weiter aufrecht gehen, denn man ist ja immer noch irgendwie very special - nur eben für den Einen nicht mehr. Ist Jaguar eigentlich eine Steigerung zu Audi oder Porsche? *grins* - War ein Spaß! Sex ist ja nicht so ganz unser Thema. Schade drum, wäre soviel einfacher. *Soll ich diese beiden Sätze nicht doch lieber streichen? Der wird mich verbal lynchen.* Oder vielleicht doch nicht schade, sondern das Besondere. *Sollte ich ihn vielleicht mal antesten, anfixen? Ob er wirklich der Kühle ist, für den ich ihn halte. Ein kleiner Hinweis auf rasierte Muschi? ALEXA!*

Die Frage, die ich mir stelle: Wie lange dauert es, bis wir uns gegenseitig den Rücken zukehren oder Du mir eine Beleidigung über meine mangelnde Perfektion und Reflektion an den Kopf wirfst? Für mich wäre ein Treffen mit dir alles andere als eben mal ein Date. Angst, das Wort kreist durch meinen Kopf, wenn ich daran denke, mit dir auch nur einen Kaffee zu trinken. Warum das so ist? – Die Kernfrage. Nicht leicht zu beantworten. Für dich wahrscheinlich offensichtlich, aber mir fehlt jegliche schlüssige Antwort auf die Frage, außer vielleicht, die Angst wieder leiden zu müssen, fallengelassen zu werden, wenn ich anfange, Sehnsucht zu entwickeln.

Also gut, ist spät. Mache jetzt Schluss mit all meinen Unzulänglichkeiten und versuche zu schlafen.

Kuss
Alexa.

Seine Antwort las ich am nächsten Morgen, auf der Arbeit. Er hatte sie noch nachts verfasst und um 02:34 abgeschickt. Wann schläft der Mann eigentlich?

Ich war so genervt jetzt, dass ich dir am liebsten geschrieben hätte ... sinngemäß: Du bist unreif, spielst herum, kannst nicht Ja und nicht Nein sagen und sagst deshalb beides ...

Ich verstehe die Jungs, die dir die Box vollplärren (nach deiner Aussage ja sooo furchtbar nervig) ... was schlicht & ergreifend daran liegt, dass sie deine Signale nicht richtig interpretieren können ... naja, klar ... das kann man ja auch nicht...!! Und – lass mich in Ruhe, schreib' mir nicht, außer dir ist irgendwann mal was klar geworden – dann darfst du dich wieder melden.

So ... nach ein paar Minuten wieder ein bisserl abgekühlt ... Jaaaa .. ich versteh's ja, irgendwo. Aber es ist verdammtnochmal nicht mein Job, mir zu überlegen, wie es sein könnte, was der worst case wäre, wer leidet, und warum ... wenn

ich Dich überhaupt nicht kenne...?

Ich betrachte es so: Wir haben uns über ein paar Punkte und Erfahrungen ausgetauscht, das hätte auch in irgendeinem Café passieren können, war interessant ... und nu' ist ein bisserl Zeit vergangen und du meldest Dich wieder. Soweit, so gut.

Ich sage, ah, ja .. warum nicht, lass uns mal telefonieren, was die normalste Sache der Welt ist ... und du spielst und zickst, bist kindisch ... Und – du misst dem Ding eine Bedeutung bei, die es nicht hat ... natürlich, es könnte einmal «diese» Bedeutung haben, aber das könnte es theoretisch mit jedem, mit jeder ... hat es aber nicht. Jedenfalls jetzt nicht.

Everything is possible ... einerseits. Das ist es aber auch, wenn ich hier 'runtergehe in das Straßencafé vor meiner Haustür, und an den Landmiezen mit den fettgefütterten verzogenen Bälgern vorbei laufen muss. (nein, da ist sicherlich nichts, in Worten: NICHTS möglich *g*) Aber du verstehst, was ich sagen will.

Andererseits, warum hochstilisieren? Ach...das ist mir zu kompliziert, jetzt alles zu schreiben ;))

Ich blättere in meinem Kalender. Übernächste Woche, Freitagabend. Stuttgart. Das liegt etwa zwischen Köln und Konstanz. Lass es uns einfach tun, ist nämlich gar nichts dabei... ;

), auch wenn ich den klassischen Halunken verkörpere. Adresse
maile ich dir noch.

So, jetzt werde ich mein Lockenköpfchen ins Bett tragen – ach
ja, Süße ... ich bin nur ein Mann, du verstehst – wäre nett zu
wissen, mit wem ich mich da treffe. Ich mein, ich will dich ja auch
erkennen, wenn ich dich sehe ... :)

Cu – Andreas Fels.

Reduziert auf eine Tussie, auf eine Sechzehnjährige, die nicht
weiß, was sie will. Wochen-, ja monatelang arbeite ich an meinem
Selbstwertgefühl als Frau und der Typ schaffte es mit dieser einen
Mail, alles in den Boden zu treten. Dem würde ich es zeigen. Kann
nicht Nein und nicht Ja sagen. Ha. Der würde sich wundern. Mutig
schrieb ich zurück:

Andreas also – klingt so banal ... :)

Ehrlich, irgendwie brach eine kleine Welt zusammen. Ein Alain ließ
einen träumen, aber was sollte ich mir unter einem Andreas
vorstellen? So schrecklich deutsch und weit weg von meinem Bild des
liebenswerten Halunken. Alain ließ mich an wehende dunkle Locken,
an einen gut gebauten Kerl denken. Braun gebrannt und charmant.
Andreas dagegen klang mehr nach Banker, nach Brille und nach
Golffahrer. Ein Jaguar-Fahrer der Alain heißt hatte, was, klang nach
Cannes, nach Saint-Tropez, nach göttlich fast. Aber ein Andreas? Ich
zog es vor, ihn wenigstens gedanklich weiter Alain zu nennen, war
aber ein ganz klein wenig selbstbewusster, jetzt, wo ich ihn vom
Olymp auf die Erde holen konnte.

Dann schick mal die Adresse und vergiss die Uhrzeit nicht.
Alexa.

Seltsam eigentlich, wenn ich darüber nachdachte. Man liest
zwischen den Zeilen der Jungs, wie sie gepolt sind. Erkennt auf einer
subtilen Ebene, welches Bild das richtige ist. Ganz unbewusst, oder

doch bewusst sucht man für jeden Charakter ein spezielles Bild aus. Gut, vielleicht ist es gar nicht so subtil, die Ebene. Wenn mich jemand als leidenschaftliche Genießerin sah, schickte ich ihm die leidenschaftliche Genießerin. Aber sah mich Alain in irgendeiner Form unter erotischen Aspekten? Wohl eher nicht.

Ich hängte ein Bild an die Email, auf dem ich mit schwarzer Brille zu sehen bin. Ironisch, nachdenklich, ein bisschen frech, würde ich den Ausdruck bezeichnen. Meine dunkelbraunen Augen schauen über den oberen Brillenrand hinweg. Die struwwelig schwarzen Haare umrahmen mein blasses Gesicht. Junge Deutschlehrerin vielleicht, mit Ambition auf einen Doppelnamen. Er bekam nicht das spezielle Bild von mir. Dass, wo ich auf rotem Samt drapiert, mit rotem Lippenstift, keck und provokant in die Kamera schaue. Nicht auszudenken, was für Zeilen ich mir durchlesen müsste, wenn ich ihm das Bild schicken würde. Er war nicht der Typ für erotische Selbstportraits, die mehr nach einem Flyer für ein Callgirl aussahen als nach einer realen Person. Ich fügte noch den Satz hinzu, dass mich ein Bild von ihm auch erfreuen würde. Schließlich müsste er meine Vorstellung, wie ein Andreas aussieht, bevor wir uns treffen ins rechte Bild   rücken. Ich schickte die Mail ab, nachdem ich noch mal ausführlich darüber nachgedacht hatte, ob die Bildwahl die richtige für ihn war, und mir wurde schon im Vorfeld bange bei der Frage, wie er die Aufnahme von mir wohl beurteilen würde.

Amazon ist eine geniale Sache. Heute bestellt, spätestens übermorgen in der Hand. Früher mit Otto und Quelle dauerte das Wochen, wenn nicht Monate, bis endlich wenigstens eins der bestellten und heißersehnten Teile ankam. Gut, das Trägertop war dann zwar immer noch in, aber die Jahreszeit passte nicht mehr so ganz, und Musikträger, damals ja noch Vinyl oder Cassette, hatten die auch nicht im Sortiment. Wie funktionierte das Leben eigentlich ohne all die Annehmlichkeiten des Internets? Als man noch mit dem Überweisungsschein zur Bank laufen musste und einen dicken Brockhaus brauchte, wenn man mal nachschlagen wollte, wie viel Einwohner eigentlich Posemukel hat? Das Genialste ist ja, dass man inzwischen sogar schon mit der Diagnose zum Arzt kann. Ein Räuspern, leichte Bauchschmerzen, ein Ziehen hier, ein Stechen da, im Internet findet man garantiert die passende Diagnose, inklusive Therapievorschlag.

Da ich tagsüber eh nie zuhause war, ließ ich mir Bestellungen immer gleich in mein zweites Zuhause, die Firma, liefern. Ersparte die Hetze aufs Postamt, um das Paket abzuholen.

DePhazz – gar nicht schlecht, schon beim ersten Reinhören, auf dem Weg nachhause. Besonders der Song: »You're so special«, auf der »Death by Chocolate« gefiel mir. Ich stellte mir verträumt vor, wie Alain F. in seinem Jaguar saß, das Lied hörte und an mich dachte. Haha, Träume können ja so schön sein. Ich und ein Jaguarfahrer. Das ist in etwa so, als würde er seinen edlen Schlitten mit einem Billigsitzbezug aus dem Angebot von Aldi beziehen. Dennoch, das Lied machte gute Laune und die wollte ich mir heute nicht verderben, denn das Date mit Michael, stand vor der Tür.

Hier und da hatten wir miteinander telefoniert. Er informierte mich darüber, wann er über welche Autobahn fuhr, welchen Mist seine Mitarbeiter bauten, oder was er gerade am Essen war. Lauter total interessante Informationen, die er mir meinte mitteilen zu müssen.

Es gab keinen Telefonsex. Nein, wozu auch. Er war ja glücklich mit seiner Frau. Ich hatte ihm ein Bild von mir geschickt. »Wow, was für eine tolle Frau.« Seltsam immer wieder für mich. Ich sah auf den Bildern, die ich verschickte, eine verängstigte, depressive Alex, die sich über die Jahre hinweg in sich selbst zurückgezogen hatte. Da konnte ich stundenlang über meinem eigenen Bild hocken, ich fand nicht heraus, was die Jungs immer wieder so begeisterte. Alle glaubten zu wissen, dass ich eine sehr leidenschaftliche Frau bin. Ja, ja, wenn es darum geht, mich selbst zu bemitleiden, mich tief in meinem Unglück zu vergraben, dann entwickle ich so was wie Leidenschaft. Aber erotisch? Ich? Vielleicht war es das, was mich vor einem Date immer wieder nervös werden ließ. Dass, was die Jungs in mich reininterpretierten, widersprach gänzlich meinem Selbstbild – vielmehr meinem Idealbild. Vielleicht sollte ich ja mal ganz mutig sein und nüchtern in ein Date reingehen. Alex goes extreme oder so.

Ein andermal vielleicht. Heute nicht. Ich hatte mal wieder italienisch gekocht. Mag jeder, isst jeder. Der Rotwein lagerte allerdings nicht mehr im Kühlschrank. Schließlich hatte ich in den letzten Monaten mehr als nur den Geschmack von Sperma kennengelernt. Eine dunkelrote Seidenhose, ein schwarzes enges Top. Schließlich legte ich es heute drauf an. Roter Lippenstift. Meinetwegen kann er jetzt kommen. Als er pünktlich, um 19 Uhr, in meiner Wohnung stand, war ich mehr als überrascht. Seine Stimme hatte mich auf einen kleinen, untersetzten Typen tippen lassen. Doch was jetzt vor mir stand, war alles andere als das: groß, kräftig, muskulös. Ein Schrank von einem Mann. Da hätte ich doch durchaus mal vernünftiges Schuhwerk anziehen können. Er trug Businessklamotten und er gefiel mir. Ein Bruce Willis-Verschnitt mit dem Blick eines Teddybären.

Er entpuppte sich als, das was man einen »lieben Kerl« nennt. Zwischendurch fragte ich mich, ob er überhaupt über das Durchsetzungsvermögen verfügte, den Chef zu spielen. Optisch stellte er eine imposante Erscheinung dar. Jemand, der einen Raum einnehmen kann. Aber seine Persönlichkeit strahlte den Charakter eines Teddybären aus. Lieb, nett und gemütlich. Teddybär halt. Scheinbar steckt immer ein bisschen Wahrheit hinter den Nicknamen.

Klar, dass ich das Thema irgendwann auf seine Ehe lenkte. Bin halt ein Mensch, der nicht nur gerne bei sich Probleme sucht, sondern mit Vorliebe auch die Probleme anderer Menschen aufstöbert. Innerlich schloss ich eine Wette ab, dass er nicht standhalten würde, auch wenn er sich im Gespräch nach wie vor weigerte zuzugeben, an Sex auch nur ansatzweise zu denken.

Jetzt mal ehrlich: Er saß hier mit mir bei Kerzenschein und Rotwein. Das grenzte an einen, im höchsten Maße strafbaren Selbstbetrugsdelikt. Und es war nicht zu übersehen, wie gierig er die Aufmerksamkeit, die er von mir bekam, aufsog. Ich glaubte noch nicht einmal, dass es Sex war, der ihn leitete. Er suchte nach jemandem, der ihm zuhörte, der ihn als Mann ernst nahm. Er suchte nach einem Gefühl, was er verloren hatte.

Und der Mann konnte sich noch nicht einmal damit rausreden, zu viel Alkohol im Blut gehabt zu haben, als er auf dem Rücken liegend seine Hose zumachte. Es war gar nicht viel passiert. Ich lag seitlich neben ihm auf dem Wohnzimmerboden, wir unterhielten uns, während ich weiter an meinem Weinglas nippte. So ganz nebenbei erwähnte ich, dass ich ihn gerne küssen würde. Von Gegenwehr kann gar nicht die Rede sein, als ich mich seinen Lippen näherte. Im Gegenteil, ganz offensichtlich hatte er Gefallen an der leidenschaftlichen Umarmung. Auch als meine Hände runter zu seinem Gürtel wanderten, war wenig von »Kein Sex« zu hören. Sein Schwanz war schon hart, als ich ihn aus seiner Hose holte. Hoppla, ein so großer Mann und ein so – na egal. Es war jedenfalls ein ganz neues Format in meiner Sammlung. Ich verwöhnte ihn mit meinen Lippen, mit meiner Zunge, legte großen Wert darauf, ihn erst richtig geil zu machen, bevor er in meinem Mund abspritzte.

Jetzt kniete ich vor ihm und blickte auf einen Mann hinunter, den das Elend packte. Eine Zeit lang war es still im Zimmer. Ich lächelte still, nein, wohl eher in Selbstbestätigung ruhend, vor mich hin. Eine geschlagene Stunde musste ich mir sein Jammerlied übers Fremdgehen anhören. »Du hast ja gut reden, du bist Single und musst kein schlechtes Gewissen haben. Was soll ich denn sagen. Ich bin verheiratet und heute zum ersten Mal fremdgegangen.«

Er war zu einem Häufchen Elend zusammengeschrumpft. Fast hätte ich Mitleid mit ihm haben können. Aber nur fast. »Jetzt hör aber auf, Michael. Du flunkerst dich ja selbst an. Fremdgehen beginnt im Kopf. Erzähl mir nicht, jetzt in diesem Augenblick, dass Du im Vorfeld keine Phantasien in Bezug auf dieses ‚romantische Essen‘ hattest.« Unglaublich, aber er weigerte sich immer noch, es zuzugeben.

Vielleicht liebte er seine Frau, vielleicht aber auch nur die Bequemlichkeit der eingespielten Zweisamkeit. Er verließ meine Wohnung wie ein geschlagener Hund. »Hey, mach dir nicht so viele Gedanken. Soviel ist ja nun wirklich nicht passiert. Und, tu dir und deiner Frau den Gefallen, beichte es nicht.« Mir war danach,‘ ihn ein wenig aufzumuntern. »Das ist die Sache nicht wert.«

10

Mit »Le Gourmet« bahnte sich mein nächstes Date an. Selten, aber doch möglich, ein Single. Lediglich zwei Jahre älter – fast noch Welpenschutz –, er war Programmierer und sein weltlicher Name war Jens. Praktischerweise wohnte Jens auch in Köln. Ich bin ja nun echt nicht esoterisch veranlagt. Auffallend fand ich dennoch meinen offensichtlichen Hang zum Sternzeichen Waage. Erst mein Ex-Jan, dann Merlin und jetzt Le Gourmet. Vielleicht bildete ich es mir nur ein, oder projizierte eine Wunschvorstellung auf dieses Sternzeichen, wie auch immer. Auf jeden Fall haben Waagen eine starke Neigung zum kultivierten Genuss. Lieben gute Küche, kochen gerne und besitzen ein Auge für Ästhetik. Eigenschaften, die ich sehr schätze. Aber alle weisen sie auch ein Merkmal auf, was mir gar nicht gefällt. Ein Merkmal, welches letztlich zur Trennung mit Jan geführt hatte und zum Desaster mit Merlin. Sie reden ungern über ihre Gefühle, über das, was sie wirklich bewegt. Sind verbal zurückhaltend, fast schüchtern. All das traf auch auf Le Gourmet zu.

Bisher lebte er in einer WG und zur Zeit richtete er sich seine erste eigene Wohnung ein und suchte jeden Einrichtungsgegenstand mit sehr viel Liebe aus. Nix Ikea. Alten Designklassikern aus den 50ern galt sein Augenmerk.

Schreiberisch war er interessant. Kein Langweiler und auch niemand, der nach oberflächlichem Cybersex suchte. Subtile Erotik zwischen den Zeilen. Es gefiel mir. Zwischen den Zeilen glaubte ich gelesen zu haben, er wäre auf der Suche nach einer passenden Freundin für seine neue Wohnung. Aus diesem Grund rechnete ich nicht damit, dass der Abend, wie die vergangenen Dates, mit Sex enden würde. Man(n) will schließlich die Sache mit der Freundin langsam angehen und letztlich musste ja die Freundin auch zur Einrichtung passen.

Wir verabredeten uns für Mittwochabend, in der Kölner Innenstadt. Café Am Bauturm. Ja, genau – da, wo ich mein erstes Date mit Merlin hatte. Nein, nicht aus Sentimentalität oder so, Jens war niemand, nach dem ich Sehnsucht entwickelt hätte. Der Grund war viel pragmatischer. Gut mit der Bahn zu erreichen und inzwischen kannte ich ja den Weg.

Er saß schon im Café, als ich zur verabredeten Zeit, gegen halb neun, den langgezogenen Raum betrat. »Hast du schon lange gewartet?«, fragte ich mit einem Blick auf sein fast leeres Bierglas. »15 Minuten etwa. Nicht so schlimm«, beantwortete er mein leicht schuldbewusstes Gesicht. Er begrüßte mich im Stehen. Optimal. Fast zwei Meter groß. Ich kam mir fast zierlich vor, als ich ihm die Hand gab. Sportlich, schlanker Körperbau, nicht schmächtig. Kurzgeschorene blonde Haare, blaue Augen; ausnahmsweise mal kein Anzugträger. Locker in Jeans und T-Shirt. Ein jugendlicher Rucksackträger. Ein unerfahrener Jüngling. Glaubte ich zumindest bis dahin. Stille Wasser sind ja bekanntlich tief. Wie sehr dieser Spruch auf Jens zutraf, sollte ich erst noch erfahren.

Wir tauschten unsere Chaterfahrungen aus. Er hatte ein ähnliches Erlebnis hinter sich, oder war noch am dranrumdoktern, wie ich mit Merlin. Ich hörte ihm zu, und seine langsame, bedächtige Art zu erzählen, stellte meine Geduld arg auf die Probe. Unwillkürlich fiel mir Jan ein, der mich mit dieser Art immer ganz hibbelig gemacht hatte.

Auch wenn er es nicht klar aussprach, Waagen halt, merkte ich, wie sehr ihm diese eine Frau zu schaffen machte. Dass er emotional sehr an ihr hing. Musste fast schmunzeln, weil so viele Parallelen mit Merlin zu erkennen waren. Nur sein Merlin war eine Frau. Ich gab ihm den Rat, sich zurückzuziehen, wenn er seine Nerven schonen will.

Die Zeit verging wie im Flug. Gegen ein Uhr bezahlten wir und gingen gemeinsam Richtung Bahn. Jetzt stand natürlich die Frage im Raum, ob wir uns wieder sehen würden. Sozusagen die Rezension, das Fazit der ersten Begegnung. Will man sich wieder treffen, oder wird das Date als netter   Abend ohne Widerholungswert abgehakt.

Der Typ war schwerer zu durchschauen als meine Nebenkosten-abrechnung. Ich schaute ihm ins Gesicht und versuchte zu lesen, was er jetzt dachte. Die Perfektion des Unnahbaren, oder besser Pokerface. Küssen oder nicht, fragte ich mich. »War ein schöner Abend, ich ruf dich an«, sagte er mit einem Anflug von einem Lächeln im Gesicht. Er drückte mich kurz, ich bestieg meine Bahn. Nicht küssen also, auch gut. »Ciao.« Auf dem Nachhauseweg war ich mir sicher: Er kann mich nicht leiden, sonst hätte er mich doch geküsst. Sonst hätten wir jetzt Sex. Mir doch egal. Ich kann dich auch nicht leiden, dachte ich bockig auf dem Nachhauseweg. Ist eh zu jung für mich und ich war sowieso Besseres gewöhnt.

Zuhause angekommen, erreichte mich eine SMS von ihm. »Das war ein sehr schöner Abend, freue mich, wenn wir das noch mal wiederholen könnten. : -) Jens.« Aha, geht doch. Ein Glück, dass es SMS gibt. Ich löschte seine SMS nicht. Schrieb ihm zurück. »Mir hat der Abend auch sehr gut gefallen *lächel*.« Na ja, so schlimm war er ja gar nicht gewesen, der Jens. Würde mich durchaus freuen, ihn näher kennen zu lernen. Das nächste Mal allerdings mit Heimvorteil, bei mir. Wäre doch gelacht, wenn ich es nicht schaffte, seinem Pokerface ein paar Jaaa's und Ooh Gotts zu entreißen.

Die nächsten Tage chattete ich weiter mit Jens. Zwischendurch tiefschürfende Zeilen an Alain F., unterbrochen von Florian, der nicht aufgab, mich in seine Wochenendplanung einzubeziehen. Lange Nächte vor meinem Laptop, in meiner Küche sammelten sich die Rotweinflaschen.

Ich lernte Walter, ich lernte Dieter kennen. Beide verheiratet, beide auf der Suche nach Abwechslung im sexuell langweiligen Eheleben.

Ich verabredete mich mit Jens bei mir zuhause. Freitagabend. Ich verabredete mich mit Dieter bei mir zuhause. Samstagabend. Freitagabend konnte ich gedanklich wieder eine Kerbe in mein Bett ritzen. Der schüchterne Jens hatte sich nach Rotwein und Pasta entwickelt. Zwar gehörte er nicht zu den Jungs, die den Anfang machen, aber wehe, wenn er grünes Licht bekommt.

Wir saßen auf meiner Couch. Hörten Musik, unterhielten uns. Das Gespräch wurde eindeutig zweideutig. Wir tänzelten verbal umeinander rum. Keiner wollte so richtig den Anfang machen, obwohl die erotische Spannung zum Greifen in der Luft lag. Bis zu einem gewissen Grad fand ich es spannend, den Moment hinauszuzögern. Angriff, Rückzug. Nähe, Distanz. Nicht zu übersehen, er wollte es. War aber offensichtlich unsicher, ob er sich nicht eine Abfuhr einholen würde. Ich erlöste ihn, indem ich mich zu ihm rüberbeugte und mit leiser Stimme flüsterte, dass ich ihn gerne küssen würde. Ich lernte dazu. Undenkbar noch vor ein paar Wochen, dass ich in die Offensive gehe. Der Damm war gebrochen und ich erlebte den zurückhaltenden Jens von einer ganz neuen Seite.

Hemmungslos, ausdauernd, weit von schüchtern entfernt und sehr experimentierfreudig.

Ich fand mich im Laufe des Abends gefesselt auf meinem Bett wieder. Arme und Beine in gespreizter Stellung. Nicht direkt ein Entspannungsmoment für mich. Als er mir dann auch noch meine Augen verband und für Minuten in den Schubladen meiner Küche rumwühlte, wurde mir doch irgendwie anders. Ich hörte Besteck klappern. In Gedanken durchwühlte ich mit ihm die Schublade. Mir fiel außer dem weißen Porzellan – Mörser nichts ein, was ich mit sexuellen Phantasien in Verbindung brachte. Damit hatte ich nicht nur ihn, sondern auch den Inhalt der Schublade unterschätzt.

Er kniete zwischen meinen Beinen, schob einen Finger tief in mich hinein und massierte mit seinem Daumen meinen Kitzler. »Komm, Alex, sag mir wie geil, du bist.« Arschloch, stell das doch selbst fest, dachte ich angenervt von dieser, aus meiner Sicht völlig überflüssigen Form der Konversation. Seine Stimme hatte nichts mehr von dem bedächtigen Klang, den ich bisher kannte. Sie war jetzt männlich fordernd. »Also gut, wenn du es mir nicht sagst, dann muss ich andere Seiten aufziehen.« Sagte es, und ich spürte plötzlich etwas Kaltes, Flaches auf den Innenseiten meiner Schenkel. Klatsch. Nicht direkt sanft schlug er ein-zwei-dreimal zu. Streichelte danach wieder meinen Kitzler und mit der anderen Hand zart über die vom Schlag brennende Stelle meiner Schenkel. »Hast du das schon mal erlebt? Einen Orgasmus, der sich mit Schmerz vermischt?«, fragte er mich. Ich zischte ihn an, dass ich es noch nicht erlebt habe und auch nicht scharf darauf bin. Die Schärfe in meiner Stimme beeindruckte ihn nur mäßig, denn er machte weiter mit seinem Spiel. Schlug jetzt auf beide Innenseiten meiner Schenkel. Schob etwas kaltes tief in mich rein – den Mörser.

Meine Handgelenke schmerzten, trotzdem zog ich weiter an den Fesseln. »Och, du glaubst doch nicht etwa, die aufzubekommen«, sagte er in einem beängstigenden Ton, als er meine Bemühungen bemerkte. Er kontrollierte die Fesseln und zog sie fester zusammen. »Ich glaube, dafür muss ich dich bestrafen, bin bisher viel zu nett gewesen.« Er legte meinen erregten Kitzler frei. Schlug mit einem Metallgegenstand zu.

Scheinbar endlos lange dauerte dieses Spiel und es machte mich geil. Ich wollte kommen. Und genau da wollte er mich hinhaben. Dass ich ihn um den Orgasmus anflehe. Er hatte mich soweit. »Aufhören, ich kann nicht mehr.« »Doch, doch, du kannst noch«, sagte er leicht spöttisch und trieb sein Spiel mit Zuschlagen und sanftem Streicheln weiter. Erst als mein Flehen in Betteln übergegangen war lies er mich kommen. Doch wenn ich dachte, er würde mich jetzt losbinden, hatte ich mich getäuscht. Das Spiel hatte erst ein Ende, als er auf meiner Brust kniend über meinen Lippen abgespritzt hatte.

Über eine Stunde hatte ich in der gespreizten Haltung auf dem Bett gelegen. Meine Hände, schon taub von den Fesseln, musste ich eine Minute massieren, bevor ich die Wärme meines Blutes wieder spürte. In meiner Muschi steckte immer noch der Mörser. »Du schreckst ja vor nichts zurück, Jens. Und dich hatte ich für schüchtern gehalten«, sagte ich mit Blick auf die diversen Küchengeräte am Bettrand. Er grinste und erklärte, wie gerne er beim Sex experimentiere. Dass er sofort gemerkt habe, dass ich auf diese Art von Sex stehe. Aha, mal wieder ein Hellseher, oder wie?

Als ich morgens aufwachte, war das Erste, was ich zu fühlen bekam, sein harter Schwanz. Er lag hinter mir, seine Bewegungen waren nicht falsch zu interpretieren. Das war keine simple Morgenlatte, das war eine eindeutige Aufforderung. Er flüsterte in mein Ohr, er würde mich gerne ficken, ob ich ein Kondom hätte. Was für ein Zufall. Hatte ich doch tatsächlich Freitag, in einem Anflug von Vernunft, welche in der Drogerie gekauft. Die Ersten übrigens, die ich je in meinem Leben erstanden hatte. Gott sei Dank war es eine Zehnerpackung, denn sein Schwanz war nicht ganz deutsche Norm. Weit darüber, wie ich mit Augenmaß vermutete. Es klappte dann nach dem dritten Kondom. Saß ein bisschen eng, aber er stieß hinter mir kniend zu. Einmal, zweimal. Aua. Es half nichts, ich musste ihn drauf hinweisen, seinen Schwanz nicht als Rammbock einzusetzen, und konnte es kaum glauben, als er sich entschuldigte. Bisher habe sich noch keine Frau beschwert.

Immerhin, der Vernunftgedanke war da, dachte ich, als er seinen Schwanz rauszog und trocken meinte: »Ist kaputt gegangen.

Geplatzt.« Trotz Aidsgefahr, ich musste lachen. »Wundert mich nicht bei deinem Format.«

Wir frühstückten zusammen und da wir beide noch einiges erledigen mussten, zog er sehr früh ab. »Wir telefonieren. Ciao.«

11

Lange Nächte und Rotwein, der Mensch gewöhnt sich ja an einiges. Zumindest schaffte ich es samstags nachmittags, vor meinem nächsten Date, eine Joggingrunde um den Decksteiner Weiher zu drehen. Was Frau nicht alles tut, um dem Alterungsprozess entgegenzuwirken. Immerhin hatte ich inzwischen gute Gründe, meinen Körper in Schuss zu halten.

Auf das Treffen mit Dieter war ich nicht wirklich scharf gewesen. Hatte mich buchstäblich bitten lassen. Und obwohl ich nach wie vor mit dem Problem meiner Unsicherheit kämpfte und mir, selbst gestern, im Vorfeld Mut antrinken musste, hatte sich bei mir inzwischen eine Lässigkeit, um nicht zu sagen so was wie eine Sucht, breit gemacht. Chatten reichte mir nicht mehr. Schon nach wenigen Sätzen ging ich inzwischen zum Date über. Natürlich überließ ich den Jungs die Frage nach einem Date. Wer bin ich denn?

Mein Beautyprogramm war inzwischen Routine. Die Nerven aufreibende Frage, wie mein Körper wohl auf Männer wirkt, stellte ich mir nur noch selten. Entweder die Jungs hatten keine Ansprüche, oder ich hatte tatsächlich einen geilen Körper.

Ich hatte mein erstes Glas Wein hinter mir, als Dieter meine Wohnung betrat. Er war groß, schlank, blond und trug eine Brille. Seine Bekleidung, betont jugendlich, in Jeans und Hemd. Er sah durchaus nicht übel aus. Nichts, was mich vom Hocker reißen konnte, aber ganz nett. Bei Käsehäppchen und Rotwein unterhielten wir uns über dieses und jenes. Seinen Job, seine Familie, seine Ausrede für heute Abend.

Was für ein Zufall auch. Walter, mit dem ich in der Vergangenheit das ein oder andere Wort gewechselt hatte, war sein bester Freund und seine Ausrede für heute Abend. Männerabend. Nicht nur die Welt, sondern auch der Chat scheint ein Dorf zu sein.

Sowohl Walter, als auch Dieter suchten nach einer Abwechslung im Eheeinerlei und das gaben sie auch offen zu. Natürlich würden sie nicht mit jeder, ist schon klar. »Die Chemie müsste stimmen.« Blah, blah. Den Spruch hörte ich auch nicht zum ersten Mal.

Entweder meine Chemie ist extrem kompatibel, oder auch hier handelte es sich um eine weitere Ausrede, damit Mann sich als wählerisch und nicht notgeil darstellt. Meine Chemie schien auf jeden Fall in Ordnung zu sein, denn kaum eine Stunde, nachdem er meine Wohnung betreten hatte, kniete er nackt, mit prallem Schwanz vor meinen gespreizten Beinen.

Beobachtete, seinen Schwanz in der Hand, wie ich mich selbst streichelte und immer geiler wurde. Ja, es gefiel ihm, könnte man sagen und es war interessant zu beobachten, mit welch einfachen Mitteln Männer zu beglücken sind. Es gehörte nur ein kleiner Sprung über die eigene Schamgrenze dazu. Einfach intuitiv das tun, wonach einem ist. Mich hatte so was wie Ehrgeiz gepackt. Ich war zum Dirigent geworden. Derjenige, der Vorspiel, Höhepunkt und Ende vorgab. Ich wusste ja inzwischen, wie sehr es die männliche Geilheit fördert, wenn hier und da ein bisschen Dirty Talk stattfindet. So fragte ich ihn lässig, ob er meine geile Muschi lecken will. Fühlte mich zwar albern dabei, doch was soll's. Er tat es, während er mit seinen Fingern meine Muschi fickte und meinen Anus stimulierte. Er war gut. Fast virtuos spielte er mit meinem Kitzler. Als er merkte, ich würde kommen, richtete er sich auf, betrachtete die Erregung in meinem Gesicht, während er mit seiner freien Hand seinen Schwanz wichste. Wir kamen fast gleichzeitig. Er spritzte sein Sperma, begleitet von einem erlösenden Stöhnen, über meinem Bauch ab.

Es war erst kurz nach neun. Bis zehn hatte er Zeit. Wir verbrachten die verbleibende Zeit in meinem Bett. Er streichelte meine Haut, machte mir Komplimente, wie geil es mit mir sei, wie gut ich mich anfühlen würde. Er erzählte mir, mit seiner Frau könne er seine sexuellen Phantasien nicht ausleben. Wieder kam die Frage, die scheinbar jeden Mann beschäftigt, ob ich es schon mal anal gemacht hätte. »Noch nicht wirklich«, antwortete ich wahrheitsgemäß. »Vielleicht sollten wir es das nächste Mal versuchen«, schlug er vor. Ich erklärte ihm meine Bedenken zu dem Thema. Scheinbar ein sensibler und einfühlsamer Mann, denn er versprach, es nur zu tun, wenn ich wirklich will, und sehr vorsichtig zu sein. »Mal schauen.« Ich wusste ja noch nicht einmal, ob für mich ein zweites Treffen in Frage kam. Ein bisschen zu früh für sexuelle Zukunftspläne.

Dieter war kaum aus der Tür, da klingelte mein Telefon. Es war Florian. Der geborene Verkäufer. Irgendwann hast du Ja gesagt und weißt gar nicht, wie es passiert ist. Gegen halb zwölf betrat Florian meine Wohnung. Ich war immer noch im Bademantel und an meinem Bauch kitzelten die getrockneten Spermareste von Dieter.

Kurz vor Mitternacht fühlte ich Florians dicken Schwanz in mir. Ich lehnte vornübergebeugt auf meinem Esstisch und während er zustieß, massierte er meinen Kitzler. Ich kam das zweite Mal für diesen Abend.

Florian übernachtete neben mir. Wusste natürlich nicht, dass vor noch nicht ganz zwei Stunden ein anderer Mann in diesem Bett lag. Ob es ihn gestört hätte, wenn er es gewusst hätte? Ich denke ja. Auch wenn er nicht direkt darüber sprach, war ich mir sicher, er interpretierte mehr in unsere Affäre, als ihm letztlich guttun würde. Vermutlich war es ein Fehler, aber ich fuhr sonntags gemeinsam mit ihm nach Koblenz. Verbrachte einen sonnigen Tag im Schwimmbad und einen gemütlichen Abend auf seiner Couch, mit Chips und DVD. Mehr als einmal schaute er mich glücklich an und sagte, wie gut es uns doch gehen würde. Das Leben sei doch etwas Wunderbares. Ich für meinen Teil konnte diese Weltanschauung nicht teilen. Seine Aufmerksamkeit, seine Gesellschaft war zwar eine angenehme Ablenkung, ich fühlte mich auch wohl, konnte aber meine innere Unruhe nicht ablegen. Wir unterhielten uns über meine Affären. Kauten noch mal meine Erlebnisse in München durch. Scheinbar schloss Florian aus den Details, dass ich es sexuell härter mag. Deutete hier und da an, mich fesseln zu wollen und die Sache mit dem Arschfick mal auszuprobieren.

Florian selbst hielt allerdings auch mit seinen Affären nicht hinter dem Berg. Es gab zwei Frauen, die er hin und wieder beglückte. Nichts Ernstes, einfach freundschaftliche Fickverhältnisse. Ich wurde den Eindruck nicht los, er erzählte es mir nur, um mich in Sicherheit zu wiegen. Er kannte meine Aversion gegen Beziehung und versuchte, mir damit ein Gefühl von Unverbindlichkeit zu geben.

Keine Erwartungshaltung, einfach nur Spaß miteinander haben. Vielleicht glaubte er, ich müsste mich erst austoben, um irgendwann in seinen Armen Trost zu finden. Die Wahrscheinlichkeit war mehr als gering. Ich musste das Ganze beenden. Nur nicht heute. Das nächste Mal.

Ich schlief in Florians Armen ein. Fuhr montags in aller Früh die 130 km nachhause. Katzen füttern, dann zur Arbeit. Dass ich fast über meinem Rechner einschlief, muss ich nicht erwähnen.

12

Bisher hatte ich es erfolgreich geschafft, das Treffen mit Alain F. gedanklich vor mir her zu schieben. Es half ja nichts, ich hatte zugesagt, und wenn ich Ja sage, dann bleibe ich auch dabei. Bin ja keine Frau, die gleichzeitig Ja und Nein sagt. Selbst wenn alles in mir schrie, es nicht zu tun.

Wir schrieben uns fast täglich Mails. Auf der Arbeit verbrachte ich wenigstens zwei Stunden täglich damit, ihm meine Gedanken und Erlebnisse per Mail mitzuteilen. Seine Kommentare kamen fast umgehend und provozierten jedes Mal eine fluchende Antwortmail. Ich fühlte mich nach wie vor von ihm angegriffen, kritisiert und nicht ernst genommen. Das konnte aus meiner Sicht niemals gut gehen – dieses Date. Zur emotionalen Katastrophe kam es dann donnerstags abends. Auslöser war eine kurze Mail an Alain F. Ich hätte sie besser nicht geschrieben. Oder doch zumindest den letzten Absatz noch mal überdenken sollen, bevor ich die Zeilen abschickte.

... schlaf gut ... Achso, vielleicht sollten wir über unser Treffen noch mal nachdenken ... nicht, dass ich ein einmal gegebenes Ja zurückziehen will, aber mein Gefühl sagt mir, wir werden uns nach spätestens fünf Minuten nichts mehr zu erzählen haben... nur so als letzten Gedanken, was mich noch beschäftigt ...

Alex.

Ich las die Mail nicht wie sonst noch mal durch. Schickte sie einfach ab. Keine halbe Stunde später klingelte mein Handy. Es war Alain F. Nein, ich wollte nicht mit ihm sprechen. Natürlich war mir klar, dass es der letzte Absatz war, der mir dieses Telefonat einbrachte. Klar war auch, dass sein Verständnis für diesen Absatz eher gering sein würde. Er ließ nicht locker. Klingelte immer wieder durch. Sprach auf meine Mailbox. Ich hörte sie erst ab, als ich sicher war, dass er jetzt Ruhe gab.

»Süße, ich kann nicht mehr als dir meine Hilfe anbieten. Scheinbar willst du sie nicht. Und weißt du was? Ich habe keine Lust mehr, meine Zeit zu vergeuden mit Frauen, die nicht wissen, was sie wollen. In einem Satz Ja sagen, um dann im nächsten Satz das Ja wieder zu relativieren, auf ein Eventuell und vielleicht, oder doch besser nicht. Ruf mich an! Jetzt! Oder vergiss das Treffen einfach. Vergeudete Kilometer.«

Ich rief ihn nicht an. Vergrub mich in meine Bettdecke, bemitleidete mich selbst, für mein Unvermögen, mich mit ihm und damit mit mir auseinanderzusetzen. Öffnete eine Flasche Wein, kauerte mich in die hinterste Ecke meines Wohnzimmers und dachte angestrengt darüber nach, warum ich diesen Absatz in die Mail geschrieben hatte. Mir war doch im Vorfeld klar, was passieren würde. Vielleicht eine verkleidete Absage meinerseits? So wie damals, als ich mich nicht traute, das Wort Trennung auszusprechen. Warum konnte ich ihm nicht einfach, klipp und klar sagen, dass ich ihn nicht treffen wollte? Meinetwegen, weil ich noch Zeit brauchte. Zeit, um herauszufinden, was ich wirklich wollte. Von ihm, von mir, vom Leben. Aber hätte das Date mit ihm mir dabei nicht ziemlich sicher weitergeholfen? Ich verachtete mich selbst für meinen mangelnden Mut, mich einem Alain F. zu stellen. Für meine Angst vor seinem Urteil. Davor, dass er meine Selbstzweifel bestätigen würde. Verachtete mich, weil ich eine Frau war, wie ich sie nicht sein wollte. Ich wollte mutig, abgeklärt, einfach gelassen und erwachsen mein Leben leben, war aber offensichtlich gigantisch weit von meinem Idealbild entfernt. Und galaktisch weit von den Einschätzungen all meiner Chat-‚Freunde‘, meiner Dates, die mich für eine starke und erotische Frau hielten.

Sehr spät erst kroch ich in mein Bett, mein Kopf schmerzte vom Weinen und vom Grübeln über mich, mein Leben und meine Unfähigkeit, mich selbst wertvoll zu finden und auf das Urteil anderer zu pfeifen.

13

Das nächste Treffen mit Jens sollte in seiner Wohnung stattfinden. Er wollte kochen. Samstagabend. Einer musste ja herhalten für die Lücke, die Alain F. in meinem Terminkalender hinterlassen hatte. Er gab mir seine Adresse. Fast um die Ecke von Jans neuer Wohnung. Wenn ich schon mal in der Nähe bin? Ich rief ihn an. Erzählte ihm von dem Date. Fragte, ob er Lust hätte, sonntags morgens mit mir zu frühstücken. Er freute sich scheinbar über meine Besuchsankündigung. »Gegen zehn Uhr bin ich dann da, bringe auch frische Brötchen mit.« Ich war gespannt darauf zu erfahren, welche pikanten Neuigkeiten es in seinem Leben gab.

Die Adresse von Jens war nun wirklich ein Klacks. Direkt zwischen Jan und meiner Arbeitsadresse. Das sollte wohl ohne große Umwege klappen. Würde reichen, wenn ich eine halbe Stunde vorher losfahre. Neusser Straße. Die ist gar nicht zu verfehlen. Innere Kanalstraße und dann rechts. So weit kam ich dann auch problemlos. Seine Hausnummer? Hatte ich auch gefunden. Okay. Parken. Köln halt. Es war kein Parkplatz in unmittelbarer Nähe seiner Wohnung zu finden.

Ich fuhr weiter geradeaus. Lenkte mich intuitiv, im Gegensatz zu wissend, durch die Stadt. Als ich über eine große Brücke fuhr, war klar: Ich hatte mich vollends verfranst. Na, super. Die rechte Rheinseite ist mir so fremd wie die Innenstadt von New York. Ich musste mir einen Parkplatz suchen und mich mit den Geheimnissen des Kölner Stadtplanes beschäftigen. Alles klar: Zoobrücke, meine Rettung. Scheint ja einfach zu sein. Es war inzwischen zehn vor acht. Scheiße. Ich würde mindestens noch eine halbe Stunde brauchen.

Bevor ich losfuhr, rief ich Jens kurz an, um ihm meine Verspätung mitzuteilen. »Macht eigentlich nichts. Freue mich auf dich.«

Ich wurde aus ihm nicht schlau. Wir hatten einige Male telefoniert. Seine Kurznachrichten, emotional, leidenschaftlich, mitunter sehnsuchtsvoll, passten so gar nicht zu seiner distanzierten Art, welche er bei unseren Treffen an den Tag legte. Möglicherweise war ich aber auch einfach zu verwöhnt, was Komplimente anbelangte, und konnte nicht damit umgehen, wenn sie ausblieben.

Um 20 Uhr waren wir verabredet. Kurz vor 21 Uhr klingelte ich mit schweißnassen Fingerchen und Herzklopfen an seiner Haustür. Seine Wohnung entpuppte sich als der Traum jedes Singles. Altbau, hohe Decken, Parkettböden und im Herzen von Köln. Als Single kann man wohl durchaus damit leben, durchs Badezimmer gehen zu müssen, um das Schlafzimmer zu erreichen.

Mir gefiel die Wohnung. Er hatte sie von Grund auf selbst renoviert. Ausgewählte Designklassiker bildeten seine noch spartanische Einrichtung. Weit und breit kein Ikea-Möbel zu sehen. Ehrte ihn ungemein. Für gewöhnlich kann man sich in Kölner Wohnungen immer wie zuhause fühlen, weil garantiert die Hälfte der Einrichtung in den eigenen Wänden steht. Der Typ gab mir immer mehr Rätsel auf. Seine Wohnung passte ebenso wenig zu ihm wie seine Kurznachrichten. Auch dieser Abend, romantisch mit Kerzenschein und vegetarischem Auflauf, wollte nicht zu seiner kühlen Art so recht passen. Ich meine, er wollte doch letztlich nur ficken und nicht mich kennenlernen und seinen Eltern vorstellen, schlussfolgerte ich bisher, da er noch nicht mal im Ansatz so was wie: Ich hab dich lieb, oder ähnlich emotionale Sätze von sich gegeben hatte. Irgendwie eine typische Waage, irgendwie aber doch nicht. Vielleicht sollte ich mir ein wenig Zeit geben, ihn kennen zu lernen, um hinter seine distanzierte Fassade zu blicken.

Es war kein unangenehmes Essen oder so. Klar, der Auflauf war etwas zu lange im Backofen gewesen, schmeckte aber köstlich. Auch der Wein war ausgesucht und lecker. Dennoch wollte sich bei mir nicht die Stimmung einstellen, die ich von anderen Dates kannte. Er verunsicherte mich einfach, weil ich ihn nicht einschätzen konnte. Frau will halt sichtbar angehimmelt werden und spüren, wie ihre

Strategien greifen. Nicht mal ein Wort über meine Augen. Das war ich schlichtweg nicht gewohnt.

Nach dem Essen unterhielten wir uns eine Zeit lang über seine Weingläser und sein Geschirr, welches er in einem Antiquitätenladen nahe Mailand erstanden hatte. Irgendwann, mitten im Gespräch stand er auf. Wechselte vom interessierten Weinglaserzähler, vom distanzierten Pokerface zum dominanten Liebhaber. Nahm mich bei der Hand und zog mich durchs Badezimmer in sein Schlafzimmer. Seine bisher bedächtige, langsame Stimme wechselte zu fordernd und bestimmt.

Was jetzt? Ich lag rücklings auf seiner Matratze, Jens mit seinem ganzen Gewicht auf meiner Brust. Er beugte sich seitlich nach vorne. Ich folgte seinem Blick. Oberhalb der Matratze waren Haken in den Holzboden gebohrt. Rechts und links jeweils einer. Ich hörte das Surren von Seilen, es waren Spanngurte, die er durch die Haken zog. Kurze Zeit später drückten die Metallverschlüsse schmerzend auf meine Handknöchel. Er hatte meine Arme in gestreckter Haltung, jeweils rechts und links gefesselt. Ich zischte, fluchte und wand mich, als er meine Hose von meinen Beinen streifte. Meine Gegenwehr veranlasste ihn dazu, weitere Spanngurte hervorzuzaubern. Super, und was jetzt? Ich konnte mich kaum noch bewegen. Nein, eins ist mal klar, er plante garantiert nicht, mich seinen Eltern irgendwann vorzustellen.

Der Typ entwickelte in den nächsten zwei Stunden einen Spiel- und Experimentiertrieb, der alles was ich bisher kannte, in den Schatten stellte. Ich lernte sein Sortiment Vibratoren kennen: Bunt, knallig, poppig, mit und ohne Noppen. Er schob einen in meine Muschi und der einzige, der sichtlich dran Spaß hatte, war er. Zwischen meinen Beinen kniend, sein Werk betrachtend wichste er seinen harten Schwanz.

Nie wieder würde ich mich auf schüchtern wirkende Typen einlassen. Ich schwör's. Ich war ihm komplett ausgeliefert. Je nach Laune spielte er mit meinen Kitzler oder fickte mich mit dem einen oder anderen Vibrator, mit oder ohne Batterie. Irgendwann ließ er mich mit dem Summen der Vibratoren in mir alleine. Stand kurze Zeit später mit einem Sammelsurium an Küchengeräten vor der Matratze. Darunter auch Wäscheklammern und Gummis. »Du schiebst ihn immer wieder raus. Das sollst du doch nicht tun. Ich werde was dagegen unternehmen müssen.« Er meinte den Vibrator in meiner Muschi. Seine Tonlage erinnerte mich an die Stimme des Psychopathen. Als Zuschauer willst du schon gar nicht mehr hinschauen, weil Stimme, Blick und Atmosphäre verraten, dass jetzt die eklige Szene kommt, vor der alle dich gewarnt haben. Nein, ganz so schlimm wurde es nicht. So stellen sich Männer vermutlich den Handwerkerhimmel vor. Unter Zuhilfenahme der Wäscheklammern, des Gummis und meiner Schamlippen schaffte er es, den Vibrator in mir zu fixieren.

Was jetzt? Blindekuh spielen? Er verband meine Augen. Experimentierte mit diversen Küchengeräten an meinem Kitzler und meinen Brustwarzen. Wollte zwischendurch wissen, wie geil ich schon bin. »Haha, ich bin verspannt, ich bin wütend, ich bin nicht geil. Mach die Fesseln auf, das tut weh. Außerdem würde ich gerne eine Zigarette rauchen.« War klar. Natürlich vollends überflüssig, meine Wünsche von mir zu geben. »Du bist doch noch gar nicht gekommen. Zigarette gibt es erst danach. Oder habe ich etwas nicht mitbekommen?« Ich entschied, in diesem Moment, einfach gar nichts mehr zu sagen, keine Regung, nichts mehr. Wollen doch mal schauen, ab wann das Spiel langweilig wird. Jetzt schob er ein Kissen unter meine Hüften. Ich spürte eine kalte Flüssigkeit zwischen meinen Pobacken. Ahnte nichts Gutes. Er schob einen zweiten Vibrator in meinen Arsch. Summen in Stereo. Ich machte weiter auf regungslos. »Mal schauen, wie lange du noch so ruhig bleibst.« Er saß jetzt auf meiner Brust. Sein Schwanz berührte mein Gesicht. Seine Lippen, seine Zunge waren an meinem Kitzler. Er forderte mich auf, seinen Schwanz zu lecken. »Nein. Ich werde höchstens reinbeißen.«

Es dauerte nicht lange und er hatte es geschafft, mich geil zu machen. Mich an den Punkt zu bringen, wo man einfach nur kommen will. Natürlich hörte er auf. Klar, ich kannte ja dieses Spiel inzwischen. »Wenn du kommen willst, dann leck meinen Schwanz.« Ich kam. Sein Schwanz in meinem Mund und überlegte ernsthaft zuzubeißen. Tat es nicht. Mein Körper entspannte.

Ich erwartete die Erlösung von den Fesseln. Aber er gehörte zu der Sorte, die nicht aufgeben, bevor Frau nicht wenigstens zweimal gekommen ist. Ganz uneigennützig auf den eigenen Orgasmus verzichtet. Dieser wunderbare Abend endete nach zwei Stunden damit, dass er mich fickte. Kondome in X-Large gibt es scheinbar doch.

Im Dunkeln liegend, grübelte ich vor dem Einschlafen lange über Fesseln, mein Leben und mein abwechslungsreiches Sexualleben nach. Was hatte sich seit meiner Trennung verändert? Ich bin weit entfernt von Doppel D. Trage immer noch die gleiche schwarze Unterwäsche wie vor einem halben Jahr, und spontane geistige Metamorphose halte ich für unwahrscheinlich.

Steigen Männer mit jeder in die Kiste, oder steige ICH mit jedem in die Kiste? Wer ist der Sieger in diesem Spiel? Bin ich es, die benutzt, oder werde ich benutzt?

Aktuell könnte ich nicht sagen, dass es mein Wunsch ist, mich zu vermehren. Ich kann mich noch so sehr anstrengen, ich höre keine biologische Uhr ticken. Auch wenn die ja bekanntlich bei Frau, spätestens ab dreißig, kirchturmglockenlaut bimmeln soll. Vermutlich ist meine Batterie leer. Auch habe ich nicht das Gefühl, etwas nachholen zu müssen. Nein, es geht auch nicht darum, jemanden zu finden, der Wasserkisten schleppt und sich für den Helden an der Bohrmaschine hält. »Schatz, lass mal, das ist Männersache.« A: Wasserkisten sind gar nicht so schwer, muss man sportlich sehen und B: Dübel in die Wand zu bekommen ist alles andere als akademisch.

Streicheleinheiten fürs Ego? Gott, bin ich toll. Keiner kann mir widerstehen. Würde lügen, wenn ich das leugne. Orgasmus? Geilheit? Ganz nett. Kann ich auch alleine. Extremerfahrung in Sachen Nähe und Vertrauen? Ich denke, ich komme der Sache näher. Natürlich hätte ich es geschafft, Jens von seinen Spielereien abzuhalten. Ein lauter Schrei in einer Mietwohnung kann da einiges bewirken. Ein Tritt in die Eier noch viel mehr.

Als ich vorhin gefesselt im hell erleuchteten Schlafzimmer lag, waren es nicht die Fesseln, oder die Vibratoren, die mich verspannt hatten. Es war meine Scham, so vollkommen entblößt seinen Blicken preisgegeben zu sein. Keine Möglichkeit, mich hinter Gesten, oder gekonnter Körperhaltung zu verstecken. »Deine Körpersprache spricht Bände...« Ein Satz von Adriano. Er hatte es auf den Punkt gebracht. Ich versteckte mich hinter Gesten, wann immer ich mich beobachtet fühle. Habe Angst vor dem Urteil anderer. Selbsttherapie einer ausgewachsenen Neurose ohne ärztliche Beobachtung. Ausgang? Wird sich zeigen oder vielmehr: fraglich.

Selbst die längste und grüblerischste Nacht findet irgendwann, Gott sei Dank, ein Ende. Ich wachte mit Muskelkater und Kopfschmerzen auf. Jens war noch nicht wirklich bereit, den Tag zu beginnen. Ich ließ ihn weiterschlafen, duschte und sammelte meine Kleidungsstücke im Schlafzimmer ein. »Du willst schon fahren?«, fragte mich seine verschlafene Stimme. »Bin spät dran. Habe noch eine Verabredung mit meinem Ex. Nein, bevor du eine blöde Bemerkung machst: kein Sex mit dem Ex. Reimt sich zwar wunderbar, ist aber indiskutabel.« Er bedauerte, weil ich nicht noch mit ihm frühstücken wollte. Er hatte extra eingekauft: Käse vom Feinsten. Schade eigentlich.

Er begleitete mich bis zur Tür. Wir verabschiedeten uns mit einer Umarmung, einem flüchtigen Kuss. »Schade, dass du schon weg bist. Ein Sonntag im Bett wäre nicht das Verkehrteste gewesen«, sagte er mit einem Grinsen im Gesicht. »Hilfe, ich habe jetzt schon Muskelkater ohne Ende. Nee, ist schon gut so«, erwiderte ich lachend. »Also Ciao, und melde dich.«

14

Eigelstein – da will keiner wirklich nachts alleine rumlaufen. Und auch bei Tageslicht, wenig charmant. Jans Wohnung lag inmitten dieses Viertels. Grünflächen weit und breit keine zu sehen, von seinem Balkon Blick auf die gegenüberliegende Häuserfront. Den Bäcker hatte er vor der Tür. Ist natürlich ein nicht zu verachtender Vorteil.

Mit Brötchen beladen betrat ich seine Wohnung. Ich war es schon gar nicht mehr gewohnt, so zaghaft, fast gebrechlich umarmt zu werden. Schmal, fast kränklich wirkte er auf mich. Jan war durchaus immer schon für mich ein gut aussehender Typ gewesen. Seine fast schwarzen Haare trug er in den letzten Jahren auf einen Millimeter kurz geschoren. Kein Ansatz zu kahlen Ecken, dafür dezent grau meliert, was allerdings bei der Länge nicht wirklich auffiel. Schade eigentlich. Ich finde es sexy. Seine blauen Augen waren vor 14 Jahren das Erste, was mir an ihm aufgefallen war. Ich konnte mich am Tag nach unserer ersten Begegnung nicht mehr an seine Haarfarbe erinnern, aber an seine Augen. Ob es Liebe auf den ersten Blick war? Keine Ahnung. Auf jeden Fall war nach unserer ersten Begegnung mein jugendlicher »Jagdinstinkt« erwacht.

Damals – New Wave, Punk, und so gute Musik wie damals gibt's heute sowieso nicht mehr. Boy George war der Traum meiner schlaflosen Nächte. Jungs mit Kajal fand ich megacool. Rebellisch und auf jeden Fall nonkonform war die Devise. Popgrößen wie The Cure, Depeche Mode, Madonna und Billy Idol gaben den Stil vor. Homosexualität galt schon fast als Stilmittel. Aids sollte erst »populär« werden.

Ich ging zu dieser Zeit mit Jochen. Einem Konditor, der auf Friseur umschulte. Fast vier Jahre war ich in ihn verschossen. Fast vier Jahre wartete ich auf meine Entjungferung. Irgendwann begann ich dann doch Verdacht zu schöpfen. Ich meine, er lernte Friseur, Madonna war seine Ikone, und während ich mich auf seinem Bett räkelnd in Verführungskunst übte, spielte er an seiner Musikanlage statt an mir. Muss ich noch viel sagen? Nein. Meine Geduld war erschöpft. 17 und immer noch Jungfrau. So konnte es nicht weitergehen mit mir. Ich machte Schluss mit Jochen und steckte meine ganze Hoffnung in Jan. Klar, ich hatte so ganz leise Bedenken. Schließlich sollten Jungs in dem Alter an Mopeds rumfrisieren und nicht an ihren Haaren. Trotz leiser Bedenken kam der erste Kuss, und ich schaffte es dann doch noch, vor meiner Volljährigkeit entjungfert zu werden.

Schon ein seltsamer Augenblick. Du weißt natürlich Bescheid. Hast ja schließlich Bravo gelesen und in Bio besonders gut aufgepasst. Aber als ich dann zum ersten Mal mit einem Samenerguss konfrontiert wurde, war ich schon etwas erschrocken. Ach ja, klar: Das war jetzt das sagenumwobene Abspritzen. Viel von gehört, viel drüber gelesen. Aber die Praxis ist schon etwas anderes als die Theorie. Mit 17 fummelt und experimentiert Frau halt noch relativ ziellos an diesem noch fremden Organ rum. Man leckt, küsst und streichelt ein bisschen, schwups, man hat es gar nicht kommen sehen, ist da diese glibberige Flüssigkeit. Von diesem Tag an ist klar: Tempos sind nicht nur zum Naseputzen da.

An meinen ersten Orgasmus musste ich mich rantasten. Das zwar gut gemeinte, aber doch dilettantische Geschrubbe zwischen meinen Beinen zeigte nur mäßigen Erfolg. Zahlreiche Selbstversuche gingen meinem ersten partnerschaftlichen Orgasmus voraus. Die ersten Jahre unserer Beziehung wurden dann, sexuell gesehen, ein Highlight. Mit ganzer jugendlicher Energie experimentierten wir mit unseren Körpern. Fesseln, Joghurt, Nutella. Unter der Dusche, im Freien, ja, ich denke, wir hatten einen guten Start. Es gab nur ein Problem: Wir taten es zwar, redeten aber nicht drüber. Er nicht über seine Wünsche, ich nicht über meine Wünsche. Nach vier Jahren etwa war dann die Luft raus. Beziehungsalltag vom Feinsten. Zu müde, oder einfach zickig, weil und sowieso. Miteinander schlafen wurde zur Seltenheit und wenn, dann wurde es zum kurzen sonntäglichen Akt. Orgasmus gehabt, Zigarette geraucht. Mal wieder bestätigt, dass wir ein Paar und nicht Geschwister sind. Ich kannte es nicht anders. Für mich wurde es zum Normalsten der Welt. Beziehung ist nun mal so. Leidenschaft weicht der Gemütlichkeit, die Schmetterlinge im Bauch flattern nicht mehr. Der Partner wird zu einer lieben Gewohnheit und Gewohnheiten lassen sich erfahrungsgemäß schwieriger ablegen als Liebe.

Seltsames Gefühl. Ich stehe vor ihm und weiß nicht so recht, wie ich mich verhalten soll. Ein Paar sind wir nicht mehr. Sind wir Freunde? Hassen wir uns? Vielleicht einfach Bekannte? Dummes Zeug reden ist ja mitunter ein beliebtes Mittel, Unsicherheit zu überspielen. Ich plapperte los. Kaum, dass ich seine Wohnung betreten hatte. »Och! Neu, schön, wo gibt's denn das?« Wir gingen links in sein Wohnzimmer. Von da dackelte ich ihm plappernd hinterher in seine Küche. In den wenigen Momenten, wo ich die Geduld aufbrachte, ihm zuzuhören, erfuhr ich, dass er eine lange Nacht hinter sich hatte. Noch nicht ganz auf der Höhe ist. Ich plapperte weiter. »Lange Nacht, nein, du auch? Ahnst ja gar nicht, was ich hinter mir habe. Der Jens, nee echt. So was auch.« »Blahblah, blahblah, blahblah.« Schon als ich von meiner Nacht erzählte, hätte ich mich in den Hintern kneifen können. Alex, halt doch die Klappe.

Ich plapperte weiter. Betretenes Schweigen kann ja so unangenehm sein.

Ich saß am Tisch, hörte das Klappern aus der Küche und hörte das Rauschen seiner Dusche. Wissend grinsend fragte ich ihn, ob er Besuch hätte. Er hatte Besuch. Und es war wirklich nicht einfach, unbeeindruckt weiterzuplappern, als sein Besuch sich an den Esstisch setzte. »Das ist Michael«, stellte er mir den Typen vor. Kahl geschoren, wie Jan, saß er mir gegenüber am Tisch. Bekleidet mit einer schwarzen, engen Unterhose mit Beinanschnitt und einem T-Shirt. Hätten fast Zwillinge sein können, die beiden.

Okay. Jan hatte eine Schlafcouch, aber die sah nicht wirklich danach aus, als wäre sie heute Nacht ihrem Zweck zugeführt worden. Hey, ich bin cool. Was soll's, jeder wie er mag. Ich bin halt nicht die einzige, die über anal oder nicht anal nachgedacht hat.

Mit einem erzwungenen Lachen begrüßte ich Michael. »Du bist also   Alex. Schon viel von dir gehört«, sagte er – war das ein verlegenes oder ironisches Grinsen? – zu mir. Was man halt auf so was oberflächlich erwidert. »Ich hoffe nur Gutes«, antwortete ich, immer noch mit aufgesetztem Grinsen.

Ich hörte mir an, wie sich die beiden kennen gelernt hatten. »Echt jetzt, im Chat habt ihr euch getroffen? So was soll's ja geben.« Seit zwei Wochen testeten sie ihre Kompatibilität schon aus. Kann ich nur bestätigen: Ihr zwei passt zusammen, dachte ich für mich. Zumindest optisch. Das doppelte Lottchen ist ja nix gegen die beiden.

Als ich die Wohnung verließ, ärgerte ich mich kolossal über mich selbst. Nicht wegen meinem schamlosen Geplapper. Nein. Ich hatte doch tatsächlich so was wie Mitleid für Jan empfunden. Hatte ein schlechtes Gewissen, weil er litt, während ich mich mit Vollgas in den neuen Lebensabschnitt stürze. »Ich kann ohne dich nicht leben.« Arschloch, verlogenes. Vermutlich hatte er direkt losgelegt, als sein neues Klingelschild angebracht war. Bin ich eine blöde Kuh.

Jahrelang hatte er immer wieder abgestritten: Nein, ich habe keine erotischen Phantasien, was Männer anbelangt. Boah, echt jetzt. Ich kämpfte mit mir, Trennung, nicht Trennung, verletzten, nicht verletzen. Nein, das kannst du Jan nicht antun. Und, und, und. »Findest du nicht, dass der Jens ein bisschen seltsam ist?« Blödmann, ich kann selbst beurteilen, was gefährlich und was nicht gefährlich ist.

Geht dich gar nichts mehr an. Bei aller Wut, allen Fragen und Groschen, die mir fielen, war ich dennoch ein bisschen froh darüber, weil ich meine Gewissensbisse getrost in den Abfluss jagen konnte.

Es war der richtige Schritt gewesen, die Trennung. Das Thema Beziehung war, an diesem Sonntagmorgen, für mich so was von abgehakt. Einzig eine Frage blieb: Hatte er in all den Jahren nur sich oder auch mir etwas vorgemacht? Vielleicht würden wir ja irgendwann die Größe haben, über die Zeit zu reden. Heute nicht, morgen auch nicht. Ich würde es momentan nicht hören wollen. Zu viele Wahrheiten könnten jede Möglichkeit auf eine Freundschaft minimieren.

15

Ich hatte mir im Laufe der Wochen das sexuelle Leid sehr vieler Männer angehört. Gab, weise wie ich war, Ratschläge. Machte Telefonsex und verbannte meine Ängste, meine Traurigkeit in der tiefsten Schublade meiner Erinnerungen. Versuchte, nicht mehr daran zu denken, wie sehr mich die Sache mit Merlin verletzt hatte, dass ich für Adriano nur eine lustige Abwechslung war und mein Versagen bei Alain F. schob ich auf seine selbstverliebte Art.

Unter meinen Telefonbeziehungen gab es einen. Zwei- dreimal hatte ich mit ihm telefoniert. Er war verheiratet, lebte in Trennung. Ein Unfall hatte ihn bis auf Weiteres beruflich Schachmatt gesetzt. Er war unschlüssig, ob er seine Frau noch liebte, ob sie ihn noch liebte und wie es mit seiner Affäre weitergehen sollte. Mit seiner Frau hatte er klasse Sex, trotz Trennung. Mit seiner Affäre konnte er gut reden. Sexuell gesehen war sie wohl etwas problematisch. »Sie mag es nicht, wenn ich sie lecke.« Ha, frag Professor Alex. Ich schlug ihm vor, sie bei Gelegenheit mal zu fesseln. Schamgrenze und wir Frauen sind ja manchmal etwas komisch, mit Ja und Nein. »Und hör bloß nicht auf sie, wenn sie Nein sagt. Ich kenn das von mir, man will und will doch nicht.« Zu meiner Entschuldigung kann ich nur sagen: Kann ich doch nichts dafür, wenn er auf mich hört. Außerdem hatte ich gesagt, »bei Gelegenheit«. Auf jeden Fall hatte er es versucht. Die Freundin hatte ihre Sachen gepackt und sich unschön verabschiedet. Blöd gelaufen. Ich hielt in Zukunft Abstand davon, den Therapeuten zu spielen.

Mit René war es etwas anderes. Wir chatteten fast täglich, entwickelten eine Vertrautheit, die einiges möglich macht. Irgendwann hatten wir uns während der Arbeit so heiß geschrieben, dass ich vom Rechner aufstand und mich hinter verschlossener Klotür selbst befriedigte.

Wir telefonierten nahezu jeden Abend. Malten uns aus, wie ein erstes Treffen stattfinden könnte. Nicht einfach hinsetzen und Kaffee trinken. Es waren fast poetische Phantasien, die mich mitunter sprachlos machten. Tabuthemen gab es nicht. Alles war erlaubt, in der Vorstellung. Er schaffte es, dass ich selbst über die für mich unmöglichsten Dinge nachdachte. Ob Natursekt, blutiges Ficken während meiner Regel, bis hin zum Thema Gurke und Banane. Mitunter musste ich mich arg zusammenreißen, um nicht laut zu lachen, bei mancher Vorstellung, vorgetragen im Schweizer Dialekt. Trotz seiner Offenheit, seiner direkten Sprache kam niemals ein Gefühl von Obszönität oder Verlegenheit auf. Im großen Pool der Chatter, einer von ganz wenigen, die nicht problembeladen nach Beistand und Verständnis suchten. Er war der lebende Beweis, dass Männer, auch unterhalb meiner gesetzten Grenze von 38 Jahren, durchaus wissen, was sie wollen, interessant sein können.

Über Wochen hatten wir diesen Kontakt, ohne dass er langweilig geworden wäre. Ein undeutliches, kleines Bild hatte ich bisher von ihm. Romantisch, bei Kerzenschein, kaum was zu erkennen. René hatte sich eine Web-Cam besorgt. Schlug vor, ich sollte mir auch eine kaufen. Ich war hin-und hergerissen. Nein, ich glaubte nicht, er könnte mich enttäuschen. Seine direkte Art, alles was ich zwischen den vielen Zeilen und Worten gelesen hatte, deutete darauf hin, dass sein Aussehen keine Enttäuschung sein konnte. Ich haderte natürlich mit meinem Aussehen. Schlimmer noch: Was, wenn ich mich in ihn vergucke? Bisher hatte ich wenig Sehnsucht entwickelt. Mir reichte das, was wir hatten. Verlieben? – Nein danke. Diese ganze emotionale Kacke schon wieder durchzumachen. »Ich weiß es noch nicht, mal sehen«, sagte ich René mehr als einmal auf sein Quengeln hin, es sei doch sicher witzig, mit Bewegtbild zu chatten. Er selbst chattete inzwischen in einer Community via Web-Cam.

Irgendwann fand ich mich dann doch samstags morgens bei Saturn wieder. Kam mit einer Web-Cam nachhause und experimentierte den ganzen Nachmittag rum. Scheitel rechts, Scheitel links, struwwelig, struweliger, lachend, ernst guckend. Ganz so schlimm sah ich ja gar nicht aus.

Abends war es dann soweit. Ich loggte mich auf der Plattform ein. Super, Xela ist als Nicknamen noch frei. Noch schnell ein Schnappschuss fürs Profil und es konnte losgehen. Man konnte sich eine Community aussuchen: Female only, Male only, x ddult-room. War klar, hier ging es nicht um den Austausch von Rezepten.

Eine vollkommen neue Welt tat sich auf. Von Südamerika, über die Rocky Mountains, von Europa, bis nach Kapstadt und Canberra traf man hier wirklich jede Nationalität.

Kaum war ich online, schon trafen die ersten Messages in meinem Nachrichtenfenster ein. Von erschreckend hässlich bis hin zum Bruce Willis-Verschnitt war alles vertreten. Ich war noch keine Stunde online, schon hatte ich bestimmt 20 Anfragen, nach dem Motto: »Like to see my dick?« Die meisten fragten erst gar nicht. Schickten direkt einen Schnappschuss ihres »Dick« mit. Der Witz: ohne Worte oder so. Von behaart über rasiert. Von erbärmlich klein bis hin zum Hengst. Man ahnt ja gar nicht, wie viele unterschiedliche Formate männlicher Fortpflanzungsorgane die Natur hervorbringt. Ein wahres Schwanz-Eldorado tat sich vor mir auf.

Bis heute noch ärgere ich mich darüber, weil ich nicht Ja sagte, als mich einer der Hengste fragte, ob ich ihm dabei zusehen möchte, wie er sich selbst einen bläst. Leider war ich als Neuling noch nicht abgebrüht genug, um zuzustimmen. Wenigstens kam ich in den zweifelhaften Genuss, zu sehen, wie ein behaarter, muskulöser Typ, unter haarsträubenden Verrenkungen, sich mit einer Kerze in den Arsch fickt. Ist ja auch eine Erfahrung. Nachdem der junge Mann seine akrobatische Übung beendet hatte, erfuhr ich von ihm, dass er diese Performance zum ersten Mal vorgeführt hätte.

Er wollte wissen, wie ich es fand, und bedankte sich für mein Zuschauen. Bisher hätten alle Frauen abgelehnt. Er entpuppte sich als echt netter Typ. Ich musste mich von der Realität belehren lassen. Meine Vorurteile überdenken. Es sind nicht nur obszöne

Dumpfbacken, die sich in voller Pracht vor ihrer Web-Cam zur Schau stellen.

Der Kerzenmann besetzte einen wichtigen Job in einem Schweizer Ministerium. War intelligent und alles andere als oberflächlich. Sein Lächeln war charmant, sein Aussehen: tough, sexy, männlich. »Moment, nicht weglaufen. Ich muss mir mal was anziehen, mir wird kalt«, schrieb er lachend. Er verließ für kurze Zeit den Raum und kam in T-Shirt und Jeans wieder. Ich erzählte ihm, wie ich auf diesen Videochat gekommen war und dass ich natürlich nur hier bin, um René zu treffen. Diesen Typen, mit dem ich schon seit einer halben Ewigkeit telefoniere und chatte, von dem ich aber noch nicht einmal weiß, wie er aussieht. »Na, dann wünsche ich dir viel Glück. Kannst mir ja erzählen, wie es gelaufen ist«, schrieb er lächelnd zurück. »Werde ich machen«, antwortete ich ihm. »War schön, dich kennen zu lernen. Selten, dass man hier auf jemanden trifft, mit dem man sich auch noch so gut unterhalten kann. Und das schreibe ich jetzt nicht so einfach daher: Du hast ein wunderbares Lächeln... Ciao«, schrieb er und war kurz darauf aus meinem Videofenster verschwunden.

Kurze Zeit später erhielt ich eine neue Anfrage für einen Videochat. René. Also gut, tief Luft holen. Ist schließlich kein Date, ist nur ein Chat. Ein kurzer Blick in die Selbst-Ansicht. Ja, sieht ganz passabel aus. Ich klickte ihn an, bestätigte die Videoanfrage. Pling. Das Fenster öffnete sich und da war er. Den Blick gesenkt schaute er auf seinen Monitor und lächelte. Ein wunderbares Lächeln. Er schaute kurz hoch, in seine Kamera, in meine Augen. Sein offener Blick bestätigte, was durch seine vielen Worte längst zu lesen war: offen und ehrlich, keine Widersprüche. In meinem Bauch fingen die Schmetterlinge zu flattern an, als ich ihn dieses erste Mal sah. Brillenträger. Ein intellektuelles Gestell, ohne Schnickschnack. Dreitagebart, dunkles, sehr schütteres Haar, schwarzer Rollkragenpullover.

Bei flüchtigem Hinschauen war eine Ähnlichkeit mit Merlin zu sehen. Scheinbar bin ich auf diesen Typus fixiert oder so. Sah so vielleicht der Arzt aus, der mich vor 33 Jahren aus meiner Mutter gezogen hatte? So von wegen Prägung auf das erste Gesicht, was man im Leben gesehen hat?

Der schwarze Rolli und das Brillengestell ließen ihn ungemein intellektuell wirken. Ich spürte schon wieder mein mangelndes Selbstwertgefühl in mir hochkriechen. Der hält mich sicher für dümmlich, dämlich. Lächelt gerade ein mitleidvolles Lächeln. Natürlich Blödsinn. Weiß ich. Aber das sind Automatismen in der eigenen Denkstruktur. Obwohl der Verstand sagt, es ist nicht so, wie du denkst, bleiben einem diese Gedanken vermutlich ein ganzes Leben lang erhalten.

Schon etwas seltsam, René »Aug in Aug« gegenüberzusitzen und zu beobachten, wie seine Gesichtszüge auf meine geschriebenen Worte reagierten. Lächelte er nur, oder lachte er, so dass man seine Zähne sah, oder verzieht er das Gesicht nach dem Motto: na ja.

Ich sah, zumindest andeutungsweise, wie er lebte, wie er eingerichtet war. Ich sah, wie sich sein Gesichtsausdruck veränderte, wenn wir uns heiß schrieben. Was ich nicht sah, war, wie er schaut, wenn ich mich selbst befriedige. Wie auch. Ich lag auf dem Rücken, hatte einen schlechten Blick auf den Monitor und meine Web-Cam lag irgendwo zwischen meinen Beinen. In jedem Fall hatte es ihn so geil gemacht, dass er, als ich mich nach getaner Arbeit aufrichtete, mit seinem Schwanz in der Hand zu sehen war. Auch er hatte seine Kamera umpositioniert, so dass ich jetzt zwar nicht mehr sein Gesicht, dafür aber seinen Schwanz bildfüllend vor mir sah. Ein Format, um das Mann ihn sicherlich beneiden konnte. Während er seinen Schwanz wichste, las ich seine Worte, die er geschrieben hatte, als ich etwas indisponiert war. »Du hast einen wunderschönen, geilen Körper ... Ich wünschte, ich wäre jetzt bei dir, könnte dich in den Arm nehmen ... dich riechen und schmecken.« Seufz. Warum nur war es so leicht, Sehnsucht zu wecken? Sehnsucht nach Haut, nach Wärme, nach Streicheleinheiten und verstehenden Blicken.

In den nächsten Wochen löste der Video-Chat den reinen Text Chat für mich ab. Hier konnte ich geradezu in Selbstbestätigung baden. Nicht nur meine Art zu schreiben, sondern auch noch mein Lächeln und meine Augen erfreuten sich äußerster Beliebtheit bei den Jungs. Mitunter war es sicher auch eine freiliegende Schulter, wenn ich mal wieder eine zu weite Weste trug. Ganz unbeabsichtigt natürlich.

Es dauerte nicht lange und es standen einige Namen in meiner »Freundesliste«. Darunter ein Amerikaner, Kanada glaube ich, der mich »seine Prinzessin« nannte. Sein Gesicht: männlich, jungenhaft. Sein Schwanz? – Er war halt nett und außerdem lebte er auf der anderen Seite des Globus. Also egal. Vielleicht bin ich ja naiv. Aber ich sah nichts dabei, mich vor meiner Web-Cam auszuziehen und auch ihm vollen Einblick zu geben, während ich mich selbst befriedigte. Schließlich hat meine Kamera kein Weitwinkelobjektiv. Mein Gesicht war nicht zu sehen. Insofern bestand keine Gefahr, mein Gesicht auf eindeutigen Webseiten, in fragwürdigen Posen wiederzufinden. Zudem beruht dieses Spiel eh auf gegenseitigem Vertrauen. Wer das nicht aufbauen kann, sollte die Finger gänzlich von dem Medium lassen. Im Hintergrund war eine große Küche zu erkennen. Amerikanischer Stil, wie man ihn aus zig Serien und Filmen kennt. Seine kleine Tochter zog er alleine groß. Er war Witwer. Ein süßes, dunkelhaariges Mädel, die er natürlich nicht vor die Kamera holte, wenn er seinen Schwanz ausgepackt hatte.

Auch wenn ich für gewöhnlich sehr skeptisch bin, was alleinlebende Väter und süße Töchter anbelangt, hatte ich nicht einen Anflug von miesem Gefühl. Er war kein Papa dieser Art. Er war ein Vater voller Stolz für seine Tochter. Setzte sie auf seinen Schoß, erzählte ihr, wer die Tante da auf dem Monitor ist. Sie lächelte mich fröhlich mit einem Stofftier in der Hand an. Sollte ich jetzt auch noch in Erwägung ziehen, mal nach Amerika zu fliegen? Ich meine: Ich fand ihn richtig nett. Freute mich immer wieder, mit ihm auf die eine oder andere Art zu chatten. Und polierte so ganz nebenbei mein Englisch auf. Wer braucht schon VHS-Kurse, wenn er mit der ganzen Welt verbunden ist.

Mit dem Kerzenmann unterhielt ich mich weiterhin regelmäßig. So spektakulär wie unser erster Chat wurde es allerdings nur noch selten. Einmal zeigte er mir eine Variante seiner Performance, die er sich ausgedacht hatte. Statt auf dem Rücken liegend, kniete er. Man sah seine Eier dabei, wie sie zwischen seinen Schenkeln hingen. Ich riet ihm, bei der alten Darbietung zu bleiben. Hatte mehr.

Ich fand ganz nebenbei ein Vorurteil bestätigt. Düsseldorfer sind tatsächlich doof. Paul entwickelte sich zu einer echten Nervensäge. Wo wir doch so nah beieinander wohnen, könnten wir uns doch auch mal treffen. Ich lehnte ab. Vollbart, schmächtig und ein irres Grinsen im Gesicht. Nein, danke. Weit davon entfernt, auch nur annähernd interessant oder attraktiv zu sein. Er nahm es persönlich. Hielt sich für extra toll und mich in der Folge für eine blöde Kuh. Gut, kann ich mit leben. Aber es ging mir auf die Nerven, wenn er mich antickerte, um mich anzuzanken. Gott sei Dank gab es die Möglichkeit, ihn auf »ignore« zu schalten. Nun gut. Der Typ war ja nicht nur blöde. Loggte sich mit einem neuen Nicknamen ein und tauchte wieder in meinem Videofenster auf. Ich entschied, auf Durchzug zu schalten. Es dauerte allerdings lange, bis ihn die Langeweile packte. Es gibt sie also doch, die Internetpsychopathen: Sie leben in Düsseldorf.

Dann gab es noch den Schauspieler. Ich nannte ihn Schauspieler, weil er einem deutschen Schauspieler aufs Haar genau glich. Die anonyme Welt macht ja so einiges möglich. Toughes Aussehen, sensibler Kern, männlich und jungenhaft. Wie soll es anders sein. Scheint sich zu meinem Schicksal zu entwickeln. Er freute sich jedes Mal, wenn er mich sah. Noch mehr, wenn er mehr von mir sah. Wir telefonierten miteinander und es war nicht zu überhören, dass sich bei ihm eine Form von Verliebtheit breit machte. Ich las durch all seine Worte, dass er glaubte, in mir jemanden gefunden zu haben, bei dem er sich zuhause fühlen konnte. Dass er, wie so viele im Chat, in einer Lebenskrise steckte. Trennung, berufliche Schwierigkeiten, Umzug, die ganze Palette. Ein Zustand, in dem man vielleicht sehr schnell seine Sehnsucht auf ein lächelndes Gesicht projiziert. Auf sanfte Worte und Verständnis reagiert. In der Folge wurde es mir unangenehm, mit ihm zu reden. Ich konnte nicht das geben, was er glaubte, in mir gefunden zu haben.

Wilhelmshaven. Fast wäre ich nach Wilhelmshaven gefahren, wenn sich nicht in den nächsten Wochen die Ereignisse, was Männer anbelangte, überschlagen hätten. Ein Beach Boy-Typ. So gar nicht mein Typ. 40 Jahre, blond, geschieden und ein Lachen wie aus der Zahnpasta-Werbung. Null Gefahr, mich zu verlieben. Nein, es lag nicht an seinem kleinen Schwanz.

Irgendwas fehlte ihm. Kann gar nicht sagen was. Optisch war er wirklich das, was man allgemein so als Knaller versteht. Entsprungen aus einer amerikanischen Serie. Der blonde Liebling aller. Stets sein Zahnpasta-Lachen im Gesicht. Warum ich plante, nach

Wilhelmshaven zu fahren, ist mir, wenn ich heute darüber nachdenke, echt ein Rätsel. Vielleicht wollte ich ja nur die Stadt kennenlernen. Die Stadt ist langweilig. Weiß ich heute. Auf jeden Fall war es lustig, leicht bekleidet, vor seinen Augen mein Gymnastik-Programm abzuziehen. Meine, wie er meinte, »Mädchen-Liegestützen« vorzuführen. Schon amüsant, wie leicht Männer zu beeindrucken sind. Wie leicht man ihnen eine Freude machen kann.

Mein absoluter Favorit blieb allerdings René Die Schmetterlinge flatterten jedes Mal, wenn er mich anlächelte. Genau das war vermutlich der Grund, warum ich ihn nicht besuchen würde. Gebranntes Kind und so, emotionale Breitseiten hält man halt nur begrenzt aus. Meine Grenze war mit Merlin vollends erreicht und meine Antennen warnten jedes Mal, wenn die Gefahr von mehr als Sex bestand.

<h1 style="text-align:center">16</h1>

Das einzig Beständige in meinem Leben war, neben Rotwein, Florian und sein Golf. Hartnäckig blieb er an mir dran. Obwohl ich mehr absagte als zusagte und seine SMS selten beantwortete. Dennoch könnte man sagen, ich verbrachte den Sommer mit ihm. Viele Wochenenden waren wir gemeinsam unterwegs. Schwimmen, kochen, Kino, DVD gucken, ficken, und über alles, was neben Sex zwischen Männern und Frauen passieren kann, diskutieren. Durchweg entspannend – eigentlich. Wenn da nicht das ungute Gefühl wäre, dass es ihm irgendwann mehr als wehtun würde, wenn er erkennen musste, dass er im Grunde genommen der klassische Notnagel für mich ist.

Während der Woche traf ich mich mit Jens. Fuhr mitunter sogar morgens, vor der Arbeit, zu ihm. Ließ mich fesseln und ficken. Fuhr danach mit dem Geruch von Sex in der Nase zur Arbeit. Noch abends auf dem Nachhauseweg stieg mir der Geruch seines Spermas in die Nase und ich stellte mir die Frage, ob ich die einzige war, die es den ganzen Tag über gerochen hatte.

Wir gingen gemeinsam Essen und ins Kino. Hatten Sex in der U-Bahn. Ideal für mich. Zwanglos, ohne Ansprüche und

Erwartungshaltung. Zu keiner Zeit war ich mir im Klaren darüber, was das Ganze für ihn bedeutete. War Gefühl mit im Spiel? Ich weiß es nicht. Einmal gab er mir einen dezenten Hinweis auf das, was in ihm vorging.

Er fragte mich, warum ich ihn nie anrufen würde. Warum nicht einmal ich es sei, die fragte, ob wir uns treffen können. Gute Frage – eigentlich. Ich hatte es nicht bei Merlin gemacht, nicht bei Adriano und auch nicht bei Florian. Bei keinem. Warum sollte ich jetzt auf einmal damit anfangen? Ich werde den Teufel tun und irgendjemandem das Gefühl geben, dass ich ihn brauche, dass ich verletzlich bin. Ich kam mehr als gut alleine zurecht. Keine Sehnsucht, kein Gefühl, nur noch ein interessierter Blick, den ich gegenüber Männern empfand.

Jedes Mal, wenn mein Selbstbewusstsein im Keller war ich mich für alles andere als liebenswert hielt. Wenn ich an Adriano und Merlin dachte und im Selbstmitleid badete, mich wertlos fühlte, gab ich mir die Kante. Sagte ein Treffen mit Jens zu. Sagte lautlos Ja zu seinen Spanngurten.

Ich lernte Walter, den Kumpel von Dieter, kennen. Schon wieder ein Italiener. Schon wieder eine Waage. Alle Achtung. Er hatte es drauf. Wusste sehr genau, wie er schafft größte Lust durch meinen Kitzler zu jagen. Ich traf mich mit Walter und Dieter zusammen in meiner Wohnung. Wir hatten Sex zu dritt, oder besser, die beiden abwechselnd mit mir. Scheinbar eine Paranoia. Bin doch nicht schwul oder so. Aber vorher die Klappe ganz groß aufreißen. So tun, als hätten sie keine Berührungsängste. Auch dieses Ereignis betrachtete ich mit einem kühlen distanzierten Blick. Mit Walter blieb es bei diesen beiden Treffen. Er wuchs in meiner Achtung, weil er seine Frau trotz dieses Ausrutschers noch liebte. Ihr nicht wehtun wollte und einen Strich drunter zog. Dieter hingegen bettelte förmlich, mich treffen zu dürfen. Mitunter sagte ich Ja, mitunter Nein. Je nachdem, ob mir langweilig war oder nicht.

Ich traf mich mit Bernd. Kaum, dass ich zwei Sätze mit ihm gewechselt hatte. Noch nicht einmal ein Telefonat ging dem Treffen voraus. 20 Uhr, im Foyer des Kinos. »Ich werde eine schwarze Hose tragen und ein schwarzblaues Hemd.« »Okay, werde dich schon erkennen«, schrieb ich zurück. Ich stand also um 20 Uhr im Hürther Kino an der Treppe, direkt vor der Kasse. Beobachtete die beiden Eingänge rechts und links vor mir.

Der war ja überhaupt nicht zu übersehen, in seinem altbackenen Otto-Katalog-Polyester-Schick. Das Hemd wäre in den 80ern eventuell noch durchgegangen. Seine Plautze hing über einer schwarzen Bundfalten-Jeans. Noch nicht genug? Er zog eine Old Spice-Wolke mit sich, die betäubt. Gott sei Dank war der nichtssagende »Ruck-Zuck-Fresse-dick« Film schon ausverkauft. Musste der arme Kerl halt mit mir »Bridget Jones – Schokolade zum Frühstück« gucken. Der Film war witzig. Nicht witzig war die Duftwolke, in der ich zwei Stunden eingehüllt saß. Ganz und gar nicht witzig kamen seine ständigen, extrem überflüssigen Bemerkungen, während der Film lief, an. Langweil dich entweder leise, oder geh einfach raus, dachte ich für mich. Als der Film gen Ende ging, musste ich mir überlegen, wie ich mich nach dem Abspann aus der Affäre ziehe. Ich bin ja kein Unmensch. So einfach sagen: Du, Bernd, war lustig der Film. Dich finde ich allerdings recht unlustig. Tschö. Nein, wäre schön, wenn ich soviel Abgebrühtheit an den Tag legen könnte – ich hätte, ganz nebenbei bemerkt, einige Probleme weniger.

Eine Stunde saß ich noch mit ihm bei einem Kölsch und verfolgte die Frage, ob das wohl Eigelb ist, was da in seinem Schnauzer vor sich hin trocknete. Musste mir Sätze wie: »Du fährst Toyota, ich fahr Toyota, das muss ein Zeichen sein«, anhören. Wenn man Zeichen finden will, findet man sie gewiss. Erinnerte mich doch an etwas. Vielleicht bin ich ja weiser geworden. Ich jedenfalls konnte weder die Sache mit dem Toyota, noch die Tatsache, dass wir am gleichen Tag geboren sind, als Zeichen sehen. Ich sah viele Zeichen. Aber diese Zeichen sagten mir nur eins: Lass uns beide in unsere Toyotas steigen und in entgegengesetzter Richtung davonfahren. Meine Toleranz hatte Grenzen. Er war zwar etwas unschlüssig auf dem Parkplatz. Aber ich machte die Sache kurz. Redete mich mit der alles erklärenden Ausrede raus, dass ich müde sei. Er stieg in seinen Toyota, ich stieg in meinen Toyota. »Wir hören voneinander.« Zwar schrieb er mich noch öfters an, ich ersparte mir jedoch zu antworten. War froh, weil ich ihm meine Telefonnummer nicht gegeben hatte.

Meine Speicherkarte war eh schon voll mit überflüssigen SMS. Ich schlief in dieser Nacht, zum ersten Mal seit langer Zeit, mit dem guten Gefühl ein, dass ich scheinbar noch einen Funken Stolz hatte und nicht jeden Schwanz an mich ranließ.

Auf der Suche nach Irgendwas stieg ich die Stufen der Selbstachtung immer tiefer hinab. Aber vielleicht lag es ja auch an meiner sozialen Ader, die mich zu dem Date mit mindestens 200 kg Lebendgewicht geführt hatte. Ich meine, er war nicht einfach dick. Er war dick, dick. Ich hätte diverse Fernsehsender anrufen können. Die machen aus so was gerne Pseudoreportagen. »Herr Sowieso: Wie lebt es sich mit 200 kg Lebendgewicht, und vor allem, wie haben Sie es geschafft, die vier Etagen hochzukommen?« Na ja, oder so ähnlich. Ich war auf jeden Fall froh, nicht den Krankenwagen bemühen zu müssen. Er war ohne Herzinfarkt in meiner Wohnung angekommen. Vielleicht hätte ich doch besser nur einen Salat gemacht, statt Genudels mit Sahne-Pilz-Sauce. Unter seinem Arm trug er eine Waage. »Die brauche ich, um Kalorien zu zählen. Hab ich dir, glaube ich, geschrieben, dass ich Diabetes habe.« Ja, das hatte er, in der Tat. Und auch mit seinem Körperumfang hatte er nicht untertrieben. Mit Rücksicht auf meine Stühle und weil ich ihm die Peinlichkeit ersparen wollte, wenn sein Hinterteil zwischen den Lehnen steckenbleibt, deckte ich den Wohnzimmertisch. Die Couch sollte es aushalten und drei Personen haben locker Platz.

Es wurde ein Abendessen der etwas anderen Art. Zurückgelehnt mit seinem Teller in der einen, der Gabel in der anderen Hand, saß er linker Hand von mir. Klar, wie sollte er sich auch an den niedrigen Couchtisch beugen können. Ich Depp. Bis nach dem Essen war alles irgendwie noch richtig. Etwas strange zwar, aber schließlich bin ich ja nicht oberflächlich und mitunter können selbst die schlimmsten Baracken ein Juwel bergen.

Ich lehnte mich zurück, nippte an meinem Rotweinglas und schaute zu, wie er sich eine Insulinspritze in seine Armbeuge setzte.

Er erzählte mir aus seinem Leben. Von einer Russin, mit der er eine Zeitlang zusammen lebte, die sich aber nach einem Jahr unschön mit einem anderen aus dem Staub gemacht hatte. Ich war schon leicht benebelt vom Rotwein, hörte einfach zu, sagte hier und da so was wie: »Glaubst du denn wirklich, dass du so schlechte Erfahrungen machst, weil du nicht ganz der Norm entsprichst?« Hach, ich bin ja so tolerant. Bin ja so stolz auf mich, weil ich nicht auf die Fassade schaue. Dass, ich mich ganz unvoreingenommen auch mit Außenseitern der Gesellschaft beschäftige. Nur warum ich eine Stunde später mit gespreizten Beinen und einem Fleischkoloss dazwischen, der obendrein noch einen üblen Geruch entwickelte, auf meiner Couch saß, darüber kann ich keine plausible Erklärung abgeben. Er leckte mich, fickte mich mit seinen dicken Fingern. Ich hatte einen Orgasmus. Ich ekelte mich. Als er kurz darauf mit runtergelassener Hose vor mir kniete und ich durch den Nebel des Rotweins die Worte »will dich ficken« hörte, ging mir nicht etwa ein Schrei durch den Kopf, sondern vielmehr die Frage, wie das denn gehen sollte. Ich, immer noch höflich, lehnte ab. Na, wenigstens war mein Verstand nicht ganz davongelaufen vor soviel Horror. Scheinbar konnte er mit Ablehnung nicht wirklich erwachsen umgehen. Er versuchte, seinen Willen durchzusetzen. Wichste sich selbst und wollte seinen widerlichen kleinen Schwanz, vor mir kniend, in mich reinstecken. Versuchte, mit Gewalt meine Beine zu spreizen. »Du blöde Fotze, du gehörst ordentlich gefickt, das willst du doch!« Doch, tatsächlich, so langsam machte er mich echt wütend. »Nein!« Er japte vor lauter Anstrengung und Wut. »Raus, pack deine Sachen und verschwinde!« Es dauerte eine Ewigkeit, aber irgendwie hatte ich es geschafft. »Du bist genau wie alle anderen Fotzen. Willst, dass man es dir besorgt. Du weißt ja gar nicht, was dir entgeht. Du wirst noch angekrochen kommen. Das verspreche ich dir. Wenn du dann ganz unten bist, dann wirst du noch betteln, dass ich dich ficke.« Kaum hatte ich die Wohnungstür hinter ihm geschlossen, stand ich unter der Dusche. Der Gedanke an seinen Schweiß, seine Spucke, die er in mir hinterlassen hatte, ließ mich fast kotzen. Ich schrubbte und hielt bestimmt fünf Minuten den Wasserstrahl zwischen meine Beine. Eine verzweifelte Wut ließ mich zittern. Arschloch. Aus welchem Grund sollte ich zu dir gekrochen kommen. Das ist mir nun wirklich schleierhaft. Auch mein Gefühl der Wertlosigkeit hat seine Grenzen. »Willst nur nicht, weil ich so fett bin.« Nein, du Wichser. Weil du schlicht und ergreifend ein stinkendes Arschloch bist.

Ich öffnete alle Fenster im Wohnzimmer. Wollte seine Geruchsmoleküle so schnell wie möglich aus der Wohnung vertreiben. Stellte das Geschirr in die Spülmaschine und ließ sie laufen. Nichts sollte mehr an diesen Unfall erinnern. Als ich mit dem Staubsauger über den Boden ging, entdeckte ich seine Waage. Diese blöde Sau. Ich glaubte nicht an ein Versehen. Ich sollte sie aus dem Fenster werfen. Eigentlich. Ich tat es nicht. Schrieb ihm am nächsten Tag kurz und knapp eine Mail, er könne sie abends bei mir abholen. Um 19 Uhr. Wenn nicht, dann fliegt sie im hohen Bogen aus meinem Fenster.

Tatsächlich klingelte es am nächsten Tag, Punkt 19 Uhr an meiner Wohnungstür. Seine Waage hatte ich schon, im Zuge meiner Desinfektionsmaßnahmen, vor die Tür gestellt. Der glaubte doch nicht im Ernst, nochmal meine Wohnung betreten zu dürfen. Ich drückte den Türöffner. Blieb lauschend an der Wohnungstür stehen. Hörte, seinen schweren Atem, als er oben angekommen war. Hörte wie sein Atem noch schwerer wurde, als er sich nach der Waage bückte. Ob er sich ausruhte oder darüber nachdachte zu klingeln, keine Ahnung. Auf jeden Fall blieb er fünf Minuten vor der Tür stehen, klingelte nicht. Machte sich wieder an den Abstieg. Aus dem Küchenfenster beobachtete ich, wie er mit seinem Passat davonfuhr. Auf nimmerwiedersehen.

Er stellte mir in den nächsten Tagen mit obszönen, teilweise gewalttätigen Bemerkungen virtuell noch nach. Ich stellte ihn auf »ignore«. Gedanken machte ich mir darüber, weil er wusste, wo ich wohnte, und es dauerte einige Tage, bis ich die Angst verlor, ihm vor meiner Wohnung zu begegnen.

Es war inzwischen Ende Oktober. Ich fickte weiterhin mit Dieter, lag regelmäßig auf der Matratze von Jens und genoss zwischendurch die vergleichsweise ruhigen Wochenenden mit Florian. Traf mich mit einem Versicherungsvertreter, der sich für Robbie Williams hielt. Blies ihm einen. Schloss eine Lebensversicherung bei ihm ab. Na ja, und wenn ich schon mal dabei war, auch noch eine private Krankenversicherung. Lehnte allerdings ab, als er mich nach einer Einladung zu einem Essen – schließlich musste er sich ja für die fette Provision erkenntlich zeigen – in seinem Auto fragte, ob ich ihm noch einen blasen könnte. Stieg aus, knallte die Tür hinter mir zu und ärgerte mich darüber, weil dieser kleine doofe Milchbubi auch noch an mir verdient hatte. Aber gut. Die Lebensversicherung war eh schon lange fällig. Und privat war auch günstiger als gesetzlich. Und eine lange Überprüfung meines Gesundheitsstatus blieb mir auch erspart.

Meine Waschmaschine gab den Geist auf und ich stand vor einem echten Problem. Da ich ja so gar keinen Plan von Waschmaschinen hatte und auch wenig Lust verspürte, mich aufwendig zu informieren, suchte ich mir aus meinem großen Pool an virtuellen Verstrickungen einen raus, der mich beriet. Es wurde dann keine Miele, wie er mir empfohlen hatte, sondern eine Bosch. War halt günstiger.

Ich kaufte mir einen neuen Kleiderschrank, baute ihn gemeinsam mit Jan mitten in der Nacht auf. Als ich Jan nachhause fuhr, nachts um zwei, war die Polizei der Meinung, mich kontrollieren zu müssen. Ich hatte natürlich meine Papiere nicht dabei. Macht ja nix, dachte ich. Ich sag denen, wie ich heiße, die funken ihre Zentrale an und bekommen es bestätigt. »Kann ja jede sagen, sie wäre Alex Engel. Haben Sie nicht vielleicht eine Visitenkarte dabei?« »Ähm, nein. Echt jetzt, hab ich nicht dran gedacht einzustecken.« Jan hatte sein Portemonnaie dabei und konnte tatsächlich mit einer Visitenkarte von mir dienen. »Räusper. Da steht aber eine andere Adresse, als Sie angegeben haben. Wie kann das denn gehen?« Bin ich im falschen Film oder wie? »Das ist meine Arbeitsadresse, nicht meine Privatadresse«, antwortete ich ihm. Es dauerte etwa 20 Minuten, bis sie davon überzeugt waren, dass ich keine Gefahr für die Gesellschaft sei, und endete mit einer Verwarnung von 20 Euro.

Die Welt ist verrückt geworden. Ganz sicher. Vielleicht bin ich ja doch in einem Paralleluniversum gelandet. Vielleicht sollte ich mal darüber nachdenken, ob der Polizist nicht Recht hatte und ich gar nicht Alex Engel bin.

Ich telefonierte mit René. Hatte Sex vor meiner Webcam. Sah anderen dabei zu, wie sie es taten. Ich chattete mit bestimmt jedem Chatter, den es gibt. Okay, vielleicht leicht übertrieben, aber es kamen einige zusammen. Verlor nicht nur meine Selbstachtung, sondern auch meine Achtung in Bezug auf Männer.

SDom: Sanfter Dominanter, sollte diese Abkürzung heißen. Gut, jeder hat halt so seine Vorstellungen über seinen Nicknamen. Ich machte mir keine Gedanken, chattete hier und da mit ihm. Er war Lehrer, Anfang 50 und verheiratet. Ich hatte den Eindruck, er könnte mir weiterhelfen auf der Suche nach Wahrheiten über mich.

19 Uhr bei mir zuhause. Geht klar. Ich gab ihm meine Adresse. Nun hat Köln ja einige Stadtteile. Aber ich lebte nicht direkt in Köln, sondern nebenan, in Hürth. Eine Seitenstraße der Luxemburger Straße. Eine der Hauptverkehrsadern, die aus Köln rausführen. Easy. Das hätte sogar ich gefunden.

Um 19 Uhr stand ich mit dem obligatorischen Rotweinglas – es war das zweite für diesen Abend – am Küchenfenster. Um 19.10 klingelte mein Handy. »Ich steh jetzt hier in der Severinusstraße Nr. 1. Aber da gibt es kein Klingelschild mit dem Namen Engel.« Ich ging ins Schlafzimmer, von wo aus ich den Eingangsbereich des Hauses einsehen konnte. »Also, hier stehst du auf jeden Fall nicht«, stellte ich laut fest.

Es stellte sich dann raus, dass es im Stadtteil Porz auch eine Severinusstraße gibt. Genau da stand der Gute zurzeit. Am komplett anderen Ende von Köln. Ich musste mir ein lautes Lachen wirklich verkneifen. So wie ich ihn bisher einschätzte, wäre er tief beleidigt gewesen, wenn ich mich lustig gemacht hätte.

Kurz vor acht stand er dann in meiner Wohnung. Klein und dick, im lockeren Lehrerschick. Lederjacke, Hemd, Bundfaltenhose, eine erdige Type. Sein Gesicht hatte die Ausstrahlung eines gemeinen kleinen Zwerges, Rumpelstilzchen vielleicht.

Stand nicht in seinem Profil, »Keine Rubensfrauen, sorry, ist nun mal so.«: So sehen also Männer aus, die Ansprüche stellen können? Glückwunsch: Jede andere Frau hätte zum einen auf ein Bild im Vorfeld bestanden und jede andere Frau hätte sich dieses Männlein erspart. Aber ich bin ja bekanntlich sehr tolerant, gebe nahezu jedem eine Chance. Ist letztlich eine Frage der Gewöhnung.

Nach etwa einer Stunde hatte ich nicht mehr den Drang, ihn wie eine Kuriosität zu begaffen. Vielleicht war es aber auch der Alkohol, der meinen Blick milde stimmte. Nach einiger Zeit des Smalltalks zeigte er mir dann nicht nur, was Dominanz heißt, sondern auch, wie wenig Ahnung er von Frauen hat. Ich lag auf dem Boden, er seitlich neben mir, betrachtete meinen Körper, noch angezogen. »Du siehst richtig gut aus, deine Hüften sind nur ein bisschen breit.« Rums, piep, Error. Schwerer, ganz schwerer Anwendungsfehler. War das eine Form von psychologischer Kriegsführung, oder wie? Nicht nur meine Figur gab Grund zum Rummäkeln, er redete auch noch eindringlich auf mich ein, ich bräuchte jemanden, der auf mich aufpasst. Ich würde den Männern zu sehr vertrauen. Aha. Echt jetzt? Zugegeben, ich lebe in einer leicht selbstzerstörerischen Phase, zugegeben, ich war an diesem Abend sehr sentimental. Zugegeben, ich flennte bei seinen Worten über mich und mein Leben. War mir peinlich, kann ja mal passieren. Skeptisch wurde ich schon, als er mich daran hindern wollte aufzustehen. Ich wollte einfach ins Badezimmer. Musste aufs Klo und brauchte kaltes Wasser im Gesicht. Ich kam gerade aus dem Badezimmer, da stand er im Flur vor mir, presste mich mit seinem Körpergewicht an die Wand und meinte im betont männlichen Sopran so was wie: »Du wirst jetzt genau das tun, was ich sage. Verstanden?« Man muss sich das jetzt mal bildhaft vorstellen. Ich, sicher mal 10 cm größer als er, werde von diesem lächerlichen kleinen Zwerg an die Wand gepresst und soll jetzt auch noch seinen Befehlen gehorchen. Alles klar, sanfte Dominanz, ich verstehe. Ich musste lachen. Fand die Situation mehr als albern. Vielleicht würde ich mich auf solch ein Spiel einlassen, aber ganz sicher nicht mit einem Zwerg, den ich so gar nicht ernstnehmen konnte. Seine Bemühungen, den Master zu spielen, blieben Bemühungen. Vielleicht hätte er sich im Vorfeld eingehender mit mir beschäftigen sollen. Er hätte feststellen können, dass ich nicht wirklich zur devoten Gespielin tauge. Und dass ihm, ganz nebenbei bemerkt, noch einiges an Charakterstärke fehlte, um den Master überzeugend rüberzubringen. Er war Lehrer und ich war mir sicher, er könnte es noch nicht einmal schaffen, Minderjährige im Zaum zu halten. Ich bemühte mich, ihm zu verstehen zu geben, ohne dabei verletzend zu wirken, dass ich auf solche Spielchen wirklich keine Lust hätte. »Lass uns in dein Bett gehen, ich würde gerne mit dir schlafen.« Nein, auch dazu hatte ich keine Lust. Warum ich denn mit all den anderen schlafen würde und mit ihm nicht, fragte er mich. Warum eigentlich? – Gute Frage. Einfache Antwort: Ich war nicht scharf darauf, den kleinen Mann vor mir nackt zu sehen. Auch war mein Bedürfnis, dieser Heulsuse grünes Licht für Zukünftiges zu geben, sehr gering. Denn genau das war er. Der bekam ja schon eine Krise, wenn ich im Chat mal sagte, dass ich gerade keine Zeit habe. Nahm es jedes Mal persönlich. Nicht auszudenken, was passiert, wenn ich mich näher auf ihn einlasse. Ich schickte ihn nachhause und erwartete fast, dass er an meiner Haustür die Nummer von Rumpelstilzchen durchziehen würde. So von wegen: »Das hat dir der Teufel gesagt. - dass du nicht mit mir ficken willst.«

17

Die Tage wurden kürzer. Köln dekorierte sich für Weihnachten. Es würde mein erstes Weihnachten ohne Partner werden. Keine familiären Besuche und Schenkorgien. Nicht, dass mich diese Tatsache irgendwie traurig stimmte, aber es machte mich nachdenklich. Ich sah mich mein Leben in Einsamkeit leben. Wirklich aufmunternd fand ich auch nicht die Geschichte über Tante Elsbet, die mir meine Mutter erzählte. Man hat sie in ihrer Wohnung gefunden, drei Tage lag sie schon tot in ihrem Fernsehsessel. Lungenkrebs. Nein, ich machte mir keine Gedanken über meinen Zigarettenkonsum, aber ich sah mich genau wie Tante Elsbet enden. Vielleicht würde man mich erst einen Monat nach meinem Tod finden. Angeknabbert von Katzenzähnen. Die Armen müssen sich ja ernähren, wenn der Dosenöffner nicht mehr funktioniert. Man würde meine Rentnerwohnung aufbrechen und der Leichengestank würde alle die Nase rümpfen lassen. Ich sah eine traurige Beerdigung. Nur die Totengräber, die mein Grab im Regen zuschaufeln. Keine Blumen, nur ein spärliches Holzkreuz mit meinem Namen, meinem Geburts- und Todesdatum. Gibt es überhaupt ein Holzkreuz für Menschen, die den Glauben an den Nagel gehängt haben? Vielleicht, wenn Florian weiterhin so hartnäckig bleibt, würde er ja an meinem Grab stehen. Vielleicht gäbe es ja auch bis dahin virtuelle Grabstätten im Internet. »Wir liebten sie alle, doch sie ließ keinen in ihr Leben.«

An die großen Gefühle, die ich Anfang des Jahres hatte, dachte ich nur noch selten zurück. Ich behielt sie unter Verschluss. Klar, er war ein Arschloch, aber er würde mir als der Mann in Erinnerung bleiben, der mich wachgerüttelt hatte. Die Internetwelt ist klein. Von einem meiner vielen Bekannten hörte ich, es gäbe da eine Frau, die sich in einen Merlin verliebt hat. Vielleicht ist sie ja die Richtige, aber vielleicht ist er auch nur wieder auf der Suche nach jemandem, der ihm das Gefühl gibt, etwas Besonderes zu sein. Jemand, bei dem sein Charme so einschlägt wie bei mir. Viel Glück auch.

Es war Samstagnachmittag, das letzte Wochenende im November. Ich saß vor meinem Laptop, verabredete mich mit Johannes Strauch. 20 Uhr bei mir zuhause. Kein Telefonat, nur ein paar Sätze gingen hin und her. Ich sollte es doch inzwischen besser wissen. Nun gut, ist halt ähnlich wie mit dem Kater am nächsten Morgen. Nehme ich mir auch jedes Mal vor, nie wieder Alkohol zu trinken. Hin und wieder schrieb mich Merlin an. Ich dachte an die Intimität, die wir mal hatten. Daran, dass ich sein Sperma geschmeckt hatte. Vorbei. Nur ein Intermezzo von vielen. Mitunter schrieb er mich zwar an. Dann aber auch nur um zu schreiben: »*knuddelknutsch* muss jetzt los *drückdichganzlieb* ... ciao.« Ich antwortete gewöhnlich mit einem knappen »*lächel*«. Ich verstand sein Verhalten so wenig wie meine jährliche Nebenkostenabrechnung. Auch da fehlte mir jeglicher Durchblick.

Das Date mit Johannes war irgendwie, wie alle anderen Dates, aber irgendwie auch wieder nicht. Von meinem Küchenfenster aus sah ich, wie er mit einem dunkelgrünen, flachgelutschten Sportwagen vorfuhr. Vielleicht ein Porsche, vielleicht ein BMW. Keine Ahnung. Ein Geschenk an die Frauenwelt betrat auf jeden Fall meine Wohnung. Ganz Yuppie, wie man ihn sich vorstellt.

Rotwein und gepflegter Smalltalk über seine, über meine Vergangenheit, wie gehabt, wie immer. Ein bisschen Blah über seinen Beruf, über meinen Beruf. Er arbeitete in der gleichen Branche wie ich. New Economy.

Es gibt Dates, die verließen meine Wohnung mitten in der Nacht, andere wiederum erst am nächsten Tag. Hinter Johannes schloss ich nachts um 2 Uhr meine Wohnungstür. Mit meinem Kater im Arm stand ich, bis auf eine Strickweste, nackt an der Tür: »Ciao, nehm's nicht persönlich, Johannes, aber ich hab so gar keine Lust auf Sex.«

Während ich mein Bett abzog, fiel mein Blick auf meinen Nachttisch und das schlaff über die Kante hängende Kondom. Leer. Musste ich nicht nachschauen. Ich erinnere mich noch sehr gut an die Geschehnisse der letzten Stunden. Zwei weitere Kondome lagen auf dem Buchenrahmen meines Bettes. Auch leer. Nummer vier lag auf dem roten Samthocker, zwischen Fenster und Bett. Leer, was für eine Frage. Direkt rechts daneben, am Fuß des Kerzenständers Nummer fünf. Nein, auch das war nicht das glückliche Kondom, welches seine Bestimmung erfüllen durfte. Ich musste kurz lachen, weil mir das Wort »Latexman« durch den Kopf ging. Na, wenigstens ist mir der Humor nicht abhanden gekommen. Ich bin mir sicher, Woody Allen würde so eine Story verfilmen. »Die merkwürdigen Sitten des modernen Kölners im Zeichen von Aids« oder so ähnlich könnte der Titel lauten.

Mit dem Wäscheberg im Arm machte ich mich auf den Weg ins Badezimmer. Stolperte dabei fast über die Kerzen, die zwischen Bett und Schlafzimmertür auf dem Boden standen. Als ich darüber nachdachte, warum er sie ins Schlafzimmer getragen hatte, musste ich fast sarkastisch lachen. »Stehe auf die etwas härtere Nummer. Fesseln, heißer Kerzenwachs und so.«

Er hatte seine etwas härtere Nummer bekommen. Eine Erlösung nach diesen endlosen Fickversuchen, die zu keinem befriedigenden Ergebnis geführt hatten. Seinen Körper hatte ich zum Andreaskreuz auf meinem Bett gefesselt. Ich meine, soviel hatte ich an diesem Abend gar nicht getrunken, aber dennoch fing ich an, der Situation etwas abzugewinnen. Vergaß irgendwie, dass da ja ein lebendes Wesen unter mir lag. Kann sein, dass ich in Gedanken an das eine oder andere Date der Vergangenheit etwas zu fest auf seine Eichel schlug. Mag sein, dass er derjenige war, an dem ich all meinen Frust austobte, all meine Wut über mich selbst. Aber ein wirklich ernstzunehmendes nein hatte ich nicht von ihm gehört. Selbst als ich seinen Schwanz abgebunden hatte, seine Vorhaut zurückzog und ihm den heißen Wachs über seine empfindlichste Stelle träufelte, war das Nein nicht sehr laut. Ich dachte an den fetten Rudolf, schlug mit der flachen Hand auf die Innenseiten seiner Schenkel. Dachte, während ich ihn mit dem Mörser in den Arsch fickte, an Adriano. Hätte auf ihm sitzend schreien können, weil es mir kam. Nein, kein Orgasmus.

Den nach Schmerzen bettelnden Johannes unter mir wurde mir klar, worum es ging. Wurde mir klar, dass es von Anfang bis zum Ende nicht einmal um mich ging. Dass ich die komfortable Nutte für all die Kerle war. Nichts Besonderes, nur eine Frau, die leicht zu haben ist. Eine Frau, die gibt, ohne zu fordern. Als Kind war ich auch zu jemandem ins Bett gekrochen. Hatte mich streicheln lassen, hatte gestreichelt. Ich war einsam, ich suchte nach Nähe. Ich hatte wohl etwas verwechselt. Heute bin ich erwachsen und was tue ich? Den gleichen Fehler wie damals als Sechsjährige. Ich verwechsle Sex mit Zuneigung. Ich saß auf einem Mann, starrte in den zimmerhohen Spiegel an der Wand. Sah meine Hand an seinem mickrigen Schwanz und traf eine Entscheidung. Ich wollte schlafen. Ich hatte gar keinen Bock auf Sex. »Soll ich deine Fotze lecken?« Achso, da war ja noch wer. Ich drehte mich um, und während ich seine Fesseln löste, lehnte ich dankend sein Angebot ab.

Ein Blick in meine Badewanne und ich wusste, was heute Nacht so gescheppert hatte. Katzen. Wehe, es passt ihnen was nicht. Ich vermute mal, es war der Große. Scherben und weißer Sand überall in der Badewanne. Dazwischen die Einzelteile einer kleinen Davidstatue. Na, super. Die Fensterbank leer geräumt. Nicht, dass ich der Vase oder der Davidstatue nachtrauern würde. Bei dem Anblick des weißen Sandes erinnerte ich mich an den Lanzarote-Urlaub letzten September mit Jan. Erinnerte mich daran, wie ich den Sand gesammelt hatte und wie Jan beim Kofferpacken rumjammerte, weil kaum Platz für den Sand war. Weißer und schwarzer Sand von Lanzarote. Eine von vielen kleinen, aber wichtigen Erinnerungen aus den 14 Jahren mit Jan flog in den Müll.

Ich wanderte durch meine Wohnung. Betrachtete den Rotweinfleck unter dem Esstisch. Irgendein Date, mir fällt sein Name nicht mehr ein. Als ich mich zu ihm rüberlehnte, hatte es mein Rotweinglas erwischt. Ich betrachtete meine Pflanzen, die mir vor nicht allzu langer Zeit mal wichtig waren. Gießen und pflegen war wohl in letzter Zeit nicht so wirklich mein Hobby gewesen. In der Ecke, neben dem einstmals prachtvollen Grünzeug, stand meine Staffelei. Ein unvollendetes Acrylportait. Stimmt, ich hatte ja mal eine Vorliebe fürs Malen. Ein Stapel Bücher auf der Fensterbank. Obenauf der Harry Potter, der immer noch darauf wartete, zu Ende gelesen zu werden. Im Regal ein Stapel Rechnungen und ein noch größerer Stapel Mahnungen. Warteten auch schon ewig auf ihre Erfüllung. Als erstes nahm ich mir die Rechnungen und Mahnungen vor.

Es war Samstag. Ein günstiger Zeitpunkt, endlich die Sache mit der neuen Wohnung in Angriff zu nehmen. Wo ich nun schon mal online war. Köln-Sülz? Würde mir gefallen. Altbau, 64 qm und knapp 1100 Euro warm. Ich schrieb mir die Eckdaten auf und griff zum Telefon. Blickte auf meinen Monitor und klickte mich geistesabwesend durch mein Chatfenster, während ich mit dem Vermieter sprach. »Okay. Montagabend 18 Uhr. Bis dann.« Ich legte auf und notierte mir den Termin. Nur ein scheinbar Geistesgestörter, der mich in gebrochenem Deutsch anschrieb, tickerte mich an.

Heinz_1: Kannst du mir helfen? Bin neu hier, verstehe nicht das kleine Sternchen.
Heinz_1: Bist du beschäftigt? Bestimmt mit andere Männer am chatten. Will nicht stören, aber du scheinst ein nette Frau.
Heinz_1: Finde du bist ein ganz besondere Frau.
Heinz_1: Aber bin ich wahrscheinlich zu uninteressant, für dich ...

Ach Gottchen. Minderwertigkeitskomplexe.

Heinz_1: Auch wenn du nicht antwortest. Werde nicht aufgeben.

Nein. Das konnte nicht sein. Eine Alarmglocke in mir bimmelte gerade im Surround. Ich traute mich fast nicht, meine Gedanken weiterzudenken. So blöd kann kein Mensch schreiben. Es sei denn - ?

Xela: Da musst du dich schon selbst schlau machen, wie das mit dem Chatten so funktioniert ...
Heinz_1: Kannst du nicht mein Lehrerin sein?
Xela: Warum willst du nicht aufgeben?
Heinz_1: Weil ich spüre, dass du ganz was Besonderes bist ...
Xela: Aha, woran spürst du das denn?
Heinz_1: Du bist ein sehr gefühlvolle Frau. Danach suche ich. Hast du einen Freund?

Xela: Dann such mal schön weiter ... ich bin ganz sicher nicht die
Richtige für dich ...
Heinz_1: Lass uns telefonieren. Ich ruf dich an.
Xela: Nein.
Heinz_1: Warum nicht?
Xela: Weil ich keinen Bock auf geistesgestörte Männer habe, die
ihr Hirn im Schwanz tragen.
Heinz_1: Du bist aber ein sture Frau.

Bingo. Ich wusste es.

Xela: Und du bist eine Nervensäge.
Heinz_1: Ich ruf dich jetzt an.
Xela: Na denn ... tu, was du nicht lassen kannst, aber wird
schwierig sein, ohne meine Telefonnummer... :)
Heinz_1: Ich werde sie herausfinden. Gar nicht so schwierig: 0 ...
Xela: Ich bin begeistert ... sie fängt mit 0 an, meine
Telefonnummer ... Du bist ein Held.

Mein Telefon klingelte.

Heinz_1: Dein Telefon klingelt. Warum hebst du nicht ab?
Xela: Ich sehe keinen Grund dazu ... wird irgend so ein notgeiles
Arschloch aus dem Chat sein ...

Mein Handy vibrierte. Eine Kurznachricht. »LEXA, HEB AB!«

Xela: Ich werde nicht abheben – ich habe die Nase gestrichen voll
von männlichen Spielereien.
Heinz_1: Ich habe noch nie gespielt. Heb ab, dann können wir
drüber reden.
Xela: Nein.

Ich loggte mich aus. Fuhr meinen Rechner runter. Mein Handy
vibrierte. Mein Festnetz klingelte. Der Mann, der mir von allen mal
am liebsten, am wichtigsten war, rief mich gerade, nach fast sechs
Monaten Funkstille an. Ich hob ab. Mit kühler Gelassenheit.

»Nervensäge!« Es war Adriano, mit seiner umwerfenden Stimme, mit seinem despotischen Charme. »Was meinst du damit, männliche Spielereien? Ich habe noch nie gespielt. Das weißt du, Lexa.« Ich erklärte ihm, wie ich die Sache sehe. Dass ihn der Eroberungszwang gepackt hatte und als er mich dann soweit hatte, dass ich anfing, ihn genau so, wie er es wollte, »ein bisschen zu lieben«, zack bum, von der Erdoberfläche verschwunden war. Auf allen Leitungen nicht erreichbar. »Das, Adriano, ist für mich Spielerei.« Aha, soso. Alles hatte sich überschlagen. Firma aufgelöst, weil Scheiß-Zahlen. Lange Zeit in Amerika gewesen. Voll der Stress. Außerdem noch neues Handy, neue Telefonnummer, neue Email-Adresse. Er hat keine meiner Nachrichten erhalten. »Und da ist es nicht irgendwie möglich, mir ein paar erklärende Worte zu schreiben? Erzähl das deiner Mama. Die hat vielleicht Verständnis dafür. Da musst du schon mit anderen Erklärungen aufwarten. Wobei ich die Erklärung gerne hören würde, die mich überzeugt. Ist doch ganz einfach, Adriano: Du hast mir mehr bedeutet, als ich dir. Ist ja auch nichts dabei. Keine Versprechungen, keine Forderungen, keine Erwartungshaltung. Meine Naivität, meine Blödheit.«

Ein bisschen machte es mich traurig, meine eigenen Worte zu hören. Er war lange Zeit mein Hero gewesen. Ich hatte so viele Männer kennengelernt und bin immer wieder zu dem Schluss gekommen: Sie können alle Adriano das Wasser nicht reichen. Ja, ich freute mich von ihm zu hören, aber ich war nicht mehr ganz die, die sich vor sechs Monaten von dem Italiener hat überreden lassen, nach München zu fahren. Vierzehn, vielleicht mehr Männer lagen dazwischen. Etliche Dates, zig Telefongespräche. Irgendwo zwischen all der angetrunkenen Romantik, den Verzweiflungstaten war mein Vertrauen und mein Respekt vollends auf der Strecke geblieben. Innerlich erstarrt, abgekühlt, kein Atem, keine Geduld mehr. Nicht mit mir, nicht mehr mit Männern.

In den nächsten Tagen telefonierten wir zwar noch einige Male, aber so wirklich konnte er mich nicht mehr vom Hocker reißen. Selbst seine neuerlichen Hirngespinste, Sex zu dritt, natürlich zwei Frauen, konnten mir nur ein müdes Lächeln abringen. »Du kannst dir auch die zweite Frau aussuchen.« Na, super, das machte ja das Angebot total interessant. Warum zum Teufel träumen auch scheinbar alle Männer vom Sex mit zwei Frauen? Ich meine, so wirklich multitasking-fähig sind Männer nicht und ihre sexuelle Energie sinkt für gewöhnlich nach einem Orgasmus auf Null. Genau der Punkt, wo Frauen erst richtig loslegen. Also, ganz ernsthafte Frage: Was wollen Männer mit zwei Frauen? Sich Dinge beweisen, die schon im Vorfeld zum Scheitern verurteilt sind? Wäre ja mehr als dumm. Vielleicht geht es ja eher darum, den Live-Porno zu gucken? So von wegen: geil, Lesben. Is' ja auch egal. Ich ordnete seine Phantasien auf der Seite: Träum weiter, ein. In Anbetracht seiner Vorhaltungen, dass er dachte, sich auf mich verlassen zu können, so von wegen Treue, stellte ich mir lediglich die Frage, für wie dämlich der mich hält. Kurz, das Auftauchen von Adriano war zwar nett, aber ließ mich nicht vor Freude zittern.

18

Die Wohnung in Köln, Sülz entpuppte sich als der Singletraum schlechthin. Dunkler, alter Dielenboden, hohe Decken und Stuck. Ein Knaller. Leider fanden das die 23 anderen Interessenten auch. Beim Blick auf die Händchen haltenden Doppelverdiener war mir schon im Vorfeld klar, nur von der Wohnung träumen zu können. Selbst mein überdurchschnittlich hohes Gehalt würde hier nichts reißen. Doppelverdiener heißt halt auch doppelte Sicherheit. Ich füllte den Bewerbungsbogen dennoch aus, schleimte mich mit gepflegtem Smalltalk beim Vermieter ein und sagte mir auf der Heimfahrt: Was soll's. Wer will schon eine Wohnung, wo man eine Stunde um den Block fahren muss, um einen Parkplatz zu bekommen. Hat schon seinen Grund, wenn die meisten Kölner auf ein Auto verzichten.

In der Luxemburger Straße angekommen erreichte mich eine SMS von Dieter. »Hast du heute Abend Lust? ; -) Könnte mich für zwei Stunden frei machen.« Zwei Ampeln brauchte ich, um die kurze Antwort zu tippen und abzuschicken. »Nein. Keine Lust.« Keine Minute später trudelte die nächste SMS ein: »Freu mich so auf dich. Kannst du nicht absagen?« Was denn jetzt absagen? Habe ich mit irgendeinem Wort einen Termin erwähnt? Als ich die Treppen zu meiner Wohnung hochstieg, rief er auf meinem Handy an. Ich ließ ihn durchklingeln. Hatte wirklich keine Lust, ihm zu erklären, dass ich es vorzog, heute Abend zu lesen und meine Pflanzen zu pflegen.

Nachdem ich meine Katzen gefüttert hatte, gönnte ich mir ein langes Bad. Nahm Handy und Festnetz mit ins Badezimmer, man weiß ja nie. Ein Fehler. Auf beiden Leitungen versuchte es Dieter nahezu ununterbrochen. Als es mir zu bunt wurde, hob ich ab. Dieter. War mir klar. »Bin auf dem Weg zu dir«. startete er das Gespräch. »Du kannst direkt wieder umkehren, Dieter. Ich habe keine Lust auf dich«, erklärte ich ihm mit einer Offenheit, die ich gar nicht von mir kannte. »Bin gleich bei dir.« Hatte der Mann Tomaten auf den Ohren? Hatte ich Nein gesagt? Ja, ich hatte Nein gesagt. »Schön, Dieter. Dann wirst du aber vor verschlossener Tür stehen. Ciao.« Für mich war damit die Sache mehr als erledigt. Schließlich haben wir nicht Beziehung. Ein Trennungsgespräch erübrigt sich da wohl. Offensichtlich war er anderer Meinung. Zum Klingeln meines Telefons gesellte sich jetzt die Türklingel. Bestimmt eine Viertelstunde dauerte dieser Terror. Zig SMS schickte er mir. Ich hatte in den letzten Monaten gelernt, sich am besten gar nicht erst die Mühe zu machen, sachliche oder sonst wie erklärende SMS zu verschicken, wenn man keinen Wert mehr auf die Gesellschaft von irgendwem legt. Irgendwann gibt jeder auf. Fast eine halbe Stunde stand er unten an der Haustür und machte Klingelterror. Sollte er sich doch austoben. Ich tauchte unter und versuchte, trotzdem mein Bad zu genießen. Und außerdem kann man ein Handy ausschalten und ohne Akkus klingelt auch das Festnetz nicht. Keine Erwartungshaltung! – nur ein frommer Wunsch. Eine bescheuerte Phrase, die sich zwar so wunderbar modern und frei anhört, aber in den seltensten Fällen funktioniert. Die Erwartungshaltung fängt ja schon da an, wo man die Erwartung hat, dass keine Erwartung da ist. Also selten dämlich. Erstaunlich fand ich allerdings, wie weit ein Mensch sinken kann, wenn es um enttäuschte Erwartungen geht. Es ist eine Sache, vor sich hin zu flennen, wenn man alleine ist. Eine andere allerdings, wenn man 30 Minuten Klingelterror macht, obwohl ein klares Nein bereits gefallen ist. Aber vielleicht spreche ich ja auch Chinesisch.

So ganz nebenbei hatte sich seit etwa zehn Tagen auch noch ein Willi in meine virtuelle Freundesliste eingeschlichen. Er gehörte zur

Gattung der hilfsbedürftigen Ehemänner. Reine Nächstenliebe, als ich seiner Hartnäckigkeit nachgab und ihm meine Telefonnummer mitteilte. Konnte ja nicht ahnen, dass es für ihn den Blanko-Schein darstellte, jeden Morgen, natürlich nur während der Woche, Punkt 8 Uhr, bei mir anzurufen. Solch ehebrecherisches Verhalten können Gatten halt nur während der ehefreien Zeit, von montags bis freitags, zwischen 8 und 18 Uhr machen. Überstunden mitunter nicht ausgeschlossen. Er schaffte es dann auch, in schöner Regelmäßigkeit, mich mit gelverschmierten Fingerchen beim letzten Feinschliff zu erwischen. Willi – konnte ich mir schon sehr bildhaft vorstellen, wie so ein seit 20 Jahren verheirateter Willi aussieht. Plautze, Glatze, spießig, langweilig. Ich übte mich mal wieder in Eheberatung. Hörte mir Storys an, die ein Plädoyer gegen die Ehe sind. Sie will nicht, wie er will, er will nicht, wie sie will, streiten, versöhnen, noch mal von vorne. Auseinandergeliebt, glücklich unglücklich in Hassliebe vereint. Trennung geht natürlich nicht, weil und sowieso und überhaupt, aber eigentlich. Nicht die erste Geschichte dieser Art. Gähn. Kein Grund, irgendwie nervös zu werden. Der war so harmlos wie ein Gummibärchen ohne Farbe.

Weihnachten und die Jahreswende kamen bedrohlich und unaufhaltsam näher. So langsam sollte ich mir Gedanken machen, wie ich Silvester verbringe. Den Weihnachtsabend würde ich, ganz klar, bei meiner Mutter unterm Christbaum sitzen. Nicht wie jedes Jahr – diesmal ohne Jan.

Silvester will man ja so richtig ausgelassen feiern. Erstens war mir nicht nach ausgelassen, zweitens fiel mir niemand ein, mit dem ich hätte feiern können und wollen. Schließlich hatte ich in den letzten Monaten nicht direkt Freunde gesammelt oder gepflegt.

Allerdings war ich nicht der einzige Mensch, der sich über den Jahreswechsel Gedanken machte. Florian lag mir in den Ohren, mit ihm auf eine Ü-30-Fete zu gehen. Eigentlich nicht verkehrt, die Idee, aber ich machte mir Gedanken über seine Empfindungen, die er mir gegenüber pflegte. Konnte nicht wirklich mit Überzeugung Ja zu der Idee sagen. Zwei Wochen vor Weihnachten kam es dann, aus genau diesem Grund, zur Auseinandersetzung. Ich hatte mal wieder ein Wochenende bei ihm verbracht. Alles paletti, bis auf den Augenblick, wo er meinte, auf eine klare Entscheidung pochen zu müssen. »Gut, wenn du so fragst, dann sag ich ganz klar Nein.« Er wollte eine Antwort, er hatte sie, aber er war damit nicht einverstanden. Der Verkäufer in ihm kam wieder hoch, er versuchte mich zu überreden. Als er merkte, dass ich bei Nein blieb, gab er mir wieder gnädig eine Entscheidungsfrist. »Vielleicht überlegst du dir es ja noch anders. Ich muss es nur bis nach Weihnachten wissen.« Ich war angenervt, weil er nur ignorierte, was ich sage. Wenn Sturheit einen Namen hat, dann auf jeden Fall Florian. Ich fühlte mich von ihm vereinnahmt. Seine Taktik war mir mehr als klar. Lange Leine und wenn sie sich ausgetobt hat, wird Alex schon wissen, was für sie gut ist, und zu mir kommen. Dass er mit dieser Vermutung so falsch lag wie der einstmals globale Irrglaube, dass die Erde eine Scheibe ist, begriff er scheinbar nicht.

Das Ganze würde jetzt ein Ende haben. Für seine und ganz nebenbei für die Gesundheit meiner Nerven nahm ich mir vor, auch unter diese Affäre einen Strich zu ziehen. Meine idealistische Vorstellung, wenigstens eine meiner Affären könne einen Freund fürs Leben hervorbringen, begrub ich. Es funktioniert einfach nicht, wenn einer zuviel, oder besser, andere Vorstellungen hat.

Als er mir dann ein Weihnachtsgeschenk überreichte, gefolgt von einer sehr intensiven Umarmung und dem Versuch, mich zu küssen, hakte es bei mir aus. Zack und Knall. Ich stieß ihn von mir, griff nach meiner Tasche und flüchtete aus seiner Wohnung. Er folgte mir. Trug mir sein Geschenk hinterher. Ich legte meine Reisetasche auf den Rücksitz, knallte hinter mir die Autotür zu und drehte den Schlüssel. Florian klopfte, mit dem Geschenk in seiner Hand, an meine Scheibe. Ich ignorierte ihn und fuhr los. Ein paar Schritte folgte er mir. Sagte irgendwas, was ich nicht verstand. Ich war wütend, traurig, sauer, alles zugleich. Sauer, weil es mir scheinbar nicht möglich war, klare Verhältnisse zu schaffen. Wütend, weil auch er all meine Neins vollends ignorierte. Es dauerte zwar eine Ewigkeit, bis ich aus dem Gewirr von kleinen Landstraßen und besseren Feldwegen heraus war und den Weg zur Autobahn gefunden hatte, aber ganz sicher wollte ich Florian jetzt nicht anrufen, damit er mir der Weg erklärte. Ich ging davon aus, dass die Geschichte jetzt ein Ende hatte und damit meine ständigen Gedanken, wie ich ihm klarmachen sollte, wieder heute, noch in irgendeiner Zukunft Beziehung mit ihm zu haben.

Dass er jegliche Hoffnung auf eine Entwicklung in seinem Sinne begraben sollte.

Mein Telefon und mein Handy standen in den nächsten Tagen selten still. Immer wieder die Nummer von Florian im Display. Nachts um zwei Uhr, schier endloses Tülü. Es wurde mir in den nächsten Tagen zur Angewohnheit, wenn ich nachhause kam, die Batterien aus dem Telefon zu nehmen und mein Handy nur dann anzuschalten, wenn ich einen Anruf erwartete oder nachschauen wollte, ob einer eingegangen ist. Im Chat setzte ich ihn auf »invisible«, so konnte er nicht mitbekommen, wenn ich online war. Irgendwann würde er Ruhe geben.

Das farblose Gummibärchen, mit dem ich jeden Morgen, von Montag bis Freitag telefonierte, war der Meinung, sich mit mir treffen zu müssen. Die Feiertage standen vor der Tür. Er würde sein Geschäft bis ins neue Jahr schließen. Was in der Konsequenz hieß: Telefonseelsorge erst wieder nach Silvester. Ob das der Grund war, weiß ich nicht. Auf jeden Fall verabredeten wir uns für den 23.12. auf eine Tasse Kaffee, am Neumarkt. Zig Mal versicherte er mir, dass ich mich ganz schwer in ihm täuschen würde, wenn ich glaubte, es ginge nur um das Eine. Ja, ist klar. Hatte ich das nicht schon mehrmals von anderen gehört? »Ich will dich einfach kennenlernen und bei einem Kaffee mit dir reden. Ist das so schwer zu glauben?« Ja, ist es. Wenn man Alex heißt und acht Monate Fronterfahrung hinter sich hat.

Auch ich hatte mir über die Feiertage Urlaub genommen. Einen halben Tag noch arbeiten, ab 13 Uhr dann Weihnachtsfeier in der Firma. Um 16 Uhr verabschiedete ich mich, wünschte allen frohe Weihnacht und einen guten Rutsch. Machte mich mit meinem Auto auf den Weg zum Neumarkt. Ich bin ja nur bekloppt. Ein Tag vor Weihnachten und ich fahre in die Kölner Innenstadt. Ich atmete erleichtert auf, als ich endlich Nähe Neumarkt den harten Kampf um einen Parkplatz gewonnen hatte. Es war eisig kalt. Scheiß Eitelkeit. Ich hatte nicht wirklich meine wärmste Hose an. Eine schwarze Plastikhose, ein Lederimitat. Meine Ethik ließ bis zu diesem Tag kein echtes Leder zu. Drüber einen schwarzen Rollkragenpullover, meine alte Levi's Jeansjacke, die ich auch schon in München, bei sommerlichen Temperaturen trug, und einen großen grauen Schal. Make-up fürs Selbstwertgefühl hatte ich in der Firma noch schnell aufgelegt. Klar, ich hatte einige Erfahrungen hinter mir, da sollte ich abgebrühter sein. Bisher wurde die Ware ja immer für ganz okay befunden. Kaum ein Grund, noch nervös zu werden.

Ich stand direkt an der großen Fußgängerampel. Hinter mir die Mayerschen Buchhandlung, vor mir der Weihnachtsmarkt. Die Luft roch nach Glühwein. Ein Getränk, dem ich bisher noch nie was abgewinnen konnte. Natürlich war das der erste Vorschlag meines Dates. »Wir könnten auf dem Weihnachtsmarkt einen Glühwein trinken.« Ganz Köln auf dem Weihnachtsmarkt und dieser verheiratete Willi plante, sich mit mir auf den Präsentierteller stellen. Entweder er dachte sich wirklich nichts bei dem Treffen, oder er ist einfach naiv. Ich hatte abgelehnt. Bin kein Weihnachtsmarkt-Typ. Zu viel Trubel für meinen Geschmack.

Menschenmassen vor mir, Menschenmassen hinter mir, mein Handy klingelte. Es war mein Date. »Wo bist du?«, fragte er mich. »Na ja, ich steh hier so rum, an der Ampel direkt bei der Mayerschen und schaue auf den Neumarkt«, erklärte ich ihm meine momentane geographische Lage. »Dann müsstest du mich gleich sehen. Ich komme dir entgegen. Bin gleich an der Ampel.« Ich versuchte, in den Menschenmassen gegenüber einen dicken telefonierenden Mann auszumachen. »Ich sehe dich jetzt«, informierte er mich. »Dann bist du eindeutig im Vorteil, ich sehe dich nämlich noch nicht.« Doch, jetzt konnte ich ihn ausmachen. Kann das sein? So auf Entfernung entsprach er nicht so ganz dem Bild eines Willis. Vielleicht musste ich ja die Sache mit dem farblosen Gummibärchen noch mal überdenken. Ein groß gewachsener, sportlich schlanker Typ. Über seinem dunklen Anzug trug er eine schwarze, locker sitzende Lederjacke. Ein dunkelrotes Hemd und Ton in Ton einen dunkelroten Schlips. Schütteres, sehr kurz geschnittenes, dunkles Haar. Die Ampel wurde Grün. Ich ging über den Zebrastreifen, geradewegs auf ihn zu. Mein Handy immer noch am Ohr. Ach so, ja. Er hatte ja schon aufgelegt. Ich beendete die Verbindung und steckte das Handy in meine Jackentasche.

Es gibt ja diverse Studien und Umfragen, die sich damit beschäftigen, wo Frau bzw. Mann zuerst hinschaut. Busen, Knackarsch, Augen oder Geldbeutel, wie auch immer. Wenn ich sagen müsste, wo ich als Erstes hinschaue, dann ganz klar ins Gesicht.

Nicht speziell die Augen, oder der Schwung der Lippen. Alles im Zusammenspiel entscheidet über Sympathie oder Antipathie. Entscheidet, ob ich die Energie aufbringen will, mich länger mit jemandem zu beschäftigen. Entscheidet darüber, ob mein Gegenüber nur ein Freund, nur ein Bekannter oder vielleicht mehr sein wird in der Zukunft.

Die meisten Gesichter, die mir in der Vergangenheit begegnet sind, waren nichtssagend. Kein Hingucker, nichts, wo mir das Herz aufging. Menschen, die keinen bleibenden Eindruck bei mir hinterlassen hatten.

Ich schaute leicht nach oben, in ein jungenhaftes Gesicht mit kantigen, männlichen Zügen. Blaue Augen, die ein offenes und ehrliches Lachen aufgriffen. Schade auch, dass er ein verheirateter Arsch ist und ich keine Lust mehr auf Spielchen hatte. Er gab mir die Hand. Ein nicht zu fester, aber dennoch kräftiger Händedruck. Er umarmte mich nicht, oder so, wir standen einfach für kurze Zeit nah aneinander. Nah genug, um seinen Duft zu erschnuppern. Ein Parfum, was ich nicht kannte. Nicht aufdringlich, aber sehr angenehm.

Wir überquerten den Platz, steuerten auf ein Café zu. Café Rendezvous. Wie passend. Natürlich war das Café voller Menschen, die sich vom anstrengenden Shoppen erholten. Wir hatten Glück und fanden einen gerade frei gewordenen Tisch. Sein freundschaftlicher Umgang mit den Bedienungen ließ darauf schließen, dass er hier öfters verkehrte. Lächelnd fragte mich die Bedienung, was ich möchte. Vermutlich denkt sie gerade, was der Typ denn jetzt schon wieder für eine angeschleppt hat. »Einen Kaffee, bitte«, antwortete ich. Ich schaute über seine Schulter nach draußen. »Ich glaube, es schneit«, sagte ich mit ehrlicher Begeisterung beim Anblick der winzig, kleinen Flöckchen, die ich draußen herunterrieseln sah. Er lächelte sein offenes Lächeln und sagte: »Vielleicht bekommen wir ja dieses Jahr mal eine weiße Weihnacht.« Ein wunderbarer Anfang. Übers Wetter reden. Fast ärgerte ich mich, die Schneeflocken überhaupt als Thema gewählt zu haben. Aber ist nun mal so. Ich liebe Schnee und es stellte sich raus, auch er konnte sich für die weiße Pracht begeistern.

Wir unterhielten uns natürlich nicht nur über das Wetter. Ich erfuhr von seiner Vorliebe fürs Motorradfahren, von seinem Faible für die Formel 1 und, dass er einmal die Woche Badminton spielen geht. Er erfuhr von mir, dass ich Motorradfahren hasse, die Formel 1 langweilig finde, aber durchaus bereit wäre, mal Badminton zu spielen. Er erklärte mir, dass es ihn bei meinem Blick nicht wundern würde, wenn meine Dates jedes Mal mit Sex endeten. Er schaute skeptisch, als ich ihm versicherte, dass dieser Blick über meine Brille nicht Absicht sei, sondern vielmehr aus meinem rutschenden Brillengestell resultierte, und außerdem trage ich für gewöhnlich Kontaktlinsen, informierte ich ihn. Er wollte nicht glauben, dass ich schüchtern bin, hielt es für eine Masche. Ich musste ihm Unrecht geben. Zumindest in einem Punkt. Schüchtern, oder besser, introvertiert bin ich wirklich. Ob es Masche ist? Auf jeden Fall war mir in den letzten Monaten nicht entgangen, wie diese Schüchternheit auf Männer wirkte. Ich fühlte mich ertappt in diesem Punkt. Rückte öfter als gewöhnlich meine Brille zurecht und trainierte ein lächelfreies Gesicht. Ärgerte mich darüber, weil er es schaffte, mich zu verunsichern. Dachte ich doch bis heute, diese Zeiten hinter mir zu haben.

Ganz Gentleman reichte er mir Jacke und Schal, als es Zeit wurde für den Aufbruch. Er hatte noch ein Weihnachtsessen und war mit seiner Frau verabredet. Die Verabschiedung wurde etwas inniger als die Begrüßung. Er drückte mich kurz an sich, sah mir in die Augen und mir wurde ganz warm in der Magengegend. Vielleicht war der Kaffee ja nicht gut? Fast erwartete ich einen Kuss. Er tat es natürlich nicht, sondern wünschte mir erholsame Feiertage, einen guten Rutsch und kündigte an, dass wir uns gerne im neuen Jahr noch mal auf einen Kaffee treffen könnten. »Mal schauen.«

Er hatte Recht behalten. Wir hatten keinen Sex. Kunststück, wenn man sich im Café trifft. Ich wette, wenn wir uns bei mir zuhause getroffen hätten, er wäre nicht lange der standhafte Ehemann mit Rückgrat geblieben. Aber dennoch, das Treffen hatte mich in eine Hochstimmung versetzt. Zwei Stunden sind wie im Flug vergangen. Zwei Stunden, in denen ich mich, für meine Verhältnisse, sehr wohl gefühlt hatte. Auch ohne Rotwein. Aber was soll's. Bloß nicht zu viele Gedanken dran verschwenden. Verheiratet, auf der Suche nach

Abwechslung und Selbstbestätigung. Auf ein Merlin-Revival kann ich sehr gut verzichten. Abhaken. War ganz nett, aber mehr wollte und brauchte ich nicht. Außerdem ärgerte ich mich über seine Unterstellung, mein Blick würde klare Signale versenden. Arschloch. Als ob ich es nötig hätte, dich anzumachen.

Auf dem Weg nachhause entwickelte sich das zarte Schneerieseln in einen Schneesturm. Die Straßen wurden tatsächlich weiß. Für Köln eine Seltenheit und für den Straßenverkehr eine Katastrophe. Alles staute sich, nichts ging mehr. Meine Weihnachtseinkäufe konnte ich mir abschminken. Werde ich wohl doch morgen, an Heiligabend, in den Supermarkt müssen.

Die Nacht brachte dann klirrende Kälte und damit vereisten Schneematsch auf den Straßen. Ich war froh, als mein Auto wieder in der Tiefgarage stand und ich meine Einkäufe ohne Unfall hinter mich gebracht hatte. So wirklich prickelnd fand ich die Vorstellung nicht, bei dem Wetter über Blankenheim, mit durchgelutschten Sommerreifen, nachhause in die Eifel zu fahren.

Ein Anruf bei meiner Mutter bestätigte dann auch, dass der Winter in den höheren Lagen mit voller Gewalt eingeschlagen hatte. Selbst meine Mutter war bereit, auf meine Anwesenheit zu verzichten. »Viel zu gefährlich, Kind. Bleib besser zuhause.« Na, wunderbar. Natürlich war ich nicht wirklich scharf auf familiäre Langeweile unter dem Tannenbaum, aber Heiligabend so ganz alleine verbringen ist auch nicht direkt gut fürs Gemüt. Aber es half ja nichts. Da ich keine Lust verspürte, mich ganz real ins weihnachtliche Nachtleben von Köln zu werfen, fand ich mich mit dem Gedanken ab, mit mir alleine zu feiern. Ist schließlich das Fest der Besinnung. Genau das richtige Thema für mich und wer braucht dafür schon Gesellschaft. Ich garantiert nicht.

Nach einem langen Bad zog ich mir meine kuscheligsten Lieblingsklamotten an, zündete jede meiner Ikea-Romantikkerzen an und bekochte mich mit einem Gemüseauflauf selbst. Eine Flasche Rotwein rundete mein weihnachtliches Menü ab.

Jetzt sitzen sie alle zuhause bei ihren Familien. Mit ihren liebenden   Ehefrauen, einem fürstlich gedeckten Tisch und strahlenden Kinderaugen. Ha, aber ihre Gedanken sind vermutlich bei mir. Ist doch auch was. Auch wenn ich alleine bin, an diesem traditionellen Familienabend, so bin ich mir doch sicher, dass der eine oder andere aus meinem beachtlichen Bekanntenkreis mehr als zärtlich jetzt an mich denkt.

Willi ging mir nicht aus dem Kopf. Ich kannte ja seine Ehe inzwischen ein wenig. Mehr gepflegter Hass, als innige Liebe. Vermutlich würde bei ihm der Abend in einem dicken Streit über irgendwas Banales enden. Weihnachten: tagelang Aufeinanderhocken, sich endlos langweilen und gegenseitig auf die Nerven gehen. Die meisten Familientragödien finden nicht umsonst an genau diesen Tagen statt. Danke, da bin ich doch froh, meine persönliche Tragödie mit mir selbst auszumachen. Die Erfahrung muss man halt auch einmal machen. So ganz alleine Weihnachten feiern.

Ich hatte schon fast die Flasche Rotwein leer, als meine Mutter anrief und mir ein frohes Weihnachtsfest wünschte. Mir erzählte, was sie gekocht hatte. Was meine Nichte geschenkt bekommen hatte und das, Pinscher, die kleine Tretmine von Hund, ganz begeistert vom Weihnachtsbaum ist. Echt toll. »Ja, ist gut. Dann feiert noch schön. Bis die Tage.« Ich legte mich zurück auf die Couch, nippte an meinem Rotwein. Überlegte, ob ich es mir jetzt selbst machen soll oder doch lieber hemmungslos flennen. Das mit dem selbstbefriedigen war nicht so einfach. Eine reine Frage der Stimmung. Meine Tränen hingegen flossen ganz von selbst und ich gab mich mit all meiner Leidenschaft dem Selbstmitleid hin. Keiner mag mich, keiner liebt mich. Und überhaupt, das Leben ist eh nur ein langweiliger Warteraum für den Tod. Mir fielen die Rasierklingen ein, die ich vor einem knappen Jahr für den Fall der Fälle gekauft hatte. Damals wollte ich es wirklich tun. Ich saß auf dem Badewannenrand, hatte sie an meinen Pulsadern. Na, ja. Das tut weh und außerdem, solange man nur einen Grund hat weiterzuleben, tut man es eh nicht. Nein, ich würde es auch heute nicht tun. Zu viele Dinge, zu viele Verstrickungen, zu viele Hoffnungen, die ich in die Zukunft setzte. Nächstes Jahr wird alles anders, alles besser sein. Nächstes Jahr wird mein Jahr.

In jedem Fall sah die Welt am nächsten Morgen ein Stück weit freundlicher aus. Im Laufe des Vormittages trudelten jede Menge SMS ein. Adriano, Merlin, Jens, Florian, Dieter und der eine oder andere Name, den ich nicht eindeutig zuordnen konnte. Ich musste mich ernsthaft beim Lesen der SMS fragen, ob die Grüße mir oder meiner Muschi galten. Unter den SMS war auch eine von Willi. Er wünschte mir ein erholsames und friedliches Weihnachtsfest. Ich erwiderte seine Grüße und stellte mir vor, was passieren würde, wenn die SMS in die Hände seiner Frau geraten würde. Wie der arme Kerl erklären musste, wer denn nun Alex ist. War das mein Problem? Nein. Ich grinste bei der Vorstellung mit leichter Schadenfreude in mich rein.

Draußen war es nach wie vor arschkalt und auch die Schneegefahr war noch nicht vorbei. Ich rechnete aber mit freigeräumten Straßen und machte mich vormittags auf den Weg in die Eifel. Immer noch besser als rumfrusten, oder schlimmer noch, zu chatten und sich Ärger in Form eines notgeilen Mannes einzuhandeln. Ich war mir sicher, auf dem Rückweg würde ich das anders sehen. Aber gut. Ein bisschen Abwechslung braucht der Mensch und letztlich ein guter Tag, um sich noch mal klarzumachen, was im Leben man auf keinen Fall will: geheucheltes Familienidyll. Vorsichtshalber wappnete ich mich mit kleinem Reisegepäck. Schließlich war eine frostige Steigerung in Sachen Wetter nicht auszuschließen.

Selbst, wenn ich sternhagelvoll gewesen wäre und zusätzlich die Straßen spiegelglatt, ich wäre in jeden Fall zurück nach Köln gefahren.

Gegen 12 Uhr kam ich an. Meine Mutter hatte schon gekocht und es roch nach Rotkraut im Haus. Wua, erinnere mich noch gut daran, wie ich als Kind immer alle Ritzen, inklusive Schlüsselloch, in meinem Schlafzimmer zugestopft habe, wenn dieser eklige Geruch durchs Haus zog. Bis heute ist diese Aversion geblieben. Die kleine Tretmine winselte hektisch um meine Beine, als ich den Flur betrat. Pinkelte vor Freude über meine Schuhe, nee, wat süß.

Schon seit Monaten versuchte ich meiner Mutter ein bisschen über mein Leben zu erzählen. So ganz einverstanden war sie nie mit dem, was ich im wahrsten Sinne des Wortes so trieb. Nach zwei Sätzen meinerseits, kam bisher immer wieder standardmäßig die Frage: »Und, wie geht es Jan?« Heute war ich in der richtigen Stimmung, um genau die richtige Antwort zu geben: »Der bumst sich durch die Männerwelt von Köln.« Ich dachte, ich würde eine Bombe hochgehen lassen. Nichts. Kein Nachhaken, nur ein verständnisloser Blick über meinen unangebrachten Wortschatz. Danke. Wann darf ich wieder fahren? Ich biss die Zähne zusammen. Der Rest der Familie rückte an. Wie der Besucher aus einer anderen Welt kam ich mir vor.

Beobachtend saß ich da, versuchte mitunter, einen Witz zu machen   oder einfach mich in ein Thema einzuklinken. Erntete jedes Mal fragende Blicke. So von wegen »Häh?«, Alex, halt dich zurück. Für diese Welt bist du noch nicht reif und wirst es wahrscheinlich auch niemals sein. »Und wie geht's, Schwesterchen«, fragte mich einer meiner Brüder. »Och ja. Ganz gut«, antwortete ich knapp. »Erzähl doch mal, wie lebt es sich so als Single?« Ich schaute ihn an, wollte er das jetzt wirklich wissen, oder handelte es sich um eine rhetorische Frage, auf die man eine nichtssagende Antwort erwartet? Ich entschied mich für die lange und ehrliche Version. Setzte an, von meinem lustigen Leben und den Männern darin zu erzählen. Nein, war ich heute aber auch zynisch und sarkastisch drauf. Auf meine Anekdoten erntete ich stammtischreife Bemerkungen. In all den Monaten ist mir nicht einmal der Gedanke gekommen, ich sei eine Schlampe. Jetzt und hier fühlte ich, dass sie genau das dachten. Nach dem Kaffeetrinken nahm ich nur zu gerne den Vorschlag an, ein Glas Rotwein zu trinken. Was tut man nicht alles, um die banale Realität des Lebens wenigstens zu dimmen. Und so schlimm ist Lambrusco auch wieder nicht. Zumindest nach dem zweiten Glas. Gegen 18 Uhr entschied ich: genug familiäre Nettigkeiten. Da sich ja hier eh jeder mehr für meinen Ex interessierte, konnte ich auch getrost nachhause fahren. »Also dann, ich denke, ich mach mich jetzt auf, bevor es wieder anzieht auf den Straßen.« Meine Mutter schaute mich überrascht an: »Bleibst du nicht über Nacht?« Ein bisschen tat es mir leid für sie. Ich wusste sie hätte mich gerne länger da gehabt, um mir über die Ärgernisse und Sorgen ihres Lebens zu erzählen. Aber alles in mir trotzte und sträubte sich gegen den Gedanken, noch eine Stunde länger oder sogar bis am nächsten Morgen zu bleiben. »Ich habe niemanden, der die Katzen füttert, und auch nichts dabei für meine Kontaktlinsen.«

Ich verabschiedete mich und war froh, als ich wieder im Auto saß und endlich rauchen konnte. Auf der kalten Terrasse macht das wenig Spaß. Ich drehte die Musik auf und sang aus vollem Hals mit, während mir die Tränen liefen. Niemand der mir was bedeutete, niemand, dem ich was bedeutete. Weihnachtsdepression vom Feinsten. Im Hinblick auf meinen Alkoholpegel und den Straßenzustand grenzte es an ein Wunder, dass ich heil in Köln ankam.

Zuhause angekommen rief ich Jens an. Fragte ihn, ob er Lust, ob er Zeit hätte. Er hatte Zeit, er hatte Lust und vergaß nicht zu bemerken, wie verwundert er sei, dass ich IHN mal frage. Die Nacht und den Morgen verbrachte ich also bei Jens. Holte mir Brandblasen an meinem Busen, holte mir das, was ich brauchte: die Bestätigung meiner Wertlosigkeit und das Gefühl, noch zu Emotionen fähig zu sein. Und sei es nur Wut. Auf Weihnachten folgt, wie jedes Jahr, die nervige Frage: Wie verbringe ich den Jahreswechsel? Wenn ich dachte, Florian hätte nach meinem unschönen Abgang vor zwei Wochen die Nase voll, dann hatte ich mich getäuscht. Er terrorisierte mich mit Anrufen und SMS, wie es denn nun aussehe. Ob ich mich entschieden hätte. Ich konnte nicht mehr wie Nein dazu sagen. Er wollte es nicht akzeptieren und versuchte weiter, mich zu überreden. Es blieb bei meinem Nein und das Telefongespräch endete damit, dass ich das Gespräch mitten im Satz beendete.

In die Silvesternacht tanzte ich mit mir selbst. Hörte laute Musik und lehnte ab, als mein Nachbar klingelte und fragte, ob ich nicht Lust hätte, mit ihm gemeinsam ins neue Jahr zu feiern. Vermutlich war ihm die Männerfluktuation in meiner Wohnung nicht entgangen. Womöglich dachte er, dass er es ja auch mal versuchen könnte. Kurz vor 24 Uhr legte ich mich ins Bett. Ich wollte ihn nicht mitbekommen, den Jahreswechsel. Wollte gar nicht wissen, wer mir eine SMS schreibt und wer nicht. Wollte auch selbst keine schreiben, wusste nicht an wen. Schlief weinend ein.

19

Gott sei Dank, der Horror der Feiertage war zu Ende. Die Normalität des Alltags hatte mich wieder. All die Rotwein durchträngten Gedanken lagen hinter mir. Die Welt wirkte wieder bedeutend freundlicher. In schöner Regelmäßigkeit telefonierte ich wieder mit Willi. Chattete mit all meinen »Freunden«. Genoss die Realität meiner Arbeit und die Gespräche mit Kollegen. Verzweiflung ist nicht wirklich eine gesellschaftsfähige Krankheit, aus diesem Grund vermied ich es, von meinem tristen Jahreswechsel zu berichten. Hört sich halt nicht so wirklich prickelnd an, zwischen den Berichten von Silvester auf Mallorca und im Trubel von Amsterdam zu erzählen, dass man mal was ganz Verrücktes getan hat und zuhause, ganz alleine den Jahreswechsel gefeiert hat. Ich musste mich wohl damit abfinden, als Außenseiter der Gesellschaft zu leben.

Neben den morgendlichen Telefonaten mit Willi war er auch zumeist der Erste, dem ich auf der Arbeit die ersten Worte schrieb. Natürlich, wir hatten dann schon wenigstens 20 Minuten Telefonieren hinter uns, aber scheinbar gab es immer noch genug zu erzählen.

Ich glaube, es sind diese gefühlvollen, tröstenden Worte, die ihm etwas gaben, was in seinem Leben fehlte. *drück dich ganz lieb*, *lächel*, *streichel dich zärtlich* und was es so alles gibt. Ich nannte sie immer virtuelle Streicheleinheiten. Bei mir funktionierten sie nicht mehr. Zumindest nicht so wie beim ersten Mal. Willi war, was das Chatten anbelangte, ein Neuling. Hatte vor mir erst ein Date gehabt: Kaffeetrinken. Die Frau war, seinen Erzählungen nach, eine Katastrophe. Nach ihr ist er auf mich getroffen. Armer Willi. Es machte mir Spaß, mit Worten zu jonglieren. Ich hatte herausgefunden, dass gerade Ehemänner wie ein trockener Schwamm das Wasser, diese virtuellen Zärtlichkeiten, aufsogen. Kunststück, vor einigen Monaten hat es ein Mann nach allen Regeln der Kunst mit mir gemacht. Ich wusste nur zu gut, wie man Sehnsüchte weckt. Es fühlt sich an wie ein wärmender Sonnenstrahl inmitten des tristen, grauen Novemberwetters. Man wird süchtig nach diesem Sonnenstrahl. Er stritt zwar ab, nach einem Seitensprung zu suchen. Was er aber nicht abstreiten konnte, war die Suche nach einem Rettungsring. Nach jemandem, der ihm weiterhilft, in seiner ehelichen Verzweiflung.

Er dachte über Trennung nach, glaubte aber, seine Frau würde diesen Schritt nicht verkraften. Psychisch labil. Sie würde sich was antun. »Frauen sind sehr viel widerstandsfähiger, als du denkst. Glaub mir, ich weiß es aus eigener Erfahrung«, erklärte ich ihm, nicht ohne Selbstironie, beim Gedanken an meine Rasierklingen. Mitunter konnte ich es gar nicht glauben, wie einfach sich Männer manipulieren lassen. Dass sie die Strategie von Zuckerbrot und Peitsche nicht erkennen.

Männer fragen gerne ihre Frauen, wenn sie wissen wollen, ob sie einem Geschäftspartner vertrauen können. Warum tun sie das? Weil sie wissen, dass wir eine Hightech-Antenne besitzen, wenn es darum geht, Dinge aufzuspüren, die unter der Oberfläche liegen. Wenn es darum geht, das Gesamtverhalten eines Menschen zu interpretieren, Schlüsse zu ziehen und damit Strategien zu entwickeln. Genau das tut Frau auch mit ihrem geliebten Ehegatten. Manche tun es bewusst, die anderen unbewusst. Aber sie tun es. Natürlich tut es jeder Mensch irgendwie und mehr oder weniger mit den Menschen in seiner Umgebung. Wirklich hinterhältig und bedauernswert wird es aber, wenn es mit dem Menschen geschieht, der einem vertraut. Dem Menschen, der einen liebt und den man selbst vorgibt zu lieben. Ich hatte echt Hochachtung vor Willis Frau. Sie beherrschte ihren Mann virtuos. Ein Wort, ein Blick, und sie hatte ihn genau da, wo sie wollte, ohne auch nur einmal konkret auszusprechen, worum es ging. Mitleid hatte ich mit Willi, weil er es nicht merkte, was mit ihm geschah. Dass sein schlechtes Gewissen, seine ständige Befürchtung, etwas falsch gemacht zu haben, lediglich das Ergebnis ihrer Psychotricks ist.

Ich sah keinen Grund, warum ich mich mit ihm nicht noch einmal treffen sollte. Auch wenn er wirklich gnadenlos gut aussah, verlieben würde ich mich in so einen Mann sicher nicht. Hinter dem kantig männlichen Gesicht steckte ein zu weicher, vertrauensseliger Kerl. Emotional keine Gefahr für mich und verheiratete Männer sind außerdem der gefahrloseste Weg Sex, zu haben, ohne in Beziehungsgefahr zu geraten.

Wir trafen uns im gleichen Café wie das erste Mal. Ich machte früher Feierabend, damit wir Zeit zum Reden hatten. Wir aßen gemeinsam zu Mittag, tranken Kaffee und redeten. Nun sollte man meinen, ein Mann, der in einer solchen Ehe lebt, kommt wie ein Häufchen Elend daher. Pustekuchen. Er lachte viel und ich lachte viel in diesen zwei Stunden. Wir unterhielten uns oberflächlich, lästerten miteinander, unterhielten uns tiefschürfend. Redeten über mich und meine Männererfahrungen, redeten über ihn und sein Leben.

»Ist mir klar, wenn du mir nicht glaubst, dass ich nur reden möchte mit dir, bei dem, was du in den letzten Monaten erlebt hast.« Im Gegensatz zu ihm bin ich nicht (mehr) naiv. Ich glaubte immer noch, er lügt sich in die Tasche, dass trotz seiner Beteuerungen mehr als nur der Wunsch zu reden da war. Fühlte mich in diesem Glauben bestätigt, als er vorschlug, mir sein Büro zu zeigen. Seine Kollegin hätte schon Feierabend, wir wären alleine. Nun denn. Ich hielt mich geschlossen, war einfach gespannt darauf, was passieren würde. Wir zahlten, jeder für sich, und machten uns zu Fuß auf den Weg in sein Büro. Vierte Etage, direkt am Neumarkt. Im engen Aufzug stand ich dicht neben ihm, roch seinen Geruch, der mir noch vom letzten Mal in der Nase war. Seltsam. Ich konnte mich anstrengen, wie ich wollte, den Geruch von Merlin hatte ich nicht in meiner Erinnerung behalten.

Nach einer Führung durch die Büroräume, klassisch mit graublauem Teppich und hellgrauen Büromöbeln, setzen wir uns in der kleinen Küche an den Tisch. Er machte Kaffee, wir unterhielten uns weiter. Ich erfuhr sehr viel über ihn, noch mehr über seine Frau. Was ihn an ihr störte. So ziemlich alles, wie es schien. Ein wirklich positives Wort hatte er kaum für sie übrig. Ihr Make-up störte ihn, der Geruch ihrer benutzen Nylonstrümpfe störte ihn. Zu viel und zu intim, um hier aufzuzählen. Ich hörte geduldig zu, kommentierte mitunter und wunderte mich, wie diese Ehe so lange halten konnte. Eheberatung, Therapie, den ganzen Schnickschnack, den man anstellt, um die eheliche Ruine zu sanieren. Was es gebracht hatte? Vor mir saß ein Mann, der gelernt hatte, sich selbst zu hinterfragen und zu analysieren. Der aber nicht in der Lage war, sich die Wahrheit einzugestehen. Die simple Wahrheit, die so schwer zu begreifen und zu finden ist. Für die auch ich sehr viel Zeit gebraucht hatte und die ich nur durch die Hilfe eines anderen Menschen entdeckte.

Rückblickend gesehen hätten alle Alarmglocken in mir läuten müssen. Vermutlich taten sie es auch, aber ich stellte mich taub auf dem Ohr.

Wir verließen sein Büro, als es draußen schon stockdunkel war. Verabschiedeten uns mit einer kurzen Umarmung und gingen auseinander.

Mit einem eingemeißelten Lächeln im Gesicht stolperte und rempelte ich mich Richtung Parkhaus vorwärts. Kam mir aber vor, als würde ich von einer Wolke getragen. Es war kalt, es war neblig draußen. Für mich schien die Sonne. Moment! Stopp! Was war denn passiert? Gar nichts. Ich hatte doch gar keinen Grund, einen auf glücklich zu machen. Wir hatten keinen Sex, nix von wegen Selbstbestätigung, auch er ist schwach geworden. Seltsam. Nein, eigentlich nicht seltsam, wenn ich drüber nachdachte. Er hat mir das Gefühl gegeben, etwas ganz Besonderes zu sein. Alex ist etwas ganz Besonderes und nicht ihre glatt rasierte Muschi.

Vielleicht hatte er mir sogar mehr gegeben als ich ihm. Vielleicht bin ich ja diejenige, die den Rettungsring gesucht und gefunden hatte. Vielleicht bin ich aber doch naiv und Männer sind ganz anders. Sind die wahren Meister der Manipulation und wickeln uns Frauen so ein, dass wir glauben, wir hätten das Sagen. Ach, scheiße. Ist doch egal.

Ich fühlte mich wohl und würde dieses Gefühl genießen und nicht schon wieder misstrauen und pauschalisieren. Und wenn das Gefühl nur bis morgen früh anhält. Er hatte einen Nerv in mir getroffen, den bisher keiner getroffen hatte. Den G-Punkt des Egos. Der Bereich, wo die verborgenen Wünsche, Sehnsüchte und Bedürfnisse lagern, die man selbst gar nicht kennt.

Natürlich bin ich nicht verliebt. So ein Quatsch. Ich fühl mich einfach wohl in seiner Gesellschaft. Ach, ich doch nicht. Der ist ja verheiratet, da mach ich mir gar keine Illusionen. Ich habe meine Lektionen gelernt und bin fähig, genug Distanz zu halten, ihn als was auch immer zu sehen.

Als am nächsten Morgen, Punkt acht Uhr, mein Telefon klingelte, war es anders als bisher. Ich lächelte und hatte spontane Magenschmerzen. Vielleicht ja ein Magenvirus, der umgeht?

Bisher hatten mich seine Anrufe mehr oder weniger kalt gelassen. Mitunter fand ich es eher nervig, weil ich meist auf dem Sprung zur Arbeit war.

Heute freute ich mich, seine Stimme zu hören. Ich kam später als sonst zur Arbeit. Öffnete, noch bevor ich mir einen Kaffee holte, mein

Chatprogramm. Er war online und hatte mir auch schon eine Nachricht geschrieben.

Willi: Einen wunderschönen guten morgen wünsche ich dir, liebe Alex ...

Ich lächelte in mich hinein, als ich diesen wunderschönen Satz las. War das da ein Sonnenstrahl, der durch die Schneewolken brach?

Xela: Dir auch einen wunderschönen guten Morgen ... bin gleich wieder da, gehe mir nur schnell einen Kaffee machen ... :)

Als ich an meinen Arbeitsplatz zurückkam, klingelte auch schon mein Telefon. Er war es, Willi. Nur gut, dass ich, selbst mit Verspätung, die Erste im Büro war. Wir telefonierten eine geschlagene Stunde. Noch nicht genug gesagt und geredet, wir texteten uns auch noch den ganzen Tag über gegenseitig zu. Er beschäftigte mich in den nächsten Tagen, im wahrsten Sinne des Wortes, rund um die Uhr. Tagsüber Telefonate, Mails, Chatten und Simsen, abends und bis in den Schlaf hinein dachte ich über sein Leben, seine Situation nach, um ihm dann am nächsten Tag meine Gedanken und Schlüsse mitzuteilen.

Im Wesentlichen ging es bei unseren täglichen Gesprächen um seine Ehe. Ich war ja nun wirklich sehr geduldig mit ihm, aber bei aller Sympathie, und letztlich suchte er ja meinen Rat, musste ich ihm einen Anpfiff geben. »Das ganze Gejammer bringt doch überhaupt nichts. Es wiederholt sich doch immer wieder und ehrlich gesagt, ich bin es leid, jeden Tag das gleiche Lied zu hören. Gerda tut dieses, Gerda tut jenes. Du solltest mal überlegen, wo dein Teil an der Misere liegt. Es ist zwar ein alter Spruch, aber es sind tatsächlich immer zwei, die dazugehören. So ganz unschuldig wirst du an der Situation wohl auch nicht sein. Und wenn es nur die Tatsache ist, dass du es dir gefallen läst.« Es war mir wirklich ein Bedürfnis gewesen, ihm diese Sätze an den Kopf zu werfen. Das konnte sich ja kein vernünftiger Mensch mehr anhören, was die beiden sich gegenseitig antaten. Entweder er saß nicht mehr vor seinem Rechner, um es zu lesen, oder er war jetzt beleidigt. Auf jeden Fall blieb er mir die Antwort schuldig.

Auch gut, dachte ich. Geh in deine Küche, rauch eine und denk über meine Worte nach.

Er war nicht in die Küche gegangen. Er hatte sich in sein Auto gesetzt und rief mich 15 Minuten später auf meinem Handy an. »Ich stehe hier unten auf dem Parkplatz. Soll ich hochkommen, oder kommst du runter?« Äh, wie jetzt? »Du stehst hier, bei meiner Firma auf dem Parkplatz?«, fragte ich irritiert. »Ja, wollte dich einfach sehen«, kam die Bestätigung. »Ich komme runter, du Spinner.« Das fehlte noch. Einer meiner Chatbekannten hier im Büro. Ein bisschen zu viel Virtualität in der Realität. Ich packte meine Zigaretten, meine Jacke und lief runter auf den Parkplatz. Da stand er. Vor seinem Mercedes und lachte sein unwiderstehliches, jungenhaftes Lachen. Da konnte ich nur zurücklachen, als ich sein Gesicht sah. Er umarmte mich und schaute mir in die Augen. »Möchtest du mit mir einen Kaffee trinken gehen oder einfach nur ins Auto setzen und ein bisschen reden«, fragte er mich strahlend. »Lass uns ins Auto setzen. Ich habe nicht lange Zeit.« Als wir im Auto saßen, marschierten auch schon die ersten Kollegen mit grinsendem Blick vorbei. Klar, es war Mittagszeit. »Wie wäre es, wenn wir woanders hin fahren. Ist mir nicht so wirklich angenehm, wenn hier ständig bekannte Gesichter ins Auto grinsen.«

Wir parkten nach einer kurzen Fahrt in einer ruhigen Seitenstraße. Er schaltete den Motor aus und drehte sich seitlich zu mir. Blickte mich wieder mit seinen unwiderstehlichen, blauen Augen an. *Grrrr.* Wie ich das hasste. Ich versuchte, seinem Blick auszuweichen, erreichte damit, dass er mein Gesicht in beide Hände nahm, mich zwang, ihn anzuschauen. *Taktik oder wie? Hypnotische Fähigkeiten vielleicht?* »Du hast wunderschöne Augen, weißt du das?« *Nein, weiß ich nicht.* Er streichelte mir über mein Gesicht, über meine Augenbrauen. Er war mir so nah, dass ich seinen Geruch, seine Körperwärme spürte, und irgendwann war es um mich geschehen. Ich will auch hier keinem die Schuld geben. Ob er den Anfang gemacht hatte, oder ich. Was soll das auch: mein Gesicht in die Hände zu nehmen, mich so anzuschauen. Da wird ja selbst eine Nonne schwach.

Es wurde ein langes, ein sehr intensives, streichelndes Berühren unsere Lippen. Mal sanft, mal leidenschaftlich. Mein ganzer Körper reagierte. Vibrierte und zitterte vor Lust. Mein Kitzler sendete Signale in alle Nervenbahnen. Ich kannte dieses Gefühl. Einmal ist es mir in den letzten Monaten passiert. Ich dachte damals, mein Zustand sei die logische Folge von jahrelanger Abstinenz, den wochenlangen Ankündigungen von Sex und nicht zuletzt der Einfluss von Rotwein. Nun konnte man ja nicht sagen, dass ich in letzter Zeit sexuelle Abstinenz pflegte. Und benebelt bin ich nur von seinem Geruch, von den zärtlichen Küssen.

Es war wieder da, dieses wunderbare Gefühl von Erregung und Ekstase. Abgerückt, fernab der Realität, in einem Rauschzustand befand sich mein Körper. Na, Gott sei Dank. Ich dachte schon, Sex wäre für mich zu einer rein technischen Angelegenheit geworden. Zu einer wissenschaftlichen   Analyse von Aktion und Reaktion. Ja, ich konnte noch fühlen. Bin noch fähig, mehr als nur kühl distanziert zu beobachten. Auch wenn er, und ich verstand es nicht so wirklich, meine Hand festhielt, als ich mich seinem Schwanz näherte, waren es wunderbare Minuten in seinem Auto. Ich hätte bis in alle Ewigkeit sitzenbleiben können. Doch leider enden auch die schönsten Minuten irgendwann. Er hielt mein Gesicht in seinen Händen, schaute noch einmal zärtlich in meine Augen.

Wach wurde ich erst wieder, als ich in der Firma an meinem Mac saß. Alleine sein Geruch, der noch an mir haftete, sagte mir, dass ich die letzte halbe Stunde nicht geträumt hatte. Ich fühlte mich kraftlos und wackelig auf den Beinen. Ich saß einfach da, starrte auf meinen Monitor und lächelte abgerückt vor mich hin. Wie weggeblasen und ausgelöscht mein Verstand. Wieder in die bauschig flauschige Welt von Wolke sieben abgetaucht. Bis auf weiteres für die Banalitäten des Lebens nicht mehr erreichbar. *Design – was ist das? Nie gehört.*

Es brauchte einige Tage, bis ich wieder genug Verstand beisammen hatte, um mir deutlich zu machen, was mit mir gerade passierte. Worauf ich mich da, dümmlich grinsend, einließ. Ist aber wie mit anderen Suchtproblemen. Man sagt sich sehr schnell: Ich doch nicht. Ich habe genug Distanz und kann jederzeit aussteigen. Ehrlich, ich glaubte mir diesen Spruch und traf mich ein paar Tage später mit ihm in seinem Büro. Es war früher Morgen. Wir wollten gemeinsam Frühstücken. Na ja. Was man so Frühstück nennt. Ein Brötchen vom Bäcker nebenan, eine Tasse Kaffee und eine Zigarette.

Aber egal. Wichtig war nur, ihn zu sehen. Ihn zu riechen, ihn zu spüren, in seine Augen zu schauen und –.

Ich freute mich darauf in sein wundervoll strahlendes Gesicht zu schauen. Freute mich darauf, ihn zu küssen, seinen Körper zu spüren, seine Haut zu fühlen, mich in seinem Duft zu vergraben. Um es kurz zu machen und nicht in zuviel Schwärmerei zu verfallen: Ich freute mich auf den Sex mit ihm.

Die Begrüßung wurde dann allerdings nur eine kurze Umarmung, ein sanfter Kuss auf meine Lippen, ein liebevoller Blick in meine Augen. Wird noch. Nur nichts übereilen.

Ich folgte ihm in die Küche. Es roch nach Kaffee, eine Tüte Brötchen lag auf dem Tisch. Schon wieder kroch dieses Gefühl in mir hoch: Motorische Störungen und irgendwie werden selbstverständliche Bewegungen, über die man sonst nicht nachdenkt, zu einer Konzentrationsübung. Aber Männer finden so was ja süß, wenn ich mich recht entsinne.

Natürlich zitterte meine Hand, als ich auch nur darüber nachdachte, mir eine Zigarette anzuzünden. Später vielleicht. Ich versuchte, mich dem Brötchen zu widmen. Na, super. Sonst scheißegal, jetzt gerade machte ich mir Gedanken wie man ein Brötchen kultiviert isst, ohne allzu viele Krümel zu verstreuen. »Das ist jetzt echt nicht notwendig, dass du mir beim Essen zuschaust.« Er saß neben mir, über Eck und schaute mich immer noch mit seinen jungenhaft strahlenden Augen an. »Du bist einfach süß«, setzte er lächelnd noch einen drauf. Verflucht noch mal, wie zum Teufel muss man sich denn verhalten, um nicht für süß gehalten zu werden? Blondinen mit Schmollmund sind vielleicht süß, aber ich bin und will gar nicht süß sein. Ich legte mein Brötchen zur Seite. Hatte eh keinen Hunger. Hielt mich an der Kaffeetasse fest. Mit zwei Händen klappte es schließlich zitterfrei, das Porzellan an die Lippen zu führen.

Als er endlich, nach einer Ewigkeit, seine zwei Brötchen hinter sich hatte, zündete er sich eine Zigarette an, bot mir Feuer für die Zigarette, die ich bisher noch nicht geraucht hatte, an.

Mir persönlich wäre es lieber, wir würden jetzt zum Punkt kommen. Beim Sex musste ich nicht zittern und überlegen, wie das geht. Das sind Automatismen. Aber nein. Natürlich wollte er reden. Männer, sag noch einmal jemand, Frauen seien kompliziert.

Nachdem er ausgeraucht hatte, nahm er meine Hände in seine, legte sie an meine Wangen, schaute mich an. »Ich möchte nicht, dass das ‚was in meinem Auto passiert ist, alles kaputt macht. Ich möchte weiterhin mit dir reden können und nicht zu einem weiteren verheirateten Arsch in deinem Leben werden. Verstehst du das?« Äh, nein. Oder doch, so irgendwie, wenn ich darüber nachdachte, zu welcher Katastrophe Männer sich entwickelten, nachdem ich Sex mit ihnen hatte. Meinte er das vielleicht, oder hatte er vielmehr erkannt, wie er am besten bei mir landen konnte?

Ich für meinen Teil spürte, wie meine Nervenbahnen vibrierten, beim Blick seiner Augen und dem Duft, den sein Körper ausströmte. »Ja, irgendwie verstehe ich das schon. Aber ich würde dich jetzt trotzdem gerne küssen«, flüsterte ich heiser. Es war scheinbar eine Ewigkeit still. Nur diese Blicke zwischen uns, die eine ungeheure Wärme ausstrahlten. Mich nicht nur tief in der Magengegend trafen. *Ist ja gut und schön, aber irgendwann ist ja genug mit Gucken und so. Wie wär's denn wenigstens mit Küssen? Ich meine, wer will denn Sex. Ach Gottchen, ich bin erregt bis zum Anschlag,   aber was soll's. Bin ja hart im nehmen.*

Er zog meinen Stuhl an sich heran. Zog mich auf seinen Schoß. Berührte meine Lippen zart, streichelte sie fast. Suchte meine Zunge, glitt langsam in meinen geöffneten Mund. Ich musste leise stöhnen. Lange saßen wir so da, es war Lust, wie ich sie bisher selten, nein, nur einmal gespürt hatte.

Das war es, wonach ich all die Monate gesucht hatte. Wieder dieses Gefühl zu spüren, nach dem man süchtig werden kann. Hier hatte ich es gefunden. In einem verheirateten Arsch, der rumzickte, wenn ich auch nur in die Nähe seines Reißverschlusses kam. Na, super. Hätte es nicht ein Single sein können, mit Zeit? Jemand den man anrufen kann, wenn einem danach ist. Jemand, der keine Frau im Hintergrund hat, die misstrauisch alles beäugt, was Mann tut oder nicht tut. Aber vermutlich war es genau das, was ich wollte. Ein Mann, bei dem ich nicht befürchten musste, im Beziehungsalltag zu landen

Ich meine, ich hätte ihm einen geblasen, aber das Einzige, was er zuließ, war, dass ich ihm sein Hemd aus der Hose zog, um seine Haut zu fühlen. Über seinen Rücken zu streicheln.

Das Klingeln seines Telefons unterbrach diesen wunderbaren Moment der Erregung. Okay. Gute Chance. Er telefonierte. Ich schlich mich mit meinen Händen zu seinem Hosenbund. Keine Chance. Er ergriff meine Handgelenke, hielt sie fest, führte mit kühler Stimme ein geschäftliches Gespräch und schaute mich dabei warnend, aber immer noch gefühlvoll an. Ist ja schon gut. Ich stand von seinem Schoß auf, schaute auf die Uhr. Schon zehn. Ich musste los. Wenn ich noch so was wie pünktlich in die Firma kommen wollte.

Ich griff nach meiner Jacke, nach meiner Tasche und gab ihm mit Blicken zu verstehen, dass ich jetzt auch los müsste. In seinem Bad ordnete ich noch meinen desolaten Zustand und als ich rauskam, saß er schon an seinem Schreibtisch. Stand auf. Stand vor mir. Schaute mir schon wieder mit diesem Blick in die Augen. Desensibilisierung von Phobien nennt man so was wohl. Wenn er das noch öfters machte, würde ich auch noch danach süchtig. »Ja, dann. Tschau. Bin dann jetzt weg.« Doof auch, brav streckte ich meine Hand nach vorne, wollte ganz höflich auf wiedersehen sagen. Er ignorierte es – Gott sei Dank. Drückte mich noch mal fest an sich. »Bis gleich. Wir hören voneinander.« Er meinte damit natürlich den Chat. Ich lächelte und flüsterte, »Bis gleich.« Auf wackligen Beinen verließ ich sein Büro und fuhr benebelt quer durch die Stadt. Stellte in dem Zustand garantiert eine Gefahr für den Verkehr dar.

Je öfter ich mich mit Willi in seinem Büro traf. umso wichtiger wurden mir andere Kontakte. Verbeugung vermutlich, um für den worst case gewappnet zu sein. Wenn der Knall kommt und Willi nur noch eine Erinnerung ist. Wenn er erkennt, wie viel wichtiger ihm seine Ehe ist und ich vielleicht doch nicht so was ganz Besonderes bin.

Auslöser für das Treffen mit Karl war eigentlich nichts wirklich Schlimmes. Ich meine, ist nun mal so. Männer haben mit ihren Ehefrauen Sex. Aber diese, an und für sich bekannte Tatsache gab mir einen Tritt von Wolke sieben. Noch am gleichen Tag, als Willi mir von seinem abendlichen Erlebnis mit seiner Frau erzählte, schrieb ich Karl eine Nachricht. Ich hätte heute Abend Zeit, auf ein Gläschen Wein und ein gutes Gespräch. Karl, Anfang 40, geschieden und seit

Januar in der Stadt. Nach seiner Scheidung hatte er sich versetzen lassen und war über den Jahreswechsel nach Köln gezogen. Seit einigen Wochen schrieben wir uns Mails. Tiefschürfende Überlegungen zur Tragödie des Lebens. Er hatte sich als interessanter Gesprächspartner herausgestellt. Nicht oberflächlich, sondern nachdenklich, und was die Sache für mich entspannt machte, war: Sex stellte kein Thema für ihn dar. Er freute sich über meine Nachricht und lud mich zu sich nachhause ein. »19 Uhr, heute Abend bei mir, auf ein Glas Rotwein.«

Klar, wenn man eine Wohnung neu bezogen hat, einen neuen Teppich hat, verstehe ich, wenn jeder Besucher seine Schuhe im Flur ausziehen muss. Er hatte auch vorgesorgt und Besucherschlappen im Flur deponiert. Gut so. War nämlich arschkalt draußen und ich hatte trotz Fußheizung im Auto kalte Füße. Er war Raucher. Zählte zu den Menschen, die keine Schmerzen kennen, rauchte Rotthändle. Aber nur auf dem Balkon. Klar. Ist ja frisch renoviert, die neue Wohnung. Hab ich vollstes Verständnis für. Nur gut, dass ich Filzpantoffel anhatte. Wäre nicht schön, am vereisten Balkonboden festzufrieren.

Der Rotwein war schon dekantiert. Klar, er ist ja auch Waage. Kultiviert und den Genüssen zugewandt. Wir setzten uns auf seine altbackene Couchgarnitur, ein Überbleibsel aus seiner Ehe, wie er mir erzählte, und unterhielten uns. Natürlich ging es auch wieder um Chat-Erfahrungen, ist ja auch das Thema, was man spontan gemeinsam hat. Du erzählst mir deine Enttäuschungen, ich erzähl dir meine. Ich nippte schon am zweiten oder dritten Glas Rotwein, als ich aufstand und mir seine Bücher anschaute, die in der Schrankwand ruhten. Ich hockte vor dem Regal und er beugte sich zu mir runter.

Um zwei Uhr in der Nacht saß ich auf der Bettkante seines Polsterbettes, versuchte, mir möglichst unauffällig meine Strümpfe anzuziehen. Unauffällig, weil schwarze Baumwollstrümpfe sehen bestenfalls mit einem Schulmädchen-Plisseerock erotisch aus. So einfach unter der Hose haben sie so gar nichts reizvolles, sind einfach praktisch. Er lag hinter mir, im Pyjama, bis oben hin zugeknöpft. Ist ja auch kalt draußen. Aber das erwähnte ich schon. »Ich glaube, ich bin einfach zu vergeistigt für Sex«, sagte er hinter mir. »Warum denn, du hattest doch gerade Sex?«, fragte ich etwas irritiert. Sollte das jetzt so was wie eine Entschuldigung sein, weil der Sex eher konventionell, oder besser, auch ein Überbleibsel aus seiner Ehe war? Ähnlich altbacken wie seine Einrichtung. Er plante ja eigenen Angaben zu Folge, die Möbel auszutauschen. Da bestand ja noch ein Funke Hoffnung. Im Gegensatz zu ihm machte ich mir über das, was wir gerade hatten, gar keine Gedanken. Ich fand die Stunden mit Karl sehr interessant und in einem Punkt hatte ich Recht behalten: Er war ein guter Gesprächspartner. Hatte mir mehr geholfen, als er ahnen konnte. »Hör auf dein Gefühl, wenn du denkst, er könnte der Mensch sein, der alles für dich werden kann, lass es passieren. Ob er nun ein Single oder verheiratet ist. Du hast niemals eine Sicherheit, dass es nicht schiefgeht. Es ist immer ein Risiko, sich auf Gefühle einzulassen, aber ohne das Risiko wirst du auch nicht das Besondere finden.« Ich verabschiedete mich von ihm. Fuhr durch Kälte und über Glatteis nachhause. Irgendwie war mir nicht danach, den frühen Morgen auch noch rauchend auf seinem Balkon zu stehen.

Am nächsten Morgen erzählte mir Willi über ein langes Gespräch, welches er mit seiner Frau geführt hatte. Bis in die Nacht hinein hatten sie miteinander geredet. Schon als er mit dem ersten Satz erwähnte, wie sehr seine Frau geweint hatte, war klar, sie würden es noch mal versuchen. Ich hätte schreien können oder ihn wahlweise darauf hinweisen, wie hilfreich und strategisch Tränen als Kampfmittel eingesetzt werden können. Tat ich natürlich nicht. Und ich erzählte auch nicht, meinem ersten Impuls folgend, von meiner letzten Nacht. Ich hätte es nur aus einem kleinlichen Rachegedanken heraus getan.

Die beiden hatten sich sehr viele Versprechungen abgegeben, die zwar eh keiner halten würde, aber alles würde jetzt besser werden. Mehr auf die Wünsche des anderen einzugehen, mehr gegenseitiger Respekt.

Das nächste Wochenende würden sie gemeinsam in der Eifel verbringen. Ruhe und Abgeschiedenheit, mal schauen, ob noch was zu retten wäre. Ich hielt mich zu all dem geschlossen. Man geht halt, des lieben Frieden willens, auf solche Dinge ein. Gibt scheinbar dem Ganzen noch eine Chance. Vielleicht um dem anderen Zeit zu lassen, sich mit dem Unvermeid-lichen anzufreunden, weil es letztlich vorbei ist. Zeit für Erkenntnisse, Zeit, um sich selbst noch mal alle

Konsequenzen des eigentlich schon gewählten Weges vor Augen zu halten. Sich selbst das gute Gefühl vermitteln, alles Erdenkliche getan zu haben.

Ich für meinen Teil verstand ihn – irgendwie. 20 Jahre zusammen, ein gemeinsames Haus, das gibt man nicht so leicht auf. Zudem wäre es mehr als unklug, wenn er seine Zukunft unüberlegt über den Haufen wirft, nur weil seine Hormone vielleicht verrückt spielten. In dem Zusammenhang fand ich es mehr als bescheuert, denselben nicht nachzugeben. Dass er rumzickte, wie eine Jungfrau vor dem ersten Mal.

Wir trafen uns jetzt seit Weihnachten und den ganzen Januar über regelmäßig. Oft mehr als zweimal die Woche. Fast jeden Tag fand er zehn Minuten Zeit, um mich, ungefragt, auf der Arbeit zu besuchen. Aber nicht einmal passierte mehr als Küssen und Umarmen. Überflüssig zu erwähnen, dass es nicht an mir lag.

Er verfolgte eine Art Ehrenkodex. »Du bist mir zu wichtig, um unsere Freundschaft mit Sex aufs Spiel zu setzen.« *Ist nicht wahr, warum hatte er dann mit seiner Frau Sex?*« I«ch kann nicht etwas Neues anfangen, bevor ich nicht die alte Baustelle hinter mir habe.« Fand ich ja echt lobenswert, seine Einstellung. So lobenswert, dass ich bei seinen Worten schon fast lachen musste. »Du gehst doch schon längst fremd, Willi. Fremdgehen fängt im Kopf an, und nicht beim Ficken.« Alter Spruch, ich weiß. Aber er trifft zu.

Ich kannte ja inzwischen all die Peinlichkeiten, die sich die beiden im sexuellen Zusammenspiel leisteten, und aufgestaute, sexuelle Energien halte ich persönlich nicht für eine gute Voraussetzung, um klare Entscheidungen treffen zu können. Zumindest nicht, wenn es um eine mögliche Scheidung geht. Zu leicht kann einem das Unterbewusstsein mit reinreden. Meiner Meinung nach, und das sagte ich ihm auch, sollte er es doch einfach ausprobieren. Mit mir schlafen, Sex haben, bis der Arzt kommt. Vielleicht würde er ja feststellen, dass es ganz banal nur um Geilheit geht. Darum, möglichst geil abzuspritzen, mal wieder zu spüren, Mann zu sein.

Aber andererseits – auch ich hatte mich getrennt, bevor ich diesen Schritt getan hatte. Vielleicht spielte ja mein Unterbewusstsein mir einen Streich. Ich wollte ihn. Wollte mit ihm Sex haben. Fing bei mir vielleicht schon die weibliche Manipulation an, wenn ich versuchte, ihn mit Argumenten davon zu überzeugen, mit dem Rumgezicke aufzuhören und endlich zur Sache zu kommen? Genau wie damals mit Merlin, wollte ich wissen, was an diesem Gefühl dran ist. Wollte mit dem Sex entweder feststellen, dass es mehr als nur Geilheit ist, oder feststellen, dass es sich nicht lohnt, noch mehr Zeit, Gefühl und Nerven zu investieren.

Sollten sie ihre Ehe doch noch mal restaurieren. Würde eh in die Hose gehen. »Wir sollten vielleicht keinen Kontakt mehr miteinander haben. Es macht keinen Sinn, es mit Gerda noch mal zu versuchen, wenn wir uns regelmäßig treffen. Ich möchte meiner Ehe noch mal eine Chance geben. Verstehst du das?« *Äh.* »Na ja. Klar. Da hast du Recht. Okay. Also, du meinst, nicht mehr treffen. Oder auch nicht mehr telefonieren, nicht mehr schreiben, keine SMS, keine Email, keinen Chat mehr?« »Ja, das meine ich.« Na gut. Sicher. Ich bin ja vernünftig. Und außerdem, mir kann es ja egal sein. Ist ja eh nur so ein verheirateter Arsch. »Also dann. Ciao.« Noch bevor er sich zu Ende verabschiedet hatte, legte ich auf. Arschloch. Von wegen, du bist mir zu wichtig, ich möchte weiterhin mit dir reden können. Führ doch deine perverse Ehe weiter. Interessiert mich doch nicht. Außerdem, wer ist denn hier derjenige, der sich ständig treffen will. Ich fahr nicht täglich an den Neumarkt. Werden wir ja noch sehen, wie standhaft er sein würde. So von wegen keinen Kontakt mehr.

Den ganzen Tag über hatte ich auf der Arbeit, wie jeden Tag, mein Chat-Fenster auf, in dem sich mehr als genug potentielle Dates tummelten. Den ganzen Tag über chattete ich, was das Zeug hielt. Schließlich gab es ja noch genug Männer, die einen Purzelbaum schlagen würden, wenn ich Ja zu einem Date sage würde. Immer wieder schaute ich auf seinen Nicknamen. Blödmann. Könnte doch wenigstens online gehen. Ich werde ihn schon nicht anschreiben. Dieses Spiel wiederholte sich bis zum Wochenende. Selbst freitags, als das Wochenende vor der Tür stand, keine Nachricht von ihm. Ich überlegte, ob ich ihm nicht wenigstens sowas wie »Viel Glück« wünschen sollte. Tippte auch schon die Buchstaben in mein Handy. Doch bevor ich die SMS abschickte, löschte ich sie wieder. Stattdessen schrieb ich Jens eine SMS.

Freitagabend verbrachte ich auf der Couch von Karl. Heulte, nachdem ich ihm einen geblasen hatte, seinen Pyjama voll. »Lass den

Dingen ihren Lauf. Auch wenn es schwer ist. Sei für ihn da, wenn er dich braucht, aber lass ihn seine Entscheidungen selbst treffen.« Bin ich Mutter Teresa? Nein. Ganz sicher nicht. Wer nicht will, der hat schon. Geb mir zwei Wochen, ein paar Dates und er ist eh Vergangenheit für mich. Karl schaffte es nicht wirklich mich aufzubauen.

Als ich mitten in der Nacht wieder zuhause war, setzte ich mich auf meine Couch, fuhr meinen Laptop hoch und öffnete das Bild von Willi, bildschirmfüllend, auf meinem Monitor. Nein, das reichte noch nicht. Ich legte auch noch Rosenstolz auf. »...und was mir bleibt ist dein Gesicht, und das Gefühl geteilt zu sein. Werd ich dich jemals wieder sehn, jemals wieder spür'n, oder war es nur der Moment? Machs gut mein Herzensschöner. Nun lasse ich dich ziehen. Vergiss, was ich gewollt hab...«

Ich bin so eine blöde Kuh. So dämlich. Monatelang hab ich es geschafft, mich diesen Gefühlen zu verweigern. Kommt dieser Typ mit seinem Knackarsch und diesem wundervoll lachenden Gesicht daher und ich lasse mich schon wieder einlullen. Wie er auch immer meine Hände in seine genommen hat, mein Gesicht gehalten hat und mir in die Augen geschaut hat. Echt, gute Masche, damit hattest du ja sogar mich aufs Glatteis geführt. Wirklich besser wurde mein Zustand auch nicht, als ich eine halbe Flasche Wein geleert hatte. Ich starrte, mit Tränen in den Augen, auf sein Bild. Dieses wunderbare Lachen. Seine Augen, die mich unter einer Basecap anlächeln. Hörte immer wieder das gleiche Lied. Versuchte, mir immer wieder zu sagen, dass er eh ein Arschloch ist. Wer will schon jemanden, der auf Formel 1 steht, Motorrad fährt und sich von seiner Frau an der Nase herumführen lässt. »Du bist mir zu wichtig, um ...« Blahblah. Weichei. Weiter nichts. Ich nahm mein Motorola, löschte all seine »Ich vermisse dich« SMS. Löschte seine Nummer. Überlegte fieberhaft, während ich weiterhin auf sein Bild starrte, was ich noch tun könnte, um ihn aus meinem Leben zu streichen. Seine Visitenkarte sollte ich auch noch zerreißen. Torkelnd stand ich auf, kramte nach meinem Portemonnaie und setzte es in die Tat um. *Fick doch deine blöde Frau, wenn du es brauchst.* Die Weinflasche war leer. Ich torkelte in die Küche. Öffnete die nächste Flasche. *Jeder bekommt das, was er verdient. Genau, ich gönne dir von ganzem Herzen deine Gerda, die dich so viel respektiert wie ihren Vibrator. Machst sie nur glücklich, wenn du funktionierst.*

Ich fand mich irgendwann, am frühen Morgen, kotzend über meiner Kloschüssel wieder. Lehnte meine heiße Stirn an den kalten Rand der Badewanne. Alles drehte sich. Das letzte Mal, als es mir so beschissen ging, war ich, glaube ich, 18. Es wurde eine üble Restnacht. Alles drehte sich mir und bis ich endlich einschlafen konnte, mein Magen nichts mehr hergab, war es fünf Uhr in der Früh.

Den gesamten Sonntag verbrachte ich in meiner Wohnung. Saß auf meiner Couch und starrte auf Willis Bild. Wie dämlich. Streichelte sogar mitunter über sein Gesicht. Mein Magen schmerzte vor Sehnsucht, wenn ich an seinen Duft dachte. Leise flüsterte ich seinen Namen. Vielleicht hört er mich ja, mit seinem Herzen. Denkt jetzt auch an mich. Esoterisch, verklärt oder vielleicht hatte ich mir ja auch meinen Verstand in den letzten Monaten mit Rotwein und Sperma verseucht, so dass klares Denken gar nicht mehr möglich war. Erste Auswirkungen irgendeiner Geschlechtskrankheit vielleicht?

Da soll es ja ein Gefühl geben, was den Sinn für die Realität ein wenig trüben kann. Ein chemischer Cocktail im Körper, der zur Droge mutiert und die berühmte »rosa Brille« hervorruft. Ja, mit den Erklärungen konnte ich besser umgehen als mit der Vorstellung, zu einer romantischen Romanheldin mutiert zu sein. Einem Drehbuch entsprungen, geschrieben für frustrierte Ehefrauen, um Hoffnung darauf zu machen, dass es doch die wahre, schicksalhafte Liebe gibt. Nun gut. Ich bin nicht blond. Lebe auch nicht in Cornwall, sondern am Rande von Köln. Fehler im Drehbuch, oder einfach Rosamunde Pilcher goes NRW.

Ich wusste, da draußen war jemand, der alles für mich sein konnte. Der sich mit mir genau so wohlfühlte, wie ich mit ihm. Nicht ein Funke des Zweifels an seinem Gefühl für mich. Aber nein. Da war dieser Arsch verheiratet, hatte eine Frau am Hals, die mit allen zwischenmenschlichen Kampfstrategien arbeitete. Es machte mich wahnsinnig, ihn vielleicht nie wiedersehen zu können, nie wieder spüren, nie wieder riechen. Ich musste ihn ziehen lassen, nur weil er vor vielen Jahren ein Versprechen gegeben hatte, welches aus meiner Sicht eh zum Scheitern verurteilt ist. Mir zumindest leuchtet es nicht ein, an einem bestimmten Punkt zu sagen: bis dass der Tod uns scheidet. So ein Humbug. Was weiß ich mit 20, wie ich mich im Laufe der Jahre entwickle. Wie sich mein Gatte entwickelt. Was weiß ich mit 20, was ich mir mit einem lebenslangen Versprechen, welches alleine auf einem Gefühlszustand basiert, der noch nicht einmal wissenschaftlich erklärbar ist, antue.

Ich glaubte nicht daran, dass Willi seine Frau noch liebte. Ich glaubte ganz nebenbei auch nicht daran, dass seine Frau ihn liebt. Von gegenseitigem Begehren will ich gar nicht erst anfangen. Aber gar nicht so selten bleiben Menschen ja aus anderen Gründen zusammen als Liebe. Ist ja auch bequem, so ein geregeltes Leben in der Doppelhaushälfte, wenn man sich mal damit abgefunden hat, dass Beziehung halt so ist. Dass die Schmetterlinge im Bauch längst gestorben sind und man seine sexuellen Phantasien halt auch ganz gut im Kopf ausleben kann. Dass man sich an die tägliche Dosis Erniedrigung schließlich im Laufe der Zeit gewöhnt hat. Es wird zur Normalität. Vergessen, wie es mal war, was man sich mal vom Leben und der Liebe erhofft und gewünscht hat. Bis zu dem einen Tag, wenn man selbst an einem diesigen Novembertag die Wärme der Sonne zu spüren glaubt. Wenn die totgeglaubten Schmetterlinge wieder flattern. An dem Tag weiß man erst wieder, was es heißt, glücklich zu sein. Zu erkennen, dass man sich nicht verbiegen muss, um Liebe zu bekommen. Dass all die Stärken, Schwächen und Macken, genau so okay sind. Weil man dem einen Menschen begegnet ist, dem es genauso geht. Der eine Mensch, der nicht das Gesicht verzieht, wenn man mal wieder grenzenlos albern bei Ikea in der langen Schlange vor der Kasse steht. Der Mensch, der einen selbst dann noch liebevoll anschaut, statt genervt zu nörgeln und zurechtzuweisen.

Mitunter ist es ja schon mehr als seltsam, wenn man darüber nachdenkt, wie manche Paare, die ja vorgeben sich zu lieben, miteinander umgehen. Und ich meine damit nicht normale Streitereien. Sondern Beleidigungen, die man keinem Fremden an den Kopf werfen würde. Demütigende und erniedrigende Worte oder Taten, mal mehr, mal weniger subtil angebracht. Hat mir doch einer meiner vielen Chatbekanntschaften mal die Story erzählt, wie seine Frau beim Sex demonstrativ auf die Uhr geschaut hat und gefragt hat, wann er denn endlich fertig wäre. Okay. Ähm, ich glaube, da muss ich nicht mehr viel zu sagen. Mit Liebe hat das nicht mehr so wirklich viel zu tun. Spott und Hohn ist, meines Wissens, keine Ausdrucksform der Liebe.

Aber was nützen all die tollen Erkenntnisse, wenn ich so rein gar nichts gegen das, was hier passierte, tun konnte. Ich konnte nur abwarten, sehen, was passiert. Die gute alte Zeit arbeiten lassen. Mich in der Zwischenzeit anderweitig amüsieren oder weiterhin flennen, trauern und fluchen. Da die Sache mit dem Amüsieren ja scheinbar nicht so richtig klappte, Flennen aber ganz von selbst, bemitleidete und bedauerte ich mich den ganzen Tag in meiner Wohnung selbst.

Montagmorgen sah die Welt schon wieder viel besser aus. Er würde mich sicher anrufen oder doch wenigstens schreiben und mir erzählen, wie das Wochenende gelaufen war. Ich wartete bis halb neun zuhause. Kein Anruf. Okay. Anrufen ist ja auch vielleicht zu viel erwartet.

Aber auch im Chat war er nicht anzutreffen. Vielleicht hatte er ja einen Termin. Vielleicht würde er ja vorbeikommen.

Ich war auf jeden Fall vorbereitet. Hatte mir heute Morgen etwas mehr Mühe gegeben mit meinem Outfit. Zigmal öffnete ich mein Email-Programm und setzte an, ihm zu schreiben. Zigmal schloss ich es wieder. Sollte er doch den ersten Schritt machen. Ich drehte förmlich am Rädchen und machte auch meinen Kollegen Dieter verrückt. »Herrgott, dann ruf doch an. Ist doch nichts dabei. Frag ihn, wie sein Wochenende war.« *Haha. Guter Vorschlag. Was, wenn er direkt auflegt? Mich zurechtweist, weil ich mich nicht an die Abmachung hielt. Noch viel schlimmer, er könnte annehmen, er sei mir wichtig, könnte glauben, dass ich leide oder so. Also nein. Anrufen geht auf keinen Fall. Wenn, dann eine Email. Da kann er antworten, oder es sein lassen.*

Guten Morgen Willi, ...

Tja, was sollte ich ihm schreiben. Dass ich ihn vermisse? – Auf keinen Fall. Sowas wie: »Wie geht's, wie steht's«, wohl auch eher nicht. Vielleicht mit rheinischem Frohsinn: »Ey, morjen, Willi. Wie geht es deiner Frau denn so?« Grrrr. Ich entschied mich zu schreiben, was mir auf dem Herzen lag. Auch auf die Gefahr hin, dass er merkte, wie sehr ich ihn vermisste.

Irgendwie ist mir das zu blöd, so gar nicht mehr mit dir zu reden. Wir müssen ja nicht telefonieren, aber so hier und da eine Email, dagegen ist doch nichts einzuwenden?!! ... :))

Den letzten Satz konnte ich mir einfach nicht verkneifen:

Erzähl doch mal, so unter Freunden, wie war dein Wochenende?
liebe Grüße
Alex

Senden. Kein *knuddel*, *drück dich* oder so. Es sollte nach einer rein freundschaftlichen Mail klingen. Es war schon kurz vor 17 Uhr. Fast im Minutentakt, können auch Sekunden gewesen sein, rief ich meine Emails ab. Der ist bestimmt eh nicht mehr im Büro. Bekommt die Mail erst morgen früh. Ich wollte schon aufgeben, da stand plötzlich seine Antwortmail in meinem Posteingang. Will ich die überhaupt lesen? Wollte ich mir noch mehr Bauchschmerzen machen, als ich eh schon hatte? Tief Luft holen. Schließlich wollte ich es ja genauso.

Meine liebe Alex,

Das hört sich nach Zurechtweisung an.

Das Wochenende war ganz nett. Wir haben viel geredet. Ich weiß noch nicht wie es weitergeht. Ob sich wirklich was ändern wird zwischen Gerda und mir. Ich weiß nur, wie sehr ich dich vermisse. Die Gespräche mit dir. Den Blick in deine wundervollen Augen.

Ich würde mich freuen, wenn wir per Email in Kontakt bleiben könnten. Du bist der einzige Mensch, mit dem ich über all das reden kann.

Willi.

Was hieß schon nett? Nett ist langweilig. Kein Knaller, nichts, was einen von den Socken haut. Nichts, was man unbedingt wiederholen musste. Und – er hatte mich vermisst. Es tat gut, die Worte zu lesen, aber sie machten mich nicht direkt euphorisch. Ich las aus der Mail, dass es ihm nicht wirklich gut geht. Dass er hin und her gerissen war. Vielleicht hätte ich ihm nicht schreiben sollen. Vielleicht sollte ich die Finger ganz von der Sache lassen. Ihn ziehen lassen. Schließlich will ich keine Beziehung. Was, wenn er sich wirklich trennt und er, oder ich, nach einiger Zeit feststellen, dass es mit uns nicht funktioniert. Was, wenn ich nur diejenige war, die ihm in ein neues Leben helfen sollte? Sozusagen sein Krückstock für die ersten Gehversuche in Freiheit. Und wenn er dann irgendwann ohne Krückstock auskommt? Merkt, dass es auf der Welt noch mehr Frauen gibt als mich. Was passiert dann mit dem Krückstock? Abgestellt, fallengelassen, überflüssig. Ja, mein Bauch sagte mir, er könnte der Eine sein. Aber was weiß denn ich wirklich, wie es in seinem Kopf aussieht. Welchen Platz ich da einnehme. Zudem graute mir vor dem B-Wort. Nie wieder wollte ich Beziehung haben. Nie wieder irgendwas teilen müssen. Sei es Bett, Kühlschrank oder Stereoanlage.

Alles Gedanken, die mir fast meinen Kopf platzen ließen, als ich im Auto saß. Ich musste noch zur Post. Meine Mutter hatte mir ein nachträgliches Weihnachtsgeschenk geschickt, aber offensichtlich war dieses Paket auf dem Weg nach Köln verloren gegangen. Heute Morgen hatte man mich benachrichtigt, dass es endlich gefunden worden ist. Ich konnte es abholen. Ich stand um sechs Uhr in einer langen Schlange am Postschalter, als mein Handy klingelte: »Rufnummer unterdrückt.« Ich meldete mich freundlich, nett und selbstbewusst: »Engel«. Eine Frauenstimme war am anderen Ende: »Oh, Entschuldigung, da habe ich mich verwählt.« Ich dachte mir nichts bei dem Anruf, hatte ihn schon wieder vergessen, als ich mein Paket in Empfang nahm und mich auf den nachhause-Weg machte. Ein T-Shirt und gemütliche Unterwäsche von Schiesser. Meine Mutter konnte man wirklich schicken. Ich probierte die Sachen an, als mein Handy sich wieder meldete. Es war Willi. »Hast du Zeit?«, fragte er mich. Er hörte sich nicht gut an. »Ja, klar. Worum geht's denn?« »Erzähle ich dir dann später.« Er erklärte mir den Weg zu einer kleinen Pizzeria. Noch nie gehört, den Ortsnamen. »In einer Stunde, so gegen 20 Uhr?«, fragte er mich. »Geht klar, ich muss mich nur noch anziehen. Aber glaub nicht, ich brezel mich für dich auf.« »Komm im Schlafanzug, mir egal. Hauptsache, ich kann dich sehen und mit dir reden.« Ich legte auf, zog mich an und machte mich auf den Weg. Er hatte gesagt, die Pizzeria sei höchstens 20 Minuten von mir entfernt. Nach einer halben Stunde war ich es leid, fand mich an einer Tankstelle wieder. Gegenüber von McDonalds. War mir schleierhaft, wo ich mich verfahren hatte, aber seine beschriebenen Wegmarkierungen waren mir nicht begegnet. Ich rief Willi an und er musste lachen, als ich ihm erklärte, wo ich stand. Wenigstens hatte er noch seinen Humor. Dann kann es ja nicht so schlimm sein. »Das wird noch etwa 20 Minuten dauern, bis du hier bist. Ruf mich an, wenn du nicht genau weißt, wo es langgeht.«

Ich schaffte es ohne weitere Navigationshilfe. Willi saß an einem der Tische. Ein ungewohnter Anblick, ihn in Sportklamotten zu sehen. Ich kannte ihn ja bisher nur im Business-Outfit, mit Schlips und Jackett. Aber auch im Sport-Dress gab er eine gute Figur ab. Warum sah der Typ auch nur so gnadenlos gut aus? Wie für mich gemacht.

Genauso würde mein Traummann aussehen, wenn ich ihn in einem Genlabor in Auftrag gegeben hätte. Nicht mehr und nicht weniger Falten. Nicht mehr und nicht weniger Blau in seinen Augen. Nicht mehr und nicht weniger Haare. Nicht größer, nicht kleiner, genau so.

Dieser Traummann schaute mir gerade mit einem liebevollen Blick lange in die Augen. In genau diesem Augenblick wusste ich, was Seelenverwandtschaft bedeutet. Er war derjenige, der nach Trost suchte. Aber mir gab er ihn. Ohne Worte hatte ich das Gefühl, alles zu wissen, was wichtig ist. Ich spürte Wärme, ich spürte Ruhe in mir. Ich spürte ein allumfassendes Gefühl.

Augen sollen ja der Spiegel der Seele sein. So ein Quatsch. Mehr als Iris, Blende und diverse Farbschattierungen habe ich noch nie in den Augen eines Menschen gesehen. Augen können strahlen und lachen, Augen können durch die Art des Blickes verraten, dass jemand lügt, sie können weinen, aber der berühmte Blick auf die

Seele, was auch immer das sein mag, war mir bisher sehr suspekt. Eine reine Glaubensfrage.

Aber vielleicht waren meine Kontaktlinsen an diesem Abend auch nicht sauber, oder es ist ein Reflex, der durch Licht hervorgerufen wurde. Aber warum sollte ich mich nicht für diesen einen Abend dem Gefühl hingeben, dass es die eine wahre Liebe gibt. Dass ich ihr begegnet bin. Dass sie gerade jetzt mir gegenüber sitzt. Ich hatte sie nicht gesucht, sie ist mir über den Weg gelaufen. Ein verheirateter Arsch. Aber nur perfekt ist ja auch langweilig.

»Hast du heute einen seltsamen Anruf bekommen?«, leitete er die Unterhaltung ein. »Abgesehen von deinem? Nein, nicht, dass ich wüsste«, antwortete ich ihm fragend. »Gerda hat meine Handyrechnung kontrolliert. Hat deine Telefonnummer rausgepickt und gefragt, wessen Nummer das ist.« Die Frau heute Nachmittag. Ich erzählte ihm von dem falsch verbunden, Gespräch. »Das wird sie gewesen sein. Es kotzt mich an, diese ständige Kontrolle. Sie telefoniert mir hinterher. Sie öffnet meine Post. Ich kann nicht mehr. Bin heute Abend ausgezogen. Morgen werde ich bei Vodafone anrufen, dass sie in Zukunft meine Rechnung in die Firma schicken sollen.« Jetzt war ich platt. Ausgezogen. »Du meinst, vorübergehend in ein Hotel oder so?« »Nein. Vorläufig zu meinen Eltern. Sie haben mein altes Zimmer hergerichtet im Keller. Morgen werde ich anfangen, mir eine Wohnung zu suchen.« Während er mir das erzählte, klingelte sein Handy. Ich sah im Display den Namen Gerda. Willi drückte sie weg. Kurz darauf kam eine SMS. Willi ignorierte sie. »Wenn du magst, kannst du auch vorläufig zu mir ziehen«, schlug ich ihm vor. Natürlich ohne Hintergedanken. »Ich habe eine Schlafcouch, die ganz bequem ist«, setzte ich nach, um die Sache in ein anständiges Licht zu rücken. »Das ist lieb von dir. Aber ich halte es nicht für sinnvoll, jetzt auch noch zu dir zu ziehen. Ich habe ihr erzählt, dass du eine Bekannte bist.« Herrje, der Typ war ja zum Schreien vernünftig. »Ich dachte, euer Wochenende sei ganz okay gewesen?« »Oh, Alex. Es war ganz nett. Wir hatten Sex und ich musste ständig an dich denken. Die ganze Zeit hatte ich deinen Namen im Kopf, vermisste dich. Gestern Morgen stand ich auf dem Balkon. Gerda hat sich fertig gemacht zur Abfahrt.« Er drückte meine Hände ganz fest und schaute mir eindringlich in meine Augen. »Alex, da ist soviel Gefühl für dich. Ich habe dich so sehr vermisst, als ich da stand. Kannst du dir vorstellen, ich könnte mehr als nur ein verheirateter Arsch für dich sein? Kannst du dir vorstellen, mit mir gemeinsam zu leben?« Jetzt musste ich doch erst mal schlucken. Das war zu viel auf einmal. »Ich kann mir sehr viel vorstellen mit dir. Du hast in mir was geweckt, was ich bisher für so unwahrscheinlich wie das weiße Licht am Ende des Tunnels gehalten habe. Ein Gefühl, was mir sagt, dass du alles für mich sein könntest. Etwas, was ich gar nicht beschreiben kann, wofür es schwer ist, Worte zu finden. Aber Beziehung ist ein Wort, bei dem sich mir die Zehennägel hochrollen. Ich weiß nicht, ob ich das wieder will, mit einem Mann zusammenzuleben. Auch glaube ich, du solltest nicht von der einen Beziehung sofort in die nächste übersiedeln. Das kann nicht gut gehen, Willi.« Er widersprach mir. Es könnte natürlich sein, dass dieses und jenes passiert, aber es könnte auch sein, das er in mir alles gefunden hatte, was er sich wünschte. »Das kannst du dir wohl nicht vorstellen?« Nein, wenn ich ehrlich bin, nicht so wirklich. Ich konnte es mir nicht vorstellen. Konnte mir nicht vorstellen, dass es einen Mann geben soll, der solche Sätze wie »Ich bin kein Mann für eine Nacht« ernst meint. »Du wirst es erleben, Alex.« Ich konnte ihn nur ironisch anlächeln, bei diesem Satz.

Wir redeten noch sehr lange über ihn und seine Ehe. Jedesmal, wenn er über den Sex mit seiner Frau sprach, wäre ich am liebsten aufgestanden und gegangen. Ha, aber ich bin ja abgebrüht. Hielt mich sachlich beratend und analytisch kritisch bei dem Thema. War auch so eine Sache. Bisher war ich der Meinung, Liebe hätte nichts mit Sex zu tun. Jan hätte mir durchaus fremdgehen können. Ich hoffte es mitunter sogar, dass er es endlich tut. Vielleicht würde ihn das wachrütteln, dachte ich.

Willi kannte ich jetzt gerade mal knapp drei Monate und schon schmerzte der Gedanke, dass er die intimsten Momente mit jemand anderem teilte. Ein Super-Anfang. Musste ich mit 33 Jahren doch zum ersten Mal dieses Gefühl von Eifersucht kennenlernen. Nein, ganz sicher würde ich es nicht ertragen, seine Geliebte zu sein.

Als das Restaurant um 23 Uhr schloss, saßen wir noch lange in seinem Auto. Ich fühlte seine Tränen an meinem Hals runterlaufen. Fühlte die Verzweiflung, die Angst vor dem, was noch kommt. Wenn es ihm geholfen hätte, ich hätte mich auf der Stelle aus seinem Leben geschlichen. Hätte ihn seiner Ehe überlassen, wenn es ihm dabei besser gegangen wäre. Gott, bin ich selbstlos. Unglaublich, was so ein schmachtender Blick aus einem machen kann. Ich werde noch zur romantischen Märtyrerin. Zur Verfechterin der platonischen Liebe.

Nein, wir fuhren natürlich nicht in eine Richtung, als wir uns trennten. Er fuhr in sein Exil und ich in meine Singlewohnung, zu meinen Miezen.

Nun sollte man meinen, ich würde nach einem solch gefühlvollen Abend irgendwo auf Wolke sieben dahintreiben. Er hatte sich, zumindest schien es so, getrennt. Freie Bahn. Los geht's. Ich trieb nicht auf Wolke sieben. Zwei Dinge beschäftigten mich. Zum einen war an diesem Abend ein Satz gefallen, der mir nicht mehr aus dem Kopf ging: »...muss ich jetzt einen Aids-Test machen?« Es war eine Frage, die ihm seine Frau gestellt hatte. Zum anderen, Liebe ist ja eine nette Sache, aber nicht selten entwickelt sich aus so was Beziehung. Und Beziehung umschrieb für mich Langeweile in gepflegter Gemütlichkeit. Ja, natürlich. Am Anfang ist es noch erregend. Man kann die Hände nicht voneinander lassen. Respektiert den anderen. Alles super und geil. Aber was ist nach einem Jahr, nach drei Jahren? Nein. Definitiv wollte ich keine Beziehung. Und definitiv wollte ich meinen nächsten Urlaub alleine machen. Definitiv fehlte mir noch einiges auf meiner »Das möchte ich erfahren«-Liste. Und ein Partner nimmt erfahrungsgemäß zu viel Zeit in Anspruch. Die wollen gepflegt und gehätschelt werden.

Drei Wochen später konnte ich auf jeden Fall schon mal die frohe Nachricht verbreiten, dass ich kein Aids hatte. Ich hatte mich zum Frauenarzt geschleppt. Hoffte, dass Frau Doktor keine medizinischen Einwände gegen eine rasierte Muschi hat, und war stolz zu erfahren, dass meine Gebärmutter in einem 1a Zustand ist. Verfluchte mich allerdings, weil ich es aufgrund dieser Bemerkung getan hatte. Eine Bemerkung, die lediglich ausgesprochen wurde, um die »Geliebte«, die ich ja bisher noch nicht einmal war, als Schlampe hinzustellen und das was wir hatten, oder auch nicht, als billige Fickbeziehung zu degradieren. Aber letztlich musste ich eh zur Vorsorge und da Safer Sex in den letzten Monaten nicht wirklich mein Thema war, hielt ich es für ratsam, den Test zu machen. Außerdem fand ich es auch wichtig zu erfahren, dass meine Spirale nicht so ganz da sitzt, wo sie sitzen sollte. Ich ließ sie entfernen und fragte mich nur, wie lange ich schon Russisch Roulette spielte. Pille war wohl doch sicherer.

Nicht klar war, was ich von dem sich anbahnenden Irgendwas halten sollte. Sex hatten wir immer noch nicht und so langsam stellte ich mir die Frage, ob er mir was verheimlichte. Impotent vielleicht? Schwanzkomplex? Limitierung des Angebots? Oder doch latent schwul? Ich meine, ist ja nahe liegend, dass ich irgendwie drauf stehe, bei meiner Vergangenheit. Statt leidenschaftlichen Sex machten wir lange Spaziergänge, fuhren Rad, tobten durch diverse Badminton-Hallen und ich lernte die Nordschleife kennen. Im Zusammenhang mit Willi wurde das Unerwartete zum Erwarteten. So gar kein Pauschalurteil wollte passen bei dem Typen.

Seine Trennung wurde zu einem Hickhack, Gespräche ohne Ende und Ergebnis wurden geführt. Ich traf im Angesicht all dieser Problematiken eine einsame Entscheidung. Muss ich mir das alles antun? Liebe hin oder her. Vielleicht hätte ich durchgehalten, aber die Tatsache, dass die beiden noch mal Sex hatten, warum auch immer, setzte meiner Geduld ein Ende. Gelitten hatte ich in den letzten Jahren genug. Ich wollte leben, nicht leiden. Ich hatte die Welt der großen Emotionen kennengelernt, Sex hatte ich bis zum Erbrechen gehabt. Wer braucht denn ein Date irgendwo, um die Welt kennenzulernen?

Zehn Tage Italien hatte ich geplant. Toscana, Florenz, Kunst und Kultur. Italien von seiner schönsten Seite. Meine Katzen lud ich, trotz Protesten, bei Jan ab. Schließlich waren es ja auch seine »Kinder«. Willi lud ich zum Essen ein. Nicht bei mir zuhause. Bei dem Italiener, wo wir uns schon mal getroffen hatten. Den Weg kannte ich ja jetzt. Seine Augen brachten mich leicht ins Wanken. Ich versuchte zu ignorieren, was ich in seinem Blick las. Konzentrierte mich darauf, dass er vor noch nicht mal einer Woche, mit seiner Frau Sex hatte. Kamikazemäßig, ohne Rücksicht auf Verluste erklärte ich ihm, dass Beziehung für mich eine Herausforderung darstellt, der ich mich nicht gewachsen fühlte. Dass ich mich noch weniger seinen Eheproblemen gewachsen fühlte. Keine Lust hatte, seine Trennung leidend zu beobachten. Erzählte ihm von meinem geplanten Urlaub, den ich morgen antreten würde. Mein Corolla und ich alleine nach

Florenz. Ich erwartete eigentlich, er würde mich aufhalten. Sätze wie: Willst du es dir nicht noch mal überlegen, ich brauche dich. Aber nichts dergleichen. Stattdessen: Verständnis. Ich setzte noch einen drauf. »Bevor du dir nicht sicher bist, was du willst, möchte ich keinen Kontakt mehr haben. Hab Sex mit deiner Frau oder irgendjemandem. Aber, lass mir meine Ruhe.« Als ich auf dem Weg nachhause war, flennte ich hemmungslos vor mich hin.

Frühmorgens, ohne Frühstück, machte ich mich auf den Weg. Wollte die aufgehende Sonne in irgendeinem Café genießen. Ich hatte gerade den Wagen gestartet, als ich ärgerlich feststellte, dass mir jemand irgendeinen Werbewisch unter die Scheibenwischer geklemmt hatte. Ich knüllte ihn zusammen und warf ihn auf die Beifahrerseite.

Eine ganze Nacht hatte es gedauert, bis ich mir mit Hilfe eines Routenplaners den Weg genauestens ausgedruckt hatte. Ich war so sehr mit den Vorbereitungen beschäftigt, dass ich nur selten über Willi nachdachte. Und wenn es doch passierte, dachte ich daran, dass er mit seiner Frau Sex hatte. Das half. Dachte daran, wenn es die eine wahre Liebe ist, dann wird es sie auch noch in zwei Wochen, in einem, oder zwei Jahren sein. Aber vorerst hatte ich die Nase gestrichen voll von Bauchschmerz erzeugenden Emotionalitäten.

Zwei Jahre später

Gestern war ich seit langer Zeit mal wieder online. Immer noch mein alter Nickname. Einzig meine Attribute sind inzwischen in Gänze gelöscht. »Ich rieche, dass du Sex suchst «, oder, auch gut: »Wollte schon immer Sex mit einer älteren Frau haben.« Ersterem schrieb ich zurück, dass er vermutlich Schnupfen hat. Beim zweiten ersparte ich mir jeglichen Kommentar. Irgendwie waren die Jungs damals doch einfallsreicher? Oder spielte mir hier die Erinnerung einen Streich? Vielleicht kann ich ja in 20 Jahren der Vorstellung, mir einen Jüngling zur Brust zu nehmen, etwas abgewinnen. Aber dann bin ich vermutlich zu »älter«.

, oder andere romantische Date hatte ich in den letzten
.en. Aber letztlich habe ich keine Lust, meine Nerven am
.naß abzuschrubben. Aus dem Grund blieb es meist bei einer
zen Affäre.

Die Firma hatte Kurzarbeit angemeldet, es drohte Insolvenz. Ich kündigte, hatte eh keinen Bock mehr auf Montagmorgen-Meetings und ehrgeizige Arschkriecher, Marke superwichtig. Meine Devise lautete: Akquise ist Akquise. Ob nun ein Date oder ein Kunde. So viel Unterschied kann da auch nicht sein. Ich machte mich als Freiberufler selbstständig. Okay. Ganz so einfach wurde es dann nicht mit der Akquise, aber inzwischen entwickelt es sich ganz gut.

Mein Ex-Jan lebt seit zwei Jahren schon mit Michael zusammen. Verheiratet ist nix gegen die beiden. Beziehung vom Feinsten. Aber ich verstehe mich mit den beiden sehr gut. So gut, dass ich zurzeit meinen Ex bequatsche zu kündigen. Beruflich waren wir schließlich immer schon ein gutes Team gewesen. Und mein Arbeitsaufkommen schrie nach einem Partner.

Meinen lukrativsten Auftrag hatte ich Adriano zu verdanken. Er rief mich an, ob ich Lust und Zeit hätte für ein Corporate Design. Ich habe den Auftrag bekommen und arbeite aktuell an einem Folgeauftrag.

Florian? Ein Rätsel für mich. Nun hat er Beziehung, nicht mit mir, und wir telefonieren immer noch regelmäßig. Ist vielleicht doch möglich, dass wir Freunde werden.

Ich war wirklich damals davon überzeugt, ich sei ein Stadtmensch. Bräuchte unbedingt die geile Singlewohnung im Herzen von Köln. Wenn ich heute, abends auf meinem Balkon sitze und die Weite der Felder vor Augen habe, kann ich gar nicht glauben, dass es mal mein erklärtes Ziel war, im Herzen von Köln zu wohnen.

Unglaublich, wie sich mein Leben gewandelt hat, seit ich mich zum ersten Mal eingeloggt hatte. Nicht nur, dass ich keine Schambehaarung mehr habe. In meiner Küche steht inzwischen ein Glas Nutella, im Keller ruht bester Rotwein aus der Toscana und mein Kontaktlinsen-Behälter ist immer tipptopp sauber. Mein Corolla ist Vergangenheit, ich fahre jetzt Roadster, offen – mit Navigationsgerät. Nein, kein Audi TT. Gefällt mir heute eher nicht mehr so gut. Mazda MX 5.

Ich meine, mir geht es gnadenlos gut, warum stehe ich eigentlich hier vor dem Spiegel und mache so einen Heckmeck mit meinen Haaren? Nur wegen diesem verfluchten Werbewisch, den ich seit zwei Jahren, zwischen den Seiten einer DIN A5 Kladde, aufhebe? Seitenweise Zeilen aus einem anderen Leben. Seitenweise Selbstzweifel, Seitenweise auf der Suche nach irgendwas. Vergangenheit. Kaum vorstellbar, dass ich diese Zeilen geschrieben haben soll.

Ich saß in einem Straßencafe in Florenz, wollte den Werbewisch schon wegwerfen. Just for fun hatte ich ihn auseinandergefummelt. Auf einer freien Fläche, zwischen dem Angebot für einen Laptop und einer Webcam standen drei handgeschriebene Sätze:

Meine LIEBE,

ich wünsche dir alles erdenklich Gute für die Zukunft. Vielleicht ist es ja nicht der richtige Zeitpunkt gewesen, vielleicht war er auch genau richtig. Am 12. Mai in zwei Jahren werde ich auf jeden Fall, um 14 Uhr in unserem Café sitzen. Vielleicht treffe ich ja jemanden, den ich kenne ... ;)

In Liebe
dein verheirateter Arsch Willi.

Was ist schon dabei, einen Bekannten aus der Vergangenheit zu treffen? Gar nichts. Schließlich gilt ja die Devise: »Alles kann, nichts muss.« Möglicherweise stelle ich mich ja doch noch der für mich größten Herausforderung: Liebe. Möglicherweise stelle ich aber doch fest, dass sie rein theoretisch ist, so abstrakt wie der Weltfrieden.

Logout

FSC
www.fsc.org
MIX
Papier aus ver-
antwortungsvollen
Quellen
Paper from
responsible sources
FSC® C105338